A HERDEIRA

OBRAS DO AUTOR PUBLICADAS PELA EDITORA RECORD

As areias do tempo
Um capricho dos deuses
O céu está caindo
Escrito nas estrelas
Um estranho no espelho
A herdeira
A ira dos anjos
Juízo final
Lembranças da meia-noite
Manhã, tarde & noite
Nada dura para sempre
A outra face
O outro lado da meia-noite
O plano perfeito
Quem tem medo de escuro?
O reverso da medalha
Se houver amanhã

INFANTOJUVENIS
Conte-me seus sonhos
Corrida pela herança
O ditador
Os doze mandamentos
O estrangulador
O fantasma da meia-noite
A perseguição

MEMÓRIAS
O outro lado de mim

COM TILLY BAGSHAWE
Um amanhã de vingança (sequência de Em busca de um novo amanhã)
Anjo da escuridão
Depois da escuridão
Em busca de um novo amanhã (sequência de Se houver amanhã)
Sombras de um verão
A senhora do jogo (sequência de O reverso da medalha)
A viúva silenciosa
A fênix

Sidney Sheldon
A HERDEIRA

40ª edição

tradução de **A.B. PINHEIRO DE LEMOS**

EDITORA RECORD
RIO DE JANEIRO • SÃO PAULO
2024

CIP-BRASIL. CATALOGAÇÃO NA FONTE
SINDICATO NACIONAL DOS EDITORES DE LIVROS, RJ

S548h Sheldon, Sidney, 1917-2007
        A herdeira / Sidney Sheldon; tradução de A. B. Pinheiro de Lemos. –
40ª ed. 40ª ed. – Rio de Janeiro: Record, 2024.

        Tradução de: Bloodline
        ISBN 978-85-01-09398-1

        1. Romance americano. I. Lemos, A. B. Pinheiro de (Alfredo Barcellos
        Pinheiro de), 1938. II. Título.

                    CDD: 813
11-0269   CDU: 821.111(73)-3

Título original em inglês:
BLOODLINE

Copyright © 1977 by Sidney Sheldon Family Limited Partnership

Texto revisado segundo o Acordo Ortográfico da Língua Portuguesa de 1990.

Todos os direitos reservados. Proibida a reprodução, no todo ou em parte, através de quaisquer meios. Os direitos morais do autor foram assegurados.

Direitos exclusivos de publicação em língua portuguesa somente para o Brasil adquiridos pela
EDITORA RECORD LTDA.
Rua Argentina, 171 – Rio de Janeiro, RJ – 20921-380 – Tel.: (21) 2585-2000, que se reserva a propriedade literária desta tradução.

2024
Impresso no Brasil
Printed in Brazil

ISBN 978-85-01-09398-1

EDITORA AFILIADA

Seja um leitor preferencial Record.
Cadastre-se no site www.record.com.br
e receba informações sobre nossos
lançamentos e nossas promoções.

Atendimento e venda direta ao leitor:
sac@record.com.br

*Para Natalie,
com amor*

Agradecimentos

Embora esta seja uma obra de ficção, os ambientes são autênticos e desejo externar minha gratidão aos que generosamente contribuíram para minhas pesquisas. Se, na adaptação que fiz das informações que me deram às exigências de um romance, julguei necessário ampliar ou contrair certos elementos de tempo, assumo disso plena responsabilidade. Dirijo meu mais sincero reconhecimento a:

Dra. Margaret M. McCarron
Diretora Médica Adjunta
Condado de Los Angeles, Universidade do Sul da Califórnia

Diretor Brad, Escola de Farmácia da Universidade de Carolina do Sul

Dr. Gregory A. Thompson
Diretor do Centro de Informações sobre Drogas
Condado de Los Angeles, Universidade do Sul da Califórnia

Dr. Bernd W. Schulz
Centro de Informações sobre Drogas
Condado de Los Angeles, Universidade do Sul da Califórnia

Dra. Judy Flesh

Urs Jäggi, Hoffmann-La Roche & Co., A. G., Basileia

Dr. Gunter Siebel, Schering A. G., Berlim

Divisões de Investigação Criminal da Scotland Yard, Zurique e Berlim

Charles Walford, Sotherby Parke Bernet, Londres

E a Jorja, que torna tudo possível.

*"O médico preparará cuidadosamente
uma mistura de excremento de crocodilo,
carne de lagarto, sangue de morcego
e saliva de camelo..."*

— De um papiro que relaciona 811 receitas
usadas pelos egípcios em 1550 a.C.

LIVRO PRIMEIRO

Capítulo 1

ISTAMBUL, SÁBADO, 5 DE SETEMBRO, 22 HORAS.

Estava sentado sozinho e no escuro, atrás da mesa de Hajib Kafir, com os olhos voltados para as janelas empoeiradas do escritório e para os minaretes atemporais de Istambul. Era um homem que se sentia bem numa dúzia de capitais do mundo, e Istambul era uma de suas favoritas. Não a Istambul para turistas da rua Beyoglu ou do espalhafatoso Bar Lalezb do Hilton, mas a Istambul dos recantos ocultos que só os muçulmanos conheciam: os *yalis,* os pequenos mercados além dos *souks* e o Telli Baba, o cemitério onde só uma pessoa estava enterrada e aonde ia gente para rezar em sua intenção.

A espera do homem era marcada por uma paciência de caçador e pela absoluta imobilidade de quem domina o corpo e as emoções. Era do País de Gales e apresentava a boa aparência escura e violenta de seus antepassados. Tinha cabelos pretos, rosto forte e olhos vivos de um azul intenso. Era alto e tinha o corpo de um homem que se mantinha em boas condições físicas. Os cheiros de Hajib Kafir impregnavam a sala — seu fumo adocicado, seu acre café turco e seu corpo gordo e oleoso. Rhys Williams não dava atenção a esses odores. Estava pensando no telefonema que lhe fizeram de Chamonix uma hora antes.

— Um terrível acidente! Creia que estamos todos arrasados, Sr. Williams. Tudo aconteceu com tanta rapidez que não houve chance de salvá-lo. O Sr. Roffe morreu instantaneamente.

Sam Roffe era presidente da Roffe & Filhos, a segunda companhia de produtos farmacêuticos do mundo, uma dinastia de muitos milhões de dólares que se estendia por todo o globo. Era impossível acreditar na morte de Sam Roffe. O homem sempre fora tão dinâmico, tão cheio de vida e de energia, sempre em movimento, dentro de aviões que o levavam a fábricas e escritórios da companhia através do mundo, onde resolvia problemas que os outros nem podiam enfrentar, criava novos conceitos e fazia todo o mundo trabalhar mais e melhor. Embora houvesse sido casado e tivesse uma filha, seu único interesse na vida tinham sido os negócios. Sam Roffe tinha sido um homem brilhante e extraordinário. Quem poderia substituí-lo? Quem seria capaz de governar o imenso império que ele deixava? Roffe não havia escolhido um herdeiro aparente. Também não havia pensado em morrer aos 52 anos. Sempre pensara que havia tempo de sobra.

E agora o tempo estava esgotado.

As luzes do escritório se acenderam de repente. Rhys Williams olhou para a porta, por um momento ofuscado.

— Sr. Williams! Não sabia que havia alguém aqui.

Era Sophie, uma das secretárias da companhia, que era sempre designada para servir Williams quando ele estava em Istambul. Turca, na casa dos 20 anos, tinha um belo corpo sensual, estudante de promessas. Fizera Rhys saber de maneiras sutis e antigas que estava à disposição dele para lhe oferecer os prazeres que desejasse na hora que quisesse, mas Rhys não se interessara.

Sophie disse naquele momento:

— Voltei para acabar algumas cartas para o Sr. Kafir.
Acrescentou então com voz bem doce:
— Quem sabe se não posso também prestar-lhe algum serviço? — Quando ela se aproximou da mesa, Rhys sentiu o cheiro almiscarado de um animal selvagem no cio.
— Onde está o Sr. Kafir?
Sophie balançou a cabeça com pesar.
— Já foi e não volta mais hoje. Deseja alguma coisa?
Alisou com as palmas das mãos macias e hábeis a frente do vestido. Tinha olhos negros e úmidos.
— Desejo, sim. Procure-o.
— Não sei onde ele pode estar...
— Tente o Kervansaray ou o Mermara.
Seria decerto no primeiro desses lugares, onde uma das amantes de Hajib Kafir fazia a dança do ventre. Mas Kafir era imprevisível. Poderia até estar em casa com a mulher.
— Vou tentar, mas não sei se... — murmurou Sophie.
— Diga a ele que, se não estiver aqui dentro de uma hora, será despedido.
A expressão do rosto dela mudou.
— Vou ver o que posso fazer, Sr. Williams.
Encaminhou-se para a porta.
— Apague a luz quando sair.

De qualquer maneira, era mais fácil ficar ali no escuro em companhia dos seus pensamentos. A imagem de Sam Roffe estava sempre presente. A ascensão do Monte Branco devia ter sido fácil naquela época do ano, no começo de setembro. Sam tinha tentado a escalada anteriormente, mas as tempestades o haviam impedido de chegar ao cimo.
— Desta vez, vou cravar lá em cima a bandeira da companhia — dissera ele a Rhys.

E então tinha havido, pouco antes, o telefonema, quando ele se preparava para deixar o Pera Palace, onde estivera hospedado. Ouvia ainda a voz nervosa pelo aparelho. Estavam atravessando uma geleira... Roffe falseara o pé e sua corda partira. Caíra numa fenda profunda...

Rhys podia visualizar o corpo de Sam na colisão com o gelo implacável e a sua queda no abismo. Procurou então afastar a cena do espírito. Aquilo era já passado. O presente é que surgia inçado de preocupações. Era preciso comunicar a morte às pessoas da família de Sam Roffe e elas estavam espalhadas por vários pontos do mundo. Tinha de ser feito um comunicado na imprensa. A notícia ia percorrer os círculos financeiros internacionais como uma onda de choque de terremoto. Como a companhia estava passando por uma crise financeira, era essencial que o impacto da morte de Sam Roffe fosse reduzido ao mínimo. Cabia a Rhys conseguir isso.

Rhys Williams conhecia Sam Roffe havia nove anos. Rhys tinha naquela época 25 anos e era gerente de vendas de uma pequena firma de produtos médicos. Era brilhante e gostava de inovar, tendo feito a firma expandir-se. Com isso, sua reputação havia crescido. Recebeu uma proposta para ir trabalhar na Roffe & Filhos e, logo depois de recusá-la, soube que Sam Roffe comprara a companhia em que ele trabalhava e mandara chamá-lo. Ainda se lembrava do poder dominador de Sam Roffe naquele primeiro encontro.

— O seu lugar é aqui na Roffe & Filhos — dissera-lhe Sam Roffe. — Foi por isso que comprei aquela companhia trôpega em que você trabalhava.

Rhys se sentira lisonjeado e irritado ao mesmo tempo.

— E se eu não quiser continuar?

Sam Roffe sorrira e respondera cheio de confiança:

— Nós dois temos uma coisa em comum, Rhys. Somos ambiciosos. Queremos ser donos do mundo. E eu lhe vou mostrar como se consegue isso.

Essas palavras foram mágicas. Representavam a promessa de um banquete para a fome que ardia no íntimo de Rhys. De fato, ele sabia alguma coisa que Sam Roffe desconhecia. Rhys Williams não existia. Era um mito criado pela descrença, pela pobreza e pelo desespero.

Nascera perto das jazidas de carvão de Gwent e Carmarthen, nos escavados vales vermelhos do País de Gales, onde camadas de arenito e depósitos de calcário e carvão em forma de pires enrugavam a terra verde. Criara-se numa terra fabulosa onde os próprios nomes exalavam poesia: Penderyn, Brecon, Pen-y Fan, Glyncorrwg e Maesteg. Era uma terra de lenda, na qual o carvão que se achava no fundo da terra havia sido criado 280 milhões de anos antes, onde a paisagem fora em outros tempos coberta de tantas árvores que um esquilo poderia viajar do Farol de Brecon até ao mar sem pousar as patas no chão. Mas a Revolução Industrial havia chegado e as belas árvores verdes tinham sido abatidas pelos queimadores de carvão para alimentar as fornalhas insaciáveis da indústria do ferro.

O garoto foi criado com conhecimento de heróis de outro tempo e de outro mundo, como Robert Farrer, queimado na fogueira pela Igreja Católica porque não quisera fazer voto de celibato e abandonar sua mulher; como o rei Hywel, o Bom, que levara a lei ao País de Gales no século X, e como o destemido guerreiro Brychen, que gerara 12 filhos e 24 filhas e resistira bravamente a todos os ataques ao seu reino. Era uma terra de histórias gloriosas, aquela em que o garoto fora criado. Mas nem tudo era glória. Os antepassados de Rhys tinham sido mineiros todos eles e o jovem costumava escutar os casos de sofrimento de que seu pai e seus tios falavam. Lembravam os terríveis tempos em que as ricas jazidas de carvão de Gwent e Carmarthen tinham sido fechadas em consequência de uma renhida luta entre as companhias e os mineiros e em que estes foram desmoralizados por uma pobreza que corroeu a ambição e o orgulho, solapando o espírito e a força do homem até fazê-lo capitular.

Quando as minas foram reabertas, houve outra espécie de inferno. Quase toda a família de Rhys tinha morrido nas minas. Alguns haviam morrido nas entranhas da terra, outros consumiram, tossindo, os pulmões enegrecidos. Poucos tinham passado dos 30 anos.

Rhys costumava escutar o pai e os tios mais velhos falarem do passado, dos desmoronamentos, dos mineiros invalidados e das greves. Falavam dos bons e dos maus tempos, e o garoto não via qualquer diferença entre uns e outros. Todos eram maus. A ideia de passar a vida dentro da escuridão da terra o apavorava e ele sabia que tinha de fugir.

Saiu de casa aos 12 anos. Abandonou os vales do carvão e foi para a costa, para a baía de Sully Ranny e para Lavernock, para onde acorriam os turistas ricos. O rapaz foi mensageiro, carregador, ajudava as senhoras a descerem os caminhos escarpados para a praia, carregando cestas de piquenique, dirigiu um carro de pôneis em Penarth e trabalhou no parque de diversões de Whitmore Bay.

Estava apenas a algumas horas de casa, mas a distância já era imensurável. A gente do lugar onde ele estava parecia pertencer a outro mundo. Rhys Williams nunca imaginara que as pessoas pudessem ser tão belas ou usar roupas tão magníficas. Toda mulher lhe parecia uma rainha e os homens eram todos elegantes e esplêndidos. Aquele sim era seu mundo, e nada havia que Rhys não fosse capaz de fazer para entrar nele.

Quando Rhys Williams completou 14 anos, tinha economizado dinheiro suficiente para comprar sua passagem para Londres. Passou lá os três primeiros dias simplesmente andando pela grande cidade, olhando para tudo e avidamente embebendo-se dos seus fantásticos espetáculos, sons e cheiros.

Seu primeiro emprego foi numa loja de tecidos. Havia dois caixeiros, ambos seres superiores, e uma caixeira que fazia o coração do jovem galês cantar sempre que ele a olhava. Os caixeiros tratavam Rhys como ele devia ser tratado, isto é, como se fosse lixo. Era uma curiosidade. Vestia-se com roupas esquisitíssimas, tinha maneiras abomináveis e falava com um sotaque incompreensível. Não podiam nem pronunciar-lhe o nome direito.

A moça teve pena dele. Chamava-se Gladys Simpkins e morava num pequeno apartamento em Tooting com três outras moças. Um dia, ela permitiu que o rapaz a levasse até a casa depois do trabalho e convidou-o para entrar e tomar uma xícara de chá. O jovem Rhys estava todo nervoso. Pensava que aquela ia ser a sua primeira experiência sexual, mas quando passou o braço pelo corpo de Gladys, esta olhou muito séria para ele por um momento e depois riu.

— Não vou lhe dar nada disso, mas estou disposta a dar-lhe um bom conselho. Se você quiser ser alguma coisa, faça umas roupas melhores, procure instruir-se mais um pouco e aprenda a ter boas maneiras.

Olhou o rosto jovem e apaixonado de Rhys, viu-lhe os profundos olhos azuis e disse com voz suave:

— Até que você vai ficar um bocado legal quando crescer...

Se você quiser ser alguma coisa... No momento em que essas palavras foram ouvidas, nasceu o fictício Rhys Williams. O verdadeiro Rhys Williams era um rapaz ignorante e sem educação, sem meio, sem tradição, sem passado e sem futuro. Começou com a imagem do que pretendia ser. Quando se olhava ao espelho, não via o rapaz bronco e desajeitado, de sotaque estranho que ele era. A imagem que percebia era de uma pessoa polida, delicada e bem-sucedida. Pouco a pouco, Rhys começou a corresponder à imagem que trazia no espírito. Frequentava escolas noturnas e passava os fins de semana em galerias de arte. Rondava as bibliotecas públicas e ia ao teatro, sentando-se nas galerias e tomando notas das boas roupas dos homens sentados na plateia. Fazia refeições frugais para poder, uma vez por mês, ir a um bom restaurante, onde imitava cuidadosamente as maneiras dos outros à mesa. Observava, aprendia e não esquecia. Era como uma esponja que apagava o passado e se encharcava do futuro.

Em menos de um ano, Rhys já aprendera bastante para compreender que Gladys Simpkins, sua princesa, era uma mocinha *cockney* vulgar, que já estava abaixo do seu gosto. Deixou a loja de tecidos e foi trabalhar numa farmácia, que fazia parte de uma grande cadeia. Tinha quase 16 anos, mas parecia mais velho. Estava mais cheio de corpo e ficara mais alto. As mulheres estavam começando a prestar atenção à sua boa aparência morena de galês e às suas palavras prontas e lisonjeiras. Fazia muito sucesso na farmácia e havia freguesas que esperavam até que Rhys pudesse atendê-las. Vestia-se bem e falava com correção. Mas, embora soubesse que já estava bem longe de Gwent e Carmarthen, ainda não se achava satisfeito quando se olhava ao espelho. Tinha ainda uma longa jornada pela frente.

Dentro de dois anos, Rhys Williams passou a ser gerente da farmácia em que trabalhava. O gerente do distrito da cadeia lhe dissera:

— Isto é apenas o começo, Williams. Continue a trabalhar assim e um dia você será o superintendente de meia dúzia de casas.

Rhys quase deu uma gargalhada. Pensar que isso poderia ser considerado o máximo da ambição de uma pessoa! Nunca havia deixado de estudar. Estava fazendo cursos de administração de negócios, marketing e direito comercial. Queria mais. Tinha os olhos voltados para o alto da escada e sabia que ainda não chegara nem aos primeiros degraus. Teve sua primeira oportunidade de subir quando um vendedor de produtos farmacêuticos entrou um dia no estabelecimento e viu Rhys cercado de mulheres a quem fez comprar vários artigos de que elas não tinham qualquer necessidade.

— Você está perdendo tempo aqui, rapaz — disse ele. — Devia estar trabalhando num campo maior.

— Em que está pensando? — perguntou Rhys.

— Vou falar com meu chefe a seu respeito.

Duas semanas depois, Rhys estava trabalhando como vendedor de uma pequena firma de medicamentos. Fazia parte de um corpo de cinquenta vendedores, mas, quando olhava para o espelho, sabia que a verdade não era essa. A verdadeira competição que tinha de enfrentar era consigo mesmo. Já se estava aproximando de sua imagem, do tipo fictício que procurava criar. Queria ser um homem inteligente, culto, refinado e encantador. O que ele tentava fazer era impossível. Qualquer pessoa sabia que era preciso trazer essas qualidades de berço. Não podiam ser criadas. Mas Rhys conseguiu o que queria. Tornou-se a imagem que havia elaborado.

Viajou pelo interior, vendendo os produtos da firma, falando e escutando. Voltava a Londres cheio de sugestões práticas e tratava imediatamente de ir subindo a escada.

Três anos depois de ter entrado para a companhia, Rhys foi nomeado gerente geral de vendas. Sob sua hábil orientação, a companhia começou a expandir-se.

QUATRO ANOS DEPOIS, Sam Roffe chegou à vida de Rhys e percebeu a fome que o consumia.

Sam dissera que ia mostrar a Rhys como se tornar o dono do mundo.

Sam Roffe tinha sido um guia brilhante. Durante os nove anos em que vivera sob sua direção, Rhys Williams se tornara de um valor inestimável para a companhia. Com o passar do tempo, assumia responsabilidades cada vez maiores, reorganizando várias divisões, resolvendo problemas em qualquer ponto do mundo em que isso fosse necessário, coordenando as diversas filiais da Roffe & Filhos e criando novos conceitos. No fim, Rhys Williams conhecia mais do que qualquer pessoa o funcionamento e a situação da companhia, à exceção do próprio Sam Roffe. Rhys Williams era o sucessor lógico para a presidência.

Um dia, quando Rhys e Roffe voltavam de Caracas num luxuoso Boeing 707-320 convertido, que fazia parte da frota de oito aviões da companhia, Roffe dera os parabéns a Rhys por uma transação lucrativa que ele havia fechado com o governo da Venezuela.

— Vai ganhar uma boa gratificação por isso, Rhys.

Rhys respondera calmamente:

— Não quero gratificação, Sam. Prefiro algumas ações e um lugar na sua diretoria.

Merecia isso decerto e tanto um quanto o outro sabiam disso. Mas Sam respondera:

— Sinto muito, mas não vou alterar meus princípios, nem mesmo por sua causa. A Roffe & Filhos é uma empresa particular e ninguém que não seja da família pode ser da diretoria ou possuir ações.

Rhys sabia disso, sem dúvida. Comparecia a todas as reuniões da companhia, mas não como participante. Sam era o último elemento masculino da família Roffe. As outras pessoas da família eram todas mulheres e primas de Sam. Os homens com quem elas haviam se casado tinham um lugar na diretoria da companhia: Walther Gassner, que se casara com Anna Roffe; Ivo Palazzi, casado com Simonetta Roffe; Charles Martel, casado com Hélène Roffe, e Sir Alec Nichols, cuja mãe fora uma Roffe.

Rhys fora assim forçado a tomar uma decisão. Sabia que merecia fazer parte da diretoria e que um dia dirigiria tudo. As circunstâncias atuais impediam isso, mas as circunstâncias podem ser alteradas. Rhys tinha decidido continuar e esperar, para ver o que acontecia. Sam lhe ensinara a ser paciente. E agora Sam estava morto.

As LUZES DO ESCRITÓRIO acenderam-se de novo e Hajib Kafir apareceu à porta. Kafir era o gerente de vendas da Roffe & Filhos na Turquia. Era um homem baixo e moreno que, com orgulho, usava a barriga e brilhantes como atributos de prestígio pessoal. Tinha o ar desmazelado de um homem que se vestiu às pressas. Sophie não o encontrara, portanto, numa boate. Outro efeito secundário da morte de Roffe, pensou Rhys, a interrupção de um contato carnal.

— Rhys! — exclamou Kafir. — Nunca pensei que ainda estivesse em Istambul! Quando o deixei, ia tomar o avião e, como eu tinha alguns casos urgentes para resolver...

— Sente-se, Hajib, e escute cuidadosamente. Quero que mande quatro telegramas no código da companhia. São para países diferentes. Quero que sejam levados pessoalmente para o telégrafo por mensageiros de confiança. Entendeu?

— É claro — disse Kafir, espantado. — Entendi perfeitamente. — Rhys olhou para o fino relógio de ouro Baume & Mercier que tinha no pulso.

— A agência da Cidade Nova já está fechada. Passe os telegramas pelo Yeni Posthane Cad. Quero que estejam a caminho dentro de trinta minutos. — Entregou a Kafir uma cópia do telegrama que havia redigido. — Qualquer pessoa que fizer algum comentário será sumariamente demitida.

Kafir olhou para o telegrama e seus olhos se arregalaram.

— Meu Deus! Meu Deus! Como pôde acontecer uma coisa dessas?

— Sam Roffe morreu num acidente — disse Rhys.

Depois disso, Rhys deixou que, pela primeira vez, lhe chegasse à consciência o que ele estava reprimindo desde que recebera a notícia. Rhys tinha evitado pensar em Elizabeth Roffe, filha de Sam, que estava com 24 anos.

Na primeira vez em que Rhys a vira, era uma menina de 15 anos com aparelho nos dentes, tremendamente tímida e gorda, solitária e rebelde. Ao longo dos anos, vira Elizabeth tornar-se uma moça muito interessante, que tinha ao mesmo tempo a beleza da mãe e a inteligência e o espírito do pai. Havia se ligado muito a Sam. Rhys sabia que a notícia iria abalá-la profundamente e resolveu dá-la pessoalmente.

Duas horas depois, Rhys Williams sobrevoava o Mediterrâneo num jato da companhia, rumo a Nova York.

Capítulo 2

BERLIM, SEGUNDA-FEIRA, 7 DE SETEMBRO, 22 HORAS.

Anna Roffe Gassner sabia que não devia gritar de novo, pois Walther voltaria para matá-la. Encolhida num canto do quarto, tremia incontrolavelmente e esperava a morte. O que havia começado como um belo conto de fadas terminava em terror, indizível terror. Ela tardara muito a convencer-se da verdade: o homem com quem se casara era um louco assassino.

Anna Roffe nunca amara ninguém antes de conhecer Walther Gassner, nem mesmo sua mãe, seu pai ou a si própria. Tinha sido uma menina frágil e doente, que sofria de frequentes desmaios. Não podia se lembrar de um tempo em que não tivesse vivido às voltas com hospitais, enfermeiras e especialistas que eram trazidos de avião de lugares distantes. Como era filha de Anton Roffe, da Roffe & Filhos, as maiores sumidades médicas eram levadas à cabeceira de Anna, em Berlim. Examinavam-na, submetiam-na a numerosos exames e por fim partiam sem saber mais do que tinham sabido ao chegar. Não tinham conseguido chegar a um diagnóstico.

Anna não pôde ir à escola como as outras crianças. Tornou-se reservada e criou um mundo próprio, cheio de sonhos e fantasias, onde só ela e mais ninguém entrava. Pintava à sua maneira seus quadros da vida, pois as cores da realidade eram muito ásperas e ela não as podia aceitar.

Quando Anna completou 18 anos, seus desmaios desapareceram tão misteriosamente quanto haviam começado. Mas tinham marcado negativamente sua vida. Numa idade em que as moças em geral ficavam noivas ou se casavam, Anna nunca fora beijada por um rapaz. Convencia-se de que isso não tinha a menor importância. Estava contente de viver no seu mundo de sonhos, longe de tudo e de todos. Por volta dos seus 25 anos, os pretendentes começaram a aparecer. Anna Roffe era uma herdeira que tinha um dos mais prestigiosos nomes do mundo e muitos homens estavam ansiosos pela participação na fortuna dela. Recebeu propostas de um conde sueco, de um poeta italiano e de meia dúzia de príncipes de países pobres. Recusou todos. Quando fez 30 anos, Anton Roffe murmurou, tristonho:

— Vou morrer sem deixar netos.

No seu 35º aniversário, Anna foi para Kitzbühel, na Áustria, e ali conheceu Walther Gassner, professor de esqui, 13 anos mais moço do que ela.

Na primeira vez em que Anna viu Walther, perdeu literalmente o fôlego. Ele estava esquiando pelo Hahnenkamm, a íngreme encosta em que se realizavam as carreiras, e foi o espetáculo mais belo que os olhos de Anna já haviam contemplado. Ela chegara mais perto do fundo da pista a fim de vê-lo melhor. Parecia-lhe um jovem deus e ela ficou toda feliz só de observá-lo. Walther percebeu o olhar dela.

— Não está esquiando, *gnädiges Fräulein*?

Ela havia balançado a cabeça, não confiando na sua voz. Ele sorrira e dissera:

— Permita-me então convidá-la para almoçar.

Anna havia fugido apavorada, como se fosse uma colegial. Daí em diante, Walther Gassner passara a persegui-la. Anna Roffe não era tola. Sabia muito bem que não era bela, nem brilhante. Era uma mulher comum e, além do seu nome, tinha muito pouco a oferecer a um homem. Mas sabia também que, por trás dessa fachada vulgar, se escondia uma mulher intimamente bela e sensível, transbordante de amor, de poesia e de música.

Talvez porque não fosse bela, Anna tinha uma profunda veneração pela beleza. Visitava os grandes museus e passava horas admirando quadros e estátuas. Ao ver Walther Gassner, teve a impressão de que todos os deuses estavam redivivos diante dela.

Anna estava fazendo a primeira refeição no terraço do hotel Tennerhof quando Walther Gassner foi para junto dela. Parecia, de fato, um jovem deus. Tinha um perfil clássico marcado com feições delicadas, sensíveis e enérgicas. O rosto estava bem queimado pelo sol da montanha e os dentes eram muito brancos e certos. Os cabelos eram louros e os olhos tinham um tom cinzento de ardósia. Sob as roupas de esqui que ele vestia, Anna podia ver o movimento dos bíceps e dos músculos das coxas, o que a fez sentir tremores nervosos pelo corpo. Tratou de esconder as mãos no colo para que ele não visse as calosidades da ceratose.

— Procurei-a ontem à tarde nas pistas — disse Walther.

Anna não conseguia dizer uma palavra.

— Se não sabe esquiar, terei prazer em ensinar-lhe. — E acrescentou com um sorriso: — De graça.

Ele a levara para a Hausberg, a encosta dos principiantes, a fim de lhe dar a primeira lição. Sem demora ficou evidente para ambos que Anna não tinha a menor aptidão para esquiar. Perdia o equilíbrio e caía constantemente, mas insistia em tentar, pois tinha receio de que Walther a desprezasse pelo seu fracasso. Ao invés disso, depois da décima queda, ele a ajudou a levantar-se e disse:

— Você foi feita para coisas melhores.

— Que coisas?

— Eu lhe direi hoje à noite na hora do jantar.

Tinham jantado juntos naquela noite. Tomaram café juntos na manhã seguinte e nesse dia almoçaram e jantaram juntos. Walther se esqueceu dos seus clientes. Deixou de dar aulas de esqui para acompanhar Anna até a aldeia. Levou-a ao cassino em Der Doldene Greif'. Andaram de trenó, fizeram compras, andaram a pé e ficaram horas e horas conversando no terraço do hotel. Para Anna, era um tempo de encantamento.

Cinco dias depois de terem se conhecido, Walther tomou-lhe as mãos e disse:

— Anna, *liebchen*, quero me casar com você.

Tinha estragado tudo. Arrancara-a das paragens de sonho em que ela estava vivendo e a levara para a cruel realidade de quem e do que era ela. Um prêmio virginal e sem atrativos de 35 anos para quem estivesse disposto a dar o golpe do baú.

Tentara afastar-se, mas Walther lhe embargara os passos.

— Nós nos amamos, Anna. Disso você não pode fugir.

Ela o ouviu mentir, ouviu-o dizer "Nunca amei ninguém antes de você" e facilitou as coisas porque queria desesperadamente acreditar nele. Levou-o para o quarto dela e os dois ficaram ali conversando. Enquanto Walther lhe contava a história de sua vida, ela de repente começou a acreditar nele e achou que a vida de Walther tinha sido muito semelhante à dela.

Do mesmo modo que ela, Walther nunca tivera a quem amar. Fora alienado do mundo desde que nascera por ser filho ilegítimo, da mesma forma que Anna fora alienada pela doença. Como Anna, ele sentira sempre a necessidade de dar amor. Criado num orfanato, quando chegara à adolescência e a sua boa aparência já era evidente, as mulheres da instituição haviam começado a usá-lo, levando-o para os seus quartos à noite, pondo-o na cama e ensinando-lhe a lhes dar prazer. Em recompensa, o rapaz ganhava rações reforçadas, com pedaços de carne e sobremesas feitas com açúcar de verdade. Recebia tudo, menos amor.

Quando Walther teve idade suficiente para fugir do orfanato, descobriu que o mundo lá fora não era diferente. As mulheres continuavam a usá-lo, muitas vezes por vaidade, mas nunca iam além disso. Davam-lhe dinheiro, roupas e joias, mas nunca se entregavam.

Anna compreendeu que Walther era sua alma gêmea, seu *doppelgänger*. Casaram-se, numa cerimônia simples, na Prefeitura.

ANNA ESPERAVA QUE SEU pai ficasse contente. Mas, ao contrário, ele se mostrara exasperado.

— Você é uma tola vazia e imbecil! — gritara-lhe Anton Roffe. — Casou-se com um aventureiro que não vale nada. Já mandei fazer investigações sobre ele. Sempre viveu à custa das mulheres, mas foi a primeira vez que encontrou uma idiota a ponto de se casar com ele.

— Pare com isso! — exclamou Anna. — Você não o compreende.

Mas Anton Roffe sabia que compreendia Walther Gassner até demais. Chamou o novo genro ao seu escritório.

Walther olhou com aprovação a decoração severa do escritório e os velhos quadros pendurados nas paredes.

— Gosto disto aqui — disse ele.

— Sem dúvida alguma, é melhor do que o orfanato.

Walther olhou para ele cheio de cautela.

— O que foi que disse?

— Vamos cortar qualquer *Scheiss* (merda). Você cometeu um erro. Minha filha não tem dinheiro.

Os olhos cinzentos de Walther tinham se tornado de pedra.

— O que está querendo dizer?

— Não estou querendo dizer coisa alguma. Estou dizendo. Não receberá nada por intermédio de Anna, pois ela nada tem. Se você tivesse procurado saber das coisas mais a fundo, teria sabido que a Roffe & Filhos é uma empresa fechada. Isto significa que nenhuma de suas ações pode ser vendida. Vivemos com conforto, mas é só. Não há nenhuma forma de enriquecer aqui. — Tirou do bolso um envelope que jogou na mesa à frente de Walther. — Isso compensará o trabalho que teve. Espero que esteja fora de Berlim às 18 horas de hoje. Anna nunca mais deve ter notícias suas.

Walther disse calmamente:

— Por acaso já lhe passou pela cabeça que me casei com Anna porque a amo?

— Claro que não. Já passou pela sua?

Walther olhou para ele um momento e disse:

— Vamos ver o preço que me foi atribuído.

Abriu o envelope e contou o dinheiro. Depois olhou para Anton Roffe.

— Acho que valho muito mais de 20 mil marcos.

— Pois é só o que vai receber. E dê-se por satisfeito.

— Para dizer a verdade, dou-me por muito satisfeito — disse Walther. — Muito obrigado.

Guardou o dinheiro no bolso num gesto displicente e um momento depois saiu.

Anton Roffe sentiu-se reconfortado. Experimentava um sentimento de culpa e de aborrecimento pelo que tinha feito, mas sabia que aquela era a única solução. Anna ficaria infeliz com o fato de ter sido abandonada pelo marido, mas era melhor que isso tivesse acontecido logo do que depois. Procuraria ver se descobriria alguns homens da idade dela em condições, tendo a certeza de que o escolhido iria respeitá-la, ainda que não a amasse. Teria de ser alguém que se interessasse por ela e não por seu dinheiro ou pelo seu nome, alguém que não pudesse ser comprado por 20 mil marcos.

Quando Anton Roffe chegou a casa, Anna correu ao seu encontro com os olhos cheios de lágrimas. Ele a tomou nos braços e disse:

— Anna, *liebchen,* tudo vai correr bem. Você se consolará...

Anton olhou por trás dos ombros dela e viu Walther Gassner à porta. Anna olhava para o dedo e dizia:

— Veja o que Walther comprou para mim! Já viu algum dia um anel mais bonito? Custou 20 mil marcos.

No fim, os pais de Anna foram forçados a aceitar Walther Gassner. Como presente de casamento, compraram para eles uma bela casa senhorial no Wannsee com algumas antiguidades, sofás e poltronas confortáveis, uma mesa Roentgen na biblioteca e as paredes revestidas de estantes com livros. O andar de cima era mobiliado com elegantes peças do século XVIII da Dinamarca e da Suécia.

— Tudo isso é demais — disse Walther a Anna. — Nada quero deles, nem de você. Quero poder comprar muitas coisas belas para você, *liebchen,* mas não tenho dinheiro.

— Claro que tem — respondeu Anna. — Tudo o que tenho é seu.

Walther sorriu ternamente para ela e disse:

— É mesmo?

Anna insistiu em explicar a sua situação financeira, embora Walther não se mostrasse disposto a discutir questões de dinheiro. Tinha um fundo no nome dela que lhe permitia viver com conforto, mas a base de sua fortuna era constituída de ações da Roffe & Filhos. As ações não podiam, porém, ser vendidas sem a aprovação unânime da diretoria.

— Qual é o valor total de suas ações? — perguntou Walther.

Anna disse. Walther não acreditou que fosse tanto e a fez repetir a importância.

— E você não pode vender as ações?

— Não. Meu primo Sam não consentiria. Ele retém as ações que asseguram o controle. Um dia...

Walther manifestou seu desejo de trabalhar na empresa da família. Anton se opôs.

— Como pode um camarada como você, que não sabe senão esquiar, contribuir com a Roffe & Filhos? — perguntou ele.

Mas acabou cedendo aos pedidos da filha, e Walther começou a trabalhar na administração da companhia. Dedicou-se ao trabalho e progrediu rapidamente. Quando o pai de Anna morreu, dois anos depois, Walther passou a fazer parte da diretoria. Anna tinha orgulho dele, pois Walther era um marido perfeito e continuava a mostrar-se apaixonado por ela. Levava-lhe sempre flores e pequenos presentes e parecia muito feliz em passar as noites em casa, sozinhos os dois. A felicidade de Anna era quase excessiva e ela costumava rezar em silêncio, agradecendo a Deus: *Ach, danke, lieber Gott.*

Aprendeu a cozinhar para fazer os pratos favoritos de Walther. Fazia chucrute com batatas, carne de porco defumada e salsichas. Preparava filé de porco cozido com cerveja e temperado com cominho, acompanhado de uma maçã cozida, recheada com *airelles,* as pequenas bagas vermelhas.

— Você é a melhor cozinheira do mundo, *liebchen* — dizia Walther, e Anna ficava vermelha de orgulho.

No terceiro ano de casada, Anna ficou grávida.

Houve algumas complicações durante os primeiros oito meses da gravidez, mas Anna tudo suportou, muito feliz. Havia, entretanto, uma coisa que a preocupava.

Começou um dia depois do almoço. Ela estava tricotando um suéter para Walther, pensando nas coisas, e de repente ouviu a voz de Walther que dizia:

— O que é que você está fazendo, Anna, sentada aí no escuro?

A tarde tinha passado e anoitecera. Anna olhou para o suéter no colo e viu que não havia tocado nele. Para onde fora o tempo? Onde tinha estado seu espírito? Depois disso, Anna passou por coisas semelhantes e começou a pensar que esses acessos de inconsciência, essas descidas para o nada talvez fossem um presságio, um sinal de que ela ia morrer. Na verdade, não tinha medo da morte, mas não podia tolerar a ideia de ser separada de Walther.

Quatro semanas antes do tempo em que o bebê era esperado, Anna teve uma de suas crises de inconsciência, falseou o pé num degrau e rolou pela escada.

Foi acordar no hospital.

Walther estava sentado na cama e lhe segurava a mão.

— Que susto você me deu!

Num pavor súbito, Anna pensou: Meu filho! Perdi meu filho! Levou a mão à barriga e não sentiu mais nada.

— Meu filho! Onde está meu filho?

O médico disse:

— Teve gêmeos, Sra. Gassner.

Anna voltou-se para Walther e os olhos dele estavam cheios de lágrimas.

— Um menino e uma menina, *liebchen*.

Ela poderia ter morrido naquele momento de felicidade. Sentiu um desejo súbito e irresistível de ter os filhos nos braços. Queria vê-los, apalpá-los, carregá-los.

— Falaremos sobre isso quando estiver mais forte — disse o médico.

— Só depois que você estiver mais forte.

Asseguravam a Anna que ela estava melhorando a cada dia, mas ela se sentia apavorada. Estava acontecendo alguma coisa incompreensível com ela. Walther chegava, tomava-lhe a mão e dizia-lhe adeus. Ela o olhava surpresa e começava a dizer:

— Mas você chegou agora mesmo...

Olhava então para o relógio e via que três ou quatro horas tinham passado.

Não fazia a menor ideia do que havia acontecido durante esse tempo.

Tinha a vaga lembrança de que haviam levado os filhos para ela uma noite e que no mesmo instante ela adormecera. Não se lembrava com clareza das coisas e tinha receio de perguntar. Mas não tinha importância. Poderia ver os filhos à vontade quando Walther a levasse para casa.

O grande dia chegou afinal. Anna saiu do hospital numa cadeira de rodas, embora dissesse que tinha forças para caminhar. Na realidade, sentia-se bastante fraca, mas estava muito nervosa e sabia que nada mais importava senão o fato de que ia ver os filhos.

Walther entrou com ela carregada e começou a subir a escada na direção do quarto.

— Não! — exclamou ela. — Leve-me para o quarto das crianças!

— Agora, você deve descansar. Está ainda um pouco fraca...

Ela não quis mais escutar. Saiu dos braços dele e correu para o quarto das crianças.

As cortinas estavam cerradas e Anna levou algum tempo para ajustar os olhos à semiescuridão. Era tamanha a sua agitação que estava um pouco tonta e teve receio de que fosse desmaiar.

Walther a havia acompanhado e estava falando, tentando explicar alguma coisa. Mas, fosse o que fosse, não tinha importância.

Eles estavam ali. Dormiam nos berços. Anna se aproximou lentamente como se não os quisesse perturbar e ficou a olhá-los.

Eram as crianças mais lindas que já vira. Mesmo naquela idade, podia ver que o menino seria bonito como o pai e teria os mesmos bastos cabelos louros. A menina era como uma frágil boneca de cabelos sedosos e dourados e rosto pequeno e triangular.

Anna voltou-se para Walther e disse com a voz embargada pela emoção:

— São lindos... E estou tão feliz...

— Vamos, Anna — murmurou Walther.

Passou o braço pelo corpo dela, abraçando-a. Havia uma fome impetuosa dentro dele e ela começou a sentir também alguns impulsos. Fazia tempo que não se amavam. Walther tinha razão. Haveria tempo depois para as crianças.

DEU AO MENINO o nome de Peter e, à menina, o de Birgitta. Eram dois belos milagres que ela e Walther tinham feito e Anna passava horas no quarto dos gêmeos, brincando e falando com eles. Ainda que não pudessem compreendê-la, tinha certeza de que sentiam o seu amor. Às vezes, quando estava mais entretida com os filhos, voltava-se e via Walther parado à porta, de volta do escritório. Anna compreendia então que o dia inteiro passara sem que ela sentisse.

— Venha — dizia ela. — Estamos fazendo um jogo.

— Já preparou o jantar? — perguntava Walther, e ela de repente se sentia culpada. Resolvia dar mais atenção a Walther e menos às crianças, mas no dia seguinte o mesmo acontecia. Os gêmeos eram como um ímã irresistível que a atraía. Anna ainda amava muito Walther e tentava atenuar seu sentimento de culpa, convencendo-se de que as crianças eram também uma parte dele. Todas as noites, logo que Walther adormecia, ela saía da cama e ia para o quarto das crianças e ficava a olhá-las até que a luz da manhã começava a encher o quarto. Apressava-se então em voltar para a cama antes que Walther acordasse.

Uma vez, Walther entrou no quarto das crianças no meio da noite e surpreendeu-a.

— Quer me dizer o que está fazendo?

— Nada, querido. Estava apenas...

— Volte para a cama!

Ele nunca lhe falara com tanta rispidez.

Na manhã seguinte, Walther disse:

— Acho que devemos tirar férias. Seria muito bom para nós dois.

— Mas, Walther, as crianças ainda são muito pequenas para viajar.

— Estou falando de férias para nós dois.

Ela balançou a cabeça.

— Eu não poderia deixar as crianças.

Ele lhe tomou as mãos e disse:

— Quero que se esqueça das crianças.

— Esquecer-me das crianças? — perguntou ela, atônita. Walther olhou-a bem nos olhos e disse:

— Anna, lembra-se de como tudo corria bem entre nós antes de você ficar grávida? Lembra-se de como vivíamos alegres e felizes, sem ninguém mais para interferir?

Foi então que ela compreendeu. Walther tinha ciúmes dos filhos.

As semanas e os meses passaram rapidamente. Walther deixou de todo de aproximar-se das crianças. Nos aniversários dos dois, Anna lhes comprava belos presentes. Walther sempre achava um jeito de estar fora da cidade a negócios. Anna não podia continuar se iludindo para sempre. A verdade era que Walther não tinha o menor interesse pelas crianças. Anna julgava que talvez a culpa fosse dela, pois era por demais interessada neles. *Obcecada* como Walther dissera certa vez. Ele lhe pedira que consultasse um médico a esse respeito e ela só fora para fazer-lhe a vontade. Mas o médico era um bobo. No momento em que começara a falar com ela, Anna lhe fechara a boca, deixando seu pensamento vagar para bem longe. Por fim, ouviu o homem dizer:

— Nosso tempo está esgotado, Sra. Gassner. Poderá vir na próxima semana?

— É claro.

Nunca mais voltara lá.

Anna sentia que o problema era tanto de Walther quanto dela. Se ela era culpada de amar demais as crianças, ele era culpado de não amá-las quanto devia.

Anna aprendeu a não falar nas crianças na presença de Walther, mas, mal ele saía para o escritório, corria para o quarto dos filhos. Não eram mais bebês. Tinham completado 3 anos e Anna já podia fazer uma ideia de como seriam quando crescessem. Peter era alto para sua idade e tinha um corpo forte e atlético, tal como o do pai. Anna o tomava no colo e murmurava:

— Ah, meu Peter, que irá você fazer com as pobres *Fräuleins*? Seja bom para elas, meu filhinho, pois com você elas não terão chance.

Peter sorria timidamente e abraçava-a.

Anna voltava-se então para Birgitta, que ficava mais bonita a cada dia. Não se parecia nem com Anna, nem com Walther. Tinha finos cabelos dourados e uma pele tão delicada como porcelana. Peter tinha o temperamento impetuoso do pai e Anna de vez em quando tinha necessidade de castigá-lo moderadamente. Quando Walther não estava em casa, Anna tocava discos ou lia para eles. O livro favorito dos filhos era *101 Märchen* (101 Histórias).

Insistiam em que Anna lhes lesse histórias de papões, duendes e feiticeiras, repetindo-as sem parar. À noite, Anna fazia-os dormir com um acalanto:

> *Schlaf, Kindlein, schlaf,*
> *Der Vater hut't die Schaf...*
> (Dorme, criança, dorme/Papai vigia a ovelhinha...)

Anna tinha rezado muito para que o tempo suavizasse a atitude de Walther, fazendo-o mudar. Mudou, sim, mas para pior. Odiava as crianças. A princípio, Anna pensara que era porque Walther queria todo o amor dela para si mesmo, sem dividi-lo com mais ninguém. Mas, pouco a pouco, ficou sabendo que o sentimento dele não vinha do amor por ela. Vinha de ódio. O pai dela é que estava certo. Walther se casara com ela por dinheiro. As crianças representavam para ele uma ameaça e ele queria ver-se livre delas. Falava cada vez com mais frequência a Anna da venda das ações.

— Sam não tem o direito de impedir-nos. Poderíamos pegar todo esse dinheiro e ir viver em algum canto. Só nós dois.

Ela o encarava espantada.

— E as crianças?

— Não — respondia ele com os olhos acesos. — Escute, para nosso bem temos de nos livrar delas. É preciso.

Foi então que Anna começou a compreender que ele era louco. Ficou apavorada. Walther tinha despedido todos os empregados, deixando apenas uma faxineira que ia trabalhar uma vez por semana. Anna e as crianças estavam sozinhas em casa à mercê dele. Walther precisava de assistência. Talvez não fosse muito tarde ainda. No século XV, arrebanhavam os loucos, que ficavam presos pelo resto da vida em grandes lanchas, *Narrenschiffe,* navios de loucos. Mas agora, com os recursos da medicina moderna, devia haver um meio de curar Walther.

E naquele momento, naquele dia de setembro, Anna estava encolhida num canto do seu quarto, onde Walther a trancara, e esperava que ele voltasse. Sabia o que tinha de fazer pelo bem dele, dela e das crianças. Levantou-se e foi até o telefone. Hesitou apenas um instante. Depois, tirou o fone do gancho e discou o número de emergência da polícia.

Uma voz estranha atendeu:

— Alô. Aqui fala o Serviço de Socorro Urgente da Polícia. Que deseja?

— Alô! Eu...

Alguém lhe tomou de repente o fone da mão e desligou-o.

Anna recuou.

— Por favor — disse ela em voz chorosa. — Não me faça mal...

— Walther se aproximava dela com os olhos brilhantes e a voz tão macia que ela quase não podia ouvi-lo.

— Não vou lhe fazer mal, *liebchen*. Eu amo você, não sabe disso? — Tocou-a e ela sentiu um arrepio pelo corpo todo.

— Acontece que não queremos a polícia aqui em casa, não é mesmo?

Ela balançou a cabeça, tão aterrada que não podia falar.

— As crianças é que estão causando todo o problema. Temos de nos livrar delas. Eu...

Nesse momento, a campainha da porta tocou no andar térreo.

Walther parou, hesitante. A campainha tornou a tocar.

— Fique aqui — ordenou ele. — Vou voltar.

Anna viu petrificada o marido atravessar o quarto. Bateu a porta e passou a chave.

Tinha dito que ia voltar.

Walther Gassner desceu as escadas rapidamente, foi até a porta e abriu-a. Um homem com uma farda cinzenta de mensageiro tinha um envelope fechado na mão.

— Uma entrega rápida para o Sr. e a Sra. Walther Gassner.

— Pode entregar — disse Walther.

Fechou a porta, olhou para o envelope e abriu-o. Leu então o telegrama:

Tenho o pesar de comunicar que Sam Roffe morreu num acidente de alpinismo. Peço favor do comparecimento em Zurique às 12 horas de sexta-feira para uma reunião de emergência da diretoria.

Quem assinava a mensagem era Rhys Williams.

Capítulo 3

ROMA, SEGUNDA-FEIRA, 7 DE SETEMBRO, 18 HORAS.

Ivo Palazzi estava de pé no meio do quarto com o sangue escorrendo em seu rosto.

— *Mamma mia! Mi hai rovinato!*

— Nem comecei ainda a arruinar você, miserável *figlio di putana!* — gritou Donatella.

Estavam ambos nus no grande quarto do seu apartamento na Via Montemignaio. Donatella tinha o corpo mais sensual e excitante que Ivo Palazzi conhecia e, mesmo naquele momento, quando tinha o rosto ensanguentado pelas unhas dela, sentia um prelúdio de desejo inflamar-lhe o corpo. *Dio,* como era bela! Havia nela uma decadência inocente que o enlouquecia. Tinha cara de leopardo, com os malares salientes e os olhos amendoados, lábios cheios e sensuais que o mordiam e sugavam e... mas não devia pensar nisso naquele momento. Apanhou um pano branco em cima de uma cadeira, para estancar o sangue, e compreendeu tarde demais que se tratava de sua camisa.

Donatella estava no meio da grande cama e gritava para ele:

— Só quero é que você sangre até morrer! Quando eu acabar com você, seu femeeiro imundo, não haverá nem um cantinho onde um *gattino* possa fazer merda!

Pela centésima vez, Ivo Palazzi ficou sem saber como se deixara chegar àquela situação impossível. Sempre se gabara de ser o mais feliz dos homens e todos os seus amigos concordavam com ele. Todos os seus amigos? Todo mundo! Ivo não tinha inimigos. Nos seus tempos de solteiro, fora um romano despreocupado, sem um só cuidado na vida, um conquistador invejado por metade dos homens da Itália. Sua filosofia se resumia à frase: *"Farsi onore con una donna"* (Honrar-se com uma mulher). Isso mantinha Ivo muito ocupado. Era um verdadeiro romântico. Vivia a apaixonar-se e de cada vez usava seu novo amor para ajudá-lo a esquecer o antigo. Ivo adorava as mulheres e para ele todas eram belas, das *putane* que exerciam o antigo ofício ao longo da Via Appia às modelos de alta costura que se pavoneavam pela Via Condotti. As únicas mulheres para as quais Ivo não ligava eram as americanas. Eram muito independentes para seu gosto. Além disso, que se poderia esperar de uma nação cuja língua era tão pouco romântica a ponto de lá se traduzir Giuseppe Verdi por Joe Green?

Ivo tratava sempre de ter várias mulheres em várias fases de preparação. Havia cinco fases. Na primeira, tratava-se de conhecimentos recentes. As pequenas recebiam telefonemas diários, flores e pequenos volumes de poesia erótica. Na segunda fase, estavam aquelas a quem ele mandava pequenos presentes de *écharpes* de Gucci e caixas de porcelana com bombons de Perugina. As da terceira fase recebiam de presente joias ou roupas e eram levadas para jantar no El Toula ou na Taverna Flavia. As da quarta fase conheciam a cama de Ivo e apreciavam sua notável técnica amorosa. Um convite de Ivo era elaborado como uma produção. Seu belo apartamento na Via Margutta ficava cheio de flores, *garofani* ou *papaveri*. A música era de ópera, clássica ou de rock, de acordo com as preferências da escolhida. Ivo era um soberbo cozinheiro e uma de suas especialidades era justamente *pollo alla cacciatora*, galinha à caçadora. Depois do jantar, uma garrafa de champanhe gelado para beber na cama... Sim, Ivo adorava a quarta fase.

Mas a quinta fase era provavelmente a mais delicada de todas. Constava de uma fala emocionada de adeus, de um generoso presente de despedida e de um triste *arrivederci*.

MAS TUDO ISSO HAVIA acontecido no passado. Agora, Ivo Palazzi olhava para o rosto ensanguentado e arranhado no grande espelho acima da cama e se sentia horrorizado. Parecia que ele fora atacado por uma máquina enlouquecida.

— Veja o que você fez comigo! — exclamou ele. — Sei que não foi de propósito, *cara!*

Aproximou-se da cama a fim de tomar Donatella nos braços. Os braços macios dela envolveram-no e quando ele começou a abraçá-la, ela cravou as longas unhas em suas costas nuas e as fez correr pela carne como se fosse um animal selvagem. Ivo deu um grito de dor.

— Pode gritar! — exclamou Donatella. — Se eu tivesse aqui uma faca, cortaria o seu *cazzo* e o enfiaria por sua miserável garganta adentro!

— Por favor! — pediu Ivo. — As crianças podem ouvir.

— Melhor! Já é tempo de saberem que espécie de monstro é o pai delas!

Ivo deu um passo na direção dela.

— *Carissima*...

— Não me toque! Prefiro me entregar ao primeiro marinheiro sifilítico que encontrar no meio da rua a deixar que você chegue junto de mim.

Ivo aprumou o corpo, ofendido no seu orgulho.

— Nunca esperei que a mãe de meus filhos falasse assim comigo!

— Quer que eu fale delicadamente com você? Quer que eu deixe de tratá-lo como o verme que você é? — perguntou Donatella, erguendo de novo a voz. — *Então me dê o que eu quero!*

Ivo olhou nervosamente para a porta.

— Não posso dar, *carissima*, porque não tenho...

— Consiga então para mim! Você prometeu!

Ela estava começando a ficar exasperada de novo e Ivo achou que o melhor era sair dali antes que os vizinhos chamassem outra vez os *carabinieri*.

— Vai demorar um pouco conseguir um milhão de dólares. Mas vou dar um jeito...

Vestiu apressadamente as cuecas e as calças e calçou as meias e os sapatos, enquanto Donatella andava pelo quarto com os seios magníficos e firmes empinados no ar e Ivo pensava: Meu Deus, que mulher! Como eu a adoro! Pegou a camisa ensanguentada. Não havia outro jeito senão vesti-la. Sentiu nas costas e no peito a umidade pegajosa do sangue. Olhou-se ainda uma vez ao espelho. Algumas gotas de sangue ainda escorriam dos profundos cortes que Donatella lhe abrira no rosto com as unhas.

Murmurou então:

— *Carissima,* como é que eu vou explicar isso a minha mulher?

A MULHER DE IVO PALAZZI era Simonetta Roffe, uma herdeira do ramo italiano da família Roffe. Quando a conhecera, Ivo era um jovem arquiteto. O escritório mandara-o dirigir algumas alterações na vila Roffe em Porto Ercole. No momento em que Simonetta pôs os olhos em Ivo, seus dias de solteiro se tornaram contados. Ivo tinha chegado à quarta fase com ela na primeira noite e, pouco tempo depois, estava casado. Simonetta era tão decidida quanto bela e sabia muito bem o que queria. Queria Ivo

Palazzi. Foi assim que ele se viu transformado de homem solteiro e despreocupado em marido de uma jovem e bela herdeira. Desistiu sem pesar dos seus sonhos como arquiteto e começou a trabalhar na Roffe & Filhos, com um magnífico escritório na EUR, a parte de Roma iniciada com tantas esperanças pelo falecido e mal-aventurado Duce.

Desde o começo, Ivo fez sucesso na firma. Era inteligente, aprendia com facilidade as coisas e todos o adoravam. Era impossível não gostar de Ivo. Estava sempre sorridente e era sempre encantador. Os amigos invejavam-lhe a posição e não sabiam ao certo como ele a conseguira. A explicação era simples. Ivo mantinha profundamente oculto o lado sombrio da sua natureza. Na realidade, era um homem violentamente emotivo, capaz de ódios explosivos e até de matar.

O casamento de Ivo com Simonetta deu certo. A princípio, ele receara que a união pudesse ser uma servidão que lhe estrangulasse a masculinidade, mas logo viu que seus receios eram infundados. Submeteu-se apenas a um programa de austeridade, reduzindo o número de suas mulheres, e tudo continuou como antes.

O pai de Simonetta comprou para eles uma bela casa em Olgiata, uma grande propriedade 25 quilômetros ao norte de Roma, protegida por portões fechados e vigiada por guardas fardados.

Simonetta era uma esposa maravilhosa. Amava Ivo e tratava-o como um rei, o que não era, na opinião de Ivo, nada além do que ele merecia. Havia apenas uma leve falha em Simonetta. Quando sentia ciúmes, virava uma selvagem. Desconfiara certa vez de que Ivo levara uma compradora em sua companhia durante uma viagem ao Brasil. Ele se mostrou indignado e ofendido com a acusação. Antes que a discussão terminasse, a casa estava em cacos. Não havia um prato ou um móvel intacto e quase tudo fora quebrado na cabeça de Ivo. Simonetta avançara para ele com uma faca de cozinha dizendo que ia matá-lo e suicidar-se depois. Ivo tivera de empregar toda a sua força para tomar-lhe a faca. Terminaram brigando no chão e, aí, Ivo rasgou-lhe todas as roupas e acabou com a raiva dela. Mas, depois desse incidente, Ivo se tornou mais discreto. Dissera à compradora que não podia mais fazer viagens com ela e tinha o cuidado de não deixar que nem a sombra de uma suspeita o tocasse. Sabia que era o homem mais feliz do mundo. Simonetta era jovem, bela, inteligente e rica. Gostavam das mesmas coisas e da companhia das mesmas pessoas. Era um casamento perfeito e Ivo muitas vezes, ao levar uma pequena da segunda para a terceira fase ou da quarta para a quinta, ficava sem saber por que era infiel. Dava então de ombros filosoficamente e dizia: alguém tem que dar um pouco de felicidade a essas mulheres.

Ivo e Simonetta tinham três anos de casados quando ele conheceu Donatella Spolini por ocasião de uma viagem de negócios à Sicília. Foi mais uma explosão do que um encontro. Eram dois planetas que se chocavam. Enquanto Simonetta tinha o corpo esbelto e doce de uma jovem esculpida por Manzu, Donatella tinha o corpo sensual e exuberante de uma figura de Rubens. O rosto era excepcional e os olhos verdes mortiços inflamavam Ivo. Estavam na cama uma hora depois de terem se conhecido e Ivo, que sempre se vangloriava das suas proezas como amante, descobriu que era um simples aluno e Donatella, uma professora. Ela o levara a alturas que ele nunca havia atingido e o corpo de Donatella podia fazer com ele coisas que Ivo nunca julgara possíveis. Ela era uma cornucópia inesgotável de prazer e, quando Ivo ficou deitado na cama, de olhos fechados, saboreando sensações incríveis, convenceu-se de que seria um rematado idiota se algum dia abrisse mão dela.

Assim, Donatella se tornara amante de Ivo. A condição única imposta por ela foi que ele se livrasse de toda as outras mulheres em sua vida, exceto a esposa. Ivo concordara, todo feliz. Viviam assim havia oito anos e, durante esse tempo nunca fora infiel, nem à esposa, nem à amante. Satisfazer a duas mulheres ávidas seria bastante para exaurir um homem comum, mas, no caso de Ivo, acontecia exatamente o contrário. Quando amava Simonetta, pensava em Donatella e no seu corpo redondo e cheio, sentindo-se então tomado de desejo. Quando amava Donatella, pensava nos suaves seios jovens de Simonetta e no seu delicado *culo* e se portava como um animal enfurecido. Com qualquer das mulheres a seu lado, sentia que estava enganando a outra e isso exasperava enormemente seu prazer.

Ivo comprara para Donatella um belo apartamento na Via Montemignaio e ficava com ela todos os momentos possíveis. Tomava todas as providências para uma viagem de negócios súbita e então passava o tempo todo na cama com Donatella. Parava a fim de vê-la quando ia para o escritório e, depois do almoço, passava a hora da sesta com ela. Uma vez, quando viajara para Nova York no *QE 2* em companhia de Simonetta, instalara Donatella num camarote, um convés abaixo. Tinham sido os cinco dias mais estimulantes da vida de Ivo.

NA NOITE EM QUE Simonetta anunciou que estava grávida, Ivo sentiu uma alegria indescritível. Uma semana depois, Donatella lhe informou que estava esperando um filho e o contentamento de Ivo transbordou. Por que, perguntava ele, os deuses me cumulam de bens? Com toda a humildade, Ivo reconhecia às vezes que não merecia todos os grandes benefícios que lhe caíam nas mãos.

No devido tempo, Simonetta deu à luz uma menina e, uma semana depois, Donatella deu à luz um menino. Que mais podia um homem querer? Mas os deuses ainda não estavam satisfeitos. Pouco tempo depois, Donatella disse a Ivo que estava de novo grávida e, na semana seguinte, Simonetta ficou grávida também.

Nove meses depois, Donatella deu a Ivo outro filho e Simonetta presenteou o marido com outra menina. Quatro meses depois, as duas mulheres estavam novamente grávidas e, dessa vez, tiveram os partos no mesmo dia. Ivo correu nervosamente do Salvator Mundi, onde Simonetta estava internada, para a Clínica Santa Chiara, para onde levara Donatella. Corria de hospital para hospital no seu carro pelo Raccordo Anulare, dando adeus para as mulheres sentadas à frente de suas pequenas barracas à beira da estrada, sob guarda-sóis cor-de-rosa, à espera dos fregueses. Ivo dirigia muito depressa e não podia ver seus rostos, mas amava a todas e lhes desejava felicidade.

Donatella teve outro filho, e Simonetta, outra filha.

Às vezes, Ivo desejava que tivesse acontecido ao contrário. Era errado que sua mulher só lhe tivesse dado filhas, enquanto sua amante lhe dava filhos, pois ele desejava herdeiros homens que pudessem dar continuidade a seu nome. Apesar disso, era um homem contente. Tinha três filhos em casa e três filhos fora. Adorava a todos e era muito bom para eles, nunca se esquecendo dos aniversários, dos dias dos seus santos e dos seus nomes. As meninas se chamavam Isabella, Benedetta e Camilla. Os meninos eram Francesco, Carlo e Luca.

Quando os filhos cresceram, as coisas começaram a ficar mais complicadas para Ivo. Incluindo a mulher, a amante e seis crianças, Ivo tinha de lembrar-se de oito aniversários, de oito dias de santos e de presentes dobrados nas festas. Providenciou para que as escolas das filhas e dos filhos fossem bem separadas. As meninas foram mandadas para o Saint Dominique, o convento francês na Via Cassia, e os meninos foram matriculados no Mássimo, o colégio dos jesuítas na EUR. Ivo conhecia e encantava todos os professores dos filhos, ajudava todos a fazer os deveres de casa e consertava os brinquedos quebrados. O esforço de manter duas famílias separadamente punha à prova toda a energia de Ivo, mas ele dava um jeito. Era exemplarmente pai, marido e amante. No dia de Natal, ficava em casa com Simonetta, Isabella, Benedetta e Camilla. No Dia de Reis, a *Befana*, a 6 de janeiro, Ivo se vestia como a *Befana*, a feiticeira, e distribuía presentes e *carbone*, o bombom preto que as crianças adoravam, a Francesco, Carlo e Luca.

A mulher e a amante de Ivo eram belas e seus filhos eram inteligentes e bonitos. Sentia orgulho deles. A vida era maravilhosa.

Foi então que os deuses cuspiram no rosto de Ivo Palazzi.

COMO ACONTECE com muitas grandes catástrofes, tudo chegou sem o menor aviso.

Ivo tinha feito amor com Simonetta antes do café da manhã e depois fora diretamente para o escritório, onde fizera um bom trabalho antes do almoço. Às 13 horas, disse a seu secretário — Simonetta não admitia secretárias — que ia a uma reunião que decerto lhe tomaria o resto da tarde.

Sorrindo na antecipação dos prazeres à sua espera, Ivo deu volta à construção que bloqueava a rua no Longo Tevere, onde estavam construindo o metrô havia dezessete anos, atravessou a ponte para o Corso Francia e, trinta minutos depois, entrava na sua garagem na Via Montemignaio. No momento em que abriu a porta do apartamento, soube que havia algo de anormal. Francesco, Carlo e Luca rodeavam Donatella em prantos. Quando se aproximou, Donatella o olhou com tal expressão de ódio que, por um instante, Ivo teve a impressão de haver entrado em outro apartamento.

— *Stronzo!* — gritou ela para Ivo.

Ivo correu os olhos em torno, cheio de espanto.

— *Carissima*! Crianças! O que houve? O que eu fiz?

Donatella levantou-se e jogou-lhe um exemplar da revista *Oggi*.

— Está aí o que você fez. Veja!

Atônito, Ivo pegou a revista e viu na capa uma fotografia em que apareciam ele, Simonetta e suas três filhas com a legenda *Padre di Famiglia*.

Dio! Tinha se esquecido inteiramente daquilo. Meses antes, a revista lhe pedira autorização para fazer uma reportagem sobre sua família e ele, sem dar muita atenção ao caso, concordara. Nunca esperara que dessem tanto destaque à reportagem. Olhou para a amante e para os filhos que choravam e disse:

— Posso explicar isso...

— Os colegas deles já explicaram tudo — exclamou Donatella. — Meus filhos chegaram a casa chorando porque na escola todos os estavam chamando de bastardos!

— *Cara*, eu...

— Os vizinhos estão nos tratando como se fôssemos leprosos. Não podemos mais levantar a cabeça. Temos de sair daqui!

Ivo olhou para ela, atordoado.

— Que é que você está dizendo?

— Vou sair de Roma com meus filhos.

— São meus filhos também e você não pode fazer isso!

— Tente impedir-me e eu o matarei!

Era um pesadelo. Ivo ficou ali, vendo a mulher e os filhos entregues a um verdadeiro acesso de desespero e pensando: Não! Isso não pode estar acontecendo comigo!

Mas Donatella ainda não dissera tudo.

— Antes de sairmos daqui, quero um milhão de dólares. Em dinheiro.

Era tão ridículo que Ivo começou a rir.

— Um milhão de dólares...

— Se não me der o dinheiro, telefonarei para sua mulher.

Isso havia acontecido seis meses antes. Donatella não havia cumprido a ameaça por enquanto, mas Ivo sabia que poderia cumpri-la. Todas as semanas, ela aumentava a pressão. Telefonava para ele no escritório e dizia:

— Não me interessa como você vai conseguir o dinheiro, mas trate de arranjá-lo!

Havia somente um meio de conseguir uma quantia tão grande. Tinha de vender as ações da Roffe & Filhos. Sam Roffe não consentiria na venda. Ele estava prejudicando a felicidade conjugal e o futuro de Ivo. Era preciso dar um jeito nisso. Se conhecesse as pessoas indicadas, isso poderia ser feito.

O que mais doía a Ivo era que Donatella, sua querida amante apaixonada, não o deixava tocar nela. Ivo podia visitar as crianças todos os dias se quisesse, mas não podia nem entrar no quarto.

— Só depois que me der o dinheiro, deixarei você fazer amor comigo — dizia ela.

No seu desespero, Ivo telefonara para Donatella uma tarde e dissera:

— Vou para aí agora mesmo. O dinheiro está conseguido.

Pretendia amá-la primeiro e acalmá-la depois. Não podia deixar de dar resultado. Conseguiu fazê-la tirar as roupas e então lhe disse a verdade.

— Ainda não tenho o dinheiro, *cara,* mas dentro em breve...

Fora então que ela o havia atacado com as unhas como um animal feroz.

Ivo estava pensando nessas coisas ao afastar-se de carro do apartamento de Donatella, como então passara a considerá-lo, e virou para o norte na movimentada Via Cassia, de volta à sua casa em Olgiata. Olhou para o rosto pelo espelho. Os ferimentos não estavam mais sangrando, mas eram bem visíveis no seu rosto. Olhou para a camisa manchada de sangue. Como poderia explicar a Simonetta os arranhões no rosto e nas costas? Por um momento irrefletido, passou-lhe pela cabeça a ideia de contar a verdade, mas abandonou imediatamente esse pensamento absurdo. Talvez pudesse confessar a Simonetta que, num momento de aberração mental, tinha ido para a cama com uma mulher e ela ficara grávida... Sim, poderia dizer isso e escapar com vida. Mas *três filhos?* E no espaço de *oito anos?* Sua vida não valeria uma nota de cinco liras. E não podia deixar de ir para casa, pois estavam esperando convidados para o jantar e Simonetta fazia questão de sua presença. Estava encostado à parede. Seu casamento estava acabado. Só San Gennaro, o santo dos milagres, poderia salvá-lo. De repente, viu um cartaz ao lado da Via Cassia.

Virou o carro na direção do cartaz e freou.

Trinta minutos depois, transpunha os portões de Olgiata. Sem dar atenção aos olhares dos guardas que viam seu rosto arranhado e sua camisa ensanguentada, Ivo seguiu pelos caminhos da propriedade e foi parar diante da casa. Abriu a porta e entrou na sala, onde estavam Simonetta e Isabella, a filha mais velha. Simonetta ficou espantada ao olhar para o marido.

— O que aconteceu, Ivo?

Ivo sorriu a contragosto, tentando dissimular a dor que estava sentindo.

— Creio que fiz uma coisa completamente irrefletida, *cara...*

Simonetta havia se aproximado e examinava os arranhões. Ivo podia ver que ela já estava apertando os olhos. Perguntou então com uma voz repassada da maior frieza:

— Quem foi que lhe arranhou o rosto desse jeito?

— Tibério — disse Ivo, trazendo das costas um grande e feio gato cinzento que, nesse momento, se soltou de suas mãos e fugiu.

— Comprei-o para Isabella, mas o danado do bicho me atacou num trecho da estrada em que era muito perigoso parar.

— *Povero amore mio!* — exclamou Simonetta. — Vamos subir que quero botar você na cama. Vou telefonar para o médico e logo passar iodo nisso...

— Não! Não é preciso! — disse Ivo, fazendo uma careta de dor quando ela passou os braços pelos ombros dele. — Cuidado! Creio que o bicho me arranhou também as costas...

— Como você deve estar sofrendo, *amore*!

— Nem tanto — disse Ivo com convicção. — Estou até me sentindo bem.

A campainha tocou.

— Vou ver quem é — disse Simonetta.

— Não, eu vou. Estou esperando uns papéis importantes do escritório.

Foi até a porta da frente e abriu-a.

— *Signor* Palazzi?

— *Sí*.

Um mensageiro, vestido com um uniforme cinzento, entregou-lhe um envelope. Dentro, havia um teletipo de Rhys Williams. Ivo leu rapidamente a mensagem e ficou muito tempo parado, pensando. Depois, respirou fundo e subiu a fim de preparar-se para o jantar.

Capítulo 4

BUENOS AIRES, SEGUNDA-FEIRA, 7 DE SETEMBRO,
15 HORAS.

O autódromo de Buenos Aires, nos arredores da capital da Argentina, estava apinhado com cerca de 50 mil espectadores, que tinham ido assistir às corridas do campeonato. Era uma corrida de 115 voltas num circuito de quase sete quilômetros. A corrida já se realizava havia quase cinco horas sob um sol fortíssimo e, dos trinta carros que tinham saído na largada, restava apenas um punhado. A assistência estava presenciando o desenrolar de um capítulo da história do esporte. Talvez aquela corrida fosse única nos anais do automobilismo. Não tinha havido antes e talvez nunca houvesse depois nada parecido. Todos os nomes que se tinham tornado lendários nas pistas estavam ali naquele dia: Chris Amon, da Nova Zelândia, e Brian Redman, do Lancashire. Ali estava o italiano Andrea di Adamici numa Alfa Romeo Tipo 33 e Carlos Maco, do Brasil, numa March Fórmula-1. O campeão belga Jack Ickx estava presente e Reine Wisell, da Suécia, pilotava uma BRM.

A pista parecia um arco-íris alucinado, feito dos velozes vermelhos, verdes, pretos, brancos e dourados das Ferraris, das Brabhams, das M-19-A da McLaren e das Fórmulas-3 da Lotus.

À medida que as voltas se sucediam, os gigantes começavam a cair. Chris Amon estava em quarto lugar quando seu carro enguiçou. Bloqueou na pista e o Cooper de Brian Redman teve de desligar a ignição para não perder o controle, mas os dois carros ficaram fora da competição. Reine Wisell estava comandando a carreira, seguido de perto por Jack Ickx. Na grande curva, o câmbio do BRM se desintegrou, e a bateria e o equipamento elétrico pegaram fogo. O carro começou a rodar e colheu a Ferrari de Jack Ickx.

A multidão delirava.

Três carros se destacavam dos demais no primeiro pelotão. Eram Jorge Amandaris, da Argentina, pilotando uma Surtees; Nils Nilsson, da Suécia, numa Matra, e Martel, da França, numa Ferrari 312 B-2. Estavam fazendo uma corrida brilhante, acelerando nas retas, cortando nas curvas, avançando.

Jorge Amandaris ia à frente, e os argentinos aplaudiam febrilmente seu compatriota. Logo atrás de Amandaris, vinha Nils Nilsson, ao volante da sua Matra vermelha e branca, seguido da Ferrari preta e dourada dirigida por Martel, da França.

O carro francês tinha passado quase despercebido até os últimos cinco minutos, quando começara a destacar-se. Do décimo lugar passara para o sétimo e depois para o quinto, fazendo uma corrida firme. A assistência viu então o francês avançar para disputar o segundo lugar ocupado por Nilsson. Os três carros corriam a mais de 280 quilômetros por hora. Era uma velocidade bastante perigosa em pistas cuidadosamente construídas como Brands Hatch ou Watkins Glen, mas numa pista como aquela da Argentina equivalia a suicídio. A um lado da pista foi afixado o sinal de que faltavam cinco voltas.

A Ferrari do francês tentou passar a Matra de Nilsson, mas o sueco se desviou um pouco, bloqueando a passagem do outro. Aproximavam-se rapidamente de um carro alemão retardatário. O carro de Nilsson emparelhou com ele. O carro francês avançou até ficar no estreito espaço entre o alemão e a Matra. O francês acelerou ainda mais, forçando os dois carros a desviarem-se e partiu para ocupar o segundo lugar. A multidão, que estava de respiração suspensa, aplaudiu essa manobra brilhante e perigosa.

Faltavam três voltas e Amandaris estava em primeiro, com Martel em segundo e Nilsson em terceiro. Amandaris tinha visto a manobra. Sabia que o francês era bom, mas não acreditava que ele pudesse ameaçar-lhe a vitória nas últimas duas voltas. Pelo canto do olho, viu a Ferrari que tentava emparelhar com ele. Viu de relance o rosto frio e determinado do piloto sob o capacete. Amandaris lamentava o que tinha de fazer, mas as corridas não eram um jogo para esportistas, e sim para quem fosse capaz de vencer.

Os dois carros se aproximavam da extremidade norte da oval, onde havia uma curva com uma grande rampa inclinada para fora. Era o ponto mais perigoso da pista, onde já houvera numerosos desastres. Amandaris lançou outro olhar rápido ao piloto francês da Ferrari e empunhou com mais força o volante. Quando os dois carros começaram a aproximar-se da curva, Amandaris levantou imperceptivelmente o pé do acelerador, de modo que a Ferrari começou a avançar. Viu o piloto lançar-lhe um olhar de espanto. Por fim, o outro piloto ficou emparelhado com ele, caindo na sua armadilha. Jorge Amandaris esperou até que a Ferrari estivesse firmemente decidida a ultrapassá-lo por fora. Nesse momento, abriu tudo e começou a mover-se para a direita, cortando em linha reta o caminho do francês, cujo único recurso seria subir pela rampa.

Amandaris viu a súbita expressão de espanto no rosto do francês e disse em silêncio: "*Salud!*" Nesse instante, o piloto do carro francês virou a direção para a Surtees de Amandaris. A Ferrari ia colidir com ele. Havia apenas um metro de distância entre os dois carros e, naquela velocidade, Amandaris tinha de tomar uma decisão instantânea. Como podia alguém adivinhar que aquele piloto francês era inteiramente louco? Num ato rápido e reflexo, Amandaris virou o volante para a esquerda, tentando evitar que milhares de quilos de metal se chocassem com ele e freou rápido, de modo que o carro francês passou por ele a uma fração de centímetro e correu para a linha de chegada. Por um momento, o carro de Jorge Amandaris derrapou. Depois, perdeu de todo o controle e rolou pela pista numa coluna de fogo e fumaça.

Mas a atenção do público estava voltada para a Ferrari pilotada pelo francês, que recebia a bandeirada da vitória e era imediatamente cercado por uma multidão entusiasmada. O piloto levantou-se e tirou o capacete e os óculos.

Era uma mulher de cabelos cor de trigo curtos e feições clássicas finamente modeladas. O corpo estava trêmulo não de cansaço, mas de emoção, desde o momento em que olhara para Jorge Amandaris e o fizera partir para a morte. Nos alto-falantes, um *speaker* dizia: "A corrida foi vencida por Hélène Roffe-Martel, da França, pilotando uma Ferrari."

DUAS HORAS DEPOIS, Hélène e seu marido Charles estavam em sua suíte no Hotel Ritz, no centro de Buenos Aires, deitados nus diante da lareira. Amavam-se numa posição clássica que era uma tortura para Charles e o fazia pensar no que Hélène seria capaz de fazer-lhe se soubesse do crime que ele havia cometido.

Charles Martel casara-se com Hélène Roffe pelo nome e pelo dinheiro dela. Depois da cerimônia, ela conservara o nome, ao qual acrescentara o dele, e Charles ficara com o dinheiro. Quando descobriu que tinha feito um mau negócio, era muito tarde.

Charles Martel era advogado num grande escritório de advocacia em Paris quando conhecera Hélène Roffe. Tinham-lhe pedido que levasse alguns documentos à sala de conferências onde se realizava uma reunião. Na sala, estavam os quatro sócios principais do escritório e Hélène. Charles já ouvira falar nela. Não havia na Europa quem a desconhecesse. Era uma herdeira da fortuna feita com produtos farmacêuticos da família Roffe. Rebelde, alheia às convenções, e de quem os jornais e revistas gostavam de falar, era campeã de esqui, pilotava seu Learjet, chefiara uma expedição às montanhas do Nepal, fazia automobilismo e hipismo e trocava de homens quase com a mesma facilidade com que trocava de vestidos. A fotografia dela aparecia em quase todos os números de *Paris-Match* e *Jours de France*. Tinha ido ao escritório de advocacia porque o mesmo estava tratando do seu divórcio. Era o quarto ou quinto marido, mas Martel não estava interessado em saber. Os Roffe do mundo estavam fora do seu alcance.

Charles entregou os papéis na sala. Estava um pouco nervoso não pela presença de Hélène, que não lhe interessava, mas porque se achava diante dos chefes do escritório. Representavam a Autoridade e Charles Martel respeitava a Autoridade. Era fundamentalmente um homem retraído que se contentava em viver modestamente num pequeno apartamento em Passy, onde cuidava da sua coleção de selos.

Charles Martel não era um advogado brilhante, mas era competente, vigilante e honesto. Tinha um sentimento um pouco rígido de dignidade. Com pouco mais de 40 anos, sua aparência física, embora fosse simpática, pouco tinha de impressionante. Alguém tinha dito que a personalidade dele era informe como areia molhada e não havia injustiça na afirmação.

Foi, portanto, grande surpresa para ele, um dia depois de ter conhecido Hélène no escritório, ser chamado ao escritório de Michel Sachard, chefe da firma, que lhe disse:

— Hélène Roffe deseja que você se encarregue pessoalmente da ação de divórcio dela.

Charles Martel ficara estupefato.

— Mas por que eu, *Monsieur* Sachard?

— Não posso imaginar. Trate de prestar bons serviços.

Estando encarregado da ação de divórcio de Hélène, Martel teve necessidade de vê-la com frequência. Com um pouco de exagero até, na opinião dele, Hélène lhe telefonava e o convidava para jantar na vila dela em Le Vésinet, a fim de discutirem o caso, e o levava à ópera e à sua casa em Deauville. Charles cansava de explicar-lhe que o caso era simples e que não haveria problema em conseguir o divórcio, mas Hélène — ela insistia em que ele a chamasse de Hélène, com grande desconforto para ele — dizia que precisava ser tranquilizada constantemente. Por fim, ele passara a pensar nisso com um interesse um tanto amargo.

Um belo dia, Charles Martel admitiu a possibilidade de que Hélène Roffe estivesse sentimentalmente interessada por ele. Não podia acreditar nisso. Não era ninguém e Hélène pertencia a uma das grandes famílias da Europa. Um dia, Hélène não lhe deixou mais dúvidas sobre suas intenções e disse:

— Vou me casar com você, Charles

Nunca pensara em se casar. Não se sentia bem ao lado das mulheres. Além disso, não amava Hélène e não tinha certeza nem mesmo de simpatizar com ela. A agitação e as atenções que a cercavam em todo lugar aonde iam desconcertavam-no. Era atingido pela luz dos refletores voltados para ela e isso era um papel a que ele não estava absolutamente habituado. Tinha também plena consciência do contraste entre eles. A expansividade de Hélène era irritante para sua natureza conservadora. Ela ditava a moda e era o próprio requinte da elegância, ao passo que ele era apenas um simples e comum advogado de meia-idade.

Não podia compreender o que Hélène Roffe via nele. E ninguém mais podia. Em vista da notória participação de Hélène em esportes violentos que eram tidos como províncias exclusivas dos homens, havia quem dissesse que Hélène Roffe era partidária do movimento de libertação das mulheres. Na realidade, ela desprezava o movimento e se insurgia contra seu conceito de igualdade. Não via razão para que os homens fossem considerados iguais às mulheres. Era bom ter homens à mão, quando fosse necessário. Não eram seres particularmente inteligentes, mas podiam ser ensinados a ir buscar e acender cigarros, a dar recados, a abrir portas e a dar satisfação na cama. Eram excelentes animais de estimação. Bem treinados, tomavam banho sozinhos e não sujavam a casa. Eram uma raça excelente.

Hélène Roffe tivera *playboys*, aventureiros, capitães de indústria, homens elegantes. Nunca tivera um Charles Martel. Ela sabia exatamente o que ele era. *Nada*. Um pedaço de barro virgem que ela podia moldar e fazer dele o que quisesse. Depois que Hélène Roffe tomou essa decisão, Charles Martel não teve mais chance.

Casaram-se em Neuilly e passaram a lua de mel em Monte Carlo, onde Charles perdeu a virgindade e as suas ilusões. Ele tinha pretendido voltar ao escritório de advocacia.

— Não seja idiota! — dissera-lhe a mulher. — Acha que vou querer ser casada com um advogadozinho? Você vai entrar é para a firma da família e um dia vai tomar conta de tudo. Vamos tomar, aliás.

Hélène conseguiu que Charles trabalhasse na filial de Paris da Roffe & Filhos. Ele lhe contava tudo o que acontecia e ela o orientava e ajudava, apresentando-lhe as sugestões que devia fazer. O progresso de Charles foi rápido. Dentro em pouco, era chefe da filial francesa e fazia parte da diretoria.

Hélène Roffe transformara-o de advogado obscuro em diretor de uma das maiores empresas do mundo. Devia estar encantado. Mas sentia-se infeliz. Desde o primeiro momento do casamento, Charles se sentira totalmente dominado pela mulher. Ela escolhia seu alfaiate e os homens que lhe faziam os sapatos e as camisas. Fê-lo entrar para o círculo fechado do Jockey Club.

Hélène tratava Charles como um gigolô. Seu salário ia diretamente para as mãos dela, que só lha dava uma mesada embaraçosamente pequena. Se Charles precisava de um dinheiro a mais, tinha de pedi-lo à esposa. Ela o fazia dar contas de todos os momentos de seu tempo e queria que ele estivesse sempre à disposição dela.

Parecia gozar com a humilhação dele. Telefonava para ele no escritório e ordenava-lhe que fosse imediatamente para casa, com um vidro de creme para a pele ou outra coisa igualmente insignificante. Quando ele chegava em casa, ela estava nua no quarto, à sua espera. Era insaciável como um animal.

Charles vivera com a mãe até os 32 anos, quando ela morrera de câncer. Tinha sido uma inválida por tanto tempo quanto a memória de Charles alcançava e ele cuidara dela. Nunca tivera tempo de sair com moças ou de se casar. A mãe fora uma carga pesada e, quando ela morreu, Charles pensou que finalmente ia viver em liberdade. Tivera, ao contrário, um sentimento de carência. Nunca se interessara pelas mulheres nem pelo sexo. Num acesso de ingênua sinceridade, tinha explicado seus sentimentos a Hélène logo que ela lhe falara em casamento.

— Minha libido não é muito forte — dissera.

Hélène tinha sorrido.

— Pobre Charles. Deixe a parte do sexo comigo. Garanto que você vai gostar.

Detestou. E isso só pareceu aumentar o prazer de Hélène. Ria-se das fraquezas dele e o obrigava a fazer coisas revoltantes, que levavam Charles a sentir-se degradado e nauseado. O ato sexual em si já era suficientemente desmoralizante. Mas Hélène vivia interessada em fazer experiências. Charles nunca sabia o que devia esperar. Certa vez, no momento em que ele estava tendo um orgasmo, ela pusera gelo picado em seus testículos e, de outra vez, lhe introduzira uma haste eletrificada num lugar íntimo. Charles vivia apavorado com Hélène. Ela o fazia sentir-se como o elemento feminino enquanto ela era o masculino. Ele tentava proteger seu amor-próprio, mas infelizmente não havia um só ponto em que ela não fosse superior a ele. Possuía uma inteligência brilhante. Sabia tanto Direito quanto ele e entendia muito mais de negócios. Passava horas e horas discutindo os casos da companhia com ele. Nunca se cansava.

— Pense em nosso poder, Charles! — dizia ela. — Roffe & Filhos poderia arruinar ou fazer prosperar mais da metade dos países do mundo. Era eu que devia estar dirigindo a companhia que meu bisavô fundou. Ela faz parte de mim!

Depois de uma dessas explosões, Hélène se tornava sexualmente insaciável e Charles era forçado a satisfazê-la de uma maneira em que não gostava nem de pensar. Acabou por desprezá-la. Seu sonho era livrar-se dela, fugir para nunca mais vê-la. Mas, para fazer isso, precisava de dinheiro.

Um dia, na hora do almoço, René Duchamps, um amigo, lhe falou numa oportunidade de fazer fortuna.

— Um tio meu, que possuía um grande vinhedo na Borgonha, acaba de morrer. O vinhedo vai ser posto à venda. São quatro mil hectares plantados de uvas de *appelation d'origine controllée*. Eu tenho preferência porque sou da família, mas não tenho dinheiro bastante para fazer o negócio sozinho. Se quiser fazer sociedade comigo, dentro de um ano dobraremos o capital empregado. Ao menos, você pode ir dar uma olhada.

Charles não podia confessar que não tinha um franco seu, mas foi até a Borgonha para ver os vinhedos e ficou profundamente impressionado.

— Cada um de nós entrará com dois milhões de francos — disse Duchamps. — Dentro de um ano, teremos quatro milhões cada um.

Quatro milhões de francos! Seria a possibilidade de fuga, a liberdade! Iria para algum lugar onde Hélène nunca poderia encontrá-lo.

— Vou pensar nisso — disse Charles ao amigo.

E de fato pensou. Dia e noite. Era a maior chance de sua vida. Mas como? Seria impossível contrair algum empréstimo sem que Hélène imediatamente tomasse conhecimento. Tudo estava no nome dela — a casa, os quadros, os carros, as joias. As joias... os belos ornamentos que ela guardava num cofre, no quarto. Pouco a pouco, a ideia tomou corpo em seu cérebro. Se ele pudesse pegar as joias, algumas de cada vez, substituiria as peças por imitações e tomaria dinheiro emprestado sob a garantia das verdadeiras joias. Depois, quando ganhasse nos vinhedos o dinheiro esperado, trataria de repor as joias no cofre e teria dinheiro suficiente para desaparecer para sempre.

Telefonou para René Duchamps e disse com o coração a palpitar de emoção.

— Resolvi fazer sociedade com você.

A primeira parte do plano aterrorizou Charles. Tinha de abrir o cofre e roubar as joias de Hélène.

A antecipação da terrível coisa que ele ia fazer lhe provocou tamanho nervosismo que Charles mal conseguia respirar. Passava os dias como um autômato, sem ver, nem ouvir nada do que acontecia a sua volta. Todas as vezes que via Hélène, ficava banhado em suor. Quase sempre, suas mãos tremiam. Hélène ficou preocupada com o estado dele como ficaria com um cachorro de estimação que aparecesse doente. Mandou chamar um médico para examinar Charles, mas o médico não pôde encontrar nada de anormal.

— Um pouco de tensão talvez. Tudo deve ficar curado com dois dias de repouso na cama.

Hélène olhou para Charles estendido na cama e disse:

— Muito obrigada, doutor.

No momento em que o médico saiu do quarto, ela começou a se despir.

— Eu... eu não estou me sentindo muito bem — murmurou Charles.

— Mas eu estou — respondeu Hélène.

Charles nunca a odiara tanto.

A oportunidade de Charles chegou na semana seguinte. Hélène ia a Garmisch-Partenkirchen esquiar com um grupo de amigos e resolveu deixá-lo em Paris.

— Quero que passe todas as noites em casa — disse Hélène. — Vou lhe telefonar, ouviu?

Charles viu-a partir no seu Jensen vermelho e, no momento em que ela desapareceu, correu para o quarto e para o cofre. Tinha-a visto abri-lo muitas vezes e sabia quase todo o segredo. Levou uma hora para descobrir o resto. Com os dedos trêmulos, abriu a porta do cofre. Ali, nos estojos forrados de veludo, cintilantes como estrelas em miniatura, estavam os instrumentos da sua libertação. Havia entrado em entendimentos com um joalheiro chamado Pierre Richaud, que era um mestre em imitações de joias. Charles começara uma longa explicação nervosa dos motivos pelos quais ia mandar fazer as imitações, mas Richaud sorriu e disse:

— *Monsieur*, estou fazendo imitações para todo mundo. Ninguém em seu juízo perfeito sai às ruas com joias verdadeiras nos dias de hoje.

Charles lhe entregou uma peça de cada vez, e quando a imitação estava pronta ele a deixava no cofre no lugar da joia. Empenhava então a joia verdadeira no Credit Municipal, que era a instituição de penhores do estado.

A operação demorou além da expectativa. Charles só podia abrir o cofre quando Hélène não estava em casa e houve demoras imprevistas no trabalho de imitação das peças. Mas chegou afinal o dia em que Charles pôde comunicar a René Duchamps:

— Terei amanhã todo o dinheiro necessário para a nossa sociedade.

Tinha conseguido o que queria. Era proprietário da metade do vinhedo e Hélène não tinha a menor suspeita do que ele havia feito. Começara em segredo a ler tudo o que podia sobre vinhas e vinhos. Por que não? Não passara a ser um vinhateiro? Ficou sabendo dos diferentes vinhos, do *cabernet sauvignon*, que era o principal vinho usado, mas outros eram plantados e extraídos ao lado dele, como o *gros cabernet*, o *merlot*, o *malbec* e o *petit verdot*. Uma das gavetas de Charles no escritório vivia cheia de brochuras sobre a fabricação de vinhos. Ficou sabendo de fermentação, de podas e de enxertos. Soube também que o consumo mundial de vinhos continuava a subir.

Tinha frequentes encontros com o sócio.

— A coisa vai ser ainda melhor do que eu pensava — disse René. — Os preços dos vinhos estão subindo vertiginosamente. Devemos ganhar uns 300 mil francos por *tonneau* logo nas primeiras vindimas.

Mais do que Charles havia sonhado! As uvas representavam ouro e Charles começou a procurar folhetos de turismo sobre as ilhas do Pacífico, a Venezuela e o Brasil. Até os nomes dos lugares tinham para ele um encanto particular. O único problema era que havia poucos lugares no mundo onde não houvesse escritórios da Roffe & Filhos e onde Hélène não pudesse encontrá-lo. E, se ela o encontrasse, iria matá-lo. A não ser que ele a matasse antes. Era uma de suas fantasias prediletas. Assassinou Hélène repetidamente, de mil maneiras deliciosas e reconfortantes.

Começou então a gozar morbidamente os desmandos de Hélène, pensando sempre que ela o forçava a fazer coisas inconfessáveis: "Vou desaparecer daqui a pouco, imunda. Ficarei rico graças ao seu dinheiro e você nada poderá fazer."

E ela dava ordens, "Mais depressa!" ou "Não pare agora!" enquanto ele obedecia mansamente e sorria, satisfeito.

CHARLES FICOU SABENDO também que na cultura das vinhas os meses mais importantes eram os da primavera e do verão, pois as uvas eram colhidas em setembro e, para que estivessem em bom estado, era preciso que tivesse havido uma temporada bem equilibrada de sol e chuva. O sol em excesso queimaria o gosto das uvas, ao passo que a chuva em excesso o diluiria. O mês de junho começou esplendidamente. Charles consultava o Serviço de Meteorologia todos os dias e, mais tarde, duas vezes por dia. Estava numa febre de impaciência, a algumas semanas apenas da realização dos seus sonhos.

Decidira-se pela baía de Montego, pois a Roffe & Filhos não tinha escritórios na Jamaica. Seria fácil desaparecer ali. Nem se aproximaria de Round Hill ou de Ocho Rios, onde algum amigo de Hélène poderia reconhecê-lo. Compraria uma casinha nas montanhas. A vida era barata na ilha. Poderia até ter criados e comprar boa comida em sua vida modesta.

Por isso, naqueles primeiros dias de junho, Charles Martel foi um homem muito feliz. A vida que estava levando era uma verdadeira ignomínia, mas ele não estava vivendo no presente. Vivia já no futuro, numa ilha tropical, banhada pelo sol e batida pelos ventos do Caribe.

O tempo em junho parecia melhorar a cada dia. Havia uma mistura bem dosada de sol e chuva, excelente para as uvas ainda tenras. E, com as uvas, crescia a fortuna de Charles.

Mas, no dia 15 de junho, começou a cair um chuvisco persistente na região da Borgonha. Depois, passou a chover mais forte. Choveu dias seguidos, semanas seguidas até que Charles não teve mais coragem de olhar os boletins do tempo.

René Duchamps telefonou, dizendo:

— Se a chuva parar até meados de julho, a safra ainda poderá ser salva!

Julho foi um dos meses mais chuvosos na história e nos registros do Serviço de Meteorologia da França. A 1º de agosto, Charles Martel havia perdido até o último centavo todo o dinheiro que havia roubado. O medo que o dominava era o maior que tinha sentido em toda a vida.

— VAMOS TOMAR o avião para a Argentina no mês que vem — disse Hélène a Charles. — Vou participar de uma corrida de automóveis lá.

Ele já a vira correr pelas pistas na Ferrari e não pôde deixar de pensar. Se *ela sofrer um desastre, ficarei livre!*

Mas ela era Hélène Roffe-Martel. A vida a arrojara num papel de vitoriosa, do mesmo modo que o tinha rebaixado ao papel de um derrotado.

O fato de ganhar a corrida tinha excitado Hélène mais que de costume. Tinham voltado para a sua suíte de hotel em Buenos Aires e ela fizera imediatamente Charles despir-se e estender-se de bruços no tapete. Quando ele teve uma ideia do que ela pretendia fazer, protestou:

— Não, Hélène! Não!

Nesse momento, bateram na porta.

— *Merde!* — exclamou Hélène.

Esperou em silêncio, mas bateram novamente na porta. Uma voz disse:

— *Señor* Martel?

— Fique onde está! — ordenou Hélène.

Levantou-se, passou um robe de seda pelo corpo esbelto e firme e foi até a porta. Um homem com um uniforme cinza de mensageiro tinha um envelope na mão.

— Tenho uma entrega especial para o *Señor e Señora* Martel.

Ela recebeu o envelope e fechou a porta. Abriu o envelope e leu a mensagem. Depois, mais lentamente, tornou a ler.

— O que é? — perguntou Charles.

— Sam Roffe morreu — disse ela, sorrindo.

Capítulo 5

LONDRES, SEGUNDA-FEIRA, 7 DE SETEMBRO,
14 HORAS.

O W̲h̲i̲t̲e̲'̲s̲ C̲l̲u̲b̲ ficava no alto de St. James's Street, perto de Piccadilly. Construído como um clube de jogo no século XVIII, o White's Club era um dos clubes mais velhos e mais fechados da Inglaterra. Os sócios inscreviam os nomes dos filhos logo que eles nasciam, pois havia uma lista de espera de mais de trinta anos.

A fachada do White's Club era um modelo de discrição. As grandes janelas que se abriam para St. James's Street visavam mais ao prazer dos sócios do que à curiosidade dos transeuntes. Havia alguns poucos degraus à entrada, mas, além dos sócios e de seus convidados, raras eram as pessoas que transpunham a porta do clube. As salas eram grandes, bem decoradas e todas revestidas da escura e rica pátina do tempo. Os móveis eram velhos e confortáveis — sofás de couro, estantes para jornais, mesas preciosas como antiguidades e poltronas que tinham acomodado os descendentes de meia dúzia de primeiros-ministros. Havia uma sala de gamão com uma grande lareira aberta, por trás de uma balaustrada de bronze, e uma escadaria curva que levava ao salão de jantar, no andar superior. O salão de jantar ocupava toda a largura do prédio e continha uma grande mesa de mogno, à qual podiam sentar-se umas trinta pessoas, e cinco mesas laterais. Na hora do almoço ou do jantar, reuniam-se ali alguns dos homens de maior prestígio do mundo.

Sir Alec Nichols, Membro do Parlamento, estava sentado a uma das mesinhas de canto, almoçando com um convidado, Jon Swinton. O pai de Sir Alec tinha sido um baronete, como, antes dele, seu pai e seu avô. Todos eles tinham pertencido ao White's Club. Sir Alec era um homem magro e pálido, de quase 50 anos, com um rosto vivo e aristocrático e um sorriso cativante. Chegara havia pouco de carro de sua propriedade rural em Gloucestershire e estava vestido com um paletó e *slacks* de *tweed,* com sapatos esporte. O seu convidado usava um termo listrado, com uma camisa espalhafatosa de xadrez e uma gravata vermelha, parecendo deslocado naquele ambiente sossegado e distinto.

— De fato, eles aqui fazem tudo à altura — disse Jon Swinton, acabando de comer a costeleta que tinha no prato.

— A cozinha é soberba. Já se foram os tempos em que Voltaire dizia que os ingleses tinham cem religiões e apenas um molho — disse Sir Alec.

— Quem é Voltaire? — perguntou Jon Swinton.

Sir Alec ficou embaraçado e murmurou:

— Ah... É um francês.

— Oh...

Jon Swinton lavou o último bocado de comida com um gole de vinho. Depois, largou o talher, enxugou os lábios com o guardanapo e disse:

— Agora, Sir Alec, creio que já é tempo de falarmos um pouco de negócios.

Alec Nichols disse com voz calma:

— Há duas semanas, disse-lhe, Sr. Swinton, que estava calculando tudo. Tem de me dar um pouco mais de tempo.

Um garçom aproximou-se da mesa com uma pilha de caixas de charutos. Com muita habilidade, estendeu-as em cima da mesa.

— Não leve a mal — disse Jon Swinton.

Examinou os rótulos das caixas, deu assobios de admiração, escolheu vários charutos que guardou no bolso do lenço do paletó e acendeu um. Nem o garçom, nem Sir Alec deram o menor sinal de ter notado essa falta de educação do homem. O garçom cumprimentou Sir Alec e levou os charutos para outra mesa.

— Meus patrões têm sido muito pacientes, Sir Alec. Mas parece que agora estão ficando ansiosos.

Pegou o fósforo queimado e jogou-o dentro do copo de vinho de Sir Alec.

— Aqui entre nós, eles não são nada agradáveis quando perdem a paciência. Não os vai querer nas suas costas, não é? Sabe o que estou querendo dizer?

— Acontece apenas que eu não tenho o dinheiro neste momento. — Jon Swinton deu uma risada.

— Não venha com essa para cima de mim. Sua mãe era uma Roffe, certo? E tem uma propriedade de 50 hectares de terras, uma boa casa em Knightsbridge, um Rolls-Royce e, ainda por cima, um Bentley. Não me venha dizer que está na miséria, que não acredito.

Sir Alec olhou em torno, ressentido, e disse calmamente:

— Nada disso que acaba de mencionar constitui um ativo passível de liquidação. Não posso...

Swinton piscou o olho e disse:

— E aquela mulherzinha sua, Vivian, não é um ativo passível de liquidação?

Sir Alec ficou rubro de raiva. O nome de Vivian nos lábios daquele homem era um sacrilégio. Alec pensou em Vivian como a deixara naquela manhã, ainda suavemente adormecida. Dormiam em quartos separados e uma das grandes alegrias de Alec Nichols era ir ao quarto de Vivian para uma de suas "visitas". Às vezes, quando Alec acordava cedo, ia ao quarto de Vivian, que ainda dormia, só para olhá-la. Acordada ou adormecida, era a mulher mais bela que Alec já tinha visto. Ela costumava dormir nua e seu corpo elegante e curvo se revelava a meio, encolhido na cama. Era loura, com olhos azul-claros e uma pele que parecia creme.

Vivian era uma pequena atriz quando Sir Alec a conhecera numa festa de caridade. Ficara encantado com sua beleza, mas o que mais o atraíra fora a personalidade esfuziante e extrovertida dela. Era vinte anos mais moça do que Alec e cheia de alegria de viver. Enquanto Alec era tímido e introvertido, Vivian era sociável e vivaz. Alec não tinha conseguido deixar de pensar na jovem, mas levara duas semanas até ter coragem bastante de telefonar para ela. Com surpresa e prazer para ele, Vivian aceitara seu convite. Alec a levara a uma peça no Old Vic e depois para jantar no Mirabelle. Vivian morava num modesto apartamento térreo em Notting Hill e, quando Alec a levara até a casa, perguntara:

— Não quer entrar?

Ele havia passado a noite lá e isso transformou inteiramente sua vida. Era a primeira vez que uma mulher o fazia sentir verdadeiro prazer sexual. Jamais conhecera nada que se comparasse a Vivian. Era aveludada, tinha longos cabelos esvoaçantes e possuía profundidades úmidas e exigentes que ele se exauria em explorar. Sentia-se excitado só de pensar nela.

Havia mais alguma coisa. Ela o fazia rir e sentir-se vivo. Fazia troça de Alec por ser tímido e um tanto introspectivo e ele adorava isso. Estava com ela sempre que Vivian o permitia. Quando Alec a levava a alguma festa, Vivian era sempre o centro das atenções. Alec se orgulhava disso, mas sentia ciúmes dos moços que a cercavam e não podia deixar de pensar que muitos deles já deviam ter dormido com ela.

Nas noites em que Vivian não podia estar com ele porque tinha outro compromisso, Alec se roía de ciúme. Ia até o apartamento dela, estacionava o carro nas vizinhanças para ver a que horas ela voltava para casa e se chegava acompanhada. Sabia que estava procedendo insensatamente, mas não conseguia agir de outro jeito. Estava emaranhado em laços que eram muito difíceis de quebrar.

Compreendia que Vivian não servia para ele e que seria um grande erro da sua parte casar-se com ela. Era um baronete, um respeitável membro do Parlamento, com um brilhante futuro. Fazia parte da dinastia Roffe e integrava a diretoria da empresa. Vivian não tinha como se incorporar ao mundo em que ele vivia. Era filha de uma dupla de artistas baratos de *music-hall*, que faziam turnês pelas províncias. Não tinha instrução e o pouco que sabia aprendera nas ruas e nas coxias dos teatros. Alec sabia que ela era promíscua e superficial. Esperta, mas não particularmente inteligente. Apesar de tudo isso, Alec era obcecado por ela. Resistiu. Tentou deixar de vê-la, mas não adiantou. Era feliz ao lado dela e quase desgraçado quando estava longe. No fim, propôs-lhe casamento porque não podia deixar de proceder assim e, quando Vivian aceitou, ficou em êxtase.

Levou a esposa para a casa da família, uma bela mansão georgiana em Gloucestershire com colunas délficas e uma longa entrada curva para carros. Ficava no centro de 50 hectares de ricas terras de lavoura, com um parque de caça e um rio para pescar. Nos fundos da casa, havia um jardim criado por um paisagista famoso.

O interior da casa era admirável. O grande hall de entrada tinha chão de pedras e paredes revestidas de madeira pintada. Havia velhas lanternas e mesas douradas com tampo de mármore. A biblioteca tinha estantes feitas ainda no século XVIII, mesas com pedestal de Henry Holland e cadeiras de Thomas Hope. A sala de estar era uma mistura de Hepplewhite e Chippendale, com um tapete Wilton e dois lustres de Waterford. Havia um grande salão de jantar com capacidade para quarenta convivas e uma sala de fumar. No segundo andar, havia seis quartos, cada qual com a sua lareira Adam. No terceiro andar, ficavam os alojamentos dos criados.

Seis semanas depois de se mudarem para a casa, Vivian disse:
— Vamos embora daqui, Alec.
Ele a olhou, atônito.
— Quer ir passar alguns dias em Londres, é isso?
— Não. Quero me mudar para Londres.

Alec olhou pela janela para os campos verdes, onde brincara quando criança e onde se erguiam o gigantesco sicômoro e os grandes carvalhos, e murmurou com alguma hesitação:
— Mas isto aqui é tão tranquilo, Vivian...
— É justamente isso. Não suporto mais essa maldita tranquilidade...

Mudaram-se para Londres na semana seguinte.

Alec tinha uma elegante casa de quatro andares em Londres, em Wilton Crescent, logo depois de Knightsbridge, com uma bela sala de estar, um escritório, uma grande sala de jantar e, aos fundos da casa, uma janela panorâmica, da qual se via uma gruta, com uma cascata, estátuas e alguns bancos brancos no centro de um belo jardim. No andar de cima, havia um quarto grande e quatro menores.

Vivian e Alec viveram duas semanas no quarto grande. Certa manhã, Vivian disse:

— Gosto muito de você, Alec, mas você ronca, sabe disso?

Alec não sabia.

— Tenho de dormir sozinha, amor. Você não se importa, não é?

Alec se importava e muito. Gostava de sentir na cama a maciez e o calor daquele corpo jovem. Mas sabia intimamente que não podia excitar sexualmente Vivian tanto quanto outros homens. Era por isso que ela não o queria na cama. Disse, portanto:

— É claro que compreendo, querida.

Por insistência de Alec, Vivian continuou no quarto grande e ele se mudou para um dos quartos menores.

A princípio, Vivian ia à Câmara dos Comuns e ficava na galeria dos visitantes nos dias em que Alec tinha de fazer algum discurso. Alec olhava para ela e se sentia cheio de um orgulho profundo e inefável. Vivian era sem dúvida a mulher mais bela entre todas ali presentes. Um dia, concluiu seu discurso e, quando olhou para o alto, viu que o lugar de Vivian estava vazio.

Alec se julgava culpado pelo fato de Vivian viver insatisfeita. Todos os amigos dele eram amigos mais velhos do que ela e muito conservadores. Incentivou-a a convidar para a casa os jovens companheiros dela e misturou-os com os amigos dele. Os resultados foram desastrosos.

Alec vivia pensando que, quando Vivian tivesse um filho, se acomodaria e mudaria. Mas um dia — Alec nunca soube como — ela apareceu com uma infecção vaginal e teve de fazer uma histerectomia. Alec desejava tanto um filho que o fato o abalou profundamente, mas Vivian se mostrou imperturbável.

— Não se incomode, amor. Tiraram a chocadeira, mas deixaram o galinheiro onde a gente pode brincar.

Ele a olhou em silêncio durante algum tempo, mas depois deu-lhe as costas e afastou-se.

Vivian gostava de fazer compras. Gastava indiscriminadamente em roupas, joias e carros, e Alec não tinha ânimo de dizerlhe que se contivesse. Justificou-a, dizendo que ela se criara na pobreza e tinha fome de luxos. Gostaria de comprar tudo para ela. Infelizmente, não podia. Seu salário era fundamentalmente consumido pelos impostos. Sua fortuna consistia nas ações da Roffe & Filhos, mas o rendimento dessas ações era limitado. Tentou explicar isso a Vivian, mas ela não mostrou o menor interesse. As conversas sobre negócios a irritavam. E Alec deixou-a continuar gastando.

A primeira vez em que soube que ela também jogava foi quando Tod Michaels, proprietário do Tod's Club, um antro de jogatina no Soho, foi procurá-lo.

— Tenho aqui uma promissória de 1.000 libras, assinada por sua mulher, Sir Alex. Ela teve uma noite de pouca sorte na roleta.

Alec ficou atônito. Pagou a promissória e naquela noite chamou a atenção de Vivian.

— Assim não podemos aguentar, Vivian. Você está gastando mais do que posso ganhar.

Ela se mostrou muito arrependida.

— Desculpe, meu anjo. Sua Vivian tem procedido muito mal. — Abraçou-o então, comprimiu o corpo contra o dele e Alec esqueceu a raiva.

Alec passou uma noite memorável na cama dela e ficou certo de que não haveria mais problemas.

Duas semanas depois, Tod Michaels fora procurá-lo de novo. Dessa vez, a promissória assinada por Vivian era de 5.000 libras. Alec ficou furioso.

— Por que você a deixa jogar a crédito?

— Ela é sua esposa, Sir Alec — respondera Michaels com voz macia. — Que ficaria parecendo se eu recusasse?

— Eu... eu terei de arranjar essa importância — dissera Alec. — Não a tenho no momento.

— Considere isso como um empréstimo. Pagará quando puder.

Alec se sentira muito aliviado.

— É muita generosidade de sua parte, Sr. Michaels.

Foi só um mês depois que Alec soube que Vivian tinha perdido no jogo mais de 20.000 libras e que ele pagaria sobre essa importância juros de 10 por cento por semana. Ficou horrorizado. Não tinha meio algum de levantar tanto dinheiro. Não tinha nem coisa alguma que pudesse vender. As casas, as belas antiguidades, os carros, tudo isso pertencia à Roffe & Filhos. A cólera que o agitava amedrontou tanto Vivian que ela prometeu nunca mais jogar. Mas era muito tarde. Alec caíra nas mãos de agiotas. Por mais dinheiro que desse, jamais conseguia amortizar a dívida. Esta aumentava todos os meses, ao invés de diminuir, e ele já vivia nessa agonia havia um ano.

Quando os capangas de Tod Michaels começaram a exercer pressão sobre ele, cobrando o dinheiro, Alec tinha ameaçado ir à Polícia.

— Tenho relações nas altas rodas — dissera ele.

O mau-elemento sorrira.

— E nós temos relações nas mais baixas.

Naquele momento, Sir Alec ali estava no White's Club com aquele homem terrível, tendo de rebaixar-se para pedir um pouco mais de tempo.

— Já paguei mais que o dinheiro que peguei emprestado. Não posso...

— Pagou apenas os juros, Sir Alec — replicou Swinton. — Ainda não deu nada sobre o capital.

— Isso é uma extorsão!

Os olhos de Swinton ficaram mais fixos. Disse, fazendo menção de levantar-se:

— Está bem. Darei seu recado ao chefe.

— Não, não! Faça o favor de sentar-se — apressou-se em dizer Alec.

Swinton sentou-se lentamente e disse:

— Não diga mais essas coisas. O último sujeito que falou assim acabou com os joelhos pregados no chão.

Alec lera alguma coisa a esse respeito. Os irmãos Kray tinham inventado esse castigo para suas vítimas. E as pessoas com quem ele estava tratando eram tão perversas e tão cruéis quanto eles. Sentiu a bile subir-lhe à garganta.

— Não quis dizer isso. Só sei é que não tenho mais dinheiro...

Swinton bateu a cinza do charuto no copo de vinho de Alec e disse:

— Você tem uma porção de ações da Roffe & Filhos, não tem, meu caro Alec?

— Tenho, sim, mas não posso vendê-las, nem transferi-las. Não adianta a ninguém possuí-las, a menos que a Roffe & Filhos se transforme numa empresa pública. Isso é com Sam Roffe. Bem que tenho tentado convencê-lo.

— Tente mais.

— Diga a Michaels que ele receberá seu dinheiro. Enquanto isso, deixem de importunar-me.

Swinton arregalou os olhos.

— Importuná-lo? Você, meu caro patife, não sabe nem o significado da palavra. Quando começarmos a importuná-lo, suas cocheiras serão queimadas e você comerá carne de cavalo assada. Até sua casa será queimada. E com sua mulher dentro. Já comeu coxas de mulher assadas?

Alec estava pálido.

— Pelo amor de Deus!

— É claro que estou brincando — disse Swinton. — Tod Michaels é seu amigo. E amigos ajudam uns aos outros. Estivemos falando a seu respeito em nossa reunião desta manhã. E sabe o que foi que o chefe disse? "Sir Alec é um bom sujeito. Se não tiver o dinheiro, conseguirá na certa outro meio de atender-nos."

Alec franziu a testa.

— Que outro meio é esse?

— Ora essa, não é tão difícil assim de calcular para um homem esperto como você. Trabalha numa grande companhia de produtos farmacêuticos, não é verdade? Produz coisas como cocaína, por exemplo. Aqui entre nós, particularmente, quem iria saber se você desviasse algumas remessas de vez em quando?

Alec encarou-o.

— Deve estar louco. Eu jamais poderia fazer uma coisa dessas.

— Não calcula a facilidade com que as pessoas podem fazer as coisas desde que seja necessário. Ou nos paga o dinheiro que nos deve ou teremos de ordenar-lhe para onde deve remeter a mercadoria.

Apagou o charuto no prato de manteiga de Alec.

— Lembranças a Vivian, Sir Alec. *Ciao*.

E Jon Swinton saiu.

Sir Alec ficou sentado sozinho, sem ver nada, cercado de todas as coisas confortáveis e amigas que tinham feito parte até então de sua vida e agora estavam ameaçadas. A única coisa estranha era aquela obscena ponta de charuto no prato.

Como pudera permitir que tais coisas lhe acontecessem na vida? Deixara-se levar para uma posição onde ficara à mercê dos malfeitores. Sabia agora que não queriam dele apenas dinheiro. O dinheiro fora a isca com que o tinham levado para a armadilha. O que lhes interessava eram suas relações com a companhia de produtos farmacêuticos. Queriam forçá-lo a trabalhar com eles.

Quando se soubesse que ele estava em poder daqueles criminosos, a Oposição não deixaria de explorar o caso. Seu partido decerto lhe pediria que renunciasse à sua cadeira. Isso, naturalmente, seria feito com tato e discrição. Insistiriam em que ele se candidatasse aos Chiltern Hundreds, um posto da Coroa que pagava um salário nominal de 100 libras por ano. Teria de deixar o Parlamento necessariamente, pois um parlamentar não podia receber qualquer pagamento da Coroa ou do Governo. É claro que não poderia haver sigilo sobre os motivos. Ele ficaria desmoralizado, a não ser que pudesse receber alguma quantia considerável. Tinha falado muitas vezes com Sam Roffe, procurando convencê-lo a tornar a companhia pública e permitir que suas ações fossem negociadas na Bolsa.

— Nem pense nisso — respondera Sam. — No minuto em que permitimos a entrada de estranhos, eles começarão a querer ditar regras nos nossos negócios. Sem ninguém saber como, tomarão conta da diretoria e, depois, da companhia. Que diferença isso faz para você, Alec? Você tem um bom salário, uma conta de despesas sem limite fixo. Não precisa de dinheiro.

Por um momento, Alec ficara tentado a expor a Sam a situação desesperada em que se encontrava. Mas bem sabia que isso não adiantava. Sam Roffe era antes de tudo um homem da companhia. Se soubesse que Alec tinha de alguma maneira comprometido o prestígio da Roffe & Filhos, iria demiti-lo sem um momento de hesitação. Não, Sam Roffe era a última pessoa a quem ele podia recorrer.

Alec se via diante da ruína.

O PORTEIRO DA RECEPÇÃO dirigiu-se à mesa de Alec em companhia de um homem com uma farda de mensageiro e um envelope fechado na mão.

— Perdão, Sir Alec — disse o porteiro — mas este homem insiste em dizer que recebeu instruções para entregar-lhe pessoalmente alguma coisa.

— Obrigado — disse Alec, recebendo o envelope.

O porteiro saiu, acompanhando o homem.

Alec demorou muito a estender a mão para o envelope e abri-lo. Leu e releu a mensagem. Em seguida, amassou o papel e seus olhos se encheram de lágrimas.

Capítulo 6

NOVA YORK, SEGUNDA-FEIRA, 7 DE SETEMBRO, 11 HORAS.

O Boeing 707-320 particular estava fazendo seu acesso final ao Aeroporto Keneddy, depois de sobrevoar repetidamente a pista, à espera de ordem para pouso. O voo tinha sido longo e enfadonho, e Rhys Williams estava exausto, mas não conseguira dormir durante toda a noite. Tinha viajado muito naquele avião com Sam Roffe e a presença do amigo ainda enchia o aparelho.

Elizabeth Roffe o esperava. Ele tinha lhe mandado um telegrama de Istambul, no qual dizia apenas que chegaria no dia seguinte. Poderia ter lhe comunicado a morte do pai pelo telefone, mas ela merecia mais que isso.

O avião tocou o solo e taxiou para o terminal. Rhys levava muito pouca bagagem e sem demora passou pela alfândega. Do lado de fora, o céu estava cinzento e fechado, numa previsão do inverno. Uma limusine o esperava numa das portas laterais a fim de levá-lo à propriedade de Sam Roffe, em Long Island, onde Elizabeth devia estar a sua espera.

Durante a viagem para Long Island, Rhys tentou pensar nas palavras que diria a Elizabeth logo que a visse, para suavizar o choque, mas no momento em que Elizabeth abriu a porta para recebê-lo, ficou sem ter o que dizer. Sempre que Rhys via Elizabeth, a beleza dela o tomava de surpresa. Herdara os traços da mãe, as mesmas feições aristocráticas e os olhos negros emoldurados pelos longos cílios. A pele era branca e fina e os cabelos pretos e cintilantes. Estava com uma blusa creme de seda de gola aberta, uma saia pregueada de casimira cinza e sapatos marrons. Não havia nem sinal da menina desajeitada que Rhys conhecera nove anos antes. Tornara-se uma mulher inteligente e cordial, sem qualquer afetação decorrente da sua beleza. Sorria, satisfeita de vê-lo. Tomou-o pela mão e disse, levando-o para a grande biblioteca revestida de carvalho:

— Venha, Rhys. Sam veio com você?

Não havia meio de proceder suavemente. Rhys respirou fundo e disse:

— Sam sofreu um acidente, Liz.

Viu a cor fugir do rosto de Elizabeth e ela ficar esperando que ele continuasse.

— O acidente foi grave. Ele morreu.

Ela ficou imóvel, como se estivesse petrificada. Quando afinal falou, sua voz mal pôde ser ouvida.

— O... que aconteceu?

— Não sabemos ainda dos detalhes. Ele estava fazendo uma ascensão no Monte Branco. Uma corda partiu e ele caiu numa ravina.

— Encontraram...?

Ela fechou os olhos por um momento.

— A ravina era um abismo sem fundo.

Elizabeth ficou muito pálida. Rhys sentiu-se imediatamente alarmado.

— Está sentindo alguma coisa?

Ela sorriu.

— Não. Estou bem. Muito obrigada. Quer tomar chá ou comer alguma coisa?

Rhys olhou para ela, surpreso, e então compreendeu. Ela se achava em estado de choque, embora estivesse agindo e falando como se nada tivesse acontecido. Tinha os olhos parados e o sorriso estava como que imobilizado em seus lábios.

— Sam era um grande atleta — disse Elizabeth. — Você já viu os troféus conquistados por ele. Sempre vencia, não era? Sabia que ele já havia escalado o Monte Branco?

— Liz...

— É claro que você sabia. Foi até uma vez com ele, não foi, Rhys?

Rhys deixou-a falar, anestesiar-se contra a dor, criar uma couraça de palavras que seria abandonada quando ela tivesse de enfrentar a angústia. Por um instante, enquanto a escutava, lembrou-se da menina vulnerável que ele conhecera em outros tempos, tão sensível e tímida que não tinha qualquer proteção da realidade brutal. Estava naquele momento profundamente atingida e havia nela uma fragilidade que preocupava Rhys.

— Vou chamar um médico, Liz. Ele pode lhe dar alguma coisa e...

— Nada disso. Já lhe disse que estou bem. Se não se incomoda, vou me deitar um pouco. Estou cansada.

— Quer que eu fique aqui?

— Não será preciso. Muito obrigada.

Ela o levou até a porta e, quando ele já ia entrando no carro, chamou-o.

— Rhys!

Ele se voltou.

— Obrigada por ter vindo.
Deus do céu!

Muitas horas depois de Rhys Williams ter saído, Elizabeth Roffe ainda estava deitada na cama, olhando para o teto e vendo as sombras em movimento que nele traçava o pálido sol de setembro.

E a dor chegou. Não tinha tomado um sedativo, porque queria sentir a dor. Devia isso a Sam. Tinha de suportar tudo porque era filha dele. Passou ali o resto do dia e a noite inteira, pensando em nada, pensando em tudo, lembrando e sofrendo. Ria, chorava e se julgava num estado de grande depressão nervosa. Mas pouco importava. Não havia ninguém para ouvi-la. No meio da noite, sentiu de repente uma fome violenta e se levantou para ir comer um grande sanduíche na cozinha. Vomitou logo depois. Sentiu-se melhor.

Nada podia aliviar a dor que a consumia. Parecia-lhe que todos os seus nervos estavam em fogo. Recordava incessantemente os anos que vivera com o pai. Pela janela de seu quarto, viu o sol nascer. Algum tempo depois, uma das empregadas bateu na porta e Elizabeth mandou-a embora. Houve uma hora em que o telefone tocou e ela sentiu um baque no coração. É Sam! Mas logo voltou à realidade e deixou o telefone tocar.

Sam nunca mais lhe telefonaria. Ela nunca mais ouviria a voz dele.

Nunca mais o veria.

Uma ravina insondável.

Insondável.

Elizabeth deixou-se ficar ali, submersa no passado e na saudade.

Capítulo 7

O NASCIMENTO DE Elizabeth Rowane Roffe foi uma dupla tragédia. A tragédia menor foi a mãe de Elizabeth ter morrido no parto. A maior foi o fato de Elizabeth haver nascido mulher.

Durante nove meses, até que ela emergiu das profundezas escuras do útero materno, tinha sido a criança mais ansiosamente esperada do mundo, destinada a herdar um colossal império, a empresa gigantesca e multimilionária que era a Roffe & Filhos.

Patrícia, a mulher de Sam Roffe, era uma criatura de cabelos pretos, dotada de excepcional beleza. Muitas mulheres tinham tentado casar-se com Sam Roffe, fascinadas pela posição, pelo prestígio e pela riqueza dele. Patrícia quis casar-se com ele porque o amava. Depois se viu que esse era o pior dos motivos. Sam Roffe tinha desejado apenas um acordo comercial e Patrícia havia correspondido plenamente às suas exigências. Sam não tinha nem tempo nem temperamento para ser um homem de família. Não havia espaço em sua vida para qualquer coisa estranha à Roffe & Filhos. Era fanaticamente dedicado à companhia e não esperava senão a mesma dedicação dos que o cercavam. A importância de Patrícia para ele residia exclusivamente na contribuição que ela pudesse dar à imagem da companhia. Quando ela compreendeu a espécie de casamento que tinha feito, era muito tarde. Sam lhe deu um papel para representar e ela o representou brilhantemente. Era uma *hostess* perfeita, uma Sra. Sam Roffe impecável.

Não recebia amor do marido e, pouco a pouco, aprendeu a não lhe dar qualquer espécie de amor. Servia a Sam e era tão empregada da Roffe & Filhos quanto a mais humilde secretária. Estava de plantão 24 horas por dia, pronta a tomar o avião para qualquer lugar que Sam julgasse necessário, capaz de receber um pequeno grupo de líderes mundiais ou de servir um jantar de gourmet a cem convidados com um aviso de um dia, em toalhas de mesa bordadas, resplandecentes cristais Baccarat e uma pesada baixela de prata georgiana. Patrícia era uma das parcelas do ativo não arrolado da Roffe & Filhos. Lutava para conservar-se bela e submetia-se a exercícios e regimes como uma espartana. Seu corpo era perfeito e seus vestidos eram desenhados para ela por Norell em Nova York, Chanel em Paris, Hartnell em Londres e a jovem Sybil Connolly em Dublin. As joias que Patrícia usava eram criadas para ela por Jean Schlumberger e Bulgari. Levava uma vida atarefada e dinâmica, mas vazia e sem alegria. A gravidez mudou tudo isso.

Sam era o último herdeiro masculino da dinastia Roffe e Patrícia sabia com que ansiedade ele desejava um filho. Tudo dependia dela, que passou a ser a rainha-mãe, em cujo seio se criava o jovem príncipe que um dia herdaria o reino. Quando levaram Patrícia para a sala de parto, Sam apertou-lhe a mão e disse fervorosamente.

— Muito obrigado!

Patrícia morreu de uma embolia trinta minutos depois e a única felicidade para ela foi morrer sem ter sabido que falhara com o marido.

Sam Roffe achou tempo no seu programa repleto para enterrar a mulher e voltou então a atenção para o problema do que devia ser feito com a filha recém-nascida.

Com uma semana de idade, Elizabeth foi levada para casa e entregue a uma babá, a primeira de uma longa série de babás. Durante os primeiros cinco anos de sua vida, Elizabeth viu muito pouco o pai. Era pouco mais que um vulto maldefinido, um estranho que estava sempre a chegar ou a sair. Viajava constantemente e Elizabeth era um problema, pois tinha de ser levada como uma peça de bagagem a mais. Num mês, Elizabeth se via na propriedade de Long Island, com as carreiras de boliche, quadras de tênis, piscina e quadra de *squash*. Poucas semanas depois, a babá fazia as malas com as roupas de Elizabeth e esta era levada de avião para a vila em Biarritz. Nos seus cinquenta quartos e nos seus 12 hectares de terrenos, Elizabeth se perdia constantemente.

Sam Roffe possuía ainda uma cobertura dúplex em Beekman Place e uma vila na Costa Smeralda da Sardenha. Elizabeth viajava para todos esses lugares, arrastada de casa para o apartamento e para a vila, crescendo no meio de todo esse pródigo luxo. Mas sempre se considerou uma estranha que entrara por engano numa bela festa de aniversário dada por desconhecidos que não a amavam.

Quando ficou mais velha, soube o que significava ser filha de Sam Roffe. Foi, como a mãe dela tinha sido, uma vítima emocional da companhia. Se não tinha vida em família era porque não havia família, mas apenas servidores assalariados e a figura distante do homem que a havia gerado e que parecia não ter o menor interesse por ela, dedicando-se exclusivamente à companhia. Patrícia tinha conseguido aceitar essa situação, mas para a criança aquilo era um tormento.

Elizabeth sentia-se rejeitada e não amada. Não sabia o que fazer no seu desespero e acabou convencida de que era a culpada, por ser incapaz de inspirar amor. Fez tudo o que era possível para ganhar a afeição do pai. Quando chegou à idade escolar, fazia coisas para ele na aula, desenhos infantis, aquarelas esquisitas, cinzeiros tortos, coisas que ela guardava cuidadosamente. Quando ele voltasse de uma das suas viagens, lhe faria a surpresa do presente e o ouviria dizer: "Gostei muito, Elizabeth. Você é bastante talentosa."

Quando ele voltava e Elizabeth lhe apresentava as suas ofertas de amor, o pai olhava tudo sem maior interesse ou então dizia, balançando a cabeça: "Bem se vê que você nunca será uma artista."

Às vezes, Elizabeth acordava no meio da noite e descia a longa escadaria circular do apartamento de Beekman Place e seguia pelo longo e cavernoso corredor que levava ao escritório do pai. Entrava na sala vazia como se estivesse chegando a um santuário. Aquela era a sala dele, onde assinava papéis importantes e de onde governava o mundo. Elizabeth aproximava-se da grande mesa forrada de couro e passava lentamente as mãos por ela. Depois, ficava atrás da mesa e se sentava na grande cadeira de couro. Ali sentia-se mais perto do pai. Era como se, estando onde estava, sentando-se onde ele se sentava, pudesse tornar-se parte dele. Mantinha conversações imaginárias com Sam, que escutava, interessado e atento, enquanto ela expunha seus problemas. Uma noite, quando Elizabeth estava sentada no escuro na cadeira do pai, as luzes da sala foram acesas de repente e ele apareceu à porta. Olhou para Elizabeth, sentada na cadeira da mesa com sua camisola e perguntou:

— O que você está fazendo aqui sozinha no escuro?

Tomou-a então nos braços e carregou-a para a cama dela no andar de cima. Elizabeth ficou acordada quase a noite inteira, pensando na alegria de ser carregada pelo pai.

Depois disso, descia todas as noites e se sentava na cadeira do escritório, esperando que ele chegasse e tornasse a carregá-la, mas isso nunca mais aconteceu.

Ninguém falava com Elizabeth sobre sua mãe, mas havia um belo retrato de corpo inteiro de Patrícia Roffe na sala de recepções e Elizabeth ficava muito tempo a olhá-lo. Em seguida, ia ver-se no espelho. Como era feia! Tinham colocado um aparelho em seus dentes e ela parecia um monstro. Não era de admirar que o pai não se interessasse por ela.

Adquiriu de repente um apetite insaciável e começou a engordar. Tinha chegado a uma conclusão admirável. Se fosse gorda e feia, ninguém iria esperar que ela se parecesse com a mãe.

Quando Elizabeth completou 12 anos, foi matriculada numa escola particular exclusiva no East Side de Manhattan, na rua 70. Chegava num Rolls-Royce com chofer, caminhava até a sua sala de aula e ali ficava sentada, retraída e calada, sem dar atenção a ninguém. Nunca respondia espontaneamente a uma pergunta. E, quando era chamada, nunca parecia saber o que dizer. As professoras em breve tomaram o hábito de deixá-la de lado. Conversavam em particular sobre o caso de Elizabeth e tinham a opinião unânime de que ela era a criança mais mimada que tinham conhecido. Num relatório anual confidencial à diretora da escola, a professora de Elizabeth disse o seguinte:

> "Não foi possível fazer qualquer espécie de progresso com Elizabeth Roffe. Ela se conserva afastada das colegas e se nega a participar de qualquer atividade de grupo. Não tem amigas na escola. Suas notas não são satisfatórias, mas é difícil dizer se isso acontece porque ela não faz qualquer esforço ou porque não tem capacidade de aprender a matéria. É arrogante e egoísta. Se o pai dela não fosse um dos grandes benfeitores desta escola, eu recomendaria a expulsão dessa aluna."

Esse relatório estava a muitos anos-luz da realidade. A verdade era que Elizabeth Roffe não tinha um escudo protetor, nem qualquer espécie de couraça contra a terrível solidão que a consumia. Consciente de sua falta de valor, tinha medo de fazer amizades para não revelar que não tinha méritos, nem era simpática. Não era arrogante, era de uma timidez quase patológica. Julgava que não pertencia ao mesmo mundo que seu pai habitava. Não pertencia a mundo algum. Detestava ser levada para a escola no Rolls-Royce, pois sabia que não merecia isso. Nas aulas, estava a par de todas as perguntas que as professoras faziam, mas não tinha coragem de responder, para não chamar a atenção para si. Gostava de ler e ficava acordada na cama até tarde da noite, devorando livros.

Sonhava muito e se deleitava em suas fantasias. Estava em Paris com o pai e, depois de atravessarem o Bois de Boulogne numa carruagem, ele a levava ao seu escritório, uma sala enorme mais ou menos do tamanho da catedral de Saint Patrick. As pessoas começavam a levar papéis para o pai assinar e ele dizia: "Não veem que estou ocupado? Estou conversando com minha filha Elizabeth."

Ela e o pai estavam esquiando na Suíça, descendo uma encosta um ao lado do outro. De repente, ele caía e gritava de dor porque quebrara a perna, mas ela dizia: "Não se preocupe, papai. Cuidarei de você." Esquiava então até o hospital, onde dizia: "Depressa! Vão socorrer meu pai, que está machucado." Uma dezena de homens de casacos brancos traziam-no então numa ambulância cintilante e ela ficava à cabeceira dele, dando-lhe comida na boca (já então quebrara o braço e não a perna) e, aí, a mãe entrava no quarto, de algum modo viva, e ele dizia: "Não posso falar com você agora, Patrícia. Elizabeth e eu estamos conversando."

Ou então estavam numa bela vila da Sardenha e os empregados não estavam em casa. Ela preparava o jantar para o pai, que repetia todos os pratos e ao fim dizia: "Você é muito melhor cozinheira do que sua mãe foi, Elizabeth."

Todas as cenas com seu pai tinham sempre o mesmo final. A campanhia da porta tocava e um homem alto, bem mais alto do que o pai, entrava e a pedia em casamento. O pai então pedia: "Não me deixe, Elizabeth. Preciso muito de você."

E ela resolvia ficar.

De todas as casas em que Elizabeth se criou, a vila na Sardenha era sua favorita. Não era de modo algum a maior, mas era a mais pitoresca e a mais acolhedora. A própria Sardenha encantava Elizabeth. Era uma ilha impressionante e rochosa a cerca de 150 milhas marítimas da costa da Itália. Era um maravilhoso conjunto de montanhas, mar e terras verdes. Os seus enormes penhascos vulcânicos tinham irrompido do mar primitivo havia milênios e a costa se estendia numa imensa meia-lua por onde a vista alcançava, bordada pela franja azul do mar Tirreno.

Para Elizabeth, a ilha tinha cheiros especiais e próprios, o aroma dos ventos do mar e das florestas, bem como da *macchia*, a flor amarela e branca que Napoleão tinha amado. Havia as moitas de *corbeccola* que alcançavam quase dois metros de altura e davam uma frutinha vermelha que tinha gosto de morango, e as *guarcias*, os gigantescos carvalhos cuja casca era exportada para o continente, onde se faziam com ela rolhas para as garrafas de vinhos.

Gostava de ouvir os rochedos cantantes, as misteriosas e enormes pedras cheias de buracos. Quando o vento soprava nesses buracos, os rochedos emitiam sons fantasmagóricos e tristes, como lamentos de almas penadas.

Os ventos sopravam e Elizabeth ficou conhecendo todos eles: o *mistrale* e o *ponente*, a *tramontana*, o *grecate* e o *levante*. Havia ventos brandos, ventos impetuosos. O mais temido era o *sirocco*, o vento quente que soprava do Saara.

A villa Roffe ficava na Costa Smeralda, acima do Porto Cervo, no alto de um penhasco sobre o mar, escondida entre zimbros e as oliveiras selvagens da Sardenha que davam azeitonas amargas. Havia uma vista empolgante da baía muito abaixo, em torno da qual se espalhavam pelos montes verdes casas de alvenaria numa mistura desordenada de cores que lembravam um desenho de criança com uma caixa de lápis.

A vila era de alvenaria, com grandes traves de zimbro no seu interior. Era construída em vários níveis, com grandes quartos confortáveis, cada qual com a sua lareira e a sua varanda. As salas de estar e de jantar tinham grandes janelas que permitiam visões panorâmicas da ilha. Uma escada irregular levava aos quatro quartos do andar de cima. A mobília se ajustava com perfeição ao ambiente. Havia mesas e bancos rústicos de refeitório e poltronas macias. Diante das janelas, havia cortinas franjadas de lã branca, tecidas à mão na ilha. O piso era revestido com os vistosos ladrilhos *cerasarda* da Sardenha e com outros ladrilhos da Toscana. Nos banheiros e quartos, havia tapetes de lã da ilha coloridos tradicionalmente com tintas vegetais. A casa era cheia de quadros, uma mistura de impressionistas franceses, grandes mestres italianos e primitivos sardos. Na entrada, havia retratos de Samuel Roffe e Terenia Roffe, trisavós de Elizabeth.

O que mais agradava a Elizabeth era a sala da torre, sob o telhado inclinado. Subia-se para lá do segundo andar por uma estreita escada e a sala servia de escritório a Sam Roffe. Havia uma grande mesa de trabalho e uma confortável cadeira giratória estofada. Nas paredes viam-se estantes e mapas, muitos destes pertencentes ao império Roffe. Portas envidraçadas se abriam para uma pequena varanda sobre um penhasco abrupto e dali se tinha uma vista deslumbrante.

Foi nessa casa, aos 13 anos, que Elizabeth descobriu as origens de sua família e pela primeira vez sentiu que era de casa, que era parte de alguma coisa.

Tudo começou no dia em que Elizabeth encontrou o Livro. O pai tinha ido a Olbia e Elizabeth subiu a escada para a sala da torre. Não se interessava pelos livros das estantes, pois sabia havia muito que eles versavam sobre farmacologia e farmacognosia, empresas multinacionais e direito internacional. Tudo era muito pesado e tedioso. Havia um volume médico em latim intitulado *Circa instans,* escrito na Idade Média, e outro chamado *De materia medica.* Elizabeth estava estudando latim e teve curiosidade de ver um daqueles velhos volumes. Foi por isso que abriu a vitrine em que estavam. Quando puxou os livros, viu que havia outro embaixo. Elizabeth apanhou-o. Era grosso, encadernado em couro e sem título.

Ainda mais curiosa, Elizabeth abriu-o. Foi como se abrisse uma porta para outro mundo. Era uma biografia de seu trisavô, Samuel Roffe, impressa em inglês numa edição particular em pergaminho. Não havia o nome do autor, nem a data, mas era evidente que o livro devia ter mais de cem anos. Algumas páginas estavam desbotadas, outras amareladas ou já começando a desfazer-se de velhice.

Mas nada disso tinha importância. O importante era a história que dava vida aos retratos pendurados na parede embaixo da escada. Elizabeth tinha visto muitas vezes esses retratos de um homem e de uma mulher de outros tempos, vestidos com roupas estranhas. O homem não era belo, mas havia em seu rosto energia e inteligência. Tinha cabelos louros, os malares salientes dos eslavos e olhos azuis muito vivos. A mulher era uma beleza. Cabelos pretos, pele impecável e olhos pretos como carvão. Usava um vestido de seda branca com um casaquinho e um corpete de brocado. Dois estranhos que nada significavam para Elizabeth.

Mas naquele dia em que, sozinha na sala da torre, ela abriu o Livro e começou a ler, Samuel e Terenia Roffe readquiriram vida. Elizabeth sentiu-se transportada no tempo e começou a viver no gueto de Cracóvia, no ano de 1853, na companhia deles.

E, ao ler o Livro, ficou sabendo que seu trisavô, Samuel, fundador da Roffe & Filhos, fora romântico e aventureiro.

Fora também um assassino.

Capítulo 8

Segundo Elizabeth leu, uma das mais antigas lembranças de Samuel era a do assassinato de sua mãe num *pogrom,* quando ele tinha 5 anos. Ele fora escondido na adega da pequena casa de madeira em que os Roffes moravam, com outras famílias, no gueto de Cracóvia.

Quando as desordens finalmente terminaram, depois de horas terríveis de angústia e sofrimento, e o único som que se ouvia era o choro dos sobreviventes, Samuel saiu cautelosamente do seu esconderijo e foi pelas ruas do gueto à procura da mãe. Parecia ao garoto que o mundo inteiro estava em chamas. O céu mostrava-se avermelhado com o incêndio de inúmeras casas de madeira e nuvens de espessa fumaça negra se erguiam por toda parte. As pessoas andavam freneticamente à procura dos parentes e amigos ou tentavam salvar o que ainda fosse possível das casas e dos bens. Em meados do século XIX, Cracóvia possuía um corpo de bombeiros, mas este era proibido de prestar socorro aos judeus.

Ali no gueto, nos arredores da cidade, o povo era forçado a lutar contra os incêndios à mão, tirando água dos próprios poços. Dezenas de pessoas formavam cadeias de passagem de baldes no esforço de combater o fogo. Samuel via a morte para onde quer que olhasse, nos corpos mutilados de pessoas atiradas no chão como bonecos quebrados, de mulheres nuas e violentadas e de crianças ensanguentadas que pediam socorro.

Samuel encontrou a mãe estendida na rua, ainda com um fio de consciência e o rosto coberto de sangue. O menino se ajoelhou ao lado dela, com o coração a bater descompassadamente.

— Mamãe!

Ela abriu os olhos, viu-o, tentou falar e Samuel compreendeu que ela estava morrendo. Queria desesperadamente salvá-la, mas não sabia como e, quando lhe enxugou o sangue, ela morreu.

Mais tarde, Samuel assistiu ao enterro e viu os homens cavarem cuidadosamente o chão em que ela caíra, pois, de acordo com as Escrituras, teria de ser enterrada com todo o seu sangue para aparecer inteira diante de Deus.

Foi nesse momento que Samuel Roffe resolveu ser médico.

A família Roffe morava numa estreita casa de três andares, com mais oito famílias. O jovem Samuel vivia num pequeno quarto com o pai e com a tia Raquel e nunca em sua vida tivera um quarto seu, nem dormira ou comera sozinho. Nunca tinha havido um só momento em que não ouvisse as vozes dos outros, mas não era uma vida isolada e privada que Samuel desejava, pois nem sabia que isso existia. Vivera sempre dentro de uma confusão de gente.

Todas as tardes, Samuel e seus parentes e amigos eram trancados no gueto pelo povo da cidade e os judeus tratavam de guardar cabras, vacas e galinhas.

Ao escurecer, as pesadas portas do gueto eram fechadas e trancadas com uma chave de ferro. Quando amanhecia, as portas eram abertas e os mercadores judeus tinham permissão de ir a Cracóvia negociar com os filhos da terra, mas antes do escurecer deviam estar todos de novo dentro dos muros do gueto.

O pai de Samuel viera da Rússia, fugindo de um *pogrom* em Kiev e fora dar em Cracóvia, onde conhecera sua noiva. Era um homem encurvado e grisalho, com o rosto encarquilhado. Empurrava um carrinho, apregoando as miudezas, quinquilharias e utensílios que vendia, através das estreitas e tortuosas ruas do gueto.

O jovem Samuel gostava de vaguear pelas ruas atravancadas, movimentadas e calçadas de pedras irregulares. Gostava do cheiro do pão recém-saído do forno, misturado com os cheiros de peixe seco, de queijo, de frutas maduras, de pó de serra e de couro. Gostava de ouvir os pregões dos vendedores e as discussões com as freguesas que se fingiam escandalizadas com os preços. Era assombrosa a variedade de artigos que os ambulantes vendiam: roupas e rendas, pano de colchão, lã, couro, carnes, verduras. agulhas, sabonetes, galinhas depenadas, bombons, botões, xaropes e sapatos.

No dia em que Samuel completou 12 anos, o pai levou-o à cidade de Cracóvia pela primeira vez. A ideia de passar pelos portões proibidos e de ver Cracóvia, a terra dos gentios, provocou no garoto uma ansiedade quase insuportável.

Às 6 horas da manhã, vestido com a única roupa boa que tinha, Samuel esperava no escuro, ao lado do pai, diante dos grandes portões fechados, no meio de uma barulhenta multidão de homens com carros de toda espécie ao alcance das mãos. Fazia frio e Samuel se embrulhou mais no seu velho e gasto capote de couro de carneiro.

Depois de uma espera que pareceu de muitas horas, o sol surgiu no horizonte e houve um tremor de expectativa entre os homens ali reunidos. Momentos depois, os grandes portões de madeira foram abertos. Todos passaram então por eles e seguiram na direção da cidade como um bando de formigas diligentes.

Quando se aproximaram da cidade admirável e terrível, o coração de Samuel começou a bater mais forte. Já avistava as fortificações que dominavam o Vistula. Samuel agarrou-se com mais força ao pai. Estava de fato em Cracóvia, cercado pelos temidos *goym*, a gente que os trancava durante a noite. Lançava olhares furtivos e medrosos para as pessoas que passavam e se espantava de que fossem tão diferentes. Não usavam *payves*, cabelos encaracolados em cima das orelhas, nem *bekeches*, os longos casacos pretos, e muitos deles não tinham barba. Samuel e seu pai caminharam pelo Plante para o Ryneck, a movimentada praça do mercado, onde passaram pelo Pavilhão dos Tecidos e pela igreja de Santa Maria com as suas duas cores. Samuel jamais imaginara tanta magnificência. O novo mundo era cheio de maravilhas. Havia principalmente uma sensação embriagadora de liberdade e de espaço que o deixava sem fôlego. As casas nas ruas eram separadas e não atracadas umas com as outras. Quase todas tinham na frente um pequeno jardim. Com certeza, pensou Samuel, todos em Cracóvia são milionários.

Samuel acompanhou o pai a meia dúzia de fornecedores diferentes, dos quais ele comprou mercadorias que jogou dentro do carro. Quando este ficou cheio, ele e o filho voltaram para o gueto.

— Não podemos ficar mais um pouco? — perguntou Samuel.
— Não, meu filho. Temos de ir para casa.

Samuel não queria ir para casa. Transpusera os portões do gueto pela primeira vez em sua vida e estava dominado por uma emoção tão forte que quase o sufocava. Havia gente que podia viver assim, podendo ir para onde bem quisesse, fazer o que entendesse... Por que não nascera ele do outro lado dos portões? Quase no mesmo instante, envergonhou-se desses pensamentos desleais.

Naquela noite, ao deitar-se, Samuel ficou pensando durante muito tempo em Cracóvia e nas belas casas com suas flores e seus jardins. Tinha de encontrar um meio de libertar-se. Queria conhecer alguém que sentisse o mesmo que ele sentia, mas não havia quem o compreendesse.

Elizabeth interrompeu a leitura do livro e fechou os olhos, imaginando então a solidão, as emoções e as frustrações de Samuel.

Foi nesse momento que começou a identificar-se com ele, a sentir-se uma parte dele, como ele era uma parte dela. O sangue dele corria em suas veias. Era um sentimento admirável e perturbador de participação.

Ouviu o barulho do carro do pai que voltava e escondeu prontamente o livro. Não teve mais oportunidade de lê-lo na Sardenha, mas quando voltou para Nova York levou-o escondido no fundo da mala.

Capítulo 9

Depois do quente sol de inverno da Sardenha, Nova York lhe pareceu uma Sibéria. As ruas estavam cheias de neve e lama. O vento que soprava do East River era enregelante. Mas Elizabeth não se importava. Estava vivendo na Polônia em outro século, participando das aventuras de seu trisavô. Todas as tardes, depois da escola, corria para o quarto, trancava a porta e pegava o Livro. Pensara em falar dele ao pai, mas tivera medo de que este o tomasse e a proibisse de ler o resto.

De uma maneira admirável e inesperada, foi o velho Samuel quem animou Elizabeth. Afinal de contas, eram muito parecidos. Ele vivia isolado da mesma maneira que ela e também não tinha ninguém com quem pudesse falar. E, como eram quase da mesma idade, com um século de diferença, Elizabeth conseguia identificar-se com ele.

Samuel queria ser médico.

Só três médicos tinham permissão para atender aos milhares de pessoas amontoadas nos limites insalubres e sujeitos a epidemias do gueto. Dos três, o mais próspero era o Dr. Zenon Wal. A casa dele se destacava entre as de seus vizinhos mais pobres como um castelo entre pardieiros. Tinha três andares e por trás de suas janelas se viam cortinas de rendas brancas, sempre lavadas e engomadas, e alguns móveis polidos e reluzentes. Dentro da casa, Samuel imaginava o médico a atender aos seus clientes, tratando deles, ajudando-os e curando-os. Fazia tudo que Samuel desejava um dia fazer. Sem dúvida, se um homem como o Dr. Wal se interessasse por ele, poderia ajudá-lo a estudar para ser médico. Mas, no que se referia a Samuel, o Dr. Wal era tão inacessível quanto qualquer dos gentios que viviam em Cracóvia, fora dos muros proibidos.

De vez em quando, via de relance o grande Dr. Zenon Wal quando este se empenhava em animada conversa na rua com algum colega. Um dia, quando Samuel passava pela frente da casa do Dr. Wal, a porta da rua se abriu e o médico saiu em companhia da filha. Ela era mais ou menos da idade de Samuel, que nunca vira criatura mais linda. No momento em que a viu, ele teve certeza de que ia casar-se com ela. Não sabia como iria conseguir esse milagre, mas estava certo de que era isso o que ia acontecer.

Depois desse dia, Samuel nunca mais deixou de passar diariamente pela casa do Dr. Wal, na esperança de vê-la.

Numa tarde, ia fazer alguma coisa que lhe tinham pedido e passou pela casa. Ouviu um piano e compreendeu que era ela que estava tocando. Tinha de vê-la. Olhou para um lado e para outro, para certificar-se de que ninguém o estava observando, e encaminhou-se para a casa. A música vinha da lateral da construção. No andar superior, bem acima de sua cabeça. Recuou um pouco e examinou a parede. Havia muitos lugares onde poderia apoiar as mãos e os pés. Sem um momento de hesitação, começou a escalada. O segundo andar era mais alto do que ele havia pensado e, antes que chegasse à janela, estava três metros acima do chão. Olhou para baixo e teve um princípio de vertigem. A música lhe chegava aos ouvidos mais alta e ele teve a impressão de que ela tocava para ele. Estendeu a mão à procura de um ponto de apoio e se agarrou à janela. Ergueu lentamente a cabeça para olhar acima do peitoril. Viu diante dos seus olhos uma sala luxuosamente mobiliada. A moça estava sentada diante de um piano branco e dourado, tocando, e, atrás dela, lendo um livro numa poltrona, estava o Dr. Wal. Samuel nem o olhou. Tinha olhos apenas para a linda visão a alguns metros dele. Como a amava! Queria fazer alguma coisa espetacular e corajosa para que ela também o amasse. Tão engolfado ficou em seus devaneios que se distraiu, perdeu o ponto de apoio e começou a rolar no espaço. Deu um grito e viu dois rostos assustados que o olhavam da janela no momento em que chegou ao chão.

Acordou numa mesa no consultório do Dr. Wal. Era uma sala espaçosa, cheia de armários e material cirúrgico. O Dr. Wal estava com um chumaço de algodão que tinha um cheiro horrível encostado ao nariz de Samuel. Este tossiu e sentou-se na mesa.

— Muito bem — disse o Dr. Wal. — Devia ter-lhe tirado o cérebro, mas fiquei em dúvida, sem saber se ia encontrar alguma coisa dentro da sua cabeça. O que você queria roubar, garoto?

— Nada — respondeu Samuel com indignação.

— Como é seu nome?

— Samuel Roffe.

O médico examinou com os dedos o pulso direito de Samuel e o garoto deu um grito de dor.

— Hum... Você luxou o pulso, Samuel Roffe. Talvez seja melhor chamar a polícia para dar um jeito nesse pulso.

Samuel gemeu. Pensava no que poderia acontecer se a polícia levasse a desmoralização à casa dele. O coração de sua tia Raquel se partiria de dor e seu pai seria capaz de matá-lo. Mas o pior de tudo era que, depois disso, poderia perder toda a esperança de ganhar o coração da filha do Dr. Wal. Seria um criminoso, um homem marcado. Samuel sentiu de repente uma dor lancinante no pulso e levantou os olhos para o médico numa desalentada surpresa.

— Está tudo certo — disse o Dr. Wal. — Vou colocar agora algumas talas nesse pulso. Você vive aqui por perto, Samuel Roffe?

— Não, Dr. Wal.

— Já não o vi por aqui?

— Deve ter visto.

— Por quê?

Sim, por quê? Se dissesse, o médico com certeza riria dele.

— Porque quero ser médico — exclamou Samuel, sem mais poder guardar seu segredo.

O Dr. Wal o olhava, descrente.

— E foi por isso que subiu pelas paredes de minha casa, como se fosse um gatuno?

Samuel então contou-lhe tudo. Falou de sua mãe morta no meio da rua, da luta de seu pai, de sua primeira visita a Cracóvia e da sua frustração de passar as noites trancado dentro dos muros do gueto como se fosse um animal. Disse também o que sentia pela filha do Dr. Wal. Disse tudo o que pensava e o médico o ouviu em silêncio. Até a Samuel o que ele dizia parecia de um ridículo atroz. Quando chegou ao fim, só pôde dizer num sussurro:

— Desculpe...

O Dr. Wal olhou-o durante muito tempo e por fim disse:

— Todo homem é um prisioneiro e o pior de tudo é ser prisioneiro de outro homem.

Samuel murmurou:

— Não compreendo, Dr. Wal.

— Um dia você compreenderá.

O médico levantou-se, escolheu um cachimbo em cima de sua mesa e encheu-o de fumo.

— Infelizmente, o dia de hoje vai ser muito triste para você, Samuel Roffe.

Acendeu o cachimbo, soltou a primeira baforada e continuou:

— Não em virtude do pulso luxado. Isso vai sarar. Mas tenho uma coisa para lhe dizer, da qual você não irá se curar com muita facilidade. São poucas as pessoas que sonham. Você tem dois sonhos. E sou obrigado a destruir ambos.

— Não sei...

— Escute com muita atenção, Samuel. Você nunca poderá ser médico, ao menos em nosso mundo. Só três médicos podem exercer a profissão dentro do gueto. Há dezenas de médicos competentes aqui à espera de que algum de nós morra para que possam tomar nosso lugar. Não há chance para você, nenhuma chance. Você nasceu numa época e num lugar impróprios. Está compreendendo, meu jovem?

— Estou, Dr. Wal.

O médico hesitou um pouco e então continuou:

— Quanto ao seu segundo sonho, é tão impossível quanto o outro. Não há chance de espécie alguma de você casar-se com Terenia.

— Por quê?

— Por quê? Pelas mesmas razões que o impedem de ser médico. Vivemos de acordo com as regras impostas pelas nossas tradições. Minha filha tem de se casar com alguém da mesma classe dela, alguém que possa manter o mesmo estilo de vida que foi criada. Terá de casar-se com um advogado, um médico ou um rabino. É melhor esquecê-la.

— Mas...

O médico levou-o até a porta do consultório.

— Mande alguém olhar essas talas dentro de alguns dias. Conserve limpas as ataduras.

— Está bem. Muito obrigado, Dr. Wal.

O médico olhou o garoto louro e de rosto inteligente que estava diante dele e murmurou:

— Adeus, Samuel Roffe.

Bem cedo na tarde do dia seguinte, Samuel tocou a campainha da porta da rua da casa do Dr. Wal. O médico viu-o pela janela e pensou que devia mandar dizer que não estava. Mas disse à empregada:

— Faça-o entrar.

Depois disso, Samuel foi à casa do Dr. Wal duas ou três vezes por semana. Dava recados ou ia comprar coisas para o médico e este, em troca, deixava-o olhar enquanto ele atendia a clientes no consultório ou preparava medicamentos no laboratório. O garoto observava, aprendia e guardava tudo na memória. Tinha um talento natural e o Dr. Wal experimentava um crescente sentimento de culpa, sabendo que estava erradamente incentivando Samuel a ser alguma coisa que ele nunca poderia ser. Entretanto, não tinha ânimo de dissuadi-lo.

Fosse por acaso ou propositadamente, Terenia costumava andar por perto quando Samuel estava presente. Quase sempre, ele a via de relance passando pela porta do laboratório ou saindo de casa. Houve um dia em que esbarrou nela na cozinha e sentiu uma emoção tão forte que pensou que fosse desmaiar. Ela o olhou demoradamente, com um brilho de indagação nos olhos. Depois, teve um gesto frio de aprovação e afastou-se. Ao menos ela o havia notado! Era o primeiro passo. O resto seria apenas uma questão de tempo. Samuel não tinha dúvidas quanto a isso. Era inevitável. Terenia agora fazia parte de seus sonhos sobre o futuro. Antigamente, sonhava por ele mesmo; passou a sonhar pelos dois. Fosse como fosse, sairia com ela daquele terrível gueto, daquela prisão imunda e atravancada. E seria um grande sucesso. Mas o sucesso não seria para ele apenas, mas para os dois.

AINDA QUE TUDO isso fosse impossível.

ELIZABETH ADORMECEU lendo a história do velho Samuel. Quando acordou de manhã, escondeu cuidadosamente o Livro e começou a vestir-se para ir à escola. Mas não podia esquecer-se de Samuel. Como ele se casara com Terenia? Como conseguira sair do gueto? Como se tornara famoso? Elizabeth estava empolgada com o Livro e se afligia com as instruções que a levavam a abandoná-lo e a forçavam a voltar ao século XX.

Entre as aulas a que Elizabeth comparecia, estava a de balé, que detestava. Metia-se no seu *tutu* cor-de-rosa e se olhava ao espelho, tentando convencer-se de que tinha um corpo voluptuoso. Mas a verdade estava ali diante de seus olhos. Era muito gorda e nunca seria uma bailarina.

Logo depois do 14º aniversário de Elizabeth, Mme. Netturova, a professora de balé, anunciou que dali a duas semanas as alunas fariam o recital anual de dança no auditório. As moças deviam convidar os pais e, ao ouvir isso, Elizabeth entrou em pânico. A simples ideia de aparecer num palco diante do público enchia-a de medo. Nunca poderia fazer isso.

Uma criança estava atravessando a rua à frente de um carro. Elizabeth viu tudo, correu e salvou a menina das garras da morte. Infelizmente, minhas senhoras e meus senhores, os dedos dos pés de Elizabeth Roffe foram esmagados pelas rodas do carro e ela não poderá dançar no espetáculo desta noite.

Uma empregada negligente deixou um pedaço de sabão no alto da escada. Elizabeth escorregou no sabão e rolou pela escada, luxando um osso do quadril. O médico diz que não é nada grave. Dentro de três semanas, estará inteiramente curada.

Mas não teve essa sorte. No dia do recital, Elizabeth estava em perfeita saúde e num tremendo nervosismo. Mais uma vez, foi o velho Samuel quem a ajudou. Lembrou-se de como, apesar do seu medo, ele tinha voltado para enfrentar o Dr. Wal. Ela não poderia fazer coisa alguma que desmoralizasse seu trisavô. Preparou-se para arrostar a tortura que a esperava.

Nem falara com o pai sobre o recital. Antes, todas as vezes que ela lhe havia falado em festas e reuniões da escola para as quais os pais eram convidados, ele alegara sempre que estava muito ocupado e não podia ir. Na noite em que Elizabeth se preparava para o recital de dança, ele voltou para casa. Passara dez dias fora da cidade.

Passou pela porta do quarto dela, viu-a e disse:

— Boa noite, Elizabeth. Sabe que engordou mais um pouco?

— Sim, Papai — disse ela, ficando vermelha e tentando encolher o estômago.

Ele ia dizer alguma coisa, mas mudou de ideia.

— Tudo bem na escola?

— Tudo bem.

— Algum problema?

— Não, Papai.

— Ótimo.

Era um diálogo que se havia repetido mais de cem vezes ao longo dos anos, uma troca de palavras sem significado que parecia ser a única forma de comunicação entre eles. Eram como dois desconhecidos que falassem do tempo, sem o menor interesse pela opinião um do outro.

Dessa vez, porém, Sam Roffe olhou a filha pensativamente. Estava habituado a lidar com problemas concretos e, embora sentisse que havia algum problema, não tinha ideia do que fosse. Se alguém lhe abrisse os olhos, limitaria-se a dizer: "Está muito enganado. Elizabeth tem tudo."

Quando o pai já ia saindo, Elizabeth disse quase sem querer:

— Minha turma de balé vai dar um recital esta noite e vou dançar. Não quer ir assistir?

Logo que disse essas palavras, sentiu-se horrorizada. Não queria que o pai assistisse a sua falta de jeito. Por que falara? Bem sabia por quê. Ela seria a única aluna da turma cujos pais não estariam presentes. Aliás, o convite não tinha qualquer importância, pois ele ia dizer que não podia. Balançou a cabeça com raiva de si mesma e já ia afastar-se, quando ouviu atrás dela estas palavras do pai:

— Gostarei muito de ir.

O auditório estava cheio de pais, parentes e amigos assistindo às mocinhas dançarem ao som de dois grandes pianos de cauda, colocados um de cada lado do palco. Mme. Netturova estava um pouco à frente, marcando o compasso em voz alta enquanto as alunas dançavam, chamando a atenção dos pais para ela própria.

Algumas das alunas eram muito graciosas e davam mostras de verdadeiro talento. As outras faziam os movimentos determinados, substituindo a competência pelo entusiasmo. O programa mimeografado anunciava trechos musicais de *Coppelia*, *Cinderella* e *O lago dos cisnes*. A *pièce de resistance* seriam os solos, onde cada aluna teria seu momento de glória.

Nos bastidores, Elizabeth estava tomada de verdadeira agonia. Esticando um pouco o corpo, podia ver a plateia e, sempre que enxergava o pai sentado no centro da segunda fila, pensava em como tinha sido tola por convidá-lo. Até então, durante o recital, Elizabeth conseguira ficar em segundo plano entre as colegas que dançavam. Mas a hora do seu solo se aproximava. Ela se sentia enorme no seu *tutu*, como se fosse uma aberração de circo. Tinha certeza de que provocaria risos quando aparecesse no palco. E convidara o pai para presenciar a sua humilhação! O único consolo de Elizabeth era que seu solo não durava mais que um minuto. Mme. Netturova era sabida. Tudo acabaria com tanta presteza que nem daria atenção a ela. Bastava que o pai de Elizabeth olhasse um instante para o lado e tudo estaria terminado.

Elizabeth olhava as outras dançarem e todas lhe pareciam iguais à Markova, à Maximova, à Margot Fonteyn. Assustou-se ao sentir uma mão fria em seus braços nus. Era Mme. Netturova.

— Prepare-se, Elizabeth. É a sua vez agora.

Elizabeth tentou dizer:

— Sim, madame.

Mas estava com a garganta tão seca que não conseguiu articular as palavras. As duas pianistas iniciaram os compassos conhecidos do solo de Elizabeth. Ela ficou no mesmo lugar, paralisada, sem poder mover-se, enquanto Mme. Netturova lhe sussurrava:

— Vamos! Comece!

Sentiu um leve empurrão nas costas e foi sair no palco, quase nua, diante de uma centena de pessoas estranhas e hostis. Não tinha coragem de olhar para o pai. Queria apenas livrar-se daquele tormento o mais depressa possível e fugir. O que ela tinha de fazer era simples: alguns *pliés*, *jetés* e saltos. Começou a dar os passos, acompanhando o compasso da música e tentando imaginar-se esbelta, elegante e ágil. Quando terminou, houve algumas palmas esparsas e formais. Elizabeth olhou para a segunda fila e viu que o pai batia palmas e sorria, contente. Ao ver que ele aplaudia, alguma coisa desprendeu dentro de Elizabeth. A música tinha cessado. Mas ela continuou a dançar, fazendo *jetés*, *pliés*, *batteries* e piruetas, transportada além de si mesma. As pianistas, confusas, tentaram acompanhá-la, primeiro uma, depois a outra. Nos bastidores, Mme. Netturova, rubra de raiva, fazia desesperados sinais a Elizabeth para encerrar tudo e sair do palco. Mas Elizabeth, toda feliz, nem tomava conhecimento dela e continuava a dançar. O que importava apenas era que ela estava no palco, dançando para o pai.

— Tenho certeza de que compreende, Sr. Roffe, que esta escola não pode tolerar esse tipo de comportamento. — A voz de Mme. Netturova tremia de raiva. — Sua filha desprezou todas as pessoas presentes e tomou conta do palco... como se fosse uma estrela!

Elizabeth sentiu o pai voltar-se para ela e teve medo de olhá-lo. Sabia que o que fizera era imperdoável, mas não pudera se conter. Por um momento, tentara criar no palco alguma coisa bela para o pai, a fim de que ele a visse e tivesse orgulho dela, dando-lhe então o seu amor.

Ouviu o pai dizer:

— Tem toda razão, Mme. Netturova. Vou tomar providências para que Elizabeth seja devidamente punida.

Mme. Netturova envolveu Elizabeth num olhar de triunfo e disse:

— Muito obrigada, Sr. Roffe. Deixo-a em suas mãos.

Elizabeth e o pai tinham saído da escola. Ele não dissera uma só palavra desde que deixaram a sala de Mme. Netturova. Elizabeth estava à procura de palavras com que pudesse pedir desculpas, mas o que poderia dizer? Como o pai poderia compreender por que ela fizera aquilo? O pai era um estranho e ela tinha medo dele. Ouvira repetidas vezes ele descarregar a sua tremenda cólera nos empregados por enganos ou desobediências. Não podia esperar senão uma manifestação dessa mesma cólera.

— Elizabeth — disse o pai afinal, voltando-se para ela — acha que podemos passar pelo Rumpelmayer e tomar um bom sorvete de chocolate com soda?

Elizabeth desatou a chorar.

ESTENDEU-SE NA CAMA naquela noite com os olhos abertos, tão excitada que não podia dormir. Recordava sem cessar todos os acontecimentos. Sua agitação era realmente excessiva. Nada daquilo era produto de sua imaginação. Tinha acontecido, era realidade.

Via-se de novo sentada com o pai a uma mesa do Rumpelmayer, cercada pelos grandes e pitorescos ursos, elefantes, zebras e leões empalhados. Pedira uma banana split e, quando aquela coisa imensa chegara à mesa, o pai não havia feito a menor crítica.

Depois, conversara com ela, sem os monossílabos habituais. Falara de sua viagem a Tóquio, dissera que lá haviam lhe servido, como pratos especiais, gafanhotos e formigas cobertos de chocolate e que ele tivera de fazer das tripas coração e comer aquilo para não humilhar seu anfitrião.

Quando Elizabeth acabou a banana split, o pai de repente perguntou:

— Por que você fez aquilo, Liz?

— Quis ser melhor do que todas as outras — disse ela, mas não teve coragem de acrescentar: "Por sua causa."

Ele olhou para ela durante muito tempo, riu e disse com uma nota de orgulho na voz:

— Você certamente surpreendeu todo mundo.

Elizabeth sentiu o sangue subir-lhe ao rosto e perguntou:

— Então não ficou zangado comigo?

Havia nos olhos dele um brilho que Elizabeth nunca vira.

— Por querer ser melhor do que os outros? Foi sempre isso que nós, Roffe, fizemos.

E apertou carinhosamente a mão dela.

Os últimos pensamentos de Elizabeth antes de adormecer foram:

"Meu pai gosta de mim, gosta mesmo de mim. De agora em diante, vamos viver sempre juntos. Ele me levará nas suas viagens. Conversaremos sobre todas as coisas e seremos bons amigos."

Na tarde seguinte, a secretária de seu pai lhe informou que tinham sido iniciados os preparativos para mandar Elizabeth para um internato na Suíça.

Capítulo 10

Elizabeth foi matriculada no Château Lemand International, uma escola para moças situada na aldeia de Sainte-Blaise, às margens do lago de Neuchâtel. A idade das moças ia de 14 a 18 anos. Era uma das melhores escolas do excelente sistema educacional suíço.

Elizabeth odiou-a do princípio ao fim.

Sentia-se exilada. Fora mandada para longe de casa e estava sofrendo um cruel castigo por um crime que não cometera. Aquela noite mágica parecera o início de alguma coisa maravilhosa, da descoberta recíproca do pai e dela, de uma amizade estreita com ele, mas agora o pai parecia mais distante do que nunca.

Elizabeth seguia a vida dele por intermédio dos jornais e das revistas. Havia frequentes notícias e fotografias dele, recebido por um primeiro-ministro ou por um presidente, inaugurando uma nova fábrica de produtos farmacêuticos em Mumbai, escalando uma montanha ou jantando com o xá do Irã. Elizabeth colava tudo isso num caderno de recortes que olhava constantemente. Guardava-o ao lado do Livro de Samuel.

Elizabeth se mantinha afastada das outras alunas. Algumas viviam em quartos com duas ou três, mas ela pedira um quarto individual. Escrevia longas cartas ao pai e depois rasgava as que revelavam seus sentimentos. De vez em quando, recebia um bilhete dele e havia sempre alguns embrulhos vistosos de presentes de lojas caras no dia de seu aniversário, mandados pela secretária de seu pai. Elizabeth tinha muitas saudades dele.

Ia vê-lo pelo Natal na vila da Sardenha e, quando a época se aproximou, a espera se tornou quase intolerável. Chegava a passar mal de tanto nervosismo.

Fez uma lista de resoluções, disposta a cumpri-las fielmente:

Não seja importuna.

Procure ser interessante.

Não se queixe de coisa alguma, especialmente da escola.

Não o deixe saber que você se sente sozinha.

Não o interrompa quando ele estiver falando.

Tenha sempre boas maneiras, especialmente na hora do café da manhã.

Ria muito para que ele pense que você é feliz.

Essas notas eram como uma prece, uma oferenda aos deuses. Se ela fizesse todas essas coisas, talvez... talvez... As resoluções de Elizabeth se esfumavam em fantasias. Ela faria profundas observações sobre o Terceiro Mundo e os dezenove países em desenvolvimento e o pai dela diria: "Não sabia que você era tão interessante (regra número dois). Você é brilhante, Elizabeth." Volta-se então para a secretária. "Não creio que Elizabeth precise voltar para a escola. Vai ficar aqui comigo."

UMA PRECE, uma oferenda.

UM LEARJET DA companhia pegou Elizabeth em Zurique e levou-a para o aeroporto de Olbia, onde uma limusine estava à sua espera. Elizabeth sentou-se no carro em silêncio, com os joelhos bem juntos para não tremer. Aconteça o que acontecer, ele não me verá chorar, pensou. Nunca vai saber que tive saudades dele.

O carro subiu pela longa e sinuosa estrada de montanha que levava à Costa Smeralda, virando então para a pequena estrada que ia para o alto. Aquela estrada sempre amedrontava Elizabeth. Era muito estreita e íngreme, com a montanha de um lado e um terrível abismo do outro.

O carro parou diante da casa e Elizabeth saltou. Começou andando e depois correu tanto quanto lhe permitiam as pernas. A porta se abriu e Margherita, a caseira sarda, apareceu, sorridente.

— Olá, Srta. Elizabeth.

— Onde está meu pai? — perguntou Elizabeth.

— Teve de ir à Austrália para resolver um caso urgente. Mas deixou belos presentes. Vai ser um Natal muito feliz.

Capítulo 11

Elizabeth tinha levado o Livro. Um dia, ficou diante dos retratos de Samuel e Terenia Roffe, sentindo a presença deles como se tivessem voltado à vida. Depois de algum tempo, subiu a escada para a sala da torre, levando o Livro. Ficava ali durante horas todos os dias, lendo e relendo suas páginas. De cada vez, sentia-se mais perto de Samuel e de Terenia, como se não houvesse um século de intervalo entre eles.

Elizabeth leu que nos anos que se seguiram Samuel passou muitas horas no laboratório do Dr. Wal, ajudando o médico a preparar unguentos e outros medicamentos e aprendendo como uns e outros agiam clinicamente. E sempre no fundo de tudo estava Terenia a encantá-lo com sua beleza. Vê-la era o bastante para alimentar o sonho de Samuel de que um dia ela lhe pertenceria. Samuel entendia-se muito bem com o Dr. Wal, mas com a mãe de Terenia a história era muito diferente. Tratava-se de uma mulher irascível, ferina e esnobe. Detestava Samuel e ele procurava ficar o mais distante dela possível.

Samuel ficava fascinado pelas muitas substâncias curativas usadas através dos tempos. Fora encontrado um papiro que relacionava 811 receitas usadas pelos egípcios no ano 1550 a.C. A expectativa de vida no momento do nascimento era de 15 anos e Samuel podia compreender por que, quando tomava conhecimento de algumas das receitas: excremento de crocodilo, carne de lagarto, sangue de morcego, saliva de camelo, fígado de leão, patas de rã e pó de unicórnio. O sinal *Rx* usado em muitas receitas era uma invocação antiga a Horus, o deus egípcio da saúde. A própria palavra "química" se derivava do antigo nome do Egito, a terra de Kahmi ou Chemi. Os sacerdotes-médicos eram chamados de magos, ficou sabendo Samuel e anotou no seu livro.

As farmácias no gueto e na própria Cracóvia eram primitivas. Quase todos os vidros e jarros continham medicamentos que nunca haviam sido analisados ou devidamente experimentados. Alguns eram inúteis, outros, prejudiciais. Samuel conhecia-os todos. Havia óleo de rícino, calomelanos, ruibarbo, compostos de iodo, codeína e ipecacuanha. Compravam-se panaceias para coqueluche, cólicas e tifo. Como não havia precauções higiênicas, era comum encontrar unguentos e gargarejos cheios de insetos mortos, baratas, excremento de ratos e pedaços de penas e de peles. Quase todos os doentes que tomavam esses remédios morriam ou das doenças ou dos remédios.

Havia várias revistas dedicadas a assuntos farmacêuticos e Samuel lia-as todas com avidez. Discutia suas teorias com o Dr. Wal.

— É claro — dizia ele com a voz vibrante de convicção — que deve haver uma cura para cada doença. A saúde é natural, a doença, não.

— Pode ser — dizia o Dr. Wal —, mas meus clientes não me permitem experimentar com eles novos medicamentos. E acho que estão certos.

Samuel devorou os poucos livros do Dr. Wal sobre farmácia. Depois de ler e reler esses livros, sentia-se frustrado diante das questões sem solução que encontrava neles.

Samuel ficou entusiasmado com uma revolução que se vinha verificando. Alguns cientistas pensavam que era possível combater a causa das doenças criando uma resistência do organismo que as destruísse. O Dr. Wal tentou uma vez a ideia. Extraiu sangue de um doente com difteria e injetou num cavalo. Quando o cavalo morreu, o Dr. Wal abandonou a experiência. Mas o jovem Samuel estava convencido de que o Dr. Wal havia tomado o caminho certo.

O Dr. Wal balançou a cabeça.

— Você fala assim porque tem 17 anos, Samuel. Quando chegar à minha idade, não terá mais certeza de coisa alguma. Não pense mais nisso.

Essas palavras não o convenceram. Queria prosseguir nas experiências, mas para isso precisava de animais e poucos havia à sua disposição, salvo os gatos e ratos que conseguia apanhar. Todos eles morriam, por menores que fossem as doses que Samuel lhes aplicava. Os animais eram muito pequenos, pensava. Preciso de um animal maior, um cavalo, um boi ou um carneiro. Mas onde iria encontrá-lo?

Uma tarde, quando Samuel voltou para casa, encontrou um velho cavalo com um carro em frente à porta. Num dos lados do carro, estava pintado com letras toscas o letreiro: Roffe & Filhos.

Samuel olhou para tudo sem acreditar e correu para dentro da casa, onde estava o pai.

— Aquele cavalo lá fora... onde foi que o conseguiu?

O pai dele sorriu todo orgulhoso.

— Fiz uma compra. Podemos cobrir mais território com um cavalo. Talvez daqui a quatro ou cinco anos possamos comprar outro cavalo. Imagine só. Teremos dois cavalos!

Era até onde iam as ambições de seu pai. Queria possuir dois cavalos velhos e cansados para arrastar carros com mercadorias pelas ruas sujas e repletas do gueto de Cracóvia. Samuel teve vontade de chorar.

Naquela noite, quando todos dormiam, foi até a estrebaria e examinou o cavalo, a que tinham dado o nome de Ferd. Em matéria de cavalos, aquele era sem dúvida um dos mais baixos da espécie. Era muito velho, desancado e com tumores nas pernas. Talvez não pudesse andar muito mais depressa que o pai de Samuel. Mas nada disso importava. O essencial era que ele já dispunha de um animal de laboratório. Poderia fazer suas experiências sem se preocupar em apanhar gatos vira-latas e ratos. É claro que tinha de ter cuidado. Seu pai nunca poderia saber o que ele estava fazendo. Samuel afagou a cabeça de Ferd e informou-lhe:

— Você vai entrar no negócio de farmácia.

Samuel improvisou seu laboratório num canto da estrebaria de Ferd.

Desenvolveu uma cultura de germes de difteria num vaso de cultura forte. Quando o caldo ficou enevoado, transferiu-o para outro recipiente e enfraqueceu-o, primeiro diluindo o caldo e, depois, aquecendo-o ligeiramente. Encheu uma seringa e se aproximou de Ferd.

— Lembra-se do que eu lhe disse? Hoje é o seu grande dia.

Samuel injetou o líquido no couro frouxo da espádua do cavalo, como vira o Dr. Wal fazer. Ferd voltou para ele os olhos tristes e salpicou-o de urina.

Samuel calculava que a cultura levaria 72 horas para desenvolver-se em Ferd. Ao fim desse tempo, aplicaria uma dose mais forte. Se a teoria dos anticorpos estava certa, cada dose formaria uma resistência maior do sangue à doença e Samuel teria sua vacina. Mais tarde, precisaria encontrar um ser humano em que pudesse experimentá-la, mas isso não seria difícil. Qualquer vítima da temida doença experimentaria de bom grado qualquer coisa capaz de salvar-lhe a vida.

Nos dois dias seguintes, Samuel passou com Ferd quase todos os momentos em que esteve acordado.

— Nunca vi ninguém gostar tanto de um animal — dissera o pai.

— Não pode sair de perto de Ferd, não é?

Samuel murmurou uma resposta ininteligível. Tinha um sentimento de culpa a respeito do que estava fazendo, mas sabia do que iria acontecer se mencionasse o caso ao pai. Ele não precisava saber. Tudo que Samuel tinha de fazer era extrair sangue de Ferd para fazer um vidro ou dois de soro e ninguém saberia de nada.

Na manhã do terceiro dia, que era o decisivo, Samuel foi despertado pela voz do pai diante da casa. Samuel levantou-se e correu para a janela. O pai estava no meio da rua, com o seu carro, berrando com toda a força de seus pulmões. Não havia nem sinal de Ferd. Vestiu-se de qualquer maneira e saiu.

— *Momser!* — gritava o pai. — Tratante! Mentiroso! Ladrão!

Samuel passou por entre a multidão que começava a reunir-se em torno de seu pai.

— Onde está Ferd? — perguntou Samuel.

— Ainda me pergunta? Morreu. Morreu na rua como se fosse um cachorro.

O coração de Samuel teve um baque.

— Nós íamos bem descansadamente. Eu estava tratando dos meus negócios, sem fazer o bichinho correr, sem bater nele, nem maltratá-lo, como fazem outros ambulantes que conheço. E que foi que aconteceu? Caiu morto de repente. Quando eu pegar o *gonif* que me vendeu o cavalo, vou matá-lo!

Samuel afastou-se, desolado. Além de Ferd, seus sonhos também tinham morrido. Com Ferd desaparecia a esperança de fugir do gueto e de libertar-se, de ter uma bela casa para Terenia e seus filhos.

Mas ia acontecer uma calamidade ainda maior.

No dia seguinte ao da morte de Ferd, Samuel soube que o Dr. Wal e a mulher tinha combinado o casamento da filha com um rabino. Samuel não acreditou. Era a ele que Terenia pertencia! Correu para a casa do Dr. Wal. Encontrou o médico e sua mulher na sala de espera. Encaminhou-se para eles, respirou fundo e disse:

— Há um erro em tudo isso. O erro é de Terenia. Ela vai casar-se é comigo!

Os dois olharam-no atônitos.

— Sei muito bem que não estou à altura dela — disse então. — Mas ela não será feliz casada com qualquer outro homem. Esse tal rabino é muito velho e...

— *Nebbich!* Rua! Rua! — gritou a mãe de Terenia, à beira de um ataque de apoplexia.

Sessenta segundos depois, Samuel estava no meio da rua, proibido de voltar a pôr os pés naquela casa.

No meio da noite, Samuel teve uma longa conversa com Deus.

— Que está querendo de mim? Se não posso ter Terenia, por que me fez amá-la? Não tem sentimentos? — Ergueu a voz na sua frustração e gritou: — Será que está me ouvindo?

Na casinha cheia de gente, todos gritaram:

— Estamos ouvindo, sim, Samuel! Pelo amor de Deus, veja se cala a boca e nos deixa dormir!

Na tarde seguinte, o Dr. Wal mandou chamar Samuel. Foi recebido na sala de espera, onde estavam reunidos o Dr. WaI, a mulher e Terenia.

— Parece que temos um problema — disse o Dr. Wal. — Nossa filha pode ser muito teimosa. Por alguma razão que desconheço, tomou-se de um capricho por você. Não posso chamar isso de amor, Samuel, até porque não acredito que uma mocinha da idade dela saiba o que é amor. De qualquer maneira, ela não quer casar-se com o rabino Rabinowitz. Acha que deve casar-se com você.

Samuel olhou rapidamente para Terenia, que sorriu para ele. Sentiu uma explosão de alegria, que, entretanto, durou pouco.

O Dr. Wal continuou.

— Você diz que ama nossa filha.

— É v-v-verdade — gaguejou Samuel e procurou falar com mais firmeza. — É mesmo, Dr. Wal.

— Muito bem, Samuel. Acha que Terenia poderá passar o resto de sua vida casada com um vendedor ambulante?

Samuel viu no mesmo instante a armadilha, mas não viu jeito de livrar-se dela. Tornou a olhar para Terenia e disse:

— Não, Dr. Wal.

— Vê então o problema, não é? Nenhum de nós quer que Terenia se case com um vendedor ambulante. E você é um vendedor ambulante, Samuel.

— Mas não serei sempre, Dr. Wal — disse Samuel, com voz forte e segura.

— E o que vai ser então? — perguntou a mãe de Terenia. — Você pertence a uma família de vendedores ambulantes, que nunca serão mais do que isso. E não vou consentir que minha filha se case com um vendedor ambulante.

Samuel olhou para as três pessoas reunidas naquela sala, com a cabeça inteiramente confusa. Chegara ali cheio de trepidação e desespero, vira-se elevado às culminâncias da alegria e, naquele momento, era de novo mergulhado num terrível abismo. O que queriam dele?

— Vamos firmar um compromisso — disse o Dr. Wal. — Nós lhe daremos o prazo de seis meses para provar que não é apenas um vendedor ambulante. Se, ao fim desse tempo, você não puder dar a Terenia a vida a que está habituada, ela se casará com o rabino Rabinowitz.

Samuel olhou-o, atarantado.

— Seis meses?

Ninguém poderia ter sucesso em seis meses, principalmente vivendo no gueto de Cracóvia.

— Estamos entendidos? — disse o Dr. Wal.

— Perfeitamente.

Sim, Samuel entendia tudo muito bem. Sentia um aperto doloroso no estômago. Não precisava de uma solução, precisava de um milagre. A família de Terenia só se contentaria com um genro que fosse médico, rabino ou rico. Samuel examinou prontamente todas as possibilidades.

A lei impedia-o de ser médico.

Ser rabino? Começava-se a estudar para ser rabino aos 13 anos e Samuel já estava quase com 18.

Rico? Era uma coisa fora de cogitação. Se trabalhasse 24 horas por dia vendendo suas mercadorias como ambulante pelas ruas do gueto até os 90 anos, não deixaria de ser um homem pobre. Os Wals lhe haviam apontado uma tarefa impossível. Tinham aparentemente cedido a Terenia, concordando em adiar o casamento dela com o rabino, impondo, porém, condições que sabiam que Samuel não poderia cumprir. Terenia era a única pessoa que acreditava nele. Confiava em que ele conseguisse de algum modo a fama ou a fortuna dentro de seis meses. É mais louca do que eu, pensou desesperadamente Samuel.

Os seis meses começaram e o tempo corria. Samuel passava os dias como vendedor ambulante, ajudando o pai. Mas no momento em que as sombras do poente começavam a cair sobre os muros do gueto, corria para casa, comia alguma coisa às pressas e ia trabalhar no seu laboratório. Fazia centenas de vasos de soros e injetava coelhos, gatos, cães e pássaros, mas todos morriam. São muito pequenos, pensava. Preciso de um animal maior.

Mas não o conseguia e o tempo ia passando.

Duas vezes por semana, ia a Cracóvia para renovar o estoque de mercadorias que ele e seu pai vendiam no carro. Chegava ao amanhecer diante dos portões fechados e ali ficava à espera, cercado pelos outros ambulantes. Mas não os via nem ouvia. O seu espírito pairava em outro mundo.

Um dia, quando Samuel estava ali entregue aos seus sonhos, ouviu uma voz áspera que lhe dizia!

— Vamos, judeu! Vá andando!

Samuel levantou os olhos. Os portões tinham sido abertos e seu carro estava impedindo a passagem. Um dos guardas, muito zangado, lhe ordenava que prosseguisse. Havia sempre dois guardas em serviço diante dos portões. Usavam fardas verdes com insígnias especiais e andavam armados de pistolas e pesados cassetetes. Numa corrente pendurada da cintura, um deles levava a chave dos portões. Ao lado do gueto, corria um pequeno rio sobre o qual havia uma velha ponte de madeira. Do outro lado da ponte, estava o posto da polícia, onde os guardas ficavam estacionados. Samuel vira mais de uma vez um judeu infortunado ser arrastado pela ponte. Era sempre uma viagem sem volta. Os judeus tinham de estar no interior do gueto ao escurecer e qualquer um que fosse surpreendido fora dos portões depois que a noite caísse era capturado e deportado para um campo de trabalho. Todos os judeus viviam apavorados com a perspectiva de serem encontrados fora do gueto depois do escurecer.

Os dois guardas eram obrigados a passar as noites diante dos portões, em serviço de patrulha. Mas todos sabiam dentro do gueto que, logo que os judeus eram trancados, um deles saía dali e ia passar a noite se divertindo na cidade. Pouco antes de amanhecer o dia, voltava para ajudar o companheiro a abrir os portões para um novo dia.

Os dois guardas habitualmente estacionados nos portões chamavam-se Paul e Aram. Paul era um homem agradável e sempre de bom humor. Aram era inteiramente diferente dele. Rude, robusto e forte, com braços vigorosos e um corpo que parecia um barril de cerveja, odiava os judeus. Sempre que ele estava de serviço, todos os judeus que se achavam fora do gueto faziam questão de voltar a tempo, pois nada encantava mais Aram do que encontrar um judeu do lado de fora, espancá-lo até fazê-lo perder os sentidos e então levá-lo através da ponte para o temido quartel da polícia.

Era Aram que estava gritando com Samuel para que tirasse o carro do caminho. Samuel passou pelos portões e dirigiu-se para a cidade, sentindo-se acompanhado pelo olhar de ódio de Aram.

O PERÍODO DE SEIS meses concedido a Samuel minguou sem demora para cinco meses, depois para quatro e para três. Não havia um só dia, não havia uma hora sequer em que Samuel não pensasse numa solução para seu problema, até quando estava trabalhando febrilmente no seu diminuto laboratório. Tentou falar com alguns negociantes ricos do gueto, mas poucos tinham tempo para recebê-lo, e os que o recebiam só estavam dispostos a dar-lhe conselhos inúteis.

— Quer ganhar dinheiro? Trate de economizar os níqueis, meu jovem, e um dia você terá o suficiente para comprar um bom negócio como o meu.

Era muito fácil dizer isso, mas quase todos tiveram pais ricos.

Samuel pensou em raptar Terenia e fugir. Mas para onde? Ao fim de qualquer viagem que fizessem, haveria outro gueto e ele continuaria a ser um *nebbich* sem dinheiro. Não, ele amava demais Terenia para fazer isso com ela. Via-se preso numa armadilha da qual não era possível fugir.

O tempo corria inexoravelmente e os três meses se tornaram dois e, por fim, só restou um mês. O único consolo de Samuel era que, durante esse tempo, tinha permissão de ver sua adorada Terenia três vezes por semana, sempre sob a guarda de alguém, claro, e a cada vez que a via, mais a amava. Era um prazer agridoce, pois a cada encontro ficava mais próximo o momento em que iria perdê-la para sempre.

— Eu sei que você há de achar um jeito — não se cansava de dizer Terenia.

Mas faltavam apenas três semanas e Samuel não estava mais perto de uma solução do que quando tinha começado.

Numa noite, já bem tarde, Terenia apareceu a Samuel na estrebaria.

Abraçou-o e disse:

— Vamos fugir, Samuel.

Ele nunca a amara tanto quanto amou nesse momento ao ver que, por amor a ele, estava disposta a ficar desmoralizada, a abandonar o pai e a mãe e a desistir da boa vida que levava.

Tomando-a nos braços, ele disse:

— Não podemos, Terenia. Para onde quer que eu vá, nunca deixarei de ser um vendedor ambulante.

— Não me importo.

Samuel pensou na bela casa onde ela morava, cheia de salas espaçosas e de empregados, e se lembrou do quartinho sórdido em que ele morava com o pai e a tia.

— Mas eu me importo, Terenia.

E ela se afastou.

Na manhã seguinte, encontrou-se com Isaac, que tinha sido seu colega na escola e levava um cavalo por um cabresto. O animal era cego de um olho, sofria de cólicas e de esparavões, sendo ainda por cima surdo.

— Bom dia, Samuel.

— Bom dia, Isaac. Não sei para onde vai com esse animal, mas é melhor andar depressa. Pode morrer a qualquer momento.

— Não é preciso que viva muito. Vou levar Lottie para uma fábrica de cola.

Samuel olhou a velha égua com súbito interesse.

— Não creio que vão lhe dar muito por ela.

— Sei disso. Quero apenas uns dois florins para comprar um carro. — O coração de Samuel começou a bater com mais força.

— Quem sabe não posso lhe poupar a viagem? Estou disposto a trocar meu carro por sua égua.

Depois disso, Samuel tinha apenas de fazer outro carro e explicar ao pai como perdera o velho e se tornara dono de um animal que estava nas últimas.

Samuel levou Lottie para a estrebaria, onde havia guardado Ferd. Examinando a égua, viu que ela ainda estava em pior estado do que julgara, mas afagou o animal e disse:

— Não se preocupe, Lottie. Você vai entrar para a história da medicina.

Poucos minutos depois, começou a trabalhar num novo soro.

EM VISTA DAS CONDIÇÕES insalubres e de superpovoamento do gueto, as epidemias eram frequentes. A última peste era uma febre que produzia tosse sufocante, engurgitamento dos gânglios e uma morte dolorosa. Os médicos não sabiam qual era a sua causa, nem atinavam com o tratamento. O pai de Isaac foi acometido pela doença. Logo que Samuel soube disso, foi procurar Isaac.

— O médico já esteve aqui — afirmou o rapaz, chorando. — Disse que nada pode fazer.

Do alto da casa, vinha o terrível som da tosse, que parecia prolongar-se indefinidamente.

— Quero que faça uma coisa para mim, Isaac — disse Samuel. — Consiga-me um lenço de seu pai.

— Como?

— Quero um lenço que ele tenha usado. Mas todo o cuidado será pouco de sua parte. O lenço deverá estar cheio de germes.

Uma hora depois, Samuel estava de volta à estrebaria e despejava cuidadosamente o conteúdo do lenço num prato cheio de caldo de cultura.

Trabalhou durante toda aquela noite e todo o dia seguinte, injetando pequenas doses da substância na paciente Lottie. Depois, as doses foram maiores, numa luta contra o tempo para tentar salvar a vida do pai de Isaac.

Para salvar sua própria vida.

Samuel nunca pôde ter certeza posteriormente de que Deus o houvesse protegido ou à velha égua, mas o certo é que Lottie sobreviveu às doses gradativamente aumentadas e Samuel conseguiu sua primeira partida de antitoxina. A tarefa seguinte era convencer o pai de Isaac a concordar com sua aplicação.

Na realidade, não foi preciso convencer. Quando Samuel chegou à casa de Isaac, havia muitos parentes que já esperavam a morte do homem doente no andar de cima.

— Só lhe resta pouco tempo de vida — disse Isaac a Samuel.

— Posso vê-lo?

Os dois rapazes subiram. O pai de Isaac estava estendido na cama, com o rosto afogueado pela febre. Cada acesso de tosse sacudia o corpo depauperado, levando-o a um espasmo que o enfraquecia ainda mais. Era evidente que estava morrendo.

Samuel respirou fundo e disse:

— Quero falar com você e sua mãe.

Não tinham confiança alguma no pequeno vidro que Samuel tinha levado, mas, ante a iminência da morte, concordaram com a aplicação do remédio, simplesmente porque não havia mais nada a perder.

Samuel injetou o soro no pai de Isaac. Esperou três horas à cabeceira da cama e não houve qualquer alteração. O soro não estava fazendo efeito. Entretanto, os acessos de tosse pareciam menos frequentes. Por fim, Samuel saiu, evitando olhar para Isaac.

Tinha de ir a Cracóvia ao amanhecer do dia seguinte, para comprar mercadorias. Estava numa impaciência febril para voltar e ver se o pai de Isaac ainda estava vivo.

Havia muita gente em todos os mercados e Samuel demorou muito para fazer as compras. Só no fim da tarde conseguiu finalmente encher o carro e voltar para o gueto.

Quando Samuel estava ainda a uns três quilômetros dos portões, houve o desastre. Uma das rodas do carro se quebrou de alto a baixo e as mercadorias começaram a espalhar-se pelo chão. Samuel viu-se diante de um terrível dilema. Tinha de ir procurar uma roda para substituir a quebrada e, ao mesmo tempo, não podia deixar o carro com as mercadorias abandonadas. Estava começando a juntar gente e era visível o olhar de avidez que muitos lançavam para as mercadorias caídas. Viu um guarda de uniforme aproximar-se, um gentio, e compreendeu que estava perdido. Iam tomar-lhe tudo. O guarda abriu caminho por entre os curiosos e disse ao rapaz apavorado:

— Seu carro precisa de uma roda nova.

— É... é verdade.

— Sabe onde pode encontrar a roda?

— Não, senhor.

O guarda escreveu alguma coisa num pedaço de papel.

— Vá procurar este homem. Diga a ele de que precisa.

— Mas eu não posso deixar o carro aqui assim.

— Pode, sim — disse o guarda. — Vou ficar aqui. Ande depressa!

Samuel saiu correndo. Seguindo o endereço do papel, chegou a uma oficina de ferreiro. Quando explicou a situação, o ferreiro encontrou uma roda que era do tamanho exato para o carro. Samuel pagou a roda, tirando o dinheiro de uma sacola que levava. Depois dessa despesa, ficou apenas com uma dúzia de florins.

Correu para o carro, fazendo rolar a roda pelo chão. O guarda ainda estava lá e os curiosos se haviam dispersado. As mercadorias estavam a salvo. Com a ajuda do guarda, levou mais meia hora para colocar a nova roda e prendê-la. Retomou o caminho de casa, pensando no pai de Isaac. Iria encontrá-lo vivo ou morto? A incerteza enchia-o de dolorosa ansiedade.

Já estava a apenas um quilômetro do gueto. Podia avistar os altos muros que se erguiam contra o céu. Mas, nesse momento, o sol desapareceu no horizonte e as ruas por onde ele passava mergulharam na escuridão. Dentro da agitação de tudo o que havia acontecido, Samuel se esquecera da hora. Já havia escurecido e ele ainda estava do lado de fora dos portões! Começou a correr, empurrando o pesado carro, com o coração batendo como se fosse saltar-lhe do peito. Os portões deviam estar fechados. Samuel pensou em todas as coisas terríveis que se contavam de judeus que tinham ficado do lado de fora. Correu mais depressa. Com certeza, só um guarda devia estar de serviço. Se fosse Paul, o bom homem, Samuel poderia ter uma chance. Mas, se fosse Aram, não era bom nem pensar no que poderia lhe acontecer. A escuridão era mais densa e o envolvia como um nevoeiro negro, ao mesmo tempo em que uma chuva leve começava a cair. Samuel se aproximava dos muros do gueto e, de repente, avistou os grandes portões. Já estavam trancados.

Era a primeira vez que os via fechados do lado de fora. Foi como se, de súbito, a vida lhe tivesse deixado o corpo, e Samuel começou a tremer de terror. Estava separado de sua família, do seu mundo, de tudo aquilo que lhe era íntimo e conhecido. Diminuiu o passo e se aproximou dos portões cautelosamente, esperando pelos guardas. Não os via e encheu-se de uma súbita esperança delirante. Os guardas talvez tivessem sido chamados para algum caso imprevisto. Samuel descobriria um meio de abrir os portões ou de escalar o muro sem ser visto. Mais perto dos portões, viu o vulto de um guarda emergir das sombras.

— Continue a andar — ordenou o guarda.

Na escuridão, Samuel não podia ver o rosto. Mas reconheceu a voz.

Era Aram.

— Ande mais. Venha até aqui.

Aram olhava a aproximação de Samuel com um sorriso de satisfação no rosto. O rapaz tropeçou.

— Pise firme — disse Aram para animá-lo. — Continue a caminhar. — Samuel se aproximou lentamente do gigante, com o estômago contraído e a cabeça latejando.

— Posso explicar tudo... Tive um acidente. Meu carro...

Aram estendeu o braço forte, agarrou Samuel pela gola e suspendeu-o no ar.

— Judeu imundo! — exclamou ele. — Pensa que quero saber por que você ficou do lado de fora? Sabe o que vai acontecer com você agora?

O rapaz balançou a cabeça, cheio de terror.

— Pois vou lhe dizer. Tivemos um novo decreto nesta semana. Todos os judeus capturados fora dos portões depois do escurecer serão deportados para a Silésia. Dez anos de trabalhos forçados. Que tal?

Samuel não podia acreditar.

— Mas... mas eu não fiz nada...

Aram deu um tapa com a mão direita na boca de Samuel, que foi ao chão e, em seguida disse:

— Vamos.

— Para... onde? — perguntou Samuel com a voz embargada pelo terror.

— Para o quartel. Amanhã de manhã será embarcado com o resto da ralé. Levante-se.

Samuel caíra com o tapa e estava ali, incapaz de coordenar os seus pensamentos.

— Eu... eu tenho de entrar para despedir-me de minha família.

— Aram riu. — Ninguém vai sentir sua falta.

— Por favor! Deixe-me ir até lá. Deixe-me, quando nada, mandar um recado.

O sorriso desapareceu do rosto de Aram. Cresceu ameaçadoramente para Samuel, mas falou com voz suave:

— Mandei que você se levantasse, judeu imundo. Se eu tiver de dar-lhe a ordem outra vez, será a pontapés.

Samuel levantou-se lentamente. Aram agarrou-lhe o braço com mão de ferro e começou a levá-lo para o quartel da polícia. Dez anos de trabalhos forçados na Silésia! Ninguém jamais voltara da Silésia. Olhou para o homem que o levava pela ponte para o quartel da polícia.

— Não faça isso — disse Samuel. — Solte-me.

Aram apertou seu braço com mais força, a tal ponto que deu a impressão de que o sangue deixara de correr.

— Peça mais, implore mais! — disse Aram. — Não há nada de que eu goste mais do que ouvir as súplicas de um judeu. Sabe alguma coisa sobre a Silésia? Vai chegar lá a tempo de passar o inverno. Mas não se preocupe. Dentro das minas, você vai sentir calor. Só quando seus pulmões estiverem pretos de tanto carvão e você começar a vomitá-los em acessos de tosse, tirarão você de lá para morrer em cima da neve.

À frente deles, do outro lado da ponte, quase invisível sob a chuva, estava a lúgubre construção que era o quartel da polícia.

— Mais depressa! — gritou Aram.

Samuel percebeu de repente que não podia deixar que ninguém fizesse aquilo com ele. Pensou em Terenia, em sua família e no pai de Isaac. Ninguém iria roubar-lhe a vida. Fosse como fosse, tinha de fugir para se salvar. Estavam atravessando a estreita ponte, sob a qual o rio corria barulhentamente, engrossado pelas chuvas de inverno. Restavam apenas uns 30 metros. O que tivesse de ser feito, deveria ser naquele momento. Mas, como seria possível fugir? Aram tinha uma pistola e, ainda que não estivesse armado, poderia matá-lo com a maior facilidade. Era quase duas vezes maior que Samuel e muito mais forte. Tinham chegado ao outro lado da ponte e o quartel estava bem diante deles.

— Ande depressa — disse Aram, puxando Samuel pelo braço. — Tenho outras coisas para fazer.

Estavam tão perto do quartel que Samuel podia ouvir os risos dos guardas lá dentro. Aram começou a arrastar o rapaz pelo pátio calçado que ficava diante do quartel. Faltavam apenas alguns segundos e Samuel levou a mão direita ao bolso, pegando a sacola em que levava cerca de meia dúzia de florins. Fechou-a na mão e sentiu no seu nervosismo o sangue correr-lhe mais depressa nas veias. Tirou cuidadosamente a sacola do bolso, puxando então os cordões que a fechavam e deixou-a cair. A sacola caiu sobre as pedras, fazendo tilintar as moedas.

Aram parou de repente.

— Que foi isso?

— Nada — respondeu prontamente Samuel.

Aram olhou para o rapaz e riu. Sem deixar de segurar firmemente Samuel, deu um passo para trás e viu a sacola de dinheiro aberta.

— Você não terá necessidade de dinheiro no lugar para onde vai — disse Aram.

Curvou-se para apanhar a sacola e Samuel curvou-se com ele. Aram arrebatou-lhe a sacola de dinheiro. Mas não era a sacola que Samuel queria, e sim uma grande pedra que estava no chão. Quando Aram levantou o corpo, Samuel bateu com a pedra no olho direito dele com toda a força, transformando-o numa massa de sangue. Continuou a bater desesperadamente no rosto e na cabeça. Viu o nariz do guarda afundar, depois a boca e, por fim, o rosto não foi todo senão uma massa sangrenta. Mas Aram continuava de pé como se fosse algum monstro cego. Samuel olhava-o, cheio de medo, sem coragem de bater de novo. Então, lentamente, o corpo gigantesco começou a cair. Samuel olhou para o guarda morto, sem poder acreditar no que havia feito. Ouvia as vozes no quartel e compreendeu o terrível perigo que ainda corria. Se o capturassem naquele momento, não o mandariam para a Silésia. Tratariam de esfolá-lo vivo e de enforcá-lo em praça pública. A pena por simplesmente bater num policial era a morte. E Samuel matara um deles. Tinha de fugir depressa. Poderia tentar atravessar a fronteira, mas, nesse caso, seria um fugitivo perseguido pelo resto da vida.

Tinha de haver outra solução. Olhou para o corpo desfigurado e soube de repente o que devia fazer. Revistou o guarda até encontrar a grande chave que abria os portões. Depois, dominando a repulsa que sentia, agarrou as botas de Aram e começou a puxar o guarda para a margem do rio. O morto parecia pesar uma tonelada. Samuel continuou a puxar, estimulado pelo barulho que vinha do quartel.

Alcançou a margem do rio. Parou um momento para recuperar o fôlego. Depois, empurrou o corpo pela ribanceira e viu-o cair nas águas revoltas embaixo. Continuou inclinado sobre a margem por um tempo que lhe pareceu uma eternidade e, por fim, viu o corpo ser levado pelo rio e desaparecer. Ali ficou algum tempo como que hipnotizado, cheio de horror pelo que havia feito. Apanhou a pedra que tinha usado e jogou-a na água. Mas ainda corria grande perigo. Atravessou a ponte e voltou disparado para os grandes portões trancados do gueto. Não havia ninguém à vista. Com os dedos trêmulos, girou a chave na fechadura e empurrou os portões. Nada aconteceu. Eram pesados demais. Mas naquela noite nada era impossível para Samuel. Com uma força que parecia vir de fora dele, tanto fez que acabou abrindo-os. Empurrou o carro para dentro, fechou depois os portões e foi correndo para casa com o carro. Todos os moradores da casa estavam reunidos na sala e, quando Samuel apareceu, olharam para ele como se fosse um fantasma.

— Deixaram você entrar!

— Não compreendo — murmurou o pai dele. — Pensávamos que você...

Samuel explicou em breves palavras o que havia acontecido e a preocupação de todos se transformou em terror.

— Meu Deus! — exclamou o pai de Samuel. — Todos nós seremos mortos!

— Nada acontecerá se me escutarem — disse Samuel e expôs o seu plano.

Quinze minutos depois, Samuel, o pai dele e dois vizinhos estavam junto aos portões do gueto.

— E se o outro guarda voltar? — perguntou num sussurro o pai de Samuel.

— É um risco que temos que correr. Mas, se isso acontecer, assumirei toda a culpa.

Samuel abriu os portões e passou para o lado de fora. Colocou a grande chave na fechadura e deu a volta. Os portões do gueto estavam trancados pelo lado de fora. Samuel amarrou a chave à cintura e deu alguns passos à esquerda dos portões. Um momento depois, uma corda deslizou pelo muro como uma cobra. Samuel agarrou-se a ela, enquanto do outro lado seu pai e os outros começaram a içá-lo. Quando Samuel chegou ao alto do muro, prendeu a corda a uma escápula de ferro que se projetava e desceu até o chão. Em seguida, sacudiu a corda até desprendê-la e puxou-a.

— Meu Deus! — exclamou o pai de Samuel. — Que irá acontecer amanhã de manhã?

— Estaremos batendo nos portões pedindo que nos deixem sair — respondeu Samuel.

AO AMANHECER, o gueto estava cheio de policiais e soldados. Tiveram de encontrar uma chave especial para abrir os portões aos negociantes que queriam ir a Cracóvia. Paul, o outro guarda, confessou que havia abandonado o posto para passar a noite na cidade, e fora preso imediatamente. Mas isso não resolvia o mistério do desaparecimento de Aram. Em geral, o sumiço de um guarda tão perto do gueto seria um pretexto muito conveniente para um *pogrom*. Mas a polícia se via perplexa diante dos portões fechados. Como os judeus estavam trancados dentro do gueto, era evidente que nada podiam ter feito ao guarda. Chegaram afinal à conclusão de que Aram devia ter fugido em companhia de uma de suas numerosas amiguinhas. Devia ter jogado em algum canto a pesada chave que para nada lhe servia, mas, por mais que a procurassem, não a encontraram. E nunca a encontrariam pois estava enterrada profundamente sob a casa de Samuel.

Física e emocionalmente exausto, Samuel jogara-se na cama e dormira quase no mesmo instante. Acordou com alguém ao lado, que gritava e o sacudia. O primeiro pensamento de Samuel foi de que haviam encontrado o corpo de Aram e tinham ido prendê-lo.

Abriu os olhos. Isaac estava muito nervoso diante dele.

— Parou, Samuel! A tosse parou! Venha comigo até lá em casa!

O pai de Isaac estava sentado na cama. A febre tinha desaparecido como por milagre e a tosse havia parado.

Quando Samuel se aproximou da cama, o velho lhe perguntou:
— Não acha que posso tomar um pouco de canja de galinha? — Samuel começou a chorar. Num só dia, tirara a vida de um homem e salvara a de outro.

A notícia da cura do pai de Isaac se espalhou pelo gueto. As famílias das pessoas doentes cercavam a casa de Samuel, pedindo um pouco do seu soro mágico. Era impossível atender a todos, e ele foi procurar o Dr. Wal. O médico já sabia de seu feito, mas ainda se mostrava cético.

— Tenho de ver com meus próprios olhos — disse ele. — Prepare uma partida de soro e eu a aplicarei num dos meus clientes.

Havia dezenas de doentes para escolher e o Dr. Wal preferiu o que lhe parecia mais próximo da morte. Dentro de 24 horas, o doente estava a caminho da recuperação.

O Dr. Wal foi até a estrebaria, onde Samuel trabalhava dia e noite preparando o soro, e disse:

— Dá resultado, Samuel. Você conseguiu. Que deseja como dote?

Samuel olhou para ele e respondeu cansadamente:
— Outro cavalo.

Aquele ano de 1868 marcou o início da Roffe & Filhos.

Samuel e Terenia se casaram e ele recebeu como dote seis cavalos e um pequeno mas bem equipado laboratório. Samuel expandiu suas experiências. Começou a destilar medicamentos de ervas e, em pouco tempo, os vizinhos iam até seu pequeno laboratório comprar remédios para os males que os afligiam. Eram bem atendidos e a reputação de Samuel cresceu. Quando alguém não podia pagar, Samuel dizia:

— Não se preocupe com isso. Pode levar. — E acrescentava, voltando-se para Terenia: — Remédio é para curar e não para dar lucro.

As vendas aumentaram e dentro em pouco ele disse a Terenia:

— Já é tempo de abrirmos uma pequena farmácia onde possamos vender unguentos, pós e outras coisas além de receitas.

A farmácia foi desde o início um sucesso. Os homens ricos que anteriormente se haviam negado a ajudar Samuel apareceram, oferecendo-lhe dinheiro.

Queriam ser sócios e propunham a fundação de uma cadeia de farmácias.

Samuel conversava sobre o caso com Terenia, dizendo:

— Tenho muito receio de sócios. O negócio é nosso e não me agrada a ideia de gente estranha possuir parte de nossas vidas.

Terenia concordava com ele.

Quando os negócios cresceram e se expandiram em outras farmácias, as ofertas de dinheiro aumentaram. Samuel continuou a recusá-las.

Quando seu sogro lhe perguntou o motivo, Samuel respondeu:

— Nunca se deve deixar uma raposa entrar num galinheiro, por mais amistosa que se mostre. Um dia, ela pode ficar com fome.

Do mesmo modo que os negócios, o casamento de Samuel e Terenia floresceu. Tiveram cinco filhos, Abraham, Joseph, Anton, Jan e Piotr. Samuel comemorava o nascimento de cada filho abrindo uma nova farmácia, cada qual maior do que a anterior. No começo, contratou um homem para auxiliá-lo. Depois, foram dois e, por fim, tinha já mais de duas dúzias de empregados.

Um dia, Samuel recebeu a visita de um funcionário do governo.

— Vamos cancelar algumas das restrições que pesam sobre os judeus — disse ele a Samuel. — Veríamos com muito agrado a abertura de uma de suas farmácias em Cracóvia.

E Samuel abriu a farmácia. Três anos depois, tinha prosperado tanto que construiu um prédio próprio no centro comercial de Cracóvia e comprou para Terenia uma bela casa na cidade. Samuel tinha realizado afinal o sonho de sair do gueto.

Mas seus sonhos não se limitavam a Cracóvia.

Quando os filhos cresceram, Samuel contratou professores para eles e fez cada um aprender uma língua diferente.

— Ficou maluco — dizia a sogra de Samuel. — Todos fazem troça deles, pois Abraham e Jan estão aprendendo inglês; Joseph, alemão; Anton, francês; e Piotr, italiano. Com quem é que eles vão falar? Ninguém aqui fala qualquer dessas línguas bárbaras. Os garotos vão acabar sem poder nem falar uns com os outros.

Samuel limitava-se a sorrir e dizia pacientemente:

— Isso faz parte da educação deles.

Sabia com quem os filhos iriam falar.

Quando os rapazes alcançaram a adolescência, viajaram todos para países diferentes com o pai. Em cada uma de suas viagens, Samuel preparava o terreno para seus futuros planos. Quando Abraham completou 21 anos, Samuel reuniu a família e anunciou que o filho ia viver nos Estados Unidos.

— Não! — exclamou a mãe de Terenia. — É um país ainda cheio de índios. Não deixarei que faça isso com meu neto. O rapaz tem de ficar aqui, onde estará em segurança.

Segurança... Samuel pensou nos *pogroms*, em Aram e na morte de sua mãe.

— Ele vai para o estrangeiro — retrucou Samuel. — Abraham, você vai abrir uma fábrica em Nova York e se encarregará de todos os nossos negócios por lá.

Abraham disse orgulhosamente:

— Está muito bem, Papai.

Samuel voltou-se para Joseph.

— Aos 21 anos, você irá para Berlim.

Joseph fez um gesto de assentimento.

— E eu irei para a França — disse Anton. — Paris, assim espero.

— Exatamente — disse Samuel —, mas cuidado. Há lá entre os gentios algumas mulheres muito bonitas.

Olhou para Jan.

— Você irá para a Inglaterra.

Piotr, o mais moço, disse ansiosamente:

— É claro que irei para a Itália. Quando poderei partir, Papai?

Samuel riu e respondeu:

— Esta noite não, Piotr. Terá de esperar até completar 21 anos.

E foi assim que aconteceu. Samuel foi com os filhos ao estrangeiro e ajudou-os a fundar escritórios e fábricas. Sete anos depois, havia filiais da família Roffe em cinco países estrangeiros. Era já uma dinastia e Samuel encarregou um advogado de minutar estatutos que tornassem cada uma das companhias independente, embora ao mesmo tempo ligada à matriz.

— Nada de estranhos — exigiu Samuel. — As ações nunca devem deixar de ser de propriedade da família.

— Está bem — concordou o advogado. — Mas, se seus filhos não puderem vender as ações, Samuel, como se irão arranjar? É natural que queiram viver com conforto.

— Vou tomar providências para que morem em casas esplêndidas. Ganharão excelentes ordenados e disporão de uma boa conta de despesas, mas tudo mais deverá reverter em favor da companhia. Se algum dia quiserem vender as ações, terão de conseguir a aprovação unânime dos outros sócios. A maioria das ações pertencerá sempre a meu filho mais velho e a seus herdeiros. Vamos ser uma grande empresa. Vamos ser maiores que os Rothschilds.

Com o correr dos anos, a profecia de Samuel se tornou realidade. A empresa cresceu e prosperou. Embora a família estivesse vivendo dispersa, Samuel e Terenia faziam tudo que era possível para uni-la. Os filhos voltavam à casa paterna por ocasião dos aniversários e das festas. Porém, as visitas não eram apenas reuniões festivas. Os filhos e os pais discutiam juntos os negócios da companhia. Tinham sua rede de espionagem particular. Logo que um dos filhos tinha notícia de um progresso importante na indústria farmacêutica, participava o fato aos outros, e todos começavam a fabricar o produto, de modo que estavam sempre à frente dos concorrentes.

COM O ADVENTO do novo século, os cinco irmãos se casaram e deram netos ao velho Samuel. Abraham tinha ido para os Estados Unidos aos 21 anos, em 1891. Casou-se com uma moça americana sete anos depois e, em 1905, ela deu à luz o primeiro neto de Samuel, Woodrow, que gerou um filho chamado Sam. Joseph se casou com uma moça alemã, que teve um casal de filhos. O filho se casou com uma moça, que teve uma filha, Anna, a qual se casou com um alemão chamado Walther Gassner. Na França, Anton se casou com uma francesa, tornando-se pai de dois filhos. Um deles cometeu suicídio. O outro se casou e teve uma filha, de nome Hélène, que se casaria várias vezes, mas não tivera filhos. Jan, em Londres, se casara com uma inglesa. Sua filha única se casara com um baronete chamado Nichols e tivera um filho, a quem batizaram como Alec. Piotr tinha se casado em Roma com uma italiana. Tiveram um filho e uma filha. Quando o filho por sua vez se casou, sua mulher deu-lhe uma filha, Simonetta, que se casara com Ivo Palazzi, um jovem arquiteto.

Eram esses os descendentes de Samuel e Terenia Roffe.

Samuel viveu o bastante para ver os ventos da mudança soprarem pelo mundo. Teve oportunidade de assistir às primeiras transmissões do telégrafo sem fio e ao voo dos primeiros aviões. Emocionou-se quando o Caso Dreyfus ocupou as manchetes dos jornais e quando o Almirante Peary chegou ao Polo Norte. O Modelo T de Henry Ford era produzido em massa. Por quase toda parte havia luz elétrica e telefones. Em medicina, os germes que causavam a tuberculose, o tifo e a malária foram isolados e vencidos.

A Roffe & Filhos, em pouco menos de meio século depois da sua fundação, tinha se transformado numa colossal empresa multinacional que dava a volta ao globo.

Samuel e sua velha égua Lottie haviam criado uma dinastia.

Quando Elizabeth concluiu talvez a quinta leitura do Livro, tornou a guardá-lo no seu lugar, na sala da torre. Não precisava mais dele. O Livro ficara incorporado à sua existência.

Pela primeira vez na vida, Elizabeth sabia quem era e de onde vinha.

Capítulo 12

Foi no seu 15º aniversário, ao fim do seu primeiro ano na escola suíça, que Elizabeth conheceu Rhys Williams. Ele havia passado pela escola para levar-lhe um presente de aniversário, do pai dela.

— Ele queria vir pessoalmente, mas não pôde — explicou Rhys.

Elizabeth tentou dissimular a decepção, mas Rhys não teve dificuldade em percebê-la. Havia na mocinha uma sensação de abandono, uma indefesa vulnerabilidade que o comoveu. Agindo impulsivamente, perguntou:

— Acha que poderemos jantar juntos?

Elizabeth não gostou da ideia. Imaginou-se entrando num restaurante, gorda e com aquele horrível aparelho nos dentes, em companhia daquele rapaz incrivelmente simpático e gentil.

— Muito obrigada, mas não é possível — disse Elizabeth, sem ao menos sorrir. — Tenho de preparar algumas lições.

Rhys Williams não se conformou com a recusa, pensando em todos os aniversários que passara sozinho. Obteve permissão da diretora da escola para levar Elizabeth para jantar. Entraram no carro de Rhys e este tomou imediatamente o caminho do aeroporto.

— Neuchâtel fica do outro lado — disse Elizabeth.

— E quem foi que disse que vamos para Neuchâtel?

— Para onde vamos então?

— Para o Maxim's. É o único lugar onde se pode realizar um jantar de 15 anos.

Voaram para Paris num jato da companhia e o jantar foi soberbo. Começou com patê de *foie gras* com trufas, seguido de *bisque* de lagosta, pato ao molho de laranja e da especial salada do Maxim's. Tudo se encerrou com champanhe e um bolo de aniversário. Rhys atravessou depois os Champs-Elysées de carro com Elizabeth e voltaram para a Suíça tarde da noite.

Fora a noite mais emocionante da vida de Elizabeth. Rhys tinha conseguido fazê-la sentir-se interessante e bela. Quando a deixou à porta da escola, ela disse:

— Não sei como vou lhe agradecer. Foi o que de melhor já aconteceu na minha vida.

— Agradeça a seu pai — disse Rhys, sorrindo. — Foi tudo ideia dele.

Mas Elizabeth sabia que não era verdade.

Chegou à conclusão de que Rhys Williams era o homem mais admirável que já vira. E sem dúvida o mais bonito. Foi dormir naquela noite pensando nele. Em dado momento, levantou-se e foi até a sua pequena mesa, em frente à janela. Pegou um pedaço de papel e escreveu: "Madame Rhys Williams".

Ficou muito tempo olhando para o que escrevera.

RHYS ADIOU POR 24 HORAS um encontro com uma glamourosa atriz francesa, mas não se incomodou muito. Foi também ao Maxim's com ela e não pôde deixar de pensar que o jantar com Elizabeth fora mais interessante.

Ela seria alguém com quem ele poderia contar um dia.

Elizabeth nunca teve certeza de quem influenciara mais a transformação que se operara nela, se o velho Samuel ou Rhys Williams. A verdade é que passou a ter uma nova consciência de si mesma. Perdeu o impulso de comer constantemente e seu corpo foi ficando mais esbelto. Começou a gostar de esportes e a tomar interesse pela escola. Fazia um esforço para se entender com as colegas, que não podiam acreditar nisso. Tinham sempre convidado Elizabeth para suas festas de pijamas e ela nunca fora. Compareceu inesperadamente uma noite.

A festa se realizava num quarto onde dormiam quatro moças e, quando Elizabeth chegou, já havia pelo menos duas dúzias de alunas, todas de pijamas ou robes. Uma das moças olhou-a com surpresa e disse:

— Estávamos apostando que você não viria.

— Pois estou aqui.

O ar estava cheio do aroma acre e adocicado da fumaça dos cigarros. Elizabeth nunca havia levado um cigarro à boca. Uma das moças do quarto, uma francesa chamada Renée Tocar, aproximou-se de Elizabeth e lhe ofereceu um.

— Você fuma?

Era mais uma afirmação do que uma pergunta.

Elizabeth pegou o cigarro, hesitou um momento, colocou-o entre os lábios e, depois que o acenderam, aspirou a fumaça. Sentiu um começo de náuseas e um baque nos pulmões, mas conseguiu sorrir e murmurou:

— Bom.

No momento em que Renée lhe deu as costas, Elizabeth estendeu-se num sofá. Sentia um começo de vertigem, mas isso passou num instante. Experimentou dar outro trago. Começou a sentir a cabeça estranhamente leve. Elizabeth tinha lido alguma coisa sobre os efeitos da maconha. Dizia-se que suprimia inibições e fazia a pessoa sair de si mesma. Aspirou outra vez, mas profundamente, e começou a ter uma sensação agradável de flutuação, como se estivesse em outro planeta. Via as moças no quarto e as ouvia falar, mas tudo estava confuso e indistinto, imagens e sons. Fechou os olhos. No mesmo instante, saiu flutuando pelo espaço. Era uma sensação deliciosa. Viu-se a voar sobre os telhados da escola e depois sobre os Alpes cobertos de neve, num mar de nuvens algodoadas. De repente, ouviu alguém chamá-la pelo nome, trazendo-a de volta à terra. Elizabeth abriu os olhos. Renée estava curvada sobre ela, com um ar de preocupação no rosto.

— Você está bem, Roffe?

Elizabeth abriu um sorriso feliz e murmurou:

— Estou muito bem. — E confessou na sua infinita euforia: — É a primeira vez que fumo maconha.

— Maconha? — exclamou Renée. — Mas eu lhe dei um cigarro Gauloise comum.

Do outro lado da aldeia, havia uma escola de rapazes e as colegas de Elizabeth aproveitavam todas as oportunidades e iam encontrar-se com eles. As moças falavam constantemente sobre os rapazes. Falavam sobre os corpos deles, o tamanho dos órgãos deles, o que os deixavam fazer com elas e o que faziam com eles. Às vezes, Elizabeth tinha a impressão de que estava perdida dentro de uma escola cheia de ninfomaníacas delirantes. Tinham obsessão por sexo. Um dos jogos privados muito comuns na escola era a *frôlage*. Uma das moças ficava completamente nua e se deitava na cama de costas enquanto outra a acariciava dos seios às coxas. O pagamento era um doce de pastelaria comprado na aldeia. Dez minutos de *frôlage* valiam um doce. Em dez minutos, a moça em geral chegava ao orgasmo, mas, quando isso não acontecia, a pequena incumbida da *frôlage* podia continuar e ganhava mais um doce.

Outro *divertissement* sexual favorito era encontrado no banheiro. A escola tinha grandes banheiras antigas, munidas de chuveiros manuais flexíveis que podiam ser retirados de um gancho na parede. As moças se sentavam na banheira, ligavam o chuveiro e, quando a água quente começava a correr, colocavam o chuveiro entre as pernas e o moviam lentamente para cima e para baixo.

Elizabeth não praticava nem *frôlage* nem os jogos com o chuveiro, mas os impulsos sexuais eram cada vez mais fortes dentro dela. Foi mais ou menos nessa época que fez uma descoberta que a deixou atordoada.

Uma das professoras de Elizabeth era uma mulher pequena chamada Harriot Chantal. Estava perto dos 30 anos e era quase uma estudante também. Tinha feições atraentes e quando sorria chegava a ser bela. Era a professora mais simpática de Elizabeth, que sentia profunda atração por ela. Sempre que se sentia infeliz, Elizabeth procurava Mlle. Harriot e lhe contava seus problemas. A professora era uma ouvinte atenta. Quando Elizabeth acabava, ela pegava amistosamente sua mão, dava-lhe conselhos sensatos e depois lhe oferecia uma xícara de chocolate quente com bolinhos. Elizabeth se sentia imediatamente melhor.

Mlle. Harriot ensinava francês e tinha também uma aula de moda em que acentuava a necessidade de estilo e de harmonia de cores, bem como dos acessórios convenientes.

— Não se esqueçam de que o vestido mais elegante do mundo parecerá horrível se for usado com acessórios errados.

"Acessórios" era a divisa de Mlle. Harriot.

Sempre que Elizabeth se via na banheira quente, surpreendia-se pensando em Mlle. Harriot, na expressão do seu rosto quando estavam juntas e na maneira como a professora lhe acariciava a mão com delicadeza e ternura.

Quando Elizabeth estava em outras aulas, seu pensamento se voltava para Mlle. Harriot e ela recordava as ocasiões em que a professora tinha passado os braços pelo corpo dela a fim de consolá-la e lhe tinha tocado os seios. A princípio, Elizabeth pensara que esses contatos fossem casuais, mas se haviam repetido e, nessas ocasiões, Mlle. Harriot tinha olhado Elizabeth com carinho e interrogação, como se esperasse uma reação. Em imaginação, Elizabeth podia ver Mlle. Harriot com os seios fartos e as pernas brancas e pensou em como ela pareceria nua numa cama. Foi então que teve a súbita compreensão que a atordoou.

Ela era lésbica.

Não estava interessada nos rapazes, porque se interessava pelas mulheres. Não pelas tolinhas que eram suas colegas, mas por uma mulher sensível e compreensiva como Mlle. Harriot. Elizabeth podia imaginar as duas juntas, se abraçando e confortando.

Elizabeth tinha lido e ouvido muitas coisas sobre as lésbicas e sabia como a vida era difícil para elas. A sociedade não aprovava o lesbianismo, considerando-o um crime contra a natureza. Mas que mal havia, pensava, em amar alguém profundamente? Que importância tinha que se tratasse de um homem ou de uma mulher? O importante não era o amor?

Elizabeth pensou como seu pai iria ficar horrorizado quando soubesse a verdade a respeito dela. Ora, era uma coisa que ela teria de enfrentar. Era preciso reajustar suas ideias sobre o futuro. Nunca poderia ter uma vida normal como as outras moças, que iriam se casar e ter filhos. Aonde quer que ela fosse, seria sempre uma mulher excluída e rebelde, que viveria longe da corrente da sociedade. Ela e Mlle. Harriot Chantal viveriam num apartamento ou talvez numa casinha. Elizabeth decoraria tudo com cores suaves, sem faltar um só dos acessórios necessários. Teriam graciosos móveis franceses e belos quadros nas paredes. O pai dela poderia ajudar... Não, ela não queria ajuda alguma do pai. O mais provável era que ele nunca mais falasse com ela.

Elizabeth pensou no seu guarda-roupa. Poderia ser uma lésbica, mas não se vestiria como tal. Nada de *tweeds, slacks,* ternos ou chapéus vagamente masculinos. Essas coisas seriam como as campainhas de advertência dos leprosos de mulheres emocionalmente aleijadas. Procuraria sempre ser tão feminina quanto possível.

Resolveu aprender a ser uma grande cozinheira para fazer os pratos favoritos de Mlle. Harriot Chantal. Imaginou as duas no seu apartamento ou na sua casinha, jantando à luz das velas os pratos que ela havia preparado. Primeiro, haveria uma *vichyssoise*, em seguida de uma excelente salada. Depois, camarões ou talvez lagosta, quem sabe se um *chateaubriand*, com um gostoso sorvete de sobremesa. Depois do jantar, sentariam-se no chão diante da lareira acesa, vendo a neve a cair do lado de fora das janelas. Neve! Seria, portanto, no inverno. Elizabeth modificou às pressas o *menu*. Em lugar de uma *vichyssoise* fria, faria uma sopa de cebolas ou talvez um *fondue*. A sobremesa seria um *soufflé*. Teria de aprender tudo a tempo para não falhar. Em seguida, as duas ficariam sentadas no chão diante do fogo, lendo poesia uma para a outra. T. S. Eliot talvez. Ou V. J. Rajadhon.

> *O tempo é inimigo do amor,*
> *Ladrão que abrevia*
> *Todas as nossas horas douradas.*
> *Nunca pude compreender por que*
> *Os que amam contam a sua felicidade*
> *Em dias, noites e anos.*
> *Quando o amor só pode ser medido*
> *Em alegrias, suspiros e lágrimas.*

Ah... Elizabeth podia ver os anos se desenrolarem diante delas duas até a passagem do tempo dissolver-se num clarão dourado e quente.

Adormecia então.

Estava esperando alguma coisa assim, mas, quando aconteceu, colheu-a inteiramente de surpresa. Acordou uma noite ao sentir que alguém entrava em seu quarto e fechava a porta sem fazer barulho. Abriu os olhos. Viu um vulto atravessar o quarto e aproximar-se de sua cama. A luz do luar que jorrava pelas janelas caiu sobre o rosto de Mlle. Harriot Chantal. O coração de Elizabeth começou a bater desordenadamente.

— Elizabeth — disse Chantal num sussurro e deixou cair o robe.

Não estava usando nada por baixo. Elizabeth sentiu a boca seca. Pensara tanto naquele momento e, quando tudo estava acontecendo, sentia apenas medo. Na verdade, não sabia ao certo o que tinha de fazer ou como. Não queria parecer ridícula aos olhos da mulher que amava.

— Olhe para mim — ordenou Chantal.

Elizabeth olhou. Deixou os olhos correrem pelo corpo nu da outra. Assim nua, Harriot Chantal não era exatamente o que Elizabeth havia imaginado. Os seios lembravam maçãs enrugadas e eram um tanto caídos. Tinha uma pequena barriga arredondada e o *derrière* parecia — Elizabeth não encontrou palavra no momento — pendurado.

Mas nada disso tinha importância. O que importava era o que havia sob o exterior, a alma da mulher, a coragem que ela tinha de ser diferente, de desafiar o mundo inteiro e de querer passar o resto da vida com Elizabeth.

— Chegue para lá, *mon petit ange* — murmurou ela.

Elizabeth obedeceu e a professora se deitou ao lado dela. Seu corpo tinha um forte cheiro animal. Ela se virou para Elizabeth abraçou-a e disse:

— Oh, *chérie*, tenho sonhado tanto com este momento!

Beijou-a então, pondo a língua para fora e dando pequenos gemidos.

Foi sem dúvida a sensação mais desagradável que Elizabeth já havia experimentado. Deixou-se ficar em estado quase de choque, enquanto os dedos de Chantal — de Mlle. Harriot —, percorriam seu corpo, passando pelos seios e descendo. E durante todo o tempo ela beijava Elizabeth, babando como um animal.

Era isso então. Era esse o momento mágico. *Se fôssemos uma só pessoa, você e eu, faríamos juntamente um universo que abalaria as estrelas e moveria os céus.*

As mãos de Mlle. Harriot estavam entre as coxas de Elizabeth. Tentou lembrar-se de todos os seus sonhos, dos jantares à luz das velas, dos *soufflés*, das noites diante da lareira, dos anos de felicidade que as duas passariam juntas. Não adiantou. Havia repulsa na carne e no espírito de Elizabeth.

Mlle. Harriot gemeu.

— Oh, *chérie...*

E o que Elizabeth pôde dizer foi:

— Há um problema, sabe? Uma de nós não tem os acessórios necessários.

Começou então nervosamente a chorar e a rir. Chorava por ver morrer a visão encantada dos jantares à luz das velas. Ria porque compreendia que era uma mulher sadia e normal, livre afinal daquela obsessão.

Capítulo 13

Nas férias da Páscoa, no seu último ano na escola, aos 18 anos, Elizabeth foi passar dez dias na vila da Sardenha. Aprendera a dirigir e, pela primeira vez, tinha liberdade para explorar a ilha sozinha. Fazia longas excursões pela costa e visitava as aldeias de pescadores. Tomava banho de mar na vila, sob o sol quente do Mediterrâneo, e muitas vezes ficava acordada à noite na cama, ouvindo o vento a gemer nos rochedos ocos. Foi a uma festa em Tempio e encontrou toda a aldeia vestida com os trajes tradicionais. Ocultas sob o anonimato das máscaras, as moças convidavam os rapazes para dançar e todos se sentiam com o ânimo de fazer coisas que não fariam em ocasiões normais. Um rapaz podia pensar que conhecia a moça com quem fizera amor à noite, mas na manhã seguinte, já não tinha tanta certeza.

Foi até Punta Murra e viu os sardos assarem carneiros em braseiros ao ar livre. Os homens da ilha lhe deram *seada,* um queijo de cabra, coberto de farinha de trigo e de mel quente. Elizabeth bebeu também o delicioso *selememont,* o vinho local, que não se podia provar em nenhum outro lugar do mundo, pois era muito delicado para suportar a viagem.

Um dos lugares que Elizabeth gostava de frequentar era a hospedaria do Leão Vermelho, em Porto Cervo. Era um pequeno restaurante num porão, com dez mesas e um bar antigo.

Elizabeth deu àquelas férias o nome de Tempo dos Rapazes. Eram filhos de ricos e chegavam em grupos, convidando-a para uma ronda constante de banhos de mar e passeios. Era isso o prelúdio do ato sexual.

— São todos muito bons partidos — assegurou seu pai.

Para Elizabeth eram todos uns grosseirões. Bebiam demais, falavam demais e apalpavam-lhe o corpo. Tinha certeza de que a procuravam não por ela mesma, nem porque ela fosse inteligente ou tivesse valor como um ser humano, mas apenas porque era uma Roffe, herdeira da fortuna da família. Elizabeth não fazia ideia de que se havia transformado numa bela mulher, porque era mais fácil acreditar nas suas lembranças do passado do que nas coisas que o espelho lhe dizia nessa época.

Os rapazes tomavam vinho e jantavam com ela, tentando depois levá-la para a cama. Percebiam que Elizabeth era virgem e cada qual sentia, na sua vaidade masculina, que aquela virgindade lhe estava destinada e que bastaria conquistá-la para Elizabeth apaixonar-se e ser sua escrava pelo resto da vida. Não desistiam. Para onde quer que levassem Elizabeth, sempre terminavam a noite convidando-a para ir para a cama. Ela recusava com polidez, mas com firmeza.

Os rapazes não podiam compreendê-la. Sabiam que ela era bonita e, portanto, devia ser pouco inteligente. Nunca lhes ocorreu que fosse mais inteligente do que eles. Quem já ouvira falar de uma moça ao mesmo tempo bonita e inteligente?

Assim, Elizabeth saía com os rapazes para fazer a vontade do pai, mas se aborrecia com todos eles.

Rhys Williams apareceu na vila e Elizabeth ficou surpresa com o prazer que sentiu ao vê-lo. Era ainda mais simpático do que da outra vez.

Rhys Williams sentiu prazer também em vê-la.

— O que houve com você? — perguntou ele.

— Como assim?

— Tem-se olhado muito no espelho ultimamente?

Elizabeth corou e respondeu:

— Não.

Ele se voltou para Sam e disse:

— A menos que todos os rapazes sejam cegos, surdos e mudos, acho que não vamos ter Elizabeth conosco por muito tempo.

Conosco! Elizabeth gostou de ouvi-lo dizer isso. Ficava com os dois homens tanto quando podia, servindo-lhes bebidas, fazendo coisas para eles, contente apenas de olhar para Rhys. Às vezes, ficava num canto da sala, enquanto eles falavam de negócios, e se sentia fascinada. Falavam de fusões, de novas fábricas, de produtos que tinham feito sucesso e de outros que tinham falhado, debatendo as causas. Falavam dos concorrentes e planejavam campanhas e estratégias. Tudo isso lhe parecia empolgante.

Um dia, quando Sam estava trabalhando na sala da torre, Rhys convidou Elizabeth para almoçar. Levou-a para o Leão Vermelho, jogou dardos com os homens no bar e Elizabeth se admirou de como Rhys parecia à vontade ali. Era um homem que parecia adaptar-se a qualquer ambiente. Ouvira um dia uma expressão espanhola, que não compreendera na ocasião. Mas, vendo Rhys, entendia o que os espanhóis queriam exprimir quando diziam que um homem "cabia bem dentro da sua pele".

Sentaram-se numa mesinha de canto com uma toalha vermelha e branca e começaram a almoçar tomando cerveja.

Rhys lhe perguntou como ia na escola.

— Não é tão ruim quanto eu pensava — disse Elizabeth. — Ao menos, ganhei consciência de como sei pouco.

Rhys sorriu.

— São raras as pessoas que adquirem essa consciência. Você conclui o curso em junho, não é?

Elizabeth estranhou que ele soubesse disso e respondeu:

— É verdade.

— Já sabe o que quer fazer quando sair de lá?

Pensara muito nisso e ainda não encontrara uma resposta.

— Não. Ainda não sei.

— Tem algum interesse em se casar?

Por um instante, o coração dela falhou uma batida. Compreendeu então que a pergunta tinha apenas um interesse geral.

— Não. Ainda não encontrei ninguém.

Pensou então em Mlle. Harriot e nos jantares íntimos diante da lareira com a neve caindo lá fora e deu uma risada.

— Há algum segredo? — perguntou Rhys.

— Segredo?

Gostaria de contar tudo a ele, mas ainda não o conhecia bem. Na verdade, quase não o conhecia. Era um estranho elegante e simpático que, um dia, tivera pena dela e a levara para comemorar seu aniversário com um jantar em Paris. Sabia que ele era brilhante no mundo dos negócios e que seu pai confiava nele. Mas nada sabia da vida particular dele ou do que ele era de verdade. Observando-o, Elizabeth tinha a impressão de que se tratava de um homem de várias camadas, que só mostrava algumas emoções para esconder o que realmente sentia. Era de duvidar que alguém o conhecesse de fato.

RHYS WILLIAMS FOI responsável pela perda da virgindade de Elizabeth.

A ideia de ir para a cama com um homem era a cada dia mais forte em Elizabeth. Em parte, era um impulso físico que de vez em quando se apoderava dela em ondas de frustração e uma urgente necessidade, difícil de desaparecer. Mas havia também a curiosidade, a vontade de saber como era, e claro que não poderia ir para a cama com qualquer homem. Tinha de ser alguém com quem ela simpatizasse e que simpatizasse com ela.

Numa noite de sábado, o pai de Elizabeth deu um jantar de cerimônia na vila.

— Escolha seu melhor vestido — disse à filha. — Quero mostrá-la a todos.

Emocionada, Elizabeth pensou que seria o par de Rhys. Quando Rhys chegou, estava acompanhado de uma princesa italiana loura. Elizabeth sentiu-se insultada e traída, tanto que à meia-noite saiu da festa e foi para a cama com um pintor russo barbudo, chamado Vassilov.

Todo o breve caso foi um desastre. Elizabeth estava tão nervosa e o pintor tão bêbado que para ela não houve começo, nem meio, nem fim. As manobras preliminares se limitaram a Vassilov tirar as calças e se jogar na cama. A essa altura, Elizabeth só tinha vontade de fugir, mas resolveu ir até o fim para castigar Rhys por sua deslealdade. Despiu-se e se deitou na cama. Um instante depois, sem qualquer aviso, Vassilov entrou nela. Era uma sensação estranha. Não podia ser considerada desagradável, mas também não era nada de fazer a terra tremer.

Sentiu o corpo de Vassilov estremecer e, um instante depois, o pintor estava estendido na cama, roncando. Elizabeth ficou ali, com nojo de si mesma. Era difícil acreditar que tantas canções, tantos livros, tantos poemas se referissem àquilo. Pensou em Rhys e teve vontade de chorar.

Vestiu-se afinal e voltou para casa. Quando o pintor telefonou para ela na manhã seguinte, mandou dizer que não estava. No outro dia, Elizabeth voltou para a escola.

Voou no jato da companhia, junto com o pai e com Rhys. O avião, que fora construído para comportar cem passageiros, fora transformado num transporte de luxo. Havia na cauda dois camarotes bem decorados, ambos com banheiro completo, um escritório, uma sala confortável e uma cozinha completamente equipada. Elizabeth dizia que o avião era o tapete mágico de seu pai.

Os dois homens falaram de negócios a maior parte do tempo. Quando Rhys ficou livre, jogou uma partida de xadrez com Elizabeth. A partida terminou empatada e Rhys a elogiou, dizendo que nunca havia pensado que ela jogasse tão bem. Elizabeth corou de prazer.

OS ÚLTIMOS MESES de escola passaram rapidamente. Era tempo de começar a pensar no futuro. A pergunta de Rhys: "Já sabe o que quer fazer quando sair de lá?" não lhe saía do pensamento, mas ainda não sabia. Entretanto, graças ao velho Samuel, Elizabeth ficara encantada com a companhia da família. Gostaria de trabalhar nela. Não sabia ainda o que poderia fazer. Talvez pudesse começar ajudando o pai. Contavam-se ainda histórias da maravilhosa *hostess* que sua mãe tinha sido, do inestimável auxílio que fora para Sam.

Começaria procurando ficar no lugar da mãe. Seria um bom início.

Capítulo 14

A MÃO DO EMBAIXADOR da Suécia estava muito embaixo e apertava as nádegas de Elizabeth. Procurou não tomar conhecimento disso enquanto dançavam através do salão. Sorria e com seus olhos bem treinados inspecionava tudo, os convidados elegantemente vestidos, a orquestra, os empregados de libré, o bufê, em que se amontoavam pratos exóticos e excelentes vinhos, chegando satisfeita à conclusão de que a festa estava muito boa.

Estavam no salão de baile da casa de Long Island. Havia duzentos convidados, todos eles importantes para a Roffe & Filhos. Elizabeth percebeu que o embaixador apertava o corpo contra o dela, tentando excitá-la. Tocou com a língua a orelha dela e murmurou:

— Sabe que dança muito bem?

— E o senhor também — disse Elizabeth com um sorriso.

Mas errou o passo deliberadamente e pisou no pé do embaixador com toda a força do seu salto fino. Ele deu um grito de dor e Elizabeth exclamou contritamente.

— Perdão, embaixador. Fique aí que eu vou buscar-lhe um drinque.

Deixou-o e dirigiu-se para o bar, abrindo caminho por entre os convidados, correndo os olhos cuidadosamente pelo salão, para ver se tudo estava perfeito.

Perfeição — era o que o pai dela exigia. Elizabeth tinha sido *hostess* já numa centena de recepções de Sam, mas ainda não aprendera a descontrair-se. Cada festa era um acontecimento, uma noite de estreia, com uma porção de coisas que podiam sair erradas. Entretanto, nunca se sentira mais feliz. Seu sonho de menina de viver perto do pai, que a queria e precisava dela, se tornara realidade. Aprendera a ajustar-se ao fato de que as necessidades do pai eram impessoais e de que o valor dela se limitava para ele à contribuição que ela pudesse dar à companhia. Era esse o critério único de Sam Roffe para julgar as pessoas. Elizabeth pudera preencher a lacuna existente desde a morte de sua mãe. Passara a ser a *hostess* do pai. Mas, como era uma moça muito inteligente, se tornara mais do que isso. Comparecia a conferências comerciais com o pai e o acompanhava em aviões, em suítes de hotéis no exterior, em fábricas, embaixadas e palácios. Via o pai exercer seu poder, empregando os bilhões de dólares à sua disposição para comprar e vender, para derrubar e construir. A Roffe & Filhos eram uma vasta cornucópia e Elizabeth via o pai dispensar suas magnanimidades aos amigos e recusar qualquer concessão aos inimigos. Era um mundo fascinante, cheio de pessoas interessantes, e Sam Roffe dominava tudo.

Quando Elizabeth correu os olhos pelo salão de baile, viu Sam perto do bar, conversando com Rhys, um primeiro-ministro e um senador pela Califórnia. O pai a chamou e ela se encaminhou para ele, pensando no tempo em que, três anos antes, tudo começara.

ELIZABETH TINHA IDO de avião para casa no dia de sua formatura na escola. Nesse momento, a casa era o apartamento em Beekman Place, em Nova York. Rhys estava lá com o pai. Ela esperava certamente encontrá-lo. Levava imagens dele nos recantos secretos dos seus pensamentos e, sempre que estava sozinha, deprimida ou desanimada, passava em revista essas imagens e se reconfortava com as recordações dele. A princípio, tudo tinha parecido uma coisa sem esperança. Ela era uma colegial de 15 anos e ele, um homem de 25. Esses dez anos de diferença podiam muito bem ser cem. Mas, graças a alguma admirável alquimia matemática, aos 18 anos a diferença de idade já parecia ter menos importância. Era como se ela estivesse crescendo mais depressa do que Rhys, na ânsia de alcançá-lo.

Os dois homens se levantaram quando ela entrou na biblioteca, onde estava falando de negócios. Sam disse calmamente:

— Ah, Elizabeth... Já chegou?

— Já.

— Disse então adeus à escola?

— Disse, sim.

— Muito bem.

E não passou daí a cordialidade com o que o pai a recebeu de volta em casa. Rhys, porém, aproximou-se dela com um sorriso. Parecia sinceramente satisfeito de vê-la.

— Você está ótima, Liz! Que tal a formatura? Sam queria muito ter ido, mas não pôde fazer a viagem.

Ele estava dizendo todas as coisas que cabia ao pai dizer.

Elizabeth se aborreceu de ter ficado magoada. Sabia que, na verdade, o pai não deixava de amá-la, mas estava entregue a um mundo do qual ela não fazia parte. Teria levado um filho para esse mundo; uma filha, era impossível. Ela não se ajustava de modo algum à mecânica da companhia.

— Vim interromper — murmurou ela, encaminhando-se para a porta.

— Espere um pouco — disse Rhys. — Ela chegou bem na hora, Sam. Pode ajudar-nos na festa da noite de sábado.

Sam olhou para Elizabeth, examinando-a objetivamente, como se quisesse aquilatar seu valor. Parecia-se com a mãe. Tinha a mesma beleza, a mesma elegância natural. Um lampejo de interesse brilhou em seus olhos. Nunca lhe havia ocorrido e que ela pudesse dar uma contribuição positiva aos interesses da Roffe & Filhos.

— Você tem um vestido em condições?

Elizabeth olhou-o surpresa e murmurou:

— Eu...

— Não tem importância. Compre o vestido. Sabe o que tem de fazer numa festa?

— Sem dúvida. É claro que sei o que se deve fazer numa festa. Não era essa uma das vantagens de uma boa escola suíça? Ensinavam lá todos os princípios e regras da sociedade.

— Ótimo. Convidei um grupo da Arábia Saudita. Devem vir mais ou menos...

Voltou-se para Rhys, que sorriu para Elizabeth e disse:

— Mais ou menos umas quarentas pessoas.

— Deixem tudo comigo — disse Elizabeth, cheia de confiança.

O jantar foi um desastre completo.

Elizabeth tinha dito ao cozinheiro que preparasse coquetel de caranguejos, seguido de *cassoulets* individuais, que seriam servidos com bons vinhos. Infelizmente, os *cassoulets* tinham carne de porco e os árabes não tocavam nem em crustáceos, nem em carne de porco. Não tomavam, além disso, bebidas alcoólicas. Os convidados olharam para a comida, mas não provaram coisa alguma. Elizabeth, sentada à cabeceira da grande mesa, tendo o pai à outra cabeceira, ficou petrificada de confusão e de vergonha, sentindo a derrota.

Foi Rhys Williams que salvou a situação. Desapareceu por um instante no escritório e falou ao telefone. Voltou então para o salão de jantar e começou a distrair os convidados, contando histórias divertidas, enquanto os empregados tiravam os pratos da mesa.

Quase no mesmo momento, segundo pareceu, uma frota de caminhões chegou ao edifício e, como por encanto, uma variedade de pratos começou a aparecer na mesa. Cuscuz árabe e carneiro *en broche*tte, travessas de peixe e de galinha assada, seguidos de doces, queijos e frutas frescas. Todos apreciaram a comida, menos Elizabeth. Estava tão triste que não conseguiu engolir um só bocado. Sempre que olhava para Rhys, ele a estava olhando com um brilho de cumplicidade no rosto. Elizabeth não poderia ter dito por que, mas estava mortificada com o fato de que Rhys não só tivesse assistido à sua desmoralização, mas ainda a salvasse na medida do possível. Quando tudo terminou e os últimos convidados saíam com relutância já às primeiras horas da madrugada, Elizabeth, Sam e Rhys se reuniram na sala de estar. Rhys estava servindo um conhaque.

Elizabeth respirou fundo e voltou-se para o pai.

— Desculpe o que houve no jantar. Se não fosse Rhys...

— Tenho certeza de que da próxima vez você se sairá melhor — disse Sam, sem maior interesse.

Mas Sam acertara. Daí por diante, quando havia uma recepção, fosse para quatro ou para quatrocentas pessoas, Elizabeth fazia pesquisas sobre os convidados, descobria do que gostavam ou não, o que preferiam comer e beber e até o tipo de acolhimento que lhes agradava. Tinha um catálogo com fichas de cada pessoa. Os convidados se sentiam envaidecidos de encontrarem sempre o vinho, o uísque ou os charutos de que gostavam e de ter em Elizabeth uma pessoa que podia conversar com conhecimento de causa sobre o assunto que mais lhes interessava.

Rhys comparecia a quase todas as recepções, sempre acompanhado de belas mulheres. Elizabeth detestava-as todas, mas procurava imitá-las. Se Rhys aparecia com uma mulher com os cabelos penteados para trás, ela tentava o mesmo penteado. Procurava vestir-se como elas e agir como elas agiam. Mas nada disso parecia impressionar Rhys. Ao contrário, não notava coisa alguma. Frustrada, Elizabeth resolveu afinal ser ela mesma e não imitar mais ninguém.

Na manhã do seu 21º aniversário, quando Elizabeth desceu para o café da manhã, o pai lhe disse:

— Encomende algumas entradas de teatro para esta noite. Depois iremos jantar no Vinte-e-Um.

Elizabeth pensou que o pai se tivesse lembrado do seu aniversário e ficou radiante.

Mas Sam acrescentou:

— Seremos doze pessoas. Vamos comemorar os novos contratos bolivianos.

Ela nada disse sobre o aniversário. Recebeu alguns telegramas de antigas colegas, e só. Às 18 horas, chegou para ela uma enorme braçada de flores. Elizabeth pensou que fossem de pai. Mas o cartão que acompanhava as flores dizia: "Um belo dia para uma bela mulher. Rhys."

O pai saiu de casa às 19 horas para o teatro. Viu as flores e perguntou distraidamente:

— Algum pretendente?

Elizabeth teve vontade de dizer que se tratava de um presente de aniversário, mas que adiantava? Quando se tem de lembrar o seu aniversário a uma pessoa amada, não há mais nada que fazer.

Viu o pai sair e ficou sem saber o que faria naquela noite. Os 21 anos tinham-lhe parecido sempre um marco importante na vida. Significavam a idade adulta, a liberdade, sua transformação numa mulher. Bem, o dia mágico havia chegado e ela não se sentia diferente em nada do que tinha sido no ano anterior ou dois anos antes. Por que ele não se lembrara? Se fosse um filho, teria esquecido?

O mordomo apareceu para lhe perguntar sobre o jantar. Elizabeth não estava com fome. Sentia-se sozinha e abandonada. Sabia que estava pensando demais em si mesma, mas que podia fazer? O que ela lamentava não era apenas aquele aniversário solitário, mas todos os outros aniversários do passado, a dor de crescer sozinha, sem ter uma mãe, um pai ou qualquer pessoa que tivesse o menor interesse.

Às 22 horas, estava vestida com um robe, sentada no escuro na sala, diante da lareira. De repente, ouviu uma voz que dizia:

— Parabéns pra você!

As luzes se acenderam e ela viu Rhys Williams, que se encaminhou para ela e disse:

— Isso é lá maneira de festejar seu aniversário? Quantas vezes você pensa que vai fazer 21 anos?

— Pensei que você estivesse com meu pai — disse ela, agitada.

— Eu estava lá. Mas saí quando ele disse que você tinha ficado em casa. Vista-se e vamos jantar.

Elizabeth balançou a cabeça. Não queria aceitar a compaixão dele.

— Agradeço muito, Rhys. Mas não estou realmente com fome.

— Mas eu estou com fome e não gosto de comer sozinho. Tem cinco minutos para se vestir. Do contrário, vou levá-la como estiver.

Comeram numa lanchonete, em Long Island, hambúrgueres com chili, batatas fritas e cebola, tudo acompanhado de refrigerantes. Conversaram muito e Elizabeth pensou que aquele jantar era ainda melhor do que o do Maxim's. Toda a atenção de Rhys se concentrava nela e ele começou a compreender por que atraía tanto as mulheres. Não se tratava apenas de sua aparência física. Era também o fato de que ele gostava realmente das mulheres e sentia prazer na companhia delas. Fez Elizabeth sentir-se como se fosse especial, alguém cuja companhia ele preferia à de qualquer outra pessoa no mundo. Não era de admirar que as outras se apaixonassem por ele.

Rhys contou-lhe um pouco da sua infância no País de Gales e fez tudo parecer admirável, aventuroso e alegre.

— Saí de casa, Liz, porque havia em mim a fome de ver tudo e fazer tudo. Queria ser todas as pessoas que eu via. Eu não era bastante para mim. Pode compreender isso?

Como ela compreendia bem isso!

— Trabalhei em parques, em praias e houve um verão em que trabalhei levando turistas em *coracles* pelo Rhosili...

— Espere um pouco, Rhys. O que é *coracle* e o que é o Rhosili?

— O Rhosili é um rio turbulento e veloz, cheio de correntezas e corredeiras. Os *coracles* são barcos feitos de uma armação de madeira coberta de couro. Devem ser de antes do tempo dos romanos. Nunca esteve no País de Gales? Você adoraria aquilo. Há uma cachoeira no vale de Neath que é uma das coisas mais belas do mundo. Há tantos lugares bonitos para ver... Abej-Eiddi, Caerbwdi, Porthclais, Kilgetty, Llangwm...

E as palavras lhe rolavam dos lábios como numa cadência musical.

— É uma terra ainda selvagem e primitiva, cheia de surpresas mágicas.

— Apesar disso, você deixou o País de Gales...

Rhys sorriu e disse:

— Era a fome que havia em mim. Eu queria ser dono do mundo... — O que ele não disse a ela foi que a fome ainda não se lhe aplacara no coração.

No decorrer dos três anos seguintes, Elizabeth tornou-se indispensável ao pai. Sua função era tornar a vida dele confortável para que pudesse concentrar-se naquilo que tinha exclusiva importância para ele, os negócios. Os pormenores de sua vida particular eram inteiramente confiados a Elizabeth. Contratava e despedia empregados, abria e fechava as várias casas de acordo com as necessidades do pai e presidia as recepções para ele.

Mais ainda, ela se tornou os olhos e os ouvidos de Sam. Depois de uma reunião de negócios, o pai lhe pedia a sua impressão deste ou daquele homem ou lhe explicava por que motivo tinha agido desta ou daquela maneira. Ela o via tomar decisões que afetavam a vida de milhares de pessoas e envolviam centenas de milhões de dólares. Tinha visto chefes de estado pedirem a Sam que abrisse uma fábrica ou deixasse de fechar outra.

Depois de uma dessas reuniões, Elizabeth dissera ao pai:

— É incrível! É como se você estivesse governando um país.

Sam rira e replicara:

— A Roffe & Filhos têm uma receita superior à de três quartos dos países do mundo.

Nas suas viagens com o pai, Elizabeth ficara conhecendo as outras pessoas da família Roffe, seus primos e primas e as pessoas com quem eram casados.

Quando era mocinha, vira-os quando iam visitar seu pai ou quando ela ia visitá-los nas breves férias da escola.

Simonetta e Ivo Palazzi em Roma tinham sido sempre os mais agradáveis. Eram francos e cordiais e Ivo sempre fizera Elizabeth sentir-se uma mulher. Ivo era encarregado da divisão italiana da Roffe & Filhos e sempre se saíra muito bem. As pessoas gostavam de lidar com ele. Elizabeth se lembrava do que lhe dissera uma de suas colegas depois de conhecê-lo: "Sabe por que gosto de seu primo? Tem calor e fervor."

Ivo era assim: calor e fervor.

Havia depois Hélène Roffe-Martel e seu marido Charles, em Paris. Elizabeth nunca havia realmente compreendido Hélène, nem se sentira à vontade com ela. Fora sempre gentil com Elizabeth, mas havia uma fria reserva que Elizabeth não conseguia romper. Charles era o chefe da filial francesa da Roffe & Filhos. Era competente, embora, segundo dizia Sam, lhe faltasse energia. Podia cumprir ordens, mas não tinha iniciativa. Sam nunca o substituíra porque, apesar de tudo, a filial francesa era muito lucrativa. Elizabeth suspeitava de que Hélène Roffe-Martel era em grande parte a responsável por esse sucesso.

Elizabeth gostava de sua prima alemã Anna Roffe Gassner e de seu marido Walther. Lembrava-se de ter ouvido dizer nas conversas de família que Anna se casara com um homem socialmente inferior. Walther Gassner era considerado uma ovelha negra, um caça-dotes, que se casara com uma mulher feia e mais velha do que ele, com os olhos no dinheiro dela. Elizabeth não julgava que sua prima fosse feia. Achara sempre que se tratava de uma pessoa tímida e sensível, reservada e um pouco apavorada diante da vida. Elizabeth tinha gostado de Walther desde o primeiro instante. Tinha o perfil clássico de um astro de cinema, mas não parecia nem arrogante, nem falso. Parecia amar sinceramente Anna e Elizabeth não acreditava nas coisas terríveis que dele se contavam.

Entre todos os parentes, Alec Nichols era seu predileto. A mãe dele tinha sido uma Roffe que se casara com Sir George Nichols, terceiro baronete. Era a Alec que Elizabeth havia sempre recorrido quando tinha um problema. Talvez em vista da sensibilidade e da gentileza dele, a menina sempre o julgara seu igual e só agora compreendia que grande elogio isso representava para Alec. Ele sempre a tratara em pé de igualdade, disposto a oferecer-lhe ajuda e conselhos.

Elizabeth se lembrava de que, num momento de grande desespero, resolvera fugir de casa. Tinha arrumado as roupas numa maleta e então, num súbito impulso, telefonara para Alec em Londres a fim de despedir-se dele. Ele estava participando de uma conferência, mas chegara ao telefone e falara com Elizabeth durante mais de uma hora. Ao fim da conversa, Elizabeth resolveu perdoar o pai e dar-lhe mais uma chance.

Sir Alec Nichols era assim. Vivian, a mulher dele, porém, era, completamente diferente. Tanto quanto Alec era generoso e gentil, Vivian era egoísta e impulsiva. Era a criatura mais egocêntrica que Elizabeth já conhecera.

Anos antes, quando Elizabeth estava passando um fim de semana na casa de campo deles em Gloucestershire, tinha ido fazer um piquenique sozinha. Mas começou a chover e ela voltou logo para casa. Entrou pela porta dos fundos e descia o corredor quando ouviu vozes alteradas no escritório.

— Estou cansada de servir de babá para essa fedelha — dizia Vivian. — Pode ficar com sua priminha e tratar de diverti-la esta noite. Vou a Londres. Tenho um compromisso.

— É claro que você pode cancelar esse compromisso, Vivian. A menina só vai passar mais um dia conosco e depois...

— Sinto muito, Alec. Estou precisando de homem e é isso que eu vou fazer esta noite.

— Pelo amor de Deus, Vivian!

— Meta a língua no saco, ouviu? E não tente viver minha vida por mim!

Nesse momento, antes que Elizabeth pudesse mover-se, Vivian saíra impetuosamente do escritório. Olhou de relance o rosto espantado de Elizabeth e disse alegremente:

— Já voltou, queridinha?

E subiu.

Alec tinha chegado à porta do escritório e disse gentilmente:

— Entre, Elizabeth.

Ela acompanhara o primo sem muita disposição. O rosto de Alec estava vermelho de vergonha e confusão. Elizabeth gostaria muito de consolá-lo, mas não sabia o que dizer. Alec dirigiu-se para uma mesa grande de refeitório, pegara um cachimbo, enchendo-o de fumo e acendendo-o.

Elizabeth teve a impressão de que ele havia levado um tempo enorme nisso.

— Você deve compreender Vivian.

— Alec, não tenho nada com isso. Eu...

— De certo modo tem, Elizabeth. Você é da família e eu não quero que pense mal dela.

Elizabeth não podia acreditar. Depois da horrível cena que acabara de presenciar, Alec estava querendo defender a mulher.

— Às vezes num casamento — continuou Alec —, o marido e a mulher têm necessidades diferentes. Não quero que você pense mal de Vivian pelo fato de eu não poder atender a certas necessidades dela. Vivian não tem culpa...

Elizabeth não pudera conter-se.

— Ela vai... ficar em companhia de outros homens muitas vezes?

— Creio que sim — respondera Alec.

— Por que não a deixa então?

Alec deu um sorriso.

— Não posso, minha filha. Acontece que gosto dela.

No dia seguinte, Elizabeth voltara para a escola. Mas, a partir desse tempo, sentiu-se mais do que nunca ligada a Alec.

ELIZABETH VIVIA ultimamente muito preocupada com o pai. Ele parecia ter algum problema e ela não fazia a menor ideia do que fosse. Chegara um dia a perguntar-lhe e ele dissera:

— Apenas um pequeno problema que tenho de resolver. Depois lhe contarei tudo.

Havia se tornado muito reservado e Elizabeth não tinha mais acesso aos seus papéis particulares. Quando ele lhe dissera que ia partir no dia seguinte para Chamonix a fim de fazer um pouco de alpinismo, Elizabeth ficara satisfeita. Sabia que ele precisava de um pouco de repouso. Tinha emagrecido e andava pálido e abatido.

— Vou fazer as reservas para você.

— Não é preciso, Elizabeth. Já estão feitas.

Também isso não era costume dele. Partira para Chamonix na manhã seguinte. Fora a última vez que o vira. Nunca mais veria...

Elizabeth ficou deitada no quarto às escuras, recordando. Havia uma impressão de irrealidade persistente em torno da morte do pai.

Ela era a última descendente direta da família Roffe. Se não fosse ela, o nome desapareceria. Que iria acontecer à companhia? O pai sempre possuíra o controle acionário. Para quem teria deixado suas ações?

Elizabeth ficou sabendo na tarde seguinte. O advogado de Sam apareceu em sua casa.

— Trouxe uma cópia do testamento de seu pai. Sinto muito importuná-la num momento triste como este, mas creio que é bom que fique sabendo o quanto antes. É a herdeira universal de seu pai. Isso quer dizer que as ações que representam o controle majoritário da Roffe & Filhos estão em suas mãos.

Elizabeth não podia acreditar. Sam não devia ter certamente esperado que ela pudesse dirigir a companhia...

— Por quê? Por que eu?

O advogado hesitou um pouco e então disse:

— Permita-me falar com toda a franqueza. Seu pai era um homem relativamente moço. Tenho certeza de que esperava ainda ter muitos anos de vida. Com o tempo, ele faria naturalmente outro testamento, apontando quem deveria assumir o controle da companhia. Com toda a certeza, ainda não havia resolvido nada. Mas tudo isso está fora da realidade. A realidade é que o controle está agora em suas mãos e cabe a você decidir o que vai fazer e escolher a pessoa a quem quer transmitir a direção da companhia. Nunca houve uma mulher na diretoria da Roffe & Filhos, mas, no momento pelo menos, terá de tomar o lugar de seu pai. Há uma reunião da diretoria, na sexta-feira, em Zurique. Poderá comparecer?

Sam não esperaria outra coisa dela.

E o velho Samuel também.

— Estarei lá — disse Elizabeth.

LIVRO SEGUNDO

Capítulo 15

PORTUGAL, QUARTA-FEIRA, 9 DE SETEMBRO, MEIA-NOITE.

Num quarto de um pequeno apartamento da rua dos Bombeiros, uma das ruas escusas e tortuosas do Alto Estoril, estavam filmando uma cena de cinema. Havia quatro pessoas no quarto. Um *cameraman,* os dois atores sentados na cama, um homem de cerca de 30 anos e uma mulher loura e jovem de estonteante beleza, que não usava coisa alguma a não ser uma fita vermelha passada pelo pescoço. O homem era grande, com ombros largos de atleta e um peito abaulado estranhamente desprovido de cabelos. A quarta pessoa presente era um espectador, sentado em segundo plano. Usava óculos escuros e tinha um chapéu preto de abas largas.

O cameraman olhou para o espectador e este lhe fez um sinal. O cameraman ligou a filmadora e disse aos atores:

— Pronto! Ação!

O homem se ajoelhou ao lado da mulher e, pouco tempo depois, a uma ordem do cameraman, a penetrou.

O espectador se inclinara na sua cadeira e acompanhava tudo que estava acontecendo. Tinha a respiração ofegante. Aquela mulher era a terceira e era ainda mais bela que as outras.

A mulher começou a agitar-se e a gemer na cama. Agarrou-se desesperadamente ao homem.

O cameraman voltou-se para o espectador e este fez um sinal com os olhos brilhando por trás dos óculos escuros.

— Agora! — disse o cameraman ao homem em cima da cama.

A mulher, empolgada nas suas sensações, nem o ouviu. Enquanto o seu rosto se enchia de êxtase, as grandes mãos do homem se fecharam em torno do seu pescoço e ela começou a debater-se, num esforço desesperado para respirar. Olhou para o homem, espantada, e então seus olhos se encheram de uma súbita e aterrorizada compreensão.

O espectador pensou: *É esse o momento! Os olhos dela!*

Os olhos estavam dilatados de terror. Lutou em vão para livrar-se das mãos de ferro que lhe apertavam o pescoço. Seu orgasmo e os estertores da morte se fundiram.

O espectador tinha o corpo ensopado de suor. A excitação era insuportável. No meio do mais refinado prazer da vida, a mulher morria.

De súbito, tudo acabou. O espectador estava exausto, abalado por espasmos, com os pulmões cheios de longos haustos entrecortados. A mulher fora punida.

O espectador sentia-se como se fosse Deus.

Capítulo 16

ZURIQUE, SEXTA-FEIRA, 11 DE SETEMBRO, MEIO-DIA.

A SEDE MUNDIAL DA Roffe & Filhos estendia-se por 25 hectares ao lado do Sprettenbach, nos arredores da parte oeste de Zurique. O edifício da administração era uma estrutura moderna de doze andares com paredes de vidro, alteando-se sobre um imenso conjunto de edifícios de pesquisa, fábricas, usinas, laboratórios experimentais, divisões de planejamento e ramais de estrada de ferro. Era o centro nervoso do vasto império da Roffe & Filhos.

O vestíbulo de recepção era arrojadamente moderno, decorado em verde e branco, com móveis dinamarqueses. Uma recepcionista ficava sentada a uma mesa de vidro e as pessoas admitidas no interior do edifício tinham de ser acompanhadas por um guia. Nos fundos do vestíbulo, do lado direito, havia uma série de elevadores, um deles reservado para o presidente da companhia.

Naquela manhã, esse elevador particular tinha sido usado pelos integrantes da diretoria. Tinham chegado naquelas últimas horas vindos de vários pontos do mundo, de avião, trem, helicóptero e automóvel. Estavam reunidos naquele momento no grande salão da diretoria, de pé-direito alto e paredes revestidas de carvalho. Lá estavam Sir Alec Nichols, Walther Gassner, Ivo Palazzi e Charles Martel. A única pessoa presente que não fazia parte da diretoria era Rhys Williams.

Lanches e bebidas estavam servidos numa mesa ao lado, mas ninguém se mostrava interessado. Todos estavam tensos e nervosos.

Kate Erling, uma suíça eficiente de quase 50 anos, entrou na sala e anunciou:

— O carro da Srta. Roffe acaba de chegar.

Correu os olhos pela sala a fim de ver se tudo estava em ordem: canetas, blocos de papel e garrafas de prata com água diante de cada cadeira, charutos e cigarros, cinzeiros e fósforos. Kate Erling fora secretária particular de Sam Roffe durante quinze anos. O fato de que ele estivesse morto não era motivo para que ela diminuísse os padrões de eficiência. Quando viu que tudo estava correto, retirou-se da sala.

Embaixo, em frente ao edifício da administração, Elizabeth Roffe estava saltando de um carro. Usava um terninho escuro e uma blusa branca. Não tinha qualquer maquiagem. Parecia ter menos do que os seus 24 anos e estava muito pálida e abatida.

Os jornalistas estavam à espera dela. Foi logo cercada pelos repórteres dos jornais, do rádio e da televisão, munidos de câmeras e microfones.

— Sou de *L'Europeu,* Srta. Roffe. Quer fazer alguma declaração? Quem vai dirigir a companhia agora?

— Olhe para cá, Srta. Roffe. Pode dar um sorriso para os nossos leitores?

— Sou da *Associated Press*, Srta. Roffe. Quer falar sobre o testamento de seu pai?

— Do *Daily News,* de Nova York. Seu pai não era um bom alpinista? Já o encontraram?

— Do *Wall Street Journal*. Quer dizer-nos alguma coisa sobre a situação financeira da companhia?

— Sou do *Times* de Londres. Pretendemos escrever um artigo sobre a Roffe & Filhos e...

Elizabeth seguia através do vestíbulo, escoltada por três guardas que abriam caminho por entre os repórteres.

— Mais uma fotografia, Srta. Roffe...

Elizabeth se viu afinal no elevador, cujas portas se fechavam. Deu um suspiro e estremeceu. Sam tinha morrido. Por que não a deixavam em paz?

Alguns instantes depois, Elizabeth entrava na sala da diretoria. Alec Nichols foi o primeiro a cumprimentá-la. Passou o braço pelos ombros dela e disse:

— Meus sentimentos, Elizabeth. Foi um choque para todos nós. Vivian e eu tentamos telefonar-lhe, mas...

— Eu sei. Muito obrigada, Alec. Obrigada pela sua carta.

Ivo Palazzi aproximou-se e beijou-a de um lado e do outro do rosto.

— O que eu posso dizer, *cara*? Você está bem?

— Muito bem. Obrigada, Ivo. — Voltou-se. — Oi, Charles.

— Elizabeth, Hélène e eu ficamos arrasados. Se houver alguma coisa que possamos fazer...

— Obrigada.

Walther Gassner se aproximou de Elizabeth e disse canhestramente:

— Anna e eu queremos exprimir nosso grande pesar pelo que aconteceu a seu pai...

— Obrigada, Walther.

Não queria estar ali entre toda aquela gente que lhe lembrava o pai. Queria fugir, ficar sozinha.

Rhys Williams estava de lado pensando: "Se não pararem com isso, ela vai ter alguma coisa."

Aproximou-se deliberadamente do grupo, estendeu a mão e disse:

— Oi, Liz.

— Oi, Rhys.

Vira-o pela última vez quando ele tinha ido até sua casa para dar-lhe a notícia da morte de Sam. Parecia que se haviam passado anos. Ou segundos. Tinha sido apenas uma semana antes.

Rhys tinha consciência do esforço com que Elizabeth estava mantendo a linha. Disse então:

— Já que estão todos aqui, por que não começamos? Não vai demorar muito — acrescentou com um sorriso para tranquilizá-la.

Ela sorriu, agradecendo. Os homens tomaram seus lugares habituais em volta da grande mesa retangular de carvalho. Rhys levou Elizabeth para a cabeceira da mesa e puxou uma cadeira para ela.

"A cadeira de meu pai", pensou Elizabeth.

Charles disse então:

— Como não temos uma agenda, proponho que Sir Alec assuma a direção dos trabalhos.

Alec olhou em torno e, como todos manifestaram aprovação, disse:

— Muito bem.

Apertou um botão que estava a sua frente na mesa e Kate Erling voltou com um caderno de notas. Fechou a porta, puxou uma cadeira, preparou o caderno e as canetas e esperou.

— Creio que, em vista das circunstâncias, podemos dispensar as formalidades — disse Alec. — Todos nós sofremos uma terrível perda, mas o essencial agora é que a Roffe & Filhos mostre ao público uma atitude coesa e firme.

— *D'accord* — disse Charles. — Temos sido muito atacados pela imprensa ultimamente.

Elizabeth olhou para ele e perguntou:

— Por quê?

Foi Rhys quem explicou:

— A companhia está enfrentando alguns problemas excepcionais nestes últimos tempos, Liz. Estamos envolvidos em questão judiciárias delicadas, estamos sob investigação do governo e alguns bancos estão nos pressionando. Nada disso é bom para a reputação da companhia. O público adquire produtos farmacêuticos porque tem confiança na companhia que os produz. Se perdermos essa confiança, perderemos nossos fregueses.

— Não há, porém, um só problema que não possa ser resolvido — disse Ivo. — O essencial é reorganizar imediatamente a companhia.

— Como? — perguntou Elizabeth.

— Vendendo nossas ações ao público — respondeu Walther.

Charles acrescentou:

— Dessa maneira, poderemos liquidar todos os nossos empréstimos bancários e ainda teremos dinheiro de sobra para...

Não concluiu a frase e Elizabeth se voltou para Alec.

— Está de acordo com isso?

— Creio que todos nós estamos de acordo, Elizabeth.

Ela se recostou na cadeira, pensando. Rhys se aproximou dela com alguns papéis.

— Já mandei preparar todos os documentos necessários. Terá apenas de assinar.

Elizabeth olhou para os papéis a sua frente e perguntou:

— Se eu assinar esses documentos, o que vai acontecer?

Foi Charles quem falou:

— Temos cerca de uma dúzia de escritórios internacionais de corretagem prontos a formar um consórcio para subscrever a nossa emissão. Garantirão a venda pelo preço que mutuamente assentarmos. Numa oferta tão grande assim, haverá compras de instituições e de particulares em grande número.

— Por exemplo, bancos e companhias de seguros? — perguntou Elizabeth.

— Exatamente.

— E haverá homens da confiança deles na diretoria da companhia?

— É de praxe...

— Quer dizer que, na realidade. eles passariam a controlar a Roffe & Filhos?

— Nós continuaríamos na diretoria — apressou-se em dizer Ivo.

Elizabeth voltou-se para Charles:

— Disse que há um consórcio de corretores pronto a entrar em ação, não foi?

— Realmente.

— Então, por que ainda não entraram em ação?

— Não compreendo, Elizabeth...

— Escute, se todos aqui concordam que a melhor coisa para a companhia é deixar de pertencer a nossa família e passar às mãos de estranhos, por que isso ainda não foi feito?

Houve um silêncio constrangido e, por fim, Ivo disse:

— Uma decisão assim exige um consenso unânime. Todo mundo na diretoria tem de concordar.

— Quem não concordava? — perguntou Elizabeth.

O silêncio foi mais prolongado dessa vez.

— Sam — disse Rhys.

Elizabeth compreendeu então o que a havia perturbado desde que entrara naquela sala. Todos tinham manifestado as suas condolências, o choque e o pesar que sentiam com a morte do pai dela, mas, ao mesmo tempo, havia ali uma atmosfera de ansiedade e expectativa, um sentimento de vitória! Não lhe era possível fugir dessa impressão. Todos os papéis estavam prontos para ela. Teria apenas de assinar. Mas, se o que pretendiam era certo, por que o pai dela se opusera? Fez essa pergunta em voz alta.

— Ora, Sam tinha lá as suas ideias — disse Walther. — Seu pai podia ser muito obstinado em certas coisas.

Como o velho Samuel, pensou Elizabeth. Nunca se deve deixar uma raposa amistosa entrar no galinheiro. Um dia, a raposa pode ter fome. E Sam não tinha querido vender. Devia ter tido muito boas razões.

Ivo disse:

— Creia, *cara,* que é melhor deixar tudo isso conosco. Você não entende dessas coisas.

— Mas gostaria de entender — disse Elizabeth calmamente.

— Por que vai incomodar-se com essas coisas? — perguntou Walther. — Quando suas ações forem vendidas, terá uma fortuna enorme, muito mais do que poderá gastar. Poderá viver onde quiser e gozar a vida.

O que Walther dizia era sensato. Por que iria ela envolver-se naquelas coisas? Bastava assinar os papéis que estavam à sua frente e ir embora.

— Elizabeth, estamos simplesmente perdendo tempo — disse Charles, com impaciência. — Não pode fazer outra coisa.

Foi nesse momento que Elizabeth compreendeu que podia fazer o que quisesse, como seu pai. Podia afastar-se e deixar que eles fizessem o que bem entendessem com a companhia ou podia ficar e descobrir por que estavam todos eles tão ansiosos por vender as ações e exerciam sobre ela uma pressão tão visível. Não só visível, mas quase material. Todos naquela sala estavam querendo que ela assinasse aqueles papéis o quanto antes.

Olhou para Rhys. Gostaria de saber o que ele estava pensando. Mas sua expressão era indefinível. Olhou para Kate Erling, que tinha sido por muito tempo secretária de seu pai. Elizabeth gostaria de ter uma palavra em particular com ela. Todos olhavam para Elizabeth, à espera de que ela assinasse.

— Não vou assinar — disse ela. — Pelo menos, por enquanto.

Houve um momento de atônito silêncio. Walther disse então:

— Não compreendo, Elizabeth. É claro que você deve assinar. Tudo já está providenciado nesse sentido.

— Walther tem razão! — exclamou Charles, irritado. — Você tem de assinar!

Todos começaram a falar ao mesmo tempo, numa confusão exaltada de palavras que ia de encontro a Elizabeth.

— Por que não quer assinar? — perguntou Ivo afinal.

Ela não podia dizer: "Porque meu pai não assinaria. Porque vocês estão me forçando." Tinha a impressão instintiva de que havia alguma coisa errada naquilo tudo e estava decidida a descobrir o que era. Mas, naquele momento, disse apenas:

— Quero um pouco de tempo para pensar no assunto.

Os homens se entreolharam.

— Quanto tempo, *cara*? — perguntou Ivo.

— Não sei ainda. Gostaria de ter melhor compreensão dos fatos e das questões em jogo.

Walther exclamou, irado:

— Ora essa! Não podemos...

Mas Rhys atalhou com firmeza, dizendo:

— Acho que Elizabeth tem razão.

Os outros voltaram-se para ele.

— Ela deve ter uma oportunidade de ver com clareza os problemas que a companhia está enfrentando e chegar a uma decisão.

Todos pensaram no que Rhys dissera.

— Concordo — disse Alec.

— Não faz diferença concordarmos ou não — disse amargamente Charles. — Elizabeth é quem tem o controle de tudo.

Ivo olhou para Elizabeth.
— Precisamos de uma decisão rápida, *cara*.
— Está muito bem.
Todos a olhavam, cada um ocupado com seus pensamentos.
Um deles pensava: "Ela também vai ter de morrer."

Capítulo 17

ELIZABETH ESTAVA impressionada.

Tinha estado outras vezes na sede da companhia em Zurique, mas sempre como visitante. O domínio sobre tudo aquilo pertencia a seu pai. Agora, era dela. Olhava para o enorme escritório e se sentia como uma intrusa.

A sala fora magnificamente decorada por Ernst Hohl. Num canto, havia um armário de Roentgen, sobre o qual se via uma paisagem de Millet. Diante da lareira, estendia-se um sofá de couro de camurça, com uma grande mesa de café e quatro poltronas. Nas paredes, havia telas de Renoir, Chagall e Klee, bem como dois quadros da primeira fase de Courbet. A mesa era um bloco sólido de mogno preto. Ao lado dela, numa mesa menor, havia uma bateria de comunicações — telefones em ligação direta com as filiais da companhia através do mundo. Havia dois telefones vermelhos com dispositivos para criptografar as palavras, um sistema complexo de interfones, um telégrafo de fita e outros equipamentos. Via-se atrás da mesa um retrato do velho Samuel Roffe.

Uma porta levava a uma sala particular com armários de cedro e gavetas forradas. Tinham levado dali todas as roupas de Sam, e Elizabeth ficou satisfeita com isso. Depois da sala, havia um banheiro ladrilhado com uma banheira e um boxe de chuveiro. Havia toalhas limpas nos cabides. O armário de remédios estava vazio. Todas as coisas do uso pessoal de seu pai tinham sido tiradas dali, talvez pela secretária. Elizabeth pensou por um instante na possibilidade de que Kate Erling tivesse amado Sam.

Havia ainda, como partes do escritório de Sam, uma grande sauna, um ginásio plenamente equipado, uma barbearia e uma grande sala de jantar onde poderiam sentar-se cem pessoas. Quando se recebiam convivas estrangeiros, uma pequena bandeira do país deles era colocada num vaso solitário para flores.

Além disso, havia a sala de jantar particular de Sam, decorada com muito gosto e com as paredes ornadas de murais.

Kate Erling havia explicado a Elizabeth:

— Há dois cozinheiros de serviço durante o dia e um à noite. Se há mais de doze convidados para o almoço ou para o jantar, eles precisam ser avisados apenas duas horas antes.

Naquele momento, Elizabeth estava sentada em frente à mesa empilhada de papéis, memorandos, estatísticas e relatórios, e não sabia por onde começar. Pensou no pai ali sentado naquela cadeira e sentiu-se dominada por uma impressão terrível de abandono. Sam era tão competente, tão brilhante! Como precisava dele naquele momento!

Elizabeth vira Alec apenas por alguns instantes antes que ele partisse para Londres.

— Tenha calma — dissera ele. — Não deixe ninguém forçá-la a fazer coisa alguma.

Ele tinha, pois, percebido os sentimentos dela.

— Alec, acha mesmo que devo permitir a venda das ações da companhia?

Ele sorrira e dissera com algum constrangimento:

— Acho que sim, minha filha, mas acontece que sou interessado no caso. Nossas ações não têm valor para qualquer de nós enquanto não pudermos vendê-las. Cabe a você decidir.

Elizabeth pensava nessa conversa ao ver-se ali sentada no grande escritório. A tentação de telefonar para Alec era quase irresistível. Bastava que dissesse que havia mudado de ideia. Poderia então ir embora. Aquele não era o lugar dela. Sentia-se deslocada e incapaz.

Olhou para os botões do interfone na mesa ao lado. Pensou um momento e então apertou o botão que tinha o nome de Rhys Williams.

RHYS ESTAVA SENTADO diante dela. Elizabeth sabia muito bem o que ele devia estar pensando. Era o mesmo que os outros pensavam. Ela não tinha o que fazer ali.

— Foi uma verdadeira bomba que você fez explodir hoje na reunião — disse Rhys.

— Sinto muito a surpresa que causei.

— Surpresa não é bem a palavra — disse ele com um sorriso.
— Você aniquilou todo mundo. Julgava-se o caso resolvido. Os comunicados à imprensa já estavam até datilografados. Escute, Liz. Por que você resolveu não assinar?

Como ela podia explicar? Como podia dizer que tudo não havia passado de uma vaga intuição? Rhys riria dela. Entretanto, Sam Roffe nunca vendera as ações da empresa. Ela estava empenhada em saber por quê.

Como se tivesse adivinhado seus pensamentos, Rhys disse:

— Seu trisavô fundou a companhia como um negócio de família, fechado aos estranhos. Mas no tempo dele a companhia era pequena. As coisas mudaram muito desde então. Hoje, temos uma das maiores fábricas de produtos farmacêuticos do mundo. Quem se sentar aí na cadeira de seu pai terá de tomar todas as decisões importantes. É uma tremenda responsabilidade.

Seria aquela a maneira de Rhys dizer-lhe que tinha de sair?

— Está disposto a me ajudar?

— Você bem sabe que sim.

Elizabeth sentiu uma onda de alívio e compreendeu quanto havia contado com ele.

— A primeira coisa que temos de fazer — disse Rhys — é levá-la para correr as fábricas aqui em Zurique. Sabe alguma coisa sobre a estrutura material da companhia?

— Quase nada.

Não era bem verdade. Elizabeth tinha comparecido nos últimos anos a muitas reuniões em companhia de Sam e tinha alguma ciência do funcionamento da Roffe & Filhos. Mas queria saber tudo do ponto de vista de Rhys.

— Não fabricamos apenas medicamentos, Liz. Produzimos também substâncias químicas, perfumes, vitaminas, *sprays* para os cabelos e pesticidas. Fabricamos produtos de beleza e instrumentos bioeletrônicos. Temos ainda uma divisão de alimentos e uma divisão de nitratos animais. Publicamos revistas para distribuição entre os médicos. Fazemos também adesivos, material de proteção para construções e explosivos plásticos.

Elizabeth notava o entusiasmo dele pelo que dizia e, ao perceber-lhe um tom de orgulho na voz, lembrou-se estranhamente do pai.

— A Roffe & Filhos possui fábricas e companhias que controlam as ações de outras em mais de cem países. Todas elas são diretamente relacionadas com este escritório. — Fez uma pausa, como se quisesse ter certeza de que ela estava compreendendo. — O velho Samuel começou com uma égua velha e um tubo de ensaio. Tudo se expandiu em sessenta fábricas em todo o mundo, dez centros de pesquisa e um conjunto de milhares de vendedores e representantes.

Elizabeth sabia que eram eles que telefonavam para os médicos e para os hospitais.

— No ano passado, Liz, só nos Estados Unidos, gastaram-se 14 bilhões de dólares em medicamentos e uma parte substancial desse movimento foi nossa.

Apesar disso, a Roffe & Filhos estava com problemas com os bancos. Alguma coisa devia estar errada.

Rhys levou Elizabeth para correr as fábricas da sede da companhia. A divisão de Zurique constava de doze fábricas espalhadas por 75 edifícios nos 25 hectares dos terrenos. Era um mundo em miniatura, completamente autossuficiente. Visitaram as fábricas, os departamentos de pesquisa, os laboratórios de toxicologia, os depósitos. Rhys levou Elizabeth a um estúdio de som onde se faziam filmes para pesquisas e para as divisões de publicidade e de produtos do mundo inteiro.

— Usamos mais filme aqui — disse Rhys — do que qualquer grande estúdio de Hollywood.

Passaram pelo departamento de biologia molecular e pelo centro de líquidos, onde cinquenta gigantescos tanques de aço inoxidável estavam cheios de líquidos prontos para serem engarrafados. Viram as salas de comprimidos, onde diversas espécies de pó recebiam a forma de comprimidos, eram marcadas com o nome *Roffe,* embaladas e rotuladas sem que ninguém tocasse nelas. Alguns dos produtos eram destinados à venda sob prescrição médica, ao passo que outros podiam ser livremente vendidos no balcão das farmácias.

Separados dos outros, havia vários edifícios menores. Destinavam-se aos cientistas: analistas químicos, bioquímicos, químicos orgânicos, parasitologistas, patologistas.

— Mais de trezentos cientistas trabalham aqui — disse Rhys. — Agora, vou mostrar-lhe a sala dos 100 milhões de dólares.

Era um edifício de tijolos isolado dos outros, vigiado por um guarda armado. Rhys mostrou o crachá de diretor e entrou com

Elizabeth por um comprido corredor ao fim do qual havia uma porta de aço. O guarda usou duas chaves para abrir a porta e Elizabeth e Rhys entraram. A sala não tinha janelas. Do chão ao teto estava cheia de estantes, nas quais se via uma extensa variedade de frascos, jarros e tubos.

— Por que se chama isto aqui a sala dos 100 milhões de dólares? — perguntou Elizabeth.

— Porque foi o que se gastou para enchê-la. Está vendo esses recipientes nas prateleiras? Nenhum deles tem nome, mas apenas um número. São as substâncias que não deram resultado. São os nossos insucessos.

— Mas, por que 100 milhões?

— Em relação a cada novo medicamento que dá resultado, há talvez mil substâncias que terminam nesta sala. Alguns medicamentos são usados talvez durante dez anos e então abandonados. Um medicamento pode custar 5 ou 10 milhões de dólares em trabalhos de pesquisa até que se veja que não serve para o fim a que se destina ou que alguém o fabricou antes de nós. Não jogamos nada fora, pois pode acontecer de, de vez em quando, um moço brilhante fazer uma descoberta que dê valor a alguma coisa existente nesta sala.

As quantias envolvidas em tudo aquilo eram fantásticas.

— Agora, vou lhe mostrar a Sala dos Produtos Que Não Dão Lucro.

Ficava em outro edifício e, como a outra, estava cheia de estantes com vidros.

— Perdemos uma fortuna aqui — disse Rhys. — Mas tudo foi assim planejado.

— Não compreendo.

Rhys pegou numa prateleira um vidro que tinha o rótulo de "Botulismo".

— Sabe quantos casos de botulismo houve nos Estados Unidos, no ano passado? Apenas 25. Mas, quando recorreram a nós, tínhamos em estoque o medicamento necessário, muito embora isso nos custasse milhões de dólares. Esta sala está cheia de medicamentos para doenças raras: venenos de determinadas cobras, plantas venenosas etc. Fornecemos esses medicamentos gratuitamente às forças armadas e aos hospitais, como um serviço público.

— Gosto disso — murmurou Elizabeth e pensou que o velho Samuel também teria gostado.

Rhys levou Elizabeth à divisão de cápsulas, onde garrafas vazias eram levadas em correias transportadoras. Ao sair da sala, as garrafas tinham sido esterilizadas, cheias de cápsulas, rotuladas, tampadas com algodão e fechadas. Todo o processo era automático.

Havia uma fábrica de vidros, uma divisão de arquitetura para o planejamento de novos edifícios e uma divisão imobiliária para tratar da compra e da adaptação dos terrenos. Num edifício, havia dezenas de redatores escrevendo bulas e prospectos em cinquenta línguas, ao lado de oficinas que os preparavam e imprimiam.

Alguns departamentos fizeram Elizabeth pensar no *1984* de George Orwell. As salas de esterilização eram banhadas em fantásticas luzes ultravioleta. As salas adjacentes eram pintadas de cores diferentes — branco, verde ou azul — e as pessoas que nelas trabalhavam usavam roupas de cores correspondentes. Cada vez que uma delas entrava na sala ou saía dela, tinha de passar por uma câmara especial de esterilização. Os trabalhadores de roupa azul ficavam trancados o dia inteiro. Antes que pudessem comer, descansar ou ir ao banheiro, tinham de tirar a roupa, entrar numa zona verde neutra, vestir outras roupas e inverter o processo quando voltavam.

— Creio que vai achar isso agora muito interessante — disse Rhys.

Iam pelo corredor cinzento de um edifício de pesquisa. Chegaram a uma porta, na qual se via o letreiro: "Reservado — Não Entre". Rhys empurrou a porta e entrou com Elizabeth. Passaram por outra porta e Elizabeth se viu numa sala iluminada com uma luz fraca. Havia centenas de gaiolas com animais. A sala estava quente e úmida e ela se sentiu de repente transportada para alguma selva. Quando seus olhos se habituaram à luz fraca, ela viu que as gaiolas estavam cheias de macacos, hamsters, gatos e ratos brancos. Muitos dos animais tinham excrescências de aspecto repulsivo a projetar-se de várias partes do corpo. Alguns estavam com as cabeças raspadas e mostravam eletrodos que lhes tinham sido implantados nos cérebros. Muitos gritavam em tremenda algazarra, correndo nas gaiolas, enquanto outros pareciam em estado letárgico. O barulho e o mau cheiro eram insuportáveis. Era tudo uma espécie de inferno.

Elizabeth aproximou-se de uma gaiola em que se via um gatinho branco. O cérebro do animal estava exposto, dentro de um revestimento claro de plástico, do qual se projetava uma meia dúzia de fios.

— Para... para que isso? — perguntou Elizabeth.

Um homem alto e barbado, que tomava algumas notas em frente a uma gaiola, explicou:

— Estamos testando um novo tranquilizante.

— Espero que dê resultado — murmurou Elizabeth. — Bem que ando precisando disso.

E saiu da sala antes de começar a passar mal.

Rhys estava ao lado dela no corredor.

— Está sentindo alguma coisa, Liz?

Ela respirou fundo e disse:

— Estou bem... Mas há mesmo necessidade de tudo isso?

— Essas experiências salvam muitas vidas, Liz. Mais de um terço das pessoas que nasceram depois de 1950 só vivem ainda graças às drogas modernas. Pense nisso.

Elizabeth pensou.

LEVARAM SEIS DIAS inteiros para percorrer os principais edifícios e, quando tudo terminou, Elizabeth estava exausta, ainda atordoada com a vastidão de tudo o que vira. E sabia que tinha visto apenas uma das instalações da companhia. Havia dezenas delas espalhadas pelo mundo.

Os fatos e os números eram de espantar.

"São necessários de cinco a dez anos para lançar no mercado um novo medicamento e, em geral, de cerca de duas mil substâncias testadas, só aproveitamos três produtos..."

"A Roffe & Filhos tem trezentas pessoas trabalhando aqui só no controle de qualidade..."

"Há pelos menos meio milhão de pessoas a serviço da companhia..."

"Nossa receita bruta no ano passado foi de..."

Elizabeth escutava, procurando assimilar os incríveis totais que Rhys lhe revelava. Sabia que a companhia era grande, mas "grande" era um adjetivo quase abstrato. Ter essa grandeza traduzida em termos de pessoas e de dinheiro era estarrecedor.

Naquela noite, Elizabeth ficou na cama pensando em tudo que havia visto e descoberto e sentia cada vez mais profundamente a sua inferioridade.

Ivo lhe dissera que não se devia meter nessas coisas de que não entendia, deixando tudo com eles.

Alec achava que ela devia assinar, embora tivesse interesse na venda das ações.

Walther era de opinião que ela devia assinar, receber uma fortuna e gozar a vida como quisesse.

Todos eles têm razão. Vou me afastar e deixar que façam com a companhia o que quiserem. Não estou à altura da posição.

Depois de chegar a essa decisão, seu alívio foi enorme.

Adormeceu quase imediatamente.

O dia seguinte, sexta-feira, foi o início de um fim de semana prolongado por um feriado. Quando Elizabeth chegou ao escritório, mandou chamar Rhys para comunicar-lhe sua decisão.

— O Sr. Williams teve de tomar o avião para Nairóbi, ontem à noite — informou-lhe Kate Erling. — Pediu-me que lhe dissesse que estará de volta na terça-feira. Não serve outra pessoa?

— Faça então uma ligação para Sir Alec.

— Está bem, Srta. Roffe — disse Kate Erling, com uma nota de hesitação na voz. — A polícia lhe mandou hoje um pacote com os objetos de uso pessoal deixados por seu pai em Chamonix.

A menção de Sam reavivou no mesmo instante sua dor.

— A polícia pediu desculpas por não ter entregue o pacote ao seu portador. Já lhe havia sido remetido.

— Meu portador?

— Sim, o homem que mandou a Chamonix para pegar tudo.

— Mas não mandei ninguém a Chamonix. Onde está o pacote? — perguntou Elizabeth, julgando tratar-se de alguma confusão burocrática.

— Guardei no seu armário.

Encontrou uma mala Vuitton com as roupas de Sam. Havia também uma pasta trancada, com a chave ao lado. Deviam ser papéis da companhia. Entregaria tudo a Rhys para ver de que se tratava. Lembrou-se então de que ele estava ausente. Resolveu passar também o fim de semana fora. Talvez na pasta houvesse alguma coisa pessoal e íntima referente a Sam. Tinha de olhá-la antes de tudo.

Kate Erling falou pelo interfone.

— Sinto muito, Srta. Roffe, mas Sir Alec não está no escritório.

— Deixe então um recado para que ele me telefone assim que puder. Estarei na vila da Sardenha. Dê o mesmo recado ao Sr. Palazzi, ao Sr. Gassner e ao Sr. Martel.

Diria a todos que ia sair e que eles podiam vender as ações e fazer o que quisessem.

Pensou com prazer no fim de semana que a esperava. A vila da Sardenha era um retiro, um casulo protetor, onde poderia ficar sozinha e pensar em si mesma e no seu futuro. Os acontecimentos haviam passado tão rapidamente que ela não tivera tempo de ver as coisas em perspectiva. O acidente de Sam... Elizabeth ainda não aceitava a palavra "morte". Depois, sua elevação ao controle da companhia, a pressão da família para que vendesse as ações ao público, a própria companhia, a pulsação vibrante de um poder colossal que abarcava o mundo. Era difícil enfrentar tudo isso de uma vez.

Naquela tarde, quando tomou o avião para a Sardenha, Elizabeth levava a pasta do pai.

Capítulo 18

Tomou um táxi no aeroporto. A vila estava fechada e Elizabeth não comunicara a ninguém sua chegada. Entrou e percorreu lentamente as grandes salas, tão conhecidas, e teve a impressão de que nunca saíra dali. Só então tomava consciência da falta que sentira da Sardenha e da vila. Parecia que as poucas lembranças felizes de sua infância estavam encerradas ali. E era muito estranho estar sozinha naquele labirinto onde sempre tinha havido meia dúzia de empregados cozinhando, polindo e arrumando tudo. Naquele momento, porém, estava sozinha, com os ecos do passado.

Deixou a pasta de Sam no hall de entrada e levou sua mala para o andar de cima. Com o hábito de muitos anos, se encaminhou para seu quarto no centro do corredor e então parou. O quarto do pai ficava no fim do corredor. Elizabeth dirigiu-se para lá. Abriu lentamente a porta porque, embora seu cérebro compreendesse a realidade, um profundo instinto atávico a fazia esperar que Sam estivesse ali e falasse com ela.

O quarto estava vazio e nada nele havia mudado desde que Elizabeth o vira pela última vez. Continha uma grande cama, uma cômoda com espelho, duas poltronas confortáveis e um sofá diante da lareira. Elizabeth deixou a mala no chão e foi até a janela. As persianas de metal estavam fechadas contra o sol de fim de setembro, e os reposteiros, cerrados. Escancarou tudo e deixou que o ar fresco das montanhas entrasse livremente, com a promessa de outono numa ponta de frio. Dormiria naquele quarto.

Desceu depois e entrou na biblioteca. Sentou-se numa das confortáveis poltronas de couro, passando as mãos pelos lados. Era sempre ali que Rhys se sentava quando tinha uma conferência com Sam.

Pensou em Rhys e desejou que ele estivesse ali com ela. Lembrou-se da noite em que ele a levara de volta à escola, depois do jantar em Paris, e de como ela escrevera impulsivamente num pedaço de papel "Madame Rhys Williams". Levantou-se então e escreveu o nome muitas vezes num papel. Pensou depois com um sorriso: "Quem sabe quantas idiotas estão fazendo a mesma coisa neste momento?"

Procurou deixar de pensar em Rhys, mas ele continuou em sua mente, uma ideia agradável e reconfortante. Levantou-se e passou uma vista de olhos pela casa. Entrou na grande cozinha antiga, com o seu fogão a lenha e os dois fornos.

Abriu a geladeira. Estava vazia. Não era de esperar outra coisa com a casa fechada. Mas, ao ver a geladeira vazia, de repente sentiu fome. Vasculhou os armários e encontrou duas pequenas latas de conserva de atum, um vidro de Nescafé pela metade e um pacote ainda fechado de biscoitos. Se ia passar o longo fim de semana ali, era preciso fazer planos. Em lugar de sair para ir fazer todas as refeições na cidade, era muito melhor ir a um dos pequenos armazéns de Cala di Volpe e fazer compras para vários dias. Havia sempre um jipe na garagem. Olhou dos fundos da cozinha e verificou que o jipe ainda estava lá. As chaves estavam penduradas numa tábua na parede ao lado do armário. Encontrou a chave do jipe e foi até a garagem. Queria ver se ainda havia gasolina no tanque. Girou a chave e pisou no acelerador. O motor começou a funcionar quase imediatamente. Esse problema estava, portanto, eliminado. No dia seguinte pela manhã, iria comprar tudo o que fosse necessário.

Voltou para a casa. Ao pisar no chão ladrilhado do hall de entrada, ouviu o eco surdo e um tanto assustador dos próprios passos. Desejou que Alec lhe telefonasse e, como por encanto, nesse momento o telefone tocou. Levou um susto e foi atender.

— Alô?

— Elizabeth? Quem está falando é Alec.

Elizabeth deu uma risada.

— De que está rindo?

— Você não acreditaria se eu lhe dissesse. Onde você está?

— Em Gloucester.

Elizabeth sentiu o urgente impulso de vê-lo, de comunicar-lhe sua decisão sobre as ações da companhia. Mas não podia ser pelo telefone.

— Quer me fazer um favor, Alec?

— Claro. O que é?

— Tome um avião e venha passar o fim de semana aqui na Sardenha. Quero conversar uma coisa muito importante com você.

Houve apenas uma breve hesitação e Alec disse:

— Está bem.

Nem uma palavra sobre compromissos já assumidos, sobre os possíveis transtornos. Apenas "Está bem". Alec era assim.

— Pode trazer Vivian — disse Elizabeth com algum esforço.

— Creio que isso não será possível. Ela está agora mesmo... em Londres. Estarei aí amanhã de manhã. Certo?

— Ótimo. Telefone-me quando souber a hora e irei esperá-lo no aeroporto.

— Será muito mais simples se eu tomar um táxi.

— Está bem. Muito obrigada, Alec. Não sabe quanto lhe agradeço. — Quando desligou o telefone, Elizabeth sentia-se infinitamente melhor.

Sabia que sua decisão estava certa. Só se via naquela posição porque Sam tinha morrido antes de ter tempo de apontar um sucessor.

Quem seria o novo presidente da Roffe & Filhos? A diretoria resolveria isso. Tentou pensar no caso do ponto de vista de Sam e o nome que lhe veio à cabeça no mesmo instante foi Rhys Williams. Os outros eram competentes nos seus setores, mas Rhys era a única pessoa que tinha um conhecimento completo e eficiente do funcionamento global da companhia. Era inteligente e dinâmico. O único problema é que não era elegível para a presidência. Não sendo um Roffe, nem casado com uma Roffe, não podia sequer participar das reuniões da diretoria.

Chegou ao *hall* e viu a pasta que fora de seu pai. Pouco adiantava que ela visse o que havia dentro dela. Daria tudo a Alec quando ele chegasse na manhã seguinte. Entretanto, podia haver alguma coisa muito pessoal ali...

Levou-a para a biblioteca, colocou-a em cima da mesa, pegou a chave e abriu os dois fechos laterais. No centro da pasta encontrou um grande envelope. Abriu-o e tirou dele um maço de folhas datilografadas dentro de uma capa de cartolina, na qual estava escrito:

SAM ROFFE
CONFIDENCIAL
SEM CÓPIAS

Era evidentemente um relatório, mas não se via o nome de ninguém e Elizabeth não podia saber quem o redigira. Começou a passar os olhos pelas folhas e, em dado momento, leu mais devagar e parou. Não podia acreditar no que estava lendo. Levou os papéis para uma poltrona, tirou os sapatos, encolheu as pernas e recomeçou a leitura da primeira página.

Leu dessa vez todas as palavras e ficou horrorizada.

ERA UM DOCUMENTO espantoso, o relatório confidencial de uma investigação em torno de uma série de fatos ocorridos no ano anterior.

No Chile, uma usina de produtos químicos de propriedade da Roffe & Filhos havia sofrido uma explosão, espalhando toneladas de substâncias venenosas por uma área de 25 quilômetros quadrados. Cerca de dez pessoas tinham morrido e centenas tinham ido parar nos hospitais. Todos os animais da área haviam morrido e a vegetação ficara envenenada. Toda a região tivera de ser evacuada. As ações de indenização intentadas contra a companhia subiam a centenas de milhões de dólares. Mas o espantoso era que a explosão fora deliberada. Dizia o relatório: "A investigação do governo chileno sobre o acidente foi superficial. A atitude oficial parece ter sido de que a companhia era rica e o povo era pobre, em vista do que a empresa tinha de pagar. Não há qualquer dúvida no espírito da nossa equipe de investigação de que houve um ato de sabotagem, de autoria de pessoa ou pessoas desconhecidas, por meio de explosivos plásticos: em vista da atitude de antagonismo das autoridades locais, será impossível provar qualquer coisa."

Elizabeth se lembrava muito bem do caso. Jornais e revistas haviam publicado reportagens com fotografias das vítimas. A imprensa do mundo inteiro atacara a Roffe & Filhos, acusando a companhia de negligência e de indiferença aos sofrimentos humanos. O fato havia prejudicado consideravelmente a reputação da empresa.

Em seguida, o relatório tratava de importantes projetos de pesquisa em que os cientistas da Roffe & Filhos vinham trabalhando havia vários anos. Entre eles, havia quatro projetos de valor inestimável. O desenvolvimento deles tinha custado em conjunto mais de 50 milhões de dólares. Em todos os casos, uma firma rival havia requerido patentes para os produtos antes da companhia, apresentando fórmulas idênticas. O relatório continuava: "Um caso isolado poderia ser atribuído a simples coincidência. Num campo em que dezenas de companhias trabalham em setores correlatos, é inevitável que várias firmas trabalhem no mesmo tipo de produto. Mas o fato de que isso tenha acontecido quatro vezes no curto espaço de alguns meses força a concluir que alguém que trabalha na Roffe & Filhos deu ou vendeu o material de pesquisa a firmas concorrentes. Em vista da natureza secreta das experiências e do fato de que elas se realizaram em laboratórios bem distantes uns dos outros dentro de condições de máxima segurança, é lógico supor que a pessoa ou pessoas responsáveis tenham acesso aos arquivos mais secretos da companhia. Assim sendo, podemos chegar à conclusão de que se trata de alguém situado no mais alto escalão executivo da Roffe & Filhos."

Havia mais.

Uma grande partida de substâncias tóxicas fora erradamente rotulada e assim despachada. Antes que a partida pudesse ser recolhida, houvera várias mortes, com péssima publicidade para a empresa. Ninguém sabia quem tinha colocado os rótulos errados.

Uma toxina mortífera desaparecera de um laboratório sob pesada guarda. Uma hora depois, uma pessoa que não fora identificada havia comunicado o fato aos jornais e desencadeara um alarme.

As SOMBRAS DA TARDE se alongavam lá fora e a noite chegou. Elizabeth continuava engolfada no documento que tinha nas mãos. Quando a sala ficou escura, acendeu uma luz e continuou a ler aquela série de horrores.

Nem mesmo o tom seco e sucinto do relatório podia dissimular o drama que havia em tudo aquilo. Uma coisa era clara. Alguém estava metodicamente tentando prejudicar ou destruir a Roffe & Filhos.

Alguém nos mais altos escalões executivos da companhia. Na última página, havia uma nota à margem escrita com a letra precisa e inconfundível de seu pai: "Pressão sobre mim para vender as ações da companhia ao público? É preciso desmascarar o patife!"

Lembrou-se então de como Sam lhe parecera preocupado nos últimos tempos. Vivia angustiado por aquele terrível segredo e não tinha em quem confiar. A nota na primeira página dizia que não havia cópias.

Elizabeth julgava que o relatório provinha de uma agência de investigação estranha à companhia. Por conseguinte, só Sam tinha conhecimento daquele relatório. Depois de Sam, ela. A pessoa culpada não fazia ideia de que estava sob suspeita. Teria Sam sabido quem era? Teria interpelado de algum modo a pessoa antes do acidente? Não era possível saber. Elizabeth sabia apenas que havia um traidor.

Alguém nos mais altos escalões executivos da companhia.

Ninguém mais teria oportunidade ou capacidade de levar a cabo tanta destruição em tantos níveis diferentes. Era por isso que Sam se recusara a vender ações ao público? Estava procurando primeiro descobrir o culpado? Depois da companhia vendida, seria impossível realizar uma investigação secreta, pois todas as providências tomadas seriam logo do conhecimento de um grupo de estranhos.

Elizabeth pensou na reunião da diretoria de que participara, durante a qual todos eles lhe haviam recomendado que vendesse.

Sentiu-se de repente muito sozinha naquela casa. Deu um salto ao ouvir a campainha do telefone. Foi atender.

— Alô?

— Liz? É Rhys quem fala. Acabo de receber seu recado.

Era bom ouvir a voz dele, mas se lembrou de repente do motivo pelo qual quisera falar com ele. Era para dizer que resolvera assinar e deixar que vendessem a companhia. Mas em poucas horas tudo havia mudado. Olhou para o retrato do velho Samuel, diante dela, que fundara a empresa e lutara por ela. O pai de Elizabeth a engrandecera, e tinha vivido por ela, dedicando-lhe toda a sua vida.

— Rhys, quero efetuar uma reunião da diretoria na terça-feira, às 14 horas. Quer tomar as providências necessárias?

— Terça-feira, às 14 horas? Está muito bem. Mais alguma coisa?

— Não. Só isso. Muito obrigada.

Elizabeth desligou o telefone. Ia lutar com todos eles.

ESTAVA NO ALTO de uma montanha, escalando-a em companhia do pai. *Não olhe para baixo,* dizia Sam constantemente e Elizabeth desobedecia. Olhava para baixo e não via senão milhares de metros de espaço vazio. De repente, houve o surdo ronco de um trovão e um raio veio ziguezagueando na direção deles. Atingiu a corda de Sam, incendiou-a e começou a cair no espaço vazio. Elizabeth viu o corpo do pai rolar e começou a berrar, mas os gritos eram abafados pelo ribombar dos trovões.

Acordou em sobressalto, com a camisola ensopada de suor e o coração batendo descompassadamente. Houve um trovão bem forte e Elizabeth viu que a chuva entrava pelas janelas abertas. Levantou-se e fechou-as. Pelas vidraças viu as nuvens de tempestade que enchiam o céu e os relâmpagos que iluminavam o horizonte, mas não prestou atenção a nada disso.

Estava pensando no sonho que tivera.

Pela manhã, a tempestade passara sobre a ilha, deixando apenas uma chuva fina. Elizabeth esperava que o mau tempo não retardasse a chegada de Alec. Depois da leitura do relatório, tinha ardente necessidade de falar com alguém. Enquanto isso, seria bom guardar o relatório num lugar seguro. Havia um cofre na sala da torre e ela iria guardá-lo lá. Tomou um banho, vestiu um suéter e slacks velhos e foi então à biblioteca pegar o relatório.

Não o encontrou mais.

Capítulo 19

Parecia que um furacão havia passado pela sala. A tempestade abrira as janelas e o vento e a chuva haviam espalhado e desarrumado tudo. Algumas páginas soltas do relatório estavam em cima do tapete molhado, mas o resto fora evidentemente levado pelo vento.

Foi até a janela. Não via papéis no gramado, mas o vento poderia ter levado tudo pela borda do penhasco. Fora certamente isso o que acontecera.

Não havia cópias. Tinha, portanto, de descobrir o nome do investigador que Sam contratara. Talvez Kate Erling soubesse. Mas já não podia ter certeza de que Sam confiava em Kate Erling. Tudo se tornara um jogo terrível, em que não podia confiar em ninguém. Daí por diante, devia ter cuidado em tudo que fizesse.

Lembrou-se de repente de que estava sem comida em casa. Podia ir fazer as compras em Cala di Volpe e estar de volta antes que Alec chegasse. Foi até o armário embutido do *hall* e apanhou uma capa e uma *écharpe* para a cabeça. Mais tarde, quando a chuva parasse, procuraria as outras folhas do relatório nas vizinhanças da casa. Tirou a chave do jipe do chaveiro da cozinha e foi para a garagem.

Ligou o motor e manobrou cuidadosamente para sair da garagem com o jipe. Desceu então pela estrada dos carros, dirigindo com todo o cuidado, em vista do chão molhado pela chuva. Virou depois à direita para seguir a estreita estrada de montanha que ia para a aldeia de Cala di Volpe, mais abaixo. Não havia movimento na estrada àquela hora. Na verdade, era difícil haver a qualquer hora, pois raras eram as casas construídas naquelas alturas. À esquerda, o mar estava escuro e parecia revolto, ainda agitado pela tempestade da noite.

Dirigia com muito cuidado, pois aquele trecho da estrada era traiçoeiro. Muito estreito, com duas pistas, abria-se no flanco da montanha, ao lado de um enorme precipício. De um lado, o paredão de pedra da montanha; do outro, uma descida de centenas de metros até o mar. Levava o veículo o mais perto possível da outra pista, freando um pouco para contrabalançar o impulso da descida.

O automóvel se aproximou de uma curva fechada. Elizabeth pisou automaticamente nos freios para controlar a descida do jipe.

Os freios não funcionaram!

Levou algum tempo até ela tomar consciência disso. Tornou a frear, pisando no pedal com toda a sua força, mas sentiu o coração bater mais forte ao ver que o jipe continuava a ganhar velocidade na descida. Fez a curva, mas viu que estava rolando desabaladamente pela íngreme estrada da montanha e que o veículo ganhava mais impulso a cada segundo. Tornou a pisar nos freios. Não havia mais freios.

Outra curva surgiu à frente. Elizabeth tinha medo de olhar para o velocímetro e sentiu-se dominada por um terror gelado. Chegou à curva e derrapou em torno dela, com muita velocidade. As rodas traseiras chegaram quase à beira do precipício, mas os pneus acharam a sua tração e o jipe mergulhou em frente pela estrada abaixo. Nada havia mais para fazê-lo parar, nem barreiras, nem controles. Continuaria naquela rápida descida em montanha-russa e havia curvas mortais pela frente.

Pensou desesperadamente num meio de salvar-se. Teve a ideia de pular do carro. Arriscou-se a olhar para o velocímetro e viu que ia a 110 quilômetros por hora, com a velocidade subindo a cada momento, encurralada entre a montanha e o precipício. Se saltasse, estaria morta. Numa súbita revelação, Elizabeth compreendeu que estava sendo assassinada e que Sam também fora assassinado. Sam tinha lido o relatório e fora morto. Ela também ia ser morta. Não tinha ideia de quem fosse o assassino, de quem os odiasse a ponto de fazer aquela coisa terrível. Talvez tudo fosse mais tolerável se partisse de um estranho. Mas tinha de ser um deles, alguém situado *nos mais altos escalões executivos da companhia...* Alec... Ivo... Walther... Charles...

A morte dela seria atribuída a um acidente, como a de Sam. As lágrimas rolaram pelo rosto de Elizabeth e se misturaram com a chuva fina que caía. O jipe fugia constantemente do seu controle no chão molhado. Elizabeth lutava para mantê-lo na estrada, mas sabia que era apenas uma questão de segundos para que fosse atirada para o precipício e o aniquilamento. O corpo ficou rígido com a tensão e as mãos se tornaram dormentes da força que ela fazia para segurar a direção. Estava sozinha no universo, descendo vertiginosamente a estrada, enquanto o vento zumbia em seus ouvidos e empurrava o carro para a borda do penhasco. Houve outra derrapagem e Elizabeth lutou febrilmente para acertar o carro, lembrando-se do que aprendera. *Vá sempre a favor da derrapagem.* Afinal, as rodas traseiras se firmaram e o jipe continuou a sua descida alucinante. Elizabeth tornou a olhar de relance o velocímetro: 130 quilômetros por hora! Ia correndo para uma curva bem fechada e sabia que não poderia passar dali.

Alguma coisa em seu espírito pareceu congelar-se e foi como se um tênue véu se estendesse entre ela e a realidade. Ouviu a voz do pai perguntar-lhe o que fazia sozinha no escuro e depois sentiu-se nos braços dele e levada para a cama. No mesmo instante, estava no palco dançando enquanto Madame Netturova gritava com ela (ou era o vento?), mas ela não podia parar. Alguém então lhe perguntava quantas vezes uma pessoa faz 21 anos e Elizabeth pensou que nunca mais veria Rhys. Gritou o nome dele e o véu desapareceu, mas o pesadelo ainda estava presente. A curva perigosa estava mais próxima e o carro corria para ela como uma bala. Cairia pelo precipício. Pelo menos, que tudo acontecesse bem depressa.

Nesse momento, à direita, um pouco antes da curva, Elizabeth viu um estreito caminho. Tinha de tomar uma decisão rápida. Não tinha ideia da utilidade ou do destino daquele caminho. Sabia apenas que subia à beira do precipício e que podia quebrar o ímpeto da sua descida. Entrou por ele, virando a direção para a direita com toda a força. As rodas traseiras começaram a derrapar, mas as da frente já estavam no saibro do caminho e a velocidade adquirida deu bastante tração ao carro para se estabilizar. Elizabeth procurou mantê-lo no estreito caminho. Viu algumas árvores à frente e alguns galhos lhe fustigaram o rosto e as mãos. De repente, viu à sua frente, o mar Tirreno, lá embaixo. O caminho era apenas um breve acostamento à margem do penhasco. Não havia nele a menor segurança!

Estava cada vez mais perto da borda e ia tão depressa que não podia saltar. Quando o jipe se aproximou da borda, derrapou violentamente e a última coisa de que Elizabeth teve consciência foi de uma árvore à sua frente e de uma explosão que pareceu eliminar o resto do universo.

Depois, o mundo voltou a ser tranquilo, branco, pacífico e silencioso.

Capítulo 20

Quando abriu os olhos, estava numa cama de hospital e a primeira pessoa que viu foi Alec Nichols.

— Não há nada lá em casa para você comer — murmurou Elizabeth e começou a chorar.

Os olhos de Alec mostravam sua tristeza. Aproximou-se e abraçou-a.

— Elizabeth!

— Tudo está bem agora, Alec — murmurou ela.

E estava. Sentia contusões por todo o corpo, mas ainda estava viva, por mais incrível que isso parecesse. Lembrou-se do horror da descida sem freios pela montanha e sentiu um arrepio.

— Há quanto tempo estou aqui, Alec?

— Trouxeram-na para cá há dois dias. Chegou inconsciente e só agora está voltando a si. O médico acha que se trata de um milagre. De acordo com os que viram o local do acidente, você devia estar morta. Quando uma turma de socorro a trouxe para cá, estava inconsciente e cheia de contusões, mas felizmente não havia fraturas. Agora, escute, por que você estava correndo tanto naquele acostamento?

Elizabeth contou tudo. Viu o horror estampado no rosto de Alec enquanto ela falava da sua terrível corrida sem freios pela estrada abaixo. Quando acabou, Alec estava muito pálido.

— Que acidente horrível e idiota!

— Não foi acidente, Alec.

— Como assim? Não compreendo!

Não podia mesmo compreender, pois não havia lido o relatório.

— Mexeram nos freios de propósito para que isso acontecesse.

— Não, Elizabeth — disse ele, balançando a cabeça. — Que motivo alguém teria para fazer uma coisa dessas?

Ainda não podia dizer nada a ele. Confiava mais em Alec do que nos outros, mas só podia falar depois que estivesse mais forte e tivesse tido algum tempo para pensar.

— Não sei, Alec. Mas tenho certeza de que mexeram nos freios.

Notou a mudança de expressões no rosto dele. Da incredulidade passara ao espanto e, por fim, à raiva.

— Nesse caso, temos de descobrir quem foi!

Pegou o telefone e em poucos minutos estava falando com o delegado de polícia de Olbia.

— Quem fala é Alec Nichols. Sim, ela passa bem, muito obrigado. Direi a ela, sim. Estou lhe telefonando a respeito do jipe que ela estava dirigindo. Pode-me dizer onde é que está?.. Muito bem. Pode deixá-lo nesse lugar e, ao mesmo tempo conseguir-me um bom mecânico? Estarei lá daqui a meia hora.

Desligou e disse a Elizabeth:

— O jipe está na garagem da polícia. Vou até lá.

— Vou com você — disse Elizabeth.

Ele olhou-a com surpresa.

— O médico disse que você devia passar ainda dois dias em repouso e observação.

— Ele pode ter dito isso, mas vou com você.

Quarenta e cinco minutos depois, Elizabeth, ainda bem machucada, saía do hospital sob os protestos do médico e seguia em companhia de Alec Nichols para a garagem da polícia.

Luigi Ferraro, delegado de polícia de Olbia, era um sardo robusto de meia-idade, com uma enorme barriga e pernas arqueadas. Tinha a seu lado o detetive Bruno Campagna, um homem musculoso, de cerca de 50 anos e grande competência, bem mais alto do que o delegado. Estavam ambos, em companhia de Elizabeth e de Alec, vendo um mecânico examinar a parte inferior de um jipe levantado por um elevador hidráulico. O para-lama esquerdo e o radiador estavam destroçados e mostravam detritos da árvore em que batera. Elizabeth sentira um começo de vertigem ao ver o carro e tivera de apoiar-se em Alec para não cair.

— Tem certeza de que vai resistir? — perguntou Alec.

— Absoluta — disse Elizabeth, que se sentia fraca e cansada, mas estava disposta a ver tudo pessoalmente.

O mecânico limpou as mãos num pano cheio de graxa e se aproximou do grupo.

— Desses, não fazem mais hoje em dia — disse ele.

Graças a Deus, pensou Elizabeth.

— Qualquer outro carro teria sido reduzido a pedacinhos.

— E os freios? — perguntou Alec.

— Os freios? Estão em perfeitas condições.

Elizabeth sentiu que estava de novo entrando numa zona de irrealidade.

— O que está dizendo?

— Os freios estão funcionando muito bem. A batida não teve a menor ação sobre eles. Foi por isso que disse que não fazem mais...

— É impossível! — exclamou Elizabeth. — Os freios desse jipe não estavam funcionando.

— A Srta. Roffe acredita que alguém sabotou os freios — disse o delegado Ferraro.

O mecânico balançou a cabeça num gesto negativo.

— De jeito nenhum!

Aproximou-se do carro no alto do elevador.

— Só há duas maneiras de danificar os freios de um jipe. Ou se cortam as bielas dos freios ou se desatarraxa esta porca e se deixa o fluido dos freios escorrer. Como pode ver, esta biela está firme, e verifiquei o tambor dos freios. Está cheio.

Ferraro olhou para Elizabeth e disse:

— Posso muito bem compreender que no seu estado...

— Um momento! — exclamou Alec e voltou-se para o mecânico. — Não é possível que alguém tenha cortado essas bielas, substituindo-as depois, e que essa mesma pessoa tenha tornado a encher o tambor dos freios depois de esvaziá-lo?

— Não, não é possível. Ninguém tocou nestas bielas. E está vendo esta porca? Se alguém a tivesse afrouxado, haveria marcas frescas de chave inglesa nela, e não há nenhuma. Pelo menos, há seis meses ninguém toca nesta porca. Não há nada com estes freios e vou mostrar.

Foi até à parede e ligou um comutador. O elevador hidráulico principiou a descer o jipe para o chão. O mecânico entrou no jipe, ligou o motor e deu marcha à ré no carro. Quando estava quase encostando na parede dos fundos, ligou a primeira e pisou no acelerador. O carro correu na direção do detetive Campagna. Elizabeth deu um grito e nesse instante o carro parou de súbito a alguns centímetros do homem. O mecânico não tomou conhecimento do olhar irado do detetive e disse:

— Viram? Os freios estão perfeitos.

Todos se voltaram para Elizabeth, que sabia muito bem o que estavam pensando. Mas isso não diminuíra o terror daquela descida pela estrada da montanha. Sentira perfeitamente seu pé pisar no freio sem que nada acontecesse. O mecânico da polícia tinha provado que os freios estavam em ordem. A não ser que também estivesse metido na trama. E o delegado de polícia também... Estou é ficando paranoica, pensou Elizabeth.

Alec murmurou desalentadamente:

— Elizabeth...

— Quando eu estava dirigindo, os freios não funcionaram.

Alec perguntou então ao mecânico:

— Vamos supor que alguém tivesse tomando providências para que os freios desse jipe não funcionassem. Que mais poderia fazer?

— Poderia ter molhado as lonas do freio — disse o detetive Campagna.

Elizabeth sentia o nervosismo crescer dentro dela.

— O que aconteceria se alguém fizesse isso?

— Quando as lonas do freio comprimissem o tambor, não haveria tração.

— Tem razão — disse o mecânico e perguntou a Elizabeth: — Os freios estavam funcionando logo que saiu com o jipe?

Elizabeth se lembrava de que manobrara o jipe para sair da garagem e chegara às primeiras curvas, usando os freios.

— Estavam funcionando, sim — disse ela.

— Está aí a explicação — disse o mecânico vitoriosamente. — A chuva molhou a lona dos freios.

— Espere um pouco — disse Alec. — Por que alguém não podia ter molhado tudo antes que ela saísse?

— Nesse caso — disse o mecânico pacientemente —, os freios não teriam funcionado desde o início.

O delegado falou com Elizabeth.

— A chuva pode ser muito perigosa, Srta. Roffe, especialmente nas estradas estreitas de montanha. Casos assim acontecem com muita frequência.

Alec olhava indeciso para Elizabeth. Ela se sentia mal. Afinal de contas tudo não passara de um acidente. Queria sair dali o mais depressa possível. Olhou para o delegado.

— Desculpe ter lhe dado todo esse incômodo.

— Sinto muito o acidente, mas tive muito prazer em servi-la, Srta. Roffe. O detetive Campagna irá levá-la de carro para a sua vila.

ALEC DISSE a ela:

— Não leve a mal, mas você está terrivelmente abatida. Quero que vá para a cama e passe alguns dias sem se levantar. Vou pedir algumas compras pelo telefone.

— Se eu ficar na cama, quem vai cozinhar?

— Ora essa, eu! — exclamou Alec.

Naquela noite, preparou o jantar e levou para Elizabeth na cama.

— Creio que não sou muito bom cozinheiro — disse Alec, colocando a bandeja diante de Elizabeth.

Falando assim, Alec estava sendo por demais pretensioso. Não havia um só prato que não estivesse queimado ou muito salgado. Ainda assim, Elizabeth conseguiu jantar, não só porque estava com fome, mas também para não melindrar Alec. Conversaram sobre um milhão de assuntos durante o jantar. Alec não tocou na má situação em que ela se colocara na garagem da polícia. Elizabeth lhe ficou muito grata por isso.

OS DOIS PASSARAM mais alguns dias na vila. Elizabeth continuou de cama e Alec, fazendo confusão na cozinha e lendo de vez em quando para ela. Ivo e Simonetta telefonavam diariamente para saber como ela estava, assim como Hélène e Charles e Walther. Até Vivian telefonou para saber dela. Todos se ofereciam para ir lhe fazer companhia na ilha.

— Estou passando bem — dizia ela. — Não há motivo para que venham até aqui. Voltarei para Zurique dentro de poucos dias.

Rhys Williams telefonou. Elizabeth só compreendeu realmente a falta que sentia dele quando ouviu sua voz.

— Ouvi dizer que você quis fazer concorrência a Hélène como automobilista — disse ele, brincando, mas ela notou a preocupação que havia na voz dele.

— Em descida de montanha, duvido muito que ela seja páreo para mim.

Parecia-lhe incrível que estivesse brincando com o que acontecera.

— Fico muito contente de que esteja bem, Liz.

O tom e as palavras dele encheram-na de alegria. Estaria ele naquele momento em companhia de outra mulher? Se estivesse, devia ser uma mulher muito bela.

Que fosse para o inferno a mulher!

— Sabe que você apareceu no noticiário dos jornais do mundo inteiro?

— Não.

Falaram pelo telefone durante meia hora e Elizabeth, quando desligou, estava se sentindo muito melhor. Rhys parecia sinceramente interessado nela. Gostaria de saber se ele fazia todas as outras mulheres sentirem-se assim. Aquilo fazia parte do encanto dele. Lembrou-se do jantar de aniversário dela. *Madame Rhys Williams.*

Alec entrou no quarto e perguntou:

— O que houve? Está rindo à toa?

— Estou?

Rhys sempre lhe dera aquela sensação de felicidade. Talvez fosse melhor falar a Rhys sobre o relatório confidencial.

Alec tinha providenciado para que um dos aviões da companhia os levasse para Zurique.

— Não gostaria de que você saísse tão depressa daqui — disse ele —, mas há alguns assuntos urgentes que devem ser resolvidos quanto antes.

O voo para Zurique foi calmo. Os repórteres esperavam-na no aeroporto. Elizabeth fez uma breve declaração sobre o acidente. Em seguida, Alec levou-a para o carro e os dois partiram para a sede da companhia.

Estava na sala de reuniões com todos os membros da diretoria e mais a presença de Rhys. A reunião já durava havia três horas e o ar estava impregnado da fumaça dos charutos e cigarros. Elizabeth ainda estava abalada pelo acidente e sentia uma tremenda dor de cabeça. Os médicos haviam-na tranquilizado, dizendo que as dores de cabeça eram uma consequência do abalo nervoso e logo passariam.

Olhou os rostos cheios de tensão e de raiva que a cercavam.

— Resolvi não vender — tinha dito Elizabeth.

Pensavam que ela estava sendo arbitrária e obstinada. Não sabiam como ela chegara perto de ceder. Mas agora era impossível. Alguém dentro daquela sala era um inimigo e, se ela batesse em retirada, esse inimigo sairia vitorioso.

Tinham tentado convencê-la, cada qual à sua maneira.

Alec apresentara argumentos lógicos.

— A companhia precisa de um presidente que tenha experiência. Particularmente agora, Elizabeth. Para seu bem e para o bem de todos, gostaria de vê-la afastada disso.

Ivo fez uso do seu encanto.

— Você é bela e jovem, *carissima*. O mundo inteiro é seu. Por que vai escravizar-se a uma coisa tão enfadonha quanto os negócios, quando pode divertir-se, viajar...

— Já viajei muito — disse Elizabeth.

Charles usou a clara razão francesa.

— Você detém o controle acionário apenas em consequência de um trágico acidente, mas não é sensato você querer, por isso, dirigir a companhia. Nós temos problemas muito graves e sua direção só servirá para agravá-los.

Walther falou agressivamente.

— A companhia está em situação muito difícil, a tal ponto que você é incapaz de calcular. Se não vender agora, depois será muito tarde.

Elizabeth sentia-se acuada. Ouvia a todos, estudando-os e pesando o que lhe diziam. Todos eles baseavam seus argumentos no bem da companhia, no entanto, um deles estava empenhado em destruí-la.

Uma coisa era clara. Todos queriam que ela se afastasse, que os deixasse vender as ações e levar pessoas estranhas para dentro da Roffe & Filhos. Elizabeth sabia que, no momento em que fizesse isso, as probabilidades de descobrir quem estava por trás de tudo aquilo se tornariam nulas. Enquanto permanecesse ali, haveria a possibilidade de saber quem era o sabotador. Ficaria por tanto tempo quanto fosse necessário. Não passara aqueles três últimos anos com Sam sem aprender alguma coisa a respeito de negócios. Com a ajuda do pessoal qualificado que ele havia preparado, poderia prosseguir nas diretrizes do pai. A insistência de todos para que ela saísse só servia para reforçar sua determinação de ficar.

Resolveu encerrar a reunião.

— Tomei a minha decisão — disse ela — e não pretendo dirigir a companhia sozinha. Sei muito bem quanto ainda tenho de aprender. Quero que todos aqui presentes me ajudem. Enfrentaremos os problemas um por um.

Ivo abriu os braços num gesto desconsolado.

— Será que ninguém pode convencê-la do que é lógico?

— Creio que todos devem concordar com o que ela quiser fazer — disse Rhys, olhando para Elizabeth e sorrindo.

— Obrigada, Rhys. Há mais uma coisa, senhores. Como vou ocupar o lugar de meu pai, parece conveniente oficializar o fato, não acham?

Charles perguntou, arregalando os olhos:

— Está querendo ser presidente?

— Presidente ela já é — disse Alec. — Está apenas fazendo a gentileza de nos deixar homologar uma situação de fato.

Charles hesitou e, por fim, disse:

— Está bem. Proponho que Elizabeth Roffe seja eleita presidente da Roffe & Filhos.

A proposta foi aprovada.

O ANO NÃO É BOM para presidentes, pensou ele, tristemente. *Muitos têm sido assassinados.*

Capítulo 21

Ninguém tinha mais consciência que Elizabeth das ingentes responsabilidades que havia assumido. Desde que estava dirigindo a companhia, o emprego de milhares de pessoas dependia dela. Precisava de ajuda, mas não sabia ao certo em quem podia confiar. Alec, Rhys e Ivo eram os que lhe pareciam mais dignos de sua confiança, mas não estava ainda preparada para isso. Era muito cedo. Mandou chamar Kate Erling.

— Pronto, Srta. Roffe.

Elizabeth não sabia por onde começar. Kate Erling tinha trabalhado durante muitos anos para seu pai. Não podia deixar de ter algum conhecimento das correntezas subterrâneas que fervilhavam sob a superfície aparentemente calma. Devia estar a par dos segredos da companhia e dos sentimentos e planos de Sam Roffe. Podia ser uma valiosa aliada.

— Meu pai tinha mandado fazer uma espécie de relatório confidencial, Kate. Sabe alguma coisa a respeito disso?

Kate Erling franziu a testa num esforço para concentrar-se, mas acabou balançando a cabeça.

— Ele nunca falou sobre isso comigo, Srta. Roffe.

Elizabeth tentou descobrir alguma coisa por outro caminho.

— Se meu pai tivesse querido uma informação confidencial, a quem procuraria?

— Naturalmente a nossa divisão de segurança — disse ela, sem hesitação.

O último lugar que ele teria procurado.

— Está bem. Muito obrigada — disse Elizabeth.

Não havia ninguém com quem ela pudesse falar.

Havia em sua mesa um relatório financeiro. Elizabeth leu-o com crescente assombro. Depois, mandou chamar o chefe da contabilidade. Chamava-se Wilton Kraus e era mais moço do que ela esperava. Parecia inteligente e ativo, ao mesmo tempo que ostentava um leve ar de superioridade. Devia ter sido diplomado pela Escola Wharton ou talvez pela Universidade de Harvard.

Elizabeth entrou diretamente no assunto.

— Como pode uma empresa como a Roffe & Filhos estar em dificuldades financeiras?

Kraus olhou para ela e encolheu os ombros. Era claro que não estava habituado a lidar com uma mulher. Disse então com condescendência:

— Posso resumir tudo...

— Não resuma nada. Vamos começar pelos fatos. Até dois anos atrás, a Roffe & Filhos financiou sempre todo o capital de que precisava.

Ela viu a expressão dele mudar.

— Isso é verdade.

— Por que então estamos agora devendo tanto aos bancos?

— Bem, há alguns anos, tivemos um período de expansão excepcionalmente pesado. Seu pai e os outros membros da diretoria julgaram melhor levantar o dinheiro necessário para a expansão tomando empréstimos a curto prazo nos bancos. Em consequência, temos agora compromissos com vários bancos no montante de 650 milhões de dólares. Alguns desses empréstimos estão no prazo de vencimento.

— Já passaram do prazo — disse Elizabeth.

— Isso mesmo. Já passaram do prazo.

— Estamos pagando os juros combinados e mais um por cento de mora. Por que não pagamos os empréstimos vencidos e não diminuímos o montante dos outros?

O homem já havia passado da fase da surpresa.

— Isso aconteceu... em face de algumas ocorrências imprevistas e infortunadas. Por isso, a caixa da companhia é consideravelmente menor do que o previsto. Em condições normais, pediríamos prorrogações aos bancos. Entretanto, diante dos problemas, dos vários acordos de indenização, dos prejuízos em nossos laboratórios experimentais e...

Elizabeth estudava o homem, tentando adivinhar de que lado ele estava. Olhou de novo para os balanços, procurando ver precisamente onde as coisas tinham começado a desandar. Os balanços mostravam acentuado declínio nos últimos três trimestres, principalmente em razão dos pagamentos das indenizações listadas sob a rubrica: "Despesas Extraordinárias Sem Recorrência". Elizabeth pensou na explosão no Chile, em que a nuvem de substâncias tóxicas se erguera no ar. Pensou nos gritos das vítimas. Uma dúzia de pessoas mortas. Centenas de pessoas levadas para os hospitais. No fim, todo o sofrimento humano era reduzido a dinheiro e considerado como "Despesas Extraordinárias".

— De acordo com seu relatório, Sr. Kraus, nossos problemas são de caráter temporário. Somos as Roffe & Filhos. Representamos ainda um risco de primeira classe para qualquer banco do mundo.

Era agora o homem quem estudava Elizabeth. Seu ar de suficiência havia desaparecido, mas ele se tornara cauteloso.

— Deve compreender, Srta. Roffe, que a reputação de uma firma de produtos químicos e farmacêuticos é tão importante quanto a sua produção.

Quem tinha dito isso a ela? Seu pai? Alec? Lembrou-se: tinha sido Rhys.

— Continue.

— Nossos problemas se tornaram muito conhecidos. O mundo dos negócios é uma selva sem lei. Quando os concorrentes suspeitam de que se está ferido, preparam-se para dar o golpe final.

— Em outras palavras — disse Elizabeth —, nossos concorrentes fazem negócios com nossos banqueiros e sabem de tudo.

— Exatamente. Os bancos têm um limite de fundos para empréstimos e quando se convencem de que A é melhor risco do que S...

— E estão convencidos disso?

O homem passou nervosamente a mão pelos cabelos.

— Desde a morte de seu pai, recebi vários telefonemas de Herr Julius Sadrutt, presidente do consórcio bancário com o qual negociamos.

— O que ele queria saber?

— Quem ia ser o novo presidente da Roffe & Filhos.

— Já sabe quem é o novo presidente?

— Não.

— Sou eu. Que acha que vai acontecer quando Herr Sadrutt souber disso?

— Sem dúvida, apertará a pressão sobre nós — disse Wilton Kraus.

— Vou falar com ele — disse Elizabeth, sorrindo e recostando-se na cadeira. — Quer tomar café?

— Muito obrigado, mas não quero café.

Elizabeth viu Kraus tranquilizar-se. Sabia que fora testado e passara no teste.

— Gostaria de saber de sua opinião, Sr. Kraus. Se estivesse no meu lugar, o que faria?

O leve ar de superioridade voltou e ele disse confidencialmente.

— Na minha opinião, tudo é muito simples. O ativo da Roffe & Filhos é enorme. Se vendermos um bloco substancial de ações ao público, teremos dinheiro em quantidade mais que suficiente para cobrir todos os nossos empréstimos.

Elizabeth já sabia de que lado ele estava.

Capítulo 22

HAMBURGO, SEXTA-FEIRA, 1º DE OUTUBRO, 2 HORAS.

O VENTO SOPRAVA DO MAR e o ar da madrugada era frio e úmido. No bairro Reeperbahn de Hamburgo, as ruas estavam cheias de visitantes ansiosos por experimentarem os prazeres proibidos da cidade do pecado. O Reeperbahn atendia a todos os gostos... mediante um preço.

Os bares com *hostesses* profusamente iluminados ficavam na rua principal, enquanto a Grosse Freiheit apresentava os mais lascivos *shows* de *strip-tease*. A Herbertstrasse, a um quarteirão de distância, era cheia de prostitutas que se exibiam às janelas dos seus quartos com o mínimo de roupa necessário para não ocultar nada. O Reeperbahn era um vasto mercado onde se podia comprar tudo o que se quisesse em matéria de sexo, desde que se estivesse disposto a pagar.

O *cameraman* andou lentamente pela rua sem dar maior atenção às pessoas que via até que chegou a uma loura que não podia ter mais de 18 anos. Estava encostada a uma parede, conversando com uma amiga. Sorriu quando o homem se aproximou.

— Gostaria de divertir-se, *Liebchen*? Minha amiga e eu podemos atendê-lo.

O homem olhou para ela e disse:

— Só você.

A outra mulher deu de ombros e afastou-se.

— Como se chama?

— Hildy.

— Quer trabalhar no cinema, Hildy?

— Não me venha com essa história de Hollywood, que isso não engana mais ninguém.

O *cameraman* sorriu, tranquilizando-a.

— Nada disso. A minha proposta é séria. Faço filmes pornô para um amigo.

— Vai custar 500 marcos. Adiantados.

— *Gut*.

Ela se arrependeu no mesmo instante de não ter pedido mais. Ora, daria um jeito de ganhar uma gratificação.

— O que tenho de fazer? — perguntou Hildy.

HILDY ESTAVA nervosa.

Estendida nua na cama, no apartamento mal mobiliado, olhava para os três homens e achava que havia alguma coisa muito estranha em tudo aquilo. Tinha apurado seus instintos nas ruas de Berlim, Munique e Hamburgo. Aprendeu a guiar-se por eles, que lhe diziam que havia naqueles três homens alguma coisa que não merecia confiança. Sua vontade era sair dali antes que começassem. Só não fazia isso porque já recebera 500 marcos e os sujeitos lhe haviam prometido mais 500 se ela trabalhasse bem.

Ia trabalhar bem. Era uma profissional e tinha orgulho do seu trabalho. Olhou para o homem nu na cama ao lado dela. Era forte e tinha o corpo liso, sem pelos. O que inquietava Hildy era o rosto dele. Parecia velho demais para fazer filmagens daquela espécie. Mas era o espectador sentado nos fundos do quarto que mais afligia Hildy. Usava um grande capote, chapéu de abas largas e óculos escuros. Hildy não sabia nem se era homem ou mulher. As vibrações eram ruins. Hildy levou os dedos à fita vermelha que lhe tinham pedido que amarrasse ao pescoço, sem que ela compreendesse o motivo.

— Muito bem — disse o *cameraman*. — Estamos prontos. Ação.

A câmera começou a rodar. Hildy tinha recebido todas as instruções necessárias. Quando as manobras preliminares terminaram, o *cameraman* disse ao homem:

— Entre nela!

O ato na cama se desenvolvia rapidamente. Nos fundos do quarto, o espectador se inclinava para a frente, sem perder um só movimento. Hildy, na cama, fechou os olhos.

Ela estava estragando tudo!

— Os olhos! — exclamou o espectador.

— *Öffne die Augen!* (Abra os olhos) — gritou o *cameraman*.

Assustada, Hildy abriu os olhos. Olhou o homem sobre ela. Era impetuoso e forte. Assim é que ela gostava. Ele começou a fazer movimentos mais rápidos e a reação dela foi imediata. Não era comum para ela ter orgasmos. Quase sempre fingia e os homens nem sabiam a diferença. Mas o *cameraman* a havia avisado de que, se ela não sentisse um orgasmo, não receberia o dinheiro da gratificação. Pensou em todas as coisas boas que ia comprar com o dinheiro e sentiu o orgasmo aproximar-se.

O seu corpo começou a estremecer. O espectador fez um sinal e o *cameraman* exclamou:

— Agora!

As mãos do homem moveram-se para o pescoço de Hildy. Ela sentiu a pressão, olhou para os olhos do homem, viu o que havia neles e foi dominada pelo terror. Quis gritar, mas já não podia nem respirar. Lutou desesperadamente, mas não havia meio de livrar-se daquelas mãos de ferro que a estrangulavam.

O espectador, do seu canto, não perdia um só detalhe da cena, contemplando os olhos que perdiam o brilho e vendo a mulher ser punida.

O corpo de Hildy estremeceu pela última vez e ficou imóvel.

Capítulo 23

ZURIQUE, SEGUNDA-FEIRA, 4 DE OUTUBRO,
10 HORAS.

Quando Elizabeth chegou ao seu escritório, encontrou um envelope fechado com a marca de "Confidencial" em cima de sua mesa. Abriu-o. Era um relatório do laboratório de química assinado por Emil Joeppli. Estava cheio de termos técnicos e Elizabeth leu-o do princípio ao fim sem compreender nada. Leu pela segunda e pela terceira vez, sempre mais vagarosa e atentamente. Quando afinal percebeu seu significado, disse a Kate:

— Voltarei dentro de uma hora.

E foi procurar Emil Joeppli.

Era um homem alto, de cerca de 35 anos, com um rosto magro e sardento e uma cabeça que ostentava apenas no alto um tufo de cabelos avermelhados. Ficou muito nervoso, pois não estava habituado a receber visitas no seu pequeno laboratório.

— Li seu relatório — disse Elizabeth. — Há muita coisa nele que não compreendo. Quer ter a bondade de explicar-me tudo?

O nervosismo de Joeppli desapareceu como por encanto. Começou imediatamente a falar, seguro e confiante.

— Tenho feito experiências com um novo método de inibir a diferenciação rápida dos colágenos por meio de técnicas de bloqueio com mucopolissacarídios e enzimas. Os colágenos são, naturalmente, a base fundamental de proteína de todo o tecido conjuntivo.

— Está bem — disse Elizabeth.

Nem tentou compreender a parte técnica das explicações de Joeppli. O que Elizabeth compreendia era que o projeto em que o homem estava trabalhando poderia retardar o processo de envelhecimento. Era uma ideia empolgante.

Continuou a ouvir, pensando na revolução que uma descoberta dessa ordem representaria para a humanidade. Segundo Joeppli, não havia razão alguma para que os homens não chegassem aos 100 anos ou a 150 e até 200.

— Não seria nem preciso tomar injeções — dizia Joeppli. — Com esta fórmula, os ingredientes podem ser tomados por via oral, sob a forma de comprimidos.

As possibilidades eram astronômicas. Seria nada menos que uma revolução social e se concretizaria em bilhões de dólares para a Roffe & Filhos. A companhia fabricaria o produto e concederia licenças a outras companhias. Não ia haver ninguém com mais de 50 anos de idade que não tomasse os comprimidos para manter-se jovem. Elizabeth tinha dificuldade em ocultar seu interesse.

— Em que pé estão suas pesquisas nesse projeto?

— Como disse no meu relatório, há quatro anos venho fazendo testes com animais. Os últimos resultados têm sido positivos. Já posso começar a fazer experiências com seres humanos.

Ela gostava do entusiasmo dele.

— Quem mais sabe disso?

— Seu pai sabia. Trata-se de um projeto de Pasta Vermelha, o que quer dizer absolutamente secreto. Só tenho de fazer minhas comunicações ao presidente da companhia e a um dos diretores.

— Qual é o diretor? — perguntou Elizabeth, sentindo um arrepio.

— Walther Gassner.

— De hoje em diante, quero que faça as suas comunicações exclusivamente a mim.

Joeppli olhou-a com surpresa e disse:

— Está bem, Srta. Roffe.

— Quando poderemos lançar esse produto no mercado?

— Se tudo correr bem, dentro de um ano e meio a dois anos.

— Muito bem. Se precisar de alguma coisa, dinheiro, pessoal, equipamento, me diga. Quero que trabalhe o mais depressa possível.

— Muito obrigado.

Elizabeth se levantou e Emil Joeppli se levantou também e disse, com um sorriso:

— Tive muito prazer em conhecê-la. Gostava muito de seu pai.

— Muito obrigada — disse Elizabeth.

Sam tinha conhecimento daquele projeto. Fora essa uma das razões pelas quais se negara a vender as ações da companhia?

Quando ela já ia saindo, Emil Joeppli lhe disse:

— Isso tem que dar resultado em gente.

— Claro — disse Elizabeth.

Era preciso.

— Como um projeto de Pasta Vermelha é executado?

— Desde o início? — perguntou Kate Erling.

— Desde o início.

— Bem, como sabe, temos várias centenas de produtos novos em fase experimental.

— Quem os autoriza?

— Até determinada verba, os chefes dos departamentos interessados.

— Qual é o limite dessa verba?

— Cinquenta mil dólares.

— E acima disso?

— O projeto tem de ser aprovado pela diretoria. É claro que um projeto não passa à categoria de Pasta Vermelha senão depois de bem-sucedido nas experiências iniciais.

— Isto é, só depois que tenha probabilidades de dar resultado.

— Exatamente.

— Como funciona a proteção do projeto?

— Se o projeto é considerado importante, todo o trabalho é transferido para um laboratório de máxima segurança. Todos os papéis são retirados dos arquivos gerais e levados para um arquivo de Pasta Vermelha. Só três pessoas têm acesso a esses arquivos, o cientista encarregado do projeto, o presidente da companhia e um dos diretores.

— Quem decide quem é o diretor?

— Seu pai escolheu Walther Gassner.

No momento em que Kate Erling acabou de falar, percebeu seu erro.

As duas mulheres se olharam e Elizabeth disse:

— Muito obrigada, Kate. Era só isso.

Elizabeth não havia mencionado o projeto de Joeppli. Entretanto, Kate compreendera do que Elizabeth estava falando. Havia duas possibilidades. Ou Sam havia confiado em Kate e lhe falara sobre o projeto de Joeppli ou ela soubera dele por si mesma, a serviço de alguém.

Tudo era muito importante, não sendo possível permitir que surgisse algum tropeço. Ela verificaria pessoalmente a segurança.

Tinha também de falar com Walther Gassner. Estendeu a mão para o telefone e parou. Havia um meio melhor.

Naquela mesma tarde, Elizabeth embarcou num voo comercial para Berlim.

Walther Gassner parecia nervoso.

Estavam sentados a uma mesa de canto do salão do andar superior do restaurante Papillon, no Kurfürstendamm. Sempre que Elizabeth ia a Berlim, Walther insistia em recebê-la para jantar em casa, em companhia de Anna. Desta vez, nem falara nisso e sugerira o restaurante ao qual havia chegado sem a esposa.

Walther Gassner ainda tinha as feições nítidas e jovens de artista de cinema, mas já começava a haver alguma deterioração na fachada. O rosto mostrava rugas de tensão e as mãos nunca ficavam paradas. Parecia estar sob extraordinária preocupação. Quando Elizabeth perguntou por Anna, respondeu vagamente:

— Anna não está passando bem. Não pôde vir.

— Alguma coisa grave?

— Não. Isso passa. Ficou em casa descansando.

— Vou telefonar depois para saber dela.

— É melhor não perturbá-la.

Era uma conversa surpreendente, pois Walther, a quem Elizabeth sempre conhecera animado e extrovertido, estava reservado e reticente. Falou então no projeto de Emil Joeppli.

— Precisamos muito do que ele está fazendo.

— Vai ser uma grande coisa — murmurou Walther.

— Pedi-lhe que não lhe comunicasse mais nada — disse Elizabeth.

As mãos de Walther ficaram imóveis de repente.

— Por que fez isso, Elizabeth?

— Não é nada de pessoal contra você, Walther. Eu faria a mesma coisa com qualquer outro diretor que estivesse trabalhando com ele. Acontece que quero cuidar do projeto à minha maneira.

— Compreendo — disse ele, ainda sem mover as mãos. — É um direito seu. — Fez uma pausa e continuou com um sorriso forçado, que mostrava quanto aquilo estava lhe custando. — Escute, Elizabeth. Anna possui muitas ações da companhia. Mas não pode vendê-las sem sua aprovação. Isso é muito importante para nós...

— Sinto muito, Walther, mas não posso concordar com a venda das ações por enquanto.

Nesse momento, as mãos de Walther voltaram a agitar-se irrequietamente.

Capítulo 24

Julius Badrutt era um homem magro e frágil, que parecia um louva-a-deus metido num terno preto. Era como um boneco desenhado por uma criança, com pernas e braços angulosos e uma cara seca e inacabada desenhada no alto do corpo. Estava sentado à mesa da diretoria da Roffe & Filhos, diante de Elizabeth. Havia mais cinco banqueiros com ele. Todos usavam ternos pretos com coletes, camisas brancas e gravatas escuras. Elizabeth pensava que pareciam mais fardados. Vendo os rostos impassíveis e frios em volta da mesa, ela não conseguia dominar seus receios. Antes da reunião, Kate Erling tinha levado para a sala uma bandeja com pratos de pastéis de forno. Os banqueiros recusaram café e pastéis, do mesmo modo que antes não tinham aceito o convite dela para o almoço. Era um mau sinal. Queriam dizer com isso que estavam ali apenas para receber o dinheiro que lhes era devido.

— Antes de mais nada — disse Elizabeth —, quero agradecer a presença de todos.

Houve polidos resmungos ininteligíveis em resposta.

Ela respirou fundo e continuou:

— Pedi que viessem até aqui para discutirmos uma prorrogação dos empréstimos contraídos com os senhores pela Roffe & Filhos.

Julius Badrutt balançou a cabeça em breves movimentos quase convulsivos.

— Sinto muito, Srta. Roffe. Já informamos...

— Ainda não acabei — disse Elizabeth. — Se eu estivesse no lugar dos senhores também recusaria.

Os banqueiros se entreolharam, confusos.

— Se estavam preocupados com os empréstimos quando meu pai, que era um brilhante homem de negócios, estava dirigindo a companhia, por que iriam conceder uma prorrogação a uma mulher inexperiente como eu?

— Creio que deu uma resposta cabal à pergunta que fez — disse Julius Badrutt secamente. — Não temos a intenção de...

— Espere um pouco. Ainda não acabei.

Observaram-na já com mais cautela. Ela olhou para cada um dos homens a fim de ter certeza de que estava merecendo toda a atenção deles. Tratava-se de banqueiros suíços, admirados, respeitados e invejados no mundo inteiro. Escutavam todos atentamente e a sua atitude anterior de impaciência e enfado cedera lugar à curiosidade.

— Todos os senhores conhecem a Roffe & Filhos há muito tempo. E tenho certeza de que conheceram e respeitaram meu pai.

Alguns dos homens fizeram sinais de assentimento.

— Imagino que devem ter se engasgado com o café da manhã quando leram a notícia de que eu havia ficado no lugar dele.

Um dos banqueiros sorriu, depois riu francamente e disse:

— Tem toda a razão, Srta. Roffe. Não quero ser grosseiro, mas creio que, como disse, todos nós nos engasgamos com o café da manhã.

— Não os censuro — disse Elizabeth, rindo. — Eu teria reagido da mesma maneira.

Outro banqueiro tomou a palavra.

— Desculpe a curiosidade, Srta. Roffe. Se todos nós estamos de acordo quanto ao resultado desta reunião, o que é mesmo que estamos fazendo aqui?

— Estão aqui porque desejei reunir nesta sala os maiores banqueiros do mundo. E fiz isso porque não posso acreditar que tenham tido tanto êxito encarando tudo exclusivamente do ponto de vista financeiro. Se fosse assim, qualquer guarda-livros de poucas luzes poderia ter sucesso como banqueiro. Não pode ser só isso!

— Claro que não é — disse outro banqueiro. — Somos antes de mais nada homens de negócios e...

— E a Roffe & Filhos é um grande negócio. Só tive uma ideia exata da grandeza desta companhia depois que me sentei na cadeira de meu pai. Não sabia quantas vidas esta companhia havia salvado através do mundo. As contribuições que fizemos à medicina são inestimáveis Muitos milhares de pessoas dependem da Roffe & Filhos para viver...

Julius Badrutt interrompeu-a.

— Tudo isso é muito meritório. Mas parece que estamos nos afastando do assunto. Sei que lhe foi sugerido que liberasse as ações da companhia. Neste caso, haveria dinheiro em quantidade mais que suficiente para cobrir todos os empréstimos.

Era o primeiro erro dele. *Sei que lhe foi sugerido...*

A sugestão fora feita em uma reunião confidencial da diretoria. Alguém que estava na reunião havia falado. Era alguém que queria exercer pressão sobre ela. Pretendia descobrir quem fora, mas isso podia ficar para depois.

— Posso fazer uma pergunta? — disse Elizabeth. — Se os empréstimos forem pagos, terá alguma importância para os senhores saber de onde veio o dinheiro?

Julius Badrutt olhou-a, dando voltas à pergunta, à procura de alguma armadilha. Por fim disse:

— Não. Não tem importância de onde o dinheiro venha, contanto que os nossos títulos sejam pagos.

— Muito bem! Pouco importa que o dinheiro provenha da venda de ações da companhia a terceiros ou dos nossos recursos financeiros próprios. Tudo que devem saber agora é que a Roffe & Filhos não vai fechar as portas. Nem hoje. Nem amanhã. Nem nunca. Estou pedindo apenas a gentileza de uma dilatação de prazo.

Julius Badrutt passou a língua pelos lábios secos e disse:

— Acredite, Srta. Roffe, que conta com toda a nossa simpatia. Compreendemos a tremenda tensão emocional por que está passando, mas não podemos...

— Três meses — disse Elizabeth. — Noventa dias. É claro que deverão cobrar os juros adicionais.

Houve um silêncio em volta da mesa. Mas era um silêncio negativo. Elizabeth viu os rostos hostis e frios. Tentou então um lance de desespero.

— Não sei se devo revelar — murmurou ela com deliberada hesitação. — Em todo o caso, pedir-lhes que guardem o maior sigilo possível. Mas a Roffe & Filhos está às vésperas de uma descoberta que vai revolucionar toda a indústria farmacêutica. — Fez uma pausa para maior efeito. — Esta companhia tem em estudos um novo produto *que vai sobrepujar todos os medicamentos atualmente existentes no mercado.*

Sentiu perfeitamente que tinha havido uma mudança no ambiente. Foi Julius Badrutt quem mordeu primeiro a isca.

— De que tipo... é esse medicamento?

Elizabeth balançou a cabeça.

— Desculpe, Sr. Badrutt. Talvez eu já tenha falado mais do que devia. Só posso lhes dizer que será a maior inovação na história de nossa indústria. Exigirá uma imensa expansão de nossas instalações. Teremos de duplicá-las, talvez de triplicá-las. É claro que iremos precisar de novos financiamentos em grande escala.

Os banqueiros olhavam uns para os outros, trocando sinais silenciosos. O silêncio foi quebrado por Badrutt.

— Se nós lhe déssemos um prazo de noventa dias, esperaríamos naturalmente funcionar como banqueiros da Roffe & Filhos em todas as suas futuras transações.

— Naturalmente.

Houve nova troca de olhares significativos. É como uma forma de tambores na selva, pensou Elizabeth.

— Enquanto isso — disse Badrutt —, teríamos a sua garantia de que ao fim de noventa dias todos os seus títulos vencidos seriam resgatados?

— Teriam, sim.

Badrutt, durante um instante, ficou olhando para o espaço. Em seguida, olhou para Elizabeth e para cada um dos seus companheiros, recebendo os sinais silenciosos.

— Da minha parte — disse ele —, estou disposto a concordar. Não creio que um novo prazo, com os juros correspondentes, é claro, faça mal algum.

Um por um, os outros banqueiros concordaram.

— Estamos com você, Julius...

E tudo foi combinado. Elizabeth recostou-se na sua cadeira, tentando dissimular a satisfação. Ganhara noventa dias.

Ia precisar de todos os minutos desse tempo.

Capítulo 25

Era como se ela estivesse no centro de um furacão.

Tudo convergia para a mesa de Elizabeth, das centenas de departamentos na sede, das fábricas no Zaire, dos laboratórios na Groenlândia, dos escritórios na Austrália e na Tailândia, dos quatro cantos da Terra.

Havia relatórios sobre novos produtos, demonstrativos de vendas, projeções estatísticas, campanhas de publicidade, programas experimentais.

Era preciso tomar decisões sobre a construção de novas fábricas, sobre a venda de fábricas velhas, sobre a compra de companhias, sobre a admissão ou demissão de diretores. Elizabeth dispunha de pareceres técnicos em todas as fases dos negócios, mas as decisões finais tinham de ser tomadas por ela. Assim tinha sido com Sam e ela era grata pelos três anos que havia trabalhado com ele. Sabia muito mais sobre a companhia do que havia imaginado e, ao mesmo tempo, sabia muito menos. O âmbito da companhia era incalculável. Elizabeth a tinha concebido como um reino. Via agora que se tratava de uma série de reinos, cada qual com o seu vice-rei, e que o escritório do presidente era como a sala do trono. Cada um dos seus primos se incumbia do seu domínio próprio, mas ainda exercia supervisão sobre alguns territórios estrangeiros. Por isso, todos eles viajavam constantemente.

Elizabeth compreendeu logo que tinha um problema especial. Era uma mulher num mundo masculino e descobriu que isso fazia alguma diferença. Nunca havia realmente acreditado que os homens aceitassem como verdade o mito da inferioridade das mulheres, mas agora estava vendo que as coisas não eram de outra maneira. Ninguém alardeava isso em palavras ou atos, mas Elizabeth tinha de enfrentar diariamente essa realidade. Era uma atitude oriunda de velhos preconceitos e não se podia fugir dela. Os homens não gostavam de receber ordens de uma mulher. Não lhes agradava a ideia de que uma mulher pusesse em dúvida suas conclusões ou discordasse dos seus conceitos. O fato de que Elizabeth fosse jovem e bela agravava a situação. Todos procuravam fazê-la compreender que o seu lugar era numa cama ou numa cozinha, deixando os negócios a cargo dos homens.

Elizabeth marcava reuniões todos os dias com diversos chefes de departamentos. Nem todos eram hostis. Alguns eram aventurosos. Uma mulher bonita sentada na cadeira da presidência era um desafio irresistível para certos corações masculinos. Pensavam que, se pudessem levá-la para a cama, poderiam controlá-la e à companhia também.

Era uma versão adulta dos rapazes da Sardenha.

Os homens atacavam Elizabeth pelo lado errado. Deviam atacá-la pelo espírito, pois, no fundo, era ali que os controlava. Subestimavam-lhe a inteligência e se enganavam redondamente.

Calculavam mal sua capacidade de exercer autoridade e esse era outro erro.

Não levavam em consideração sua energia e esse era o maior de todos os enganos. Ela era uma Roffe, descendente do velho Samuel e de Sam, possuindo o espírito e a determinação deles.

Enquanto os homens que a cercavam procuravam usar Elizabeth, ela é que os usava. Apropriava-se dos conhecimentos, da experiência e da intuição que eles possuíam e passava a usar tudo isso como se lhe pertencesse. Deixava os homens falarem e escutava. Fazia perguntas e guardava na memória as respostas.

Estava aprendendo.

Levava todas as noites duas pesadas pastas, cheias de relatórios para serem estudados. Trabalhava às vezes até as quatro horas da madrugada. Uma tarde, um fotógrafo bateu para um jornal um flagrante de Elizabeth, que saía do edifício acompanhada de uma secretária com as duas pastas. A fotografia foi publicada no dia seguinte com a legenda: "Uma Herdeira que Trabalha."

Elizabeth se tornara uma celebridade internacional da noite para o dia. A história de uma mulher jovem e bela que herdava uma companhia de muitos bilhões de dólares e resolvia assumir a direção da mesma era irresistível. A imprensa explorou-a em todos os tons. Elizabeth era bela, inteligente e simples, uma combinação de qualidades muito raras entre as celebridades. Atendia os jornalistas sempre que era possível, tentando recompor a imagem um pouco danificada da companhia, e eles apreciavam essa solicitude. Quando ela não sabia responder à pergunta de algum repórter, não tinha a menor dúvida em pegar o telefone e perguntar a alguém. Os primos iam de avião a Zurique para as reuniões semanais. Elizabeth passava com eles tanto tempo quanto era possível. Via-os juntos e a um de cada vez. Falava com eles e estudava-os, pensando encontrar algum indício de que um deles fosse capaz de deixar pessoas inocentes morrerem numa explosão, de vender segredos a concorrentes e de procurar destruir a Roffe & Filhos. Um de seus primos.

Ivo Palazzi, com o seu irresistível encanto.

Alec Nichols, tipo perfeito e acabado do *gentleman*, sempre solícito quando Elizabeth precisava dele.

Charles Martel, um homem dominado e amedrontado. Homens assim podiam ser perigosos quando acuados.

Walther Gassner. O tipo do herói alemão. Belo e externamente afável. Como seria no íntimo? Casara-se com Anna, treze anos mais velha do que ele. Casara-se por amor ou por dinheiro?

Quando Elizabeth estava com eles, observava, escutava, sondava. Mencionava a explosão no Chile e observava as reações de cada um. Falava das patentes que a Roffe tinham perdido para outras companhias e discutia as indenizações que tinham de ser pagas.

Não conseguiu apurar nada. Fosse quem fosse, era muito hábil para se deixar trair. Teria de ser pego numa armadilha. Lembrou-se da nota do próprio punho de Sam no relatório. Era preciso apanhar o patife. Ela teria de encontrar um meio.

ELIZABETH FICAVA cada vez mais fascinada com o funcionamento interno da indústria farmacêutica.

A divulgação das más notícias era feita deliberadamente. Quando se sabia que algum doente morrera depois de ter tomado um medicamento de um concorrente, meia hora depois cerca de dez homens estavam dando telefonemas pelo mundo. "Sabe o que estão dizendo?"

Entretanto, na aparência, todas as companhias viviam nas melhores relações possíveis. Os chefes de algumas das grandes firmas reuniam-se regularmente em encontros sem protocolo. Elizabeth foi convidada para uma dessas reuniões. Foi a única mulher presente. Os homens debateram os problemas comuns.

O presidente de uma das grandes companhias, um homem de meia-idade que tinha rondado Elizabeth a noite inteira, disse-lhe em dado momento:

— As restrições são cada vez mais absurdas. Se a aspirina fosse descoberta hoje, duvido muito que as autoridades a aprovassem.

Por falar nisso, minha bela jovem, faz alguma ideia desde quanto tempo nós temos a aspirina?

A bela jovem respondeu:

— Desde quatrocentos anos antes de Cristo, quando Hipócrates descobriu o salicilato na casca do salgueiro.

O homem olhou para ela e o sorriso desapareceu de seus lábios.

— Certo — murmurou ele e afastou-se.

Todos os chefes de companhias julgavam que um dos seus maiores problemas era as firmas sem escrúpulos que roubavam as fórmulas dos produtos que tinham êxito, mudavam os nomes e lançavam os medicamentos no mercado. Isso custava às firmas de boa reputação centenas de milhões de dólares por ano.

Na Itália, não havia nem necessidade de roubar.

— A Itália é um país que não tem regulamento de patentes a respeito de medicamentos novos — disse um dos diretores a Elizabeth. — Por algumas centenas de milhares de libras, qualquer pessoa pode comprar as fórmulas e vender os produtos com outro nome. Gastamos milhões de dólares em pesquisa. Eles se limitam a arrecadar os lucros.

— Isso acontece apenas na Itália? — perguntou Elizabeth.

— A Itália e a Espanha são os piores lugares. A França e a Alemanha Ocidental são mais ou menos. Só nos Estados Unidos é que não há nada disso.

Elizabeth olhava para aqueles homens indignados e tinha vontade de saber quantos deles estariam envolvidos nos roubos das patentes da Roffe & Filhos.

Elizabeth tinha a impressão de que estava passando a maior parte da vida a bordo de aviões. Seu passaporte ficava bem à mão, na primeira gaveta da mesa. Uma vez por semana, pelo menos, havia um apelo angustiado do Cairo, da Guatemala ou de Tóquio e, poucas horas depois, Elizabeth estava dentro de um avião com alguns homens de sua confiança para atender a alguma emergência.

Encontrava-se com gerentes de fábricas e suas famílias em cidades grandes como Mumbai ou em pontos remotos como Puerto Vallareta e, pouco a pouco, principiou a ver a Roffe & Filhos sob outra perspectiva. Não era mais um acúmulo impessoal de relatórios e estatísticas. Chegava um relatório da Guatemala e isso significava Emilio Núñez, sua mulher gorda e feliz e seus doze filhos. Copenhague era Nils Bjorn e a mãe inválida com quem ele vivia. Rio de Janeiro fazia lembrar uma noite passada com Alexandre Duval e sua vivaz companheira.

Elizabeth mantinha-se regularmente em contato com Emil Joeppli. Telefonava-lhe sempre pela linha privativa e às vezes ia visitá-lo à noite em seu pequeno apartamento no Aussersihl.

Era cautelosa até pelo telefone.

— Como vão as coisas?

— Um pouco mais lentamente do que eu esperava, Srta. Roffe.

— Precisa de alguma coisa?

— Não. Só preciso de tempo. Encontrei um pequeno problema, mas creio que agora já o resolvi.

— Muito bem. Telefone-me se precisar de alguma coisa, seja lá o que for.

— Está bem. Muito obrigado, Srta. Roffe.

Elizabeth desligava o telefone com vontade de dizer mais alguma coisa, de apressá-lo, pois sabia que o seu prazo com os bancos se aproximava. Precisava muito do produto em que Joeppli estava trabalhando, mas sabia que pouco adiantava pressioná-lo e guardava a sua impaciência para si mesma. As experiências não podiam evidentemente estar terminadas antes do vencimento do prazo concedido pelos banqueiros. Mas ela tinha um plano. Pretendia levar Julius Badrutt secretamente até o laboratório para que ele visse pessoalmente o que estava em preparo. Os bancos dariam todo o tempo que fosse necessário.

ELIZABETH TRABALHAVA cada vez mais perto de Rhys Williams e com frequência ficavam juntos até tarde da noite. Quase sempre trabalhavam sozinhos. Jantavam na sala privativa do escritório ou no elegante apartamento que ela passara a ocupar. Era um edifício moderno em Zurichberg, com as janelas abertas para o lado, amplo, arejado e bem iluminado. Elizabeth tinha mais consciência do poderoso magnetismo animal de Rhys, mas, se ele sentia qualquer atração por ela, tinha o maior cuidado em não demonstrá-lo. Era sempre gentil e simpático. Sua atitude era mais ou menos protetora, e esta palavra tinha no espírito de Elizabeth ressonâncias pejorativas.

Queria descansar e confiar nele, mas sabia que precisava ter cuidado. Mais de uma vez, estivera a ponto de contar a Rhys tudo sobre os atos de sabotagem na companhia, mas recuava sempre. Não era ainda tempo de falar sobre o assunto com ninguém. Tinha de saber mais.

ELIZABETH ESTAVA adquirindo confiança em si mesma. Na reunião de vendas, tinham discutido o caso de um preparado para os cabelos que estava tendo pouca saída.

— Há muitas devoluções das drogarias — disse um dos chefes de vendas. — O produto não pegou. Precisamos de mais publicidade.

— Nossa verba de publicidade está esgotada — disse Rhys. — Temos de tomar uma providência diferente.

— Vamos tirar o produto das drogarias — disse então Elizabeth.

— Como? — perguntaram todos, voltando-se para ela.

— É isso mesmo. Devemos continuar a campanha de publicidade e passar a vender o produto exclusivamente nos salões de beleza. Procurem dar a impressão de que é uma mercadoria exclusiva, difícil de encontrar.

Rhys pensou um pouco e disse:

— Muito bem. Gosto da ideia.

As vendas do produto subiram da noite para o dia.

Depois, Rhys tinha lhe dado os parabéns.

— Você não é apenas uma mulher bonita — disse ele, com um sorriso.

Ele então começara a perceber!

Capítulo 26

LONDRES, SEXTA-FEIRA, 2 DE NOVEMBRO, 14 HORAS.

Alec Nichols estava na sauna do clube quando a porta se abriu e um homem entrou na peça cheia de vapor, com uma toalha amarrada à cintura. Foi sentar-se no banco de madeira ao lado de Alec.

— Isto aqui está quente como um colo de feiticeira, não é mesmo, Sir Alec?

Alec voltou-se. Era Jon Swinton.

— Como conseguiu entrar aqui?

— Disse que estava à minha espera — disse Swinton, piscando o olho. — E estava mesmo, não é?

— Não. Já lhe disse que preciso de um pouco mais de tempo.

— Disse também que sua priminha ia consentir na venda das ações e que, depois disso, nos pagaria.

— Ela... ela mudou de ideia.

— Pois é melhor que você a faça não mudar de ideia.

— Vou fazer. É apenas uma questão de...

— É apenas uma questão de quanto papo-furado vamos tolerar de sua parte — disse Jon Swinton, chegando mais perto e fazendo Alec escorregar pelo banco para afastar-se dele. — Não queremos ser duros porque é sempre bom ter um amigo de confiança no Parlamento. Mas acontece que há um limite para tudo... Nós lhe fizemos um favor. Agora está na hora de você pagar. Tem de conseguir uma remessa de drogas para nós.

— Não! É impossível! Isso não posso fazer...

Alec viu de repente que tinha sido empurrado para a ponta do banco até bem perto do recipiente de metal cheio de pedras quentes.

— Cuidado! — gritou Alec.

Swinton agarrou o braço de Alec e torceu-o, empurrando-o em direção às pedras. Alec sentiu que os cabelos de seu braço começavam a ser queimados.

— Não!

No instante seguinte, o braço foi comprimido contra as pedras e Alec deu um grito de dor. Em seguida, rolou pelo chão. Swinton inclinou-se para ele e disse:

— Dê um jeito. Depois, iremos procurá-lo.

Capítulo 27

BERLIM, SÁBADO, 3 DE NOVEMBRO, 18 HORAS.

Anna Roffe Gassner não sabia por quanto tempo aguentaria aquilo.

Era uma prisioneira dentro de sua própria casa. A não ser nas poucas horas em que a faxineira aparecia uma vez por semana, ela e os filhos ficavam sozinhos e inteiramente à mercê de Walther. Este nem se dava mais o trabalho de esconder seu ódio. Anna estava no quarto das crianças, escutando um disco de que gostavam muito.

— Estou farto de ouvir isso! — tinha gritado Walther, entrando impetuosamente.

Quebrara o disco, enquanto as crianças se encolhiam de terror. Anna tentara acalmá-lo.

— Desculpe, Walther. Não sabia que você estava em casa. Quer alguma coisa?

Walther avançara para ela, com os olhos fuzilantes, e dissera:
— Temos de nos livrar das crianças, Anna.
Diante dos filhos!

Colocou as mãos nos ombros dela.

— O que acontecer nesta casa será nosso segredo.

Nosso segredo. Nosso segredo. Nosso segredo.

Sentia as palavras ressoarem-lhe na cabeça enquanto os braços de Walther a apertavam até que ela não pôde mais respirar.

Perdeu então os sentidos.

Quando Anna voltou a si, estava deitada em sua cama. As cortinas estavam fechadas. Olhou para o relógio na mesa de cabeceira. Dezoito horas. A casa estava em silêncio, num silêncio sinistro. Pensou imediatamente nas crianças. Levantou-se com as pernas trêmulas e foi até a porta do quarto. Estava trancada por fora. Encostou o ouvido à porta, procurando escutar. Devia estar ouvindo o barulho das crianças. Não podiam deixar de ir procurá-la.

Se pudessem, se ainda estivessem vivas...

Suas pernas tremiam tanto que teve dificuldade em ir até ao telefone. Rezou em silêncio ao tirar o fone do gancho. Ouviu o ruído e hesitou, pensando no que Walther faria se a surpreendesse de novo. Começou então a discar com as mãos trêmulas. Por isso, discou errado. Da segunda vez também. Começou a chorar. Havia tão pouco tempo! Procurando dominar-se e com movimentos muito lentos, discou 110. Ouviu a campainha tocar e em seguida uma voz milagrosa de homem que disse:

— Socorro Urgente da Polícia.

Anna não conseguiu articular uma só palavra.

— Socorro Urgente da Polícia. O que deseja?

— Por favor! Mandem alguém aqui! Estou em grande perigo! Mandem alguém...

Walther apareceu diante dela, arrancando-lhe o telefone da mão e atirando-a na cama com um empurrão. Com a respiração entrecortada, puxou o fio do telefone da parede e voltou-se para Anna.

— As crianças... — murmurou ela. — O que você fez com as crianças?

Walther não respondeu.

A Divisão Central da Polícia Criminal de Berlim ficava em Keithstrasse, 2832, num bairro de aspecto comum, em que havia tanto edifícios de apartamentos quanto de escritórios. O número de emergência do Departamento de Delitos Pessoais era dotado de um dispositivo automático que não permitia que uma ligação fosse desfeita enquanto não fosse cortada eletronicamente pela mesa da polícia. Graças a isso, era possível apurar a proveniência de todos os telefonemas, por mais breve que tivesse sido a conversação. Esse dispositivo era um equipamento moderno de que o departamento se orgulhava.

Cinco minutos depois do telefonema de Anna Gassner, o detetive Paul Lange entrou no gabinete do seu chefe, o major Wageman, tendo na mão um toca-fitas.

— Gostaria que escutasse isso — disse o detetive e apertou um botão.

Ouviu-se uma voz metálica dizer: "Fala aqui o Socorro Urgente da Polícia. Que deseja?"

Houve então uma voz de mulher, cheia de terror: "Por favor! Mandem alguém aqui! Estou em grande perigo! Mandem alguém..."

Houve um estalo, depois um baque e o telefone ficou mudo.

— Identificou o telefonema? — perguntou o major Wageman.

— Sabemos de que casa foi feito — respondeu o detetive.

— Qual é o problema então? Fale com a Central para mandar um carro imediatamente lá.

— Quero sua autorização primeiro — disse Lange, colocando uma folha de papel na mesa diante do major.

— Epa! — exclamou Wageman. — Tem certeza?

— Tenho, major.

Wageman olhou para a folha de papel. O telefone constava da lista em nome de Walther Gassner, chefe da divisão alemã da Roffe & Filhos, uma das grandes empresas da Alemanha.

Não havia necessidade de discutir as consequências. Só um idiota poderia desconhecê-las. Um passo em falso e ambos poderiam ser demitidos.

— Muito bem — disse Wageman, depois de refletir um pouco. — Acho que você deve ir pessoalmente. E tenha muito cuidado, compreende?

— Compreendo, major.

A PROPRIEDADE DE GASSNER ficava em Wannsee, um subúrbio de ricos no sudoeste de Berlim. O detetive Lange seguiu pelo caminho mais comprido da Hohenzollerndamm e não pela *autobahn,* para encontrar o tráfego mais livre. Atravessou o Clayalle e passou pelo edifício da CIA, escondido por trás de mais de um quilômetro de cercas de arame farpado. Passou pelo quartel-general do Exército americano e virou à direita para o que fora conhecido em outros tempos como a Estrada Um, a estrada mais comprida da Alemanha, que ia da Prússia Oriental às fronteiras da Bélgica. À sua direita, ficava a *Brücke der Einheit,* a Ponte da Unidade, onde o espião Abel fora trocado pelo piloto americano do U-2, Gary Powers. O detetive Lange saiu da grande estrada para as colinas cobertas de florestas de Wannsee.

O lugar era muito bonito. Às vezes, aos domingos, o detetive Lange ia com a mulher por aqueles lados só para apreciarem as lindas casas.

Encontrou o endereço que procurava e entrou pela longa estrada de carros que levava à casa de Walther Gassner. A dinastia Roffe era bastante poderosa para fazer governos caírem. Seguindo o conselho do seu chefe, o detetive Lange estava empenhado em ter todo o cuidado.

Parou o carro à porta da casa de três andares, saltou, tirou o chapéu e tocou a campainha. Esperou. Havia o pesado silêncio de uma casa deserta. Sabia que isso era impossível e tornou a tocar. Nada senão aquele silêncio completo e opressivo. Já estava pensando em ir tentar os fundos da casa quando a porta se abriu inesperadamente. Uma mulher apareceu. Era de meia-idade e de feições comuns. Vestia um robe enxovalhado. O detetive Lange pensou que fosse a governanta. Mostrou o seu cartão de identificação e disse:

— Gostaria de falar com a Sra. Walther Gassner. Tenha a bondade de dizer-lhe que é o detetive Lange.

— Sou a Sra. Gassner — disse a mulher.

O detetive Lange conseguiu esconder sua surpresa. Fazia uma ideia inteiramente diferente da dona de uma casa como aquela.

— Recebemos na polícia ainda há pouco um chamado daqui.

Ela o olhou, com o rosto impassível e desinteressado. Lange tinha a impressão de que estava tratando erradamente do caso, não sabia por quê. Parecia-lhe que não estava levando em conta alguma coisa importante.

— O telefonema foi seu, Sra. Gassner?

— Foi, sim, mas tudo não passou de um engano.

Havia um tom surdo e forçado na voz da mulher que não lhe agradava, principalmente quando o comparava com o apelo nervoso e angustiado pelo telefone.

— Só para constar dos nossos registros, que espécie de engano, madame?

Houve um instante de hesitação apenas perceptível.

— Dei por falta de uma de minhas joias e pensei que tivesse sido roubada. Mas já encontrei a joia.

O número do telefone de emergência era para casos graves, assalto, homicídio, agressão. Mas era preciso agir com cuidado.

— Está bem — disse o detetive, com vontade de entrar na casa e ver o que ela estava escondendo, porém não havia mais nada que pudesse fazer. Muito obrigado, Sra. Gassner. Desculpe o incômodo.

O detetive ficou ali frustrado e viu a porta ser fechada em sua cara. Voltou para o carro e saiu dali.

Atrás da porta, Anna se voltou.

Walther disse com voz mansa:

— Saiu-se muito bem, Anna. Agora, vamos voltar lá para cima.

Ele se dirigiu para a escada. Anna pegou uma tesoura grande que levava escondida nas dobras do robe e cravou-a nas costas dele.

Capítulo 28

ROMA, DOMINGO, 4 DE NOVEMBRO, MEIO-DIA.

Ivo Palazzi pensava que o dia estava perfeito para aquela visita a Villa d'Este, em companhia de Simonetta e das três belas filhas do casal. Enquanto passeava pelos fabulosos jardins de Tívoli, de braço dado com mulher, ao ver as meninas que corriam de uma fonte para a outra, ia pensando se Pirro Ligorio, que construíra o parque para a família d'Este, sonhara com a alegria que iria dar no futuro a milhões de pessoas.

A Villa d'Este ficava perto e a nordeste de Roma, no alto dos Montes Sabinos. Ivo já estivera muitas vezes ali, mas sempre sentia um prazer especial em colocar-se no ponto mais alto e olhar para as dezenas de fontes cintilantes, cada uma artisticamente desenhada e diferente das outras.

Uma vez, Ivo tinha levado até ali Donatella e seus três filhos. Como tinham adorado o passeio! Essa lembrança o entristeceu. Não via Donatella, nem falava com ela desde aquela horrível tarde no apartamento. Lembrava-se ainda das tremendas unhadas que recebera dela. Sabia que remorso ela devia estar sentindo, ao mesmo tempo em que desejava a volta dele. Não fazia mal que ela sofresse um pouco, como ele havia sofrido. Podia quase ouvir a voz de Donatella a dizer durante o passeio: "Vamos. Por aqui, meninos."

Ouvia a voz de Donatella tão claramente que chegava a parecer-lhe real. Ouviu-a dizer:

— Ande mais depressa, Francesco!

Voltou-se e viu Donatella atrás dele em companhia dos três filhos, encaminhando-se determinadamente para onde estavam ele, Simonetta e as três meninas. No primeiro momento, Ivo pensou que a presença de Donatella ali nos jardins de Tívoli fosse pura coincidência, mas logo que viu a expressão no rosto dela, ficou sabendo da verdade. A grande *putana* estava querendo reunir as duas famílias para arruiná-lo. Agiu então como um alucinado.

Gritou para Simonetta:

— Quero mostrar-lhe uma coisa. Vamos andar depressa, todo mundo!

Levou então a família quase correndo pela sinuosa escadaria de pedra abaixo, empurrando quem encontrava no caminho para abrir passagem e de vez em quando lançando olhares desesperados para trás. Donatella e as crianças já estavam chegando ao alto da escadaria. Ivo sabia que, se os meninos o vissem, tudo estaria perdido. Bastava que um deles gritasse "Papai!" e ele não teria outro remédio senão afogar-se numa das fontes. Apressou Simonetta e as filhas, sem lhes dar oportunidade nem de respirar.

— Para onde é que vamos? — perguntou Simonetta. — Por que esta correria?

— É uma surpresa que quero fazer. Você vai ver — disse Ivo, tentando mostrar-se alegre e despreocupado.

Arriscou outro rápido olhar para trás. Donatella e os três rapazes não eram visíveis no momento. À frente, havia um labirinto, com um lance de degraus para baixo e outro para cima. Ivo escolheu os degraus de subida.

— Vamos! — disse ele para as meninas. — Quem chegar primeiro lá em cima ganhará um prêmio!

— Estou exausta, Ivo — disse Simonetta. — Não podemos descansar um instante?

— Descansar? Nem me fale em descansar! Isso estragaria a surpresa! Vamos!

Pegou Simonetta pelo braço e arrastou-a pelos degraus acima enquanto as três meninas corriam à frente. Ivo sentiu de repente que lhe faltava fôlego e pensou por um momento que seria bem-feito para as duas mulheres que ele caísse ali fulminado por um ataque do coração. A verdade era que não se podia confiar nas mulheres. Tinham necessidade de obrigá-lo a fazer aquilo? Não o adoravam? Mas ele ia matar aquela cadela!

Viu-se perfeitamente no ato de estrangular Donatella na cama. Ela não estava usando nada em cima do corpo e lhe pedia perdão. Sentiu então desejo em vez de raiva.

— Não podemos parar agora? — perguntou Simonetta.

— Não! Estamos quase chegando!

Chegaram de novo ao alto. Ivo correu os olhos em torno e não viu mais Donatella e as crianças.

— Para onde você nos está levando, Ivo?

— Vocês vão ver. Sigam-me! — disse Ivo nervosamente, levando-as para a saída.

— Mas já vamos sair, Papai? — perguntou Isabella, a filha mais velha. — Chegamos ainda há pouco...

— Vamos para um lugar melhor — disse Ivo, ofegante.

Olhou para trás e viu Donatella, que subia a escada com os filhos.

— Mais depressa, meninas!

Um momento depois, Ivo e uma de suas famílias estavam fora dos portões de Villa d'Este, correndo para o carro, que havia ficado na grande praça.

— Nunca vi você proceder dessa maneira — murmurou Simonetta.

— Nunca procedi assim.

Ligou o motor antes mesmo que as portas estivessem fechadas e saiu do estacionamento como se os demônios o estivessem perseguindo.

— Ivo!

Ele bateu tranquilizadoramente na mão de Simonetta.

— Quero que todo mundo fique calmo agora. Como um prêmio especial, vou levar vocês para almoçarem no Hassler.

Sentaram-se a uma mesa diante de uma grande janela, de onde se via a Escada Espanhola e, ao longe, em todo o seu esplendor, a basílica de São Pedro.

Simonetta e as meninas gostaram muito do almoço. Ivo tinha a impressão de que estava comendo papel. Suas mãos tremiam tanto que mal conseguia segurar o talher. Não aguento mais, pensava ele. Não vou deixar que ela arruíne minha vida.

Não tinha mais dúvida de que era exatamente isso o que Donatella pretendia fazer. A sorte estava lançada. A não ser que ele encontrasse um meio de dar o dinheiro a ela.

Tinha de conseguir o dinheiro. Pouco importava como...

Capítulo 29

PARIS, SEGUNDA-FEIRA, 5 DE NOVEMBRO, 18 HORAS.

No momento em que Charles Martel entrou em casa, viu que estava em dificuldades. Hélène achava-se à espera dele e em companhia dela estava Pierre Richaud, o joalheiro que fizera as imitações das joias roubadas.

— Entre, Charles — disse Hélène com um subtom na voz que gelou de terror o coração do marido. — Creio que você e M. Richaud já se conhecem.

Charles olhou-a calado, sabendo que qualquer coisa que dissesse poderia condená-lo. O joalheiro voltava os olhos para o chão e era evidente que não se sentia à vontade.

— Sente-se, Charles.

Era uma ordem e ele obedeceu.

— O que está enfrentando agora, *mon cher mari*, é um processo criminal como ladrão. Roubou minhas joias e substituiu-as por imitações baratas feitas por M. Richaud.

Charles descobriu, horrorizado, que estava urinando nas calças, coisa que não lhe acontecia desde garotinho. Ficou muito vermelho e teve vontade de sair dali para ir trocar de roupa. Não, o que ele queria mesmo era fugir dali e nunca mais voltar.

Hélène sabia de tudo. Pouco importava como descobrira. Não havia escapatória e não haveria piedade. Já era por demais aterrador que Hélène tivesse descoberto que ele a roubara. Pior seria quando ela soubesse o motivo, quando soubesse que ele planejara servir-se do dinheiro de Hélène para fugir dela. O inferno em que vivia iria ter redobrada violência. Ninguém conhecia Hélène mais que Charles. Era *une sauvage*, uma selvagem, capaz de tudo. Iria destruí-lo em um momento de hesitação e o transformaria num *clochard,* num dos tristes vagabundos que dormem vestidos de farrapos pelas ruas de Paris. A vida dele se tornara de repente um *emmerdement,* uma chuva de merda.

— Pensou mesmo que poderia ter êxito com uma coisa tão imbecil? — perguntou Hélène.

Charles ficou miseravelmente calado. Sentia as calças mais molhadas ainda, mas não tinha coragem de olhar para ela.

— Consegui convencer M. Richaud a contar-me tudo.

Convencer... Charles não queria nem pensar como.

— Tenho cópias fotostáticas dos recibos do dinheiro que você me roubou. Posso fazê-lo passar vinte anos na cadeia. — Fez uma pausa e acrescentou: — Se eu quiser.

As palavras dela só serviam para agravar o pânico de Charles. A experiência lhe demonstrava que a generosidade de Hélène era ainda mais perigosa do que a cólera. Charles não tinha ânimo de olhar para ela. Não podia saber o que ela ia exigir dele. Devia ser alguma coisa monstruosa. Hélène voltou-se para Pierre Richaud.

— Não diga uma palavra sobre isso a ninguém até eu resolver o que vou fazer.

— Sem dúvida alguma, Mme. Roffe Martel, sem dúvida. E agora posso...?

Hélène assentiu e Pierre Richaud deixou a casa mais que depressa.

Hélène viu-o sair e, em seguida, se voltou para o marido. Podia sentir o cheiro do medo dele. E de alguma coisa mais. Urina. Sorriu. Charles tinha se urinado de medo. Ela o havia adestrado bem. Estava contente com Charles. Era um casamento muito satisfatório. Ensinara Charles e ele reagira bem. Era um produto dela. As inovações que ele introduzira na Roffe & Filhos eram brilhantes, mas tinham partido todas da cabeça de Hélène. Ela era uma Roffe. Era rica por direito próprio e seus casamentos anteriores lhe haviam dado ainda mais dinheiro. Mas não era por dinheiro que se interessava, e sim pelo controle da companhia. Tinha planejado usar suas ações para comprar mais ações, comprar as ações dos outros. Já conversara com eles sobre isso. Todos haviam concordado em cooperar com ela para a formação de um grupo minoritário. Mas Sam tinha sido um obstáculo aos seus planos e, depois, Elizabeth. Hélène, porém, não tencionava deixar que Elizabeth ou fosse lá quem fosse a impedisse de conseguir o que desejava. Charles ia conseguir tudo para ela. Se acontecesse algum contratempo, ele serviria de bode expiatório.

Naquele momento, entretanto, ele devia ser punido por sua pequena revolta. Olhou para ele e disse:

— Ninguém me rouba, Charles. Ninguém. Você está liquidado. A não ser que eu resolva salvá-lo.

Charles estava sentado, desejando vê-la morta, apavorado diante dela. Hélène se aproximou dele e quase lhe roçou o rosto com as coxas.

— Quer que eu o salve, Charles?

— Quero — disse ele com voz rouca.

Hélène estava tirando a saia com os olhos faiscantes e ele pensou: *Oh, não! Agora não!*

— Escute então o que eu lhe vou dizer. A Roffe & Filhos é minha companhia. Quero o controle acionário dela.

Charles levantou os olhos para ela do fundo de sua angústia e disse:

— Sabe muito bem que Elizabeth não vai vender.

Hélène tirou a blusa e as calças.

— Você deve então fazer alguma coisa a respeito dela. Ou isso ou vinte anos de cadeia. Não se preocupe que eu lhe direi o que tem de fazer. Mas, primeiro, venha cá, Charles.

Capítulo 30

No dia seguinte, às dez horas da manhã, o telefone direto de Elizabeth tocou. Era Emil Joeppli. Ela tinha lhe dado seu número para que ninguém soubesse das conversas particulares entre eles.

— Seria muito bom se eu pudesse vê-la — disse ele, numa voz em que a ansiedade era visível.

— Estarei aí em quinze minutos.

Kate Erling mostrou surpresa quando viu Elizabeth sair do escritório de casaco e bolsa.

— Tem hora marcada com... — disse ela.

— Cancele tudo pelo espaço de uma hora — disse Elizabeth e saiu.

No Edifício de Desenvolvimento, um guarda examinou o cartão de Elizabeth.

— Última porta à esquerda, Srta. Roffe.

Joeppli estava sozinho no laboratório e recebeu-a com entusiasmo.

— Terminei os últimos testes ontem à noite. Dá resultado. As enzimas tolhem inteiramente o processo de envelhecimento. Veja.

Levou-a até uma gaiola onde havia quatro jovens coelhos irrequietos e animados de incessante vitalidade. Numa gaiola ao lado, viam-se também quatro coelhos, mais velhos e apáticos do que os outros.

— Esta é a geração número quinhentos a receber a enzima — disse Joeppli.

— Parecem sadios — disse Elizabeth, olhando para a gaiola.

— Esse é o grupo de controle — disse Joeppli, sorrindo. — Os mais velhos estão ali à esquerda.

Elizabeth olhou para os coelhos cheios de vida que se agitavam na gaiola e quase não pôde acreditar.

— Terão uma sobrevida três vezes maior que os outros.

Quando se aplicava essa relação aos seres humanos, os resultados eram assombrosos. Elizabeth não podia dissimular seu interesse.

— Quando poderá começar a experimentar com seres humanos, Joeppli?

— Estou reunindo minhas notas. Depois disso, mais três ou quatro semanas, no máximo.

— Não fale sobre isso com ninguém, sim?

— Claro que não, Srta. Roffe. Estou trabalhando sozinho e redobrarei o cuidado.

A TARDE TODA FOI tomada por uma reunião da diretoria e tudo correu bem. Walther não tinha aparecido. Charles tocara novamente no assunto da venda das ações, mas Elizabeth de novo vetara firmemente. Depois disso, Ivo tinha sido encantador como sempre e Alec se mostrara mais cavalheiro do que nunca. Charles parecia excepcionalmente preocupado. Elizabeth gostaria de saber qual o motivo.

Convidou todos a ficarem em Zurique e jantarem com ela. Tão displicentemente quanto era possível, Elizabeth mencionou os problemas constantes do relatório, esperando alguma espécie de reação, mas não pôde notar nem nervosismo, nem culpa. E todos os que podiam estar envolvidos no caso, à exceção de Walther, estavam sentados à mesa.

RHYS NÃO ESTIVERA presente nem à reunião, nem ao jantar. Dissera a Elizabeth que tinha um caso urgente para resolver e ela imaginara logo que se tratava de alguma mulher. Sabia que sempre que Rhys ficava trabalhando com ela até tarde da noite, tinha de cancelar algum encontro. Certa vez, quando ele não conseguira avisar a tempo a mulher, esta havia aparecido no escritório. Era uma ruiva sensacional, com um corpo que fazia Elizabeth sentir-se humilhada. Estava furiosa e não procurava ocultar seu descontentamento. Rhys a levara até o elevador e voltara.

— Desculpe, Elizabeth — disse ao voltar.

Elizabeth não pôde se conter.

— Ela é encantadora. Que faz na vida?

— É médica especializada em neurocirurgia.

Elizabeth rira, mas soube no dia seguinte que a ruiva era realmente uma médica especializada em neurocirurgia.

Tinha havido outras e Elizabeth sentia-se mal em todos os casos. Gostaria de compreender Rhys melhor. Conhecia o Rhys Williams gregário e público. Queria conhecer o Rhys Williams pessoal, que vivia escondido sob o outro. Mais de uma vez, tinha pensando que Rhys era quem devia estar dirigindo a companhia, em lugar de receber ordens dela. Gostaria muito de poder ser franca e ficar sabendo o que Rhys pensava disso.

NAQUELA NOITE, depois do jantar, quando os membros da diretoria já haviam se despedido para embarcar em trens ou aviões de volta para casa, Rhys entrou no escritório onde Elizabeth estava trabalhando com Kate Erling.

— Resolvi vir ajudar um pouco — disse.

Não explicara onde tinha estado. Que obrigação tem de explicar?, pensou Elizabeth. Ele não me deve contas de nada.

Todos começaram a trabalhar e o tempo passou depressa. Rhys estava curvado sobre alguns papéis, examinando-os rapidamente, mas sem perder um só detalhe. Já havia encontrado várias falhas em contratos importantes, que não tinham sido notadas pelos advogados. Por fim, levantou-se, espreguiçou-se e olhou para o relógio.

— Ih! Já passa de meia-noite! Estou atrasado. Virei amanhã bem cedo para acabar de verificar esses contratos.

Elizabeth teve vontade de perguntar para o que ele estava atrasado àquela hora. Seria para algum encontro com a ruiva ou com alguma outra? Porém conteve-se. O que Rhys Williams fazia com a sua vida particular era assunto exclusivamente dele.

— Desculpe — disse ela. — Não fazia ideia de que já fosse tão tarde. Pode ir. Kate e eu ainda vamos ler alguns papéis.

— Até amanhã então. Boa noite, Kate.

— Boa noite, Sr. Williams.

Elizabeth viu Rhys sair e voltou ao trabalho. Mas, um momento depois, estava pensando nele de novo. Devia ter lhe contado os resultados alcançados por Emil Joeppli com o projeto. Gostaria de partilhar tudo com ele. Dentro em breve, talvez...

À UMA HORA DA madrugada, resolveram encerrar o que estavam fazendo.

— Mais alguma coisa, Srta. Roffe? — perguntou Kate Erling.

— Não. Não há mais nada. Obrigada Kate. Não se preocupe com a hora da entrada amanhã.

Elizabeth levantou-se e só então percebeu como estava cansada de ter ficado tanto tempo sentada.

— Muito obrigada. Amanhã à tarde, baterei tudo isso à máquina.

— Muito bem, Kate.

Elizabeth pegou o casaco e a bolsa e ficou à espera de Kate. Saíram juntas para o corredor e se encaminharam para o elevador expresso, que estava com a porta aberta à espera. As duas entraram no elevador. Quando Elizabeth ia apertar o botão do térreo, ouviram o telefone tocar no escritório.

— Vou atender, Srta. Roffe. Pode ir descendo — disse Kate Erling, saindo do elevador.

Embaixo, o vigia do térreo olhou para o painel de controle dos elevadores quando uma luz vermelha se acendeu e o elevador privativo começou a descer. Isso significava que a Srta. Roffe vinha descendo. O vigia voltou-se para o chofer dela que cochilava a um canto, com um jornal na mão.

— Sua patroa já vem.

O chofer levantou-se e espreguiçou-se.

Uma campainha de alarme quebrou de repente o silêncio do vestíbulo.

O vigia olhou para o painel de controle. A luz vermelha descia rapidamente, descontrolada, marcando a queda do elevador.

— Meu Deus! — exclamou o vigia.

Correu para o painel dos elevadores e apertou o botão de emergência, para acionar os freios, mas a luz vermelha continuou na sua descida veloz. O chofer tinha se aproximado, viu a fisionomia transtornada do vigia e perguntou:

— O que está havendo?

— Saia daqui! — gritou o vigia. — O elevador vai cair.

Correram para bem longe. O vestíbulo começava a vibrar com a velocidade do carro desgovernado dentro do poço e o guarda desejou que a Srta. Roffe não estivesse dentro do elevador. Quando o elevador passou pelo vestíbulo, veio do seu interior um grito de terror. Um instante depois, houve um estrondo no fundo do poço e o edifício tremeu como se fosse atingido por um terremoto.

Capítulo 31

O inspetor-chefe Otto Schmied, da Polícia Criminal de Zurique, estava sentado à sua mesa, respirando profundamente de acordo com os princípios da ioga, procurando acalmar-se e controlar a fúria que o dominava.

Há no processo policial regras tão básicas e evidentes que ainda ninguém julgara necessário incluí-las nos manuais da polícia. Eram coisas naturais e simples como respirar, dormir e comer. Por exemplo, quando ocorria um acidente fatal, a primeira coisa que um detetive fazia, o primeiro movimento simples, óbvio, natural de um detetive que valia o pão que comia era visitar o local do acidente. Nada poderia ser mais elementar do que isso. Entretanto, bem ali na mesa do inspetor-chefe Otto Schmied estava um relatório do detetive Max Hornung que representava uma violação de todas as normas policiais conhecidas. Mas era de se esperar outra coisa? Havia razão sequer para surpresa?

O detetive Hornung era a pedra no sapato, a *bête noire,* o Moby Dick do inspetor Schmied, que era um admirador entusiástico do livro de Melville. O inspetor respirou de novo profundamente e deixou o ar escapar muito devagar. Só então, mais calmo, apanhou o relatório de Max Hornung e leu-o de novo, desde o princípio.

RELATÓRIO

Quarta-feira. 7 de novembro
 HORA: 1h15
 ASSUNTO: Comunicado da mesa telefônica central de um acidente no edifício da administração da Roffe & Filhos, na fábrica de Eichenbahn.
 TIPO DE ACIDENTE: Desconhecido.
 CAUSA DO ACIDENTE: Desconhecida.
 NÚMERO DE MORTOS E FERIDOS: Desconhecido.
 HORA: 1h27
 ASSUNTO: Segundo comunicado da mesa telefônica de um acidente na Roffe & Filhos.
 TIPO DO ACIDENTE: Queda de elevador.
 CAUSA DO ACIDENTE: Desconhecida.
 NÚMERO DE MORTOS E FERIDOS: Uma mulher, morta.

 Iniciei uma investigação imediata. À 1h35 da madrugada, obtive o nome do superintendente do edifício da administração da Roffe & Filhos e soube dele o nome do principal arquiteto do prédio.
 2h30 da madrugada. Encontrei o principal arquiteto, que estava comemorando seu aniversário em La Puce. Deu-me o nome da firma que instalou os elevadores no prédio: Rudolf Schatz A. G.
 Às 3h15 da madrugada, telefonei para a casa do Sr. Rudolf Schatz e pedi-lhe que procurasse imediatamente as plantas dos elevadores. Solicitei também os orçamentos, com os cálculos preliminares e as despesas totais, além de uma relação completa de todo o material mecânico e elétrico empregado.

 Neste ponto, o inspetor Schmied sentiu uma contração espasmódica na face direita. Respirou profundamente várias vezes e continuou a ler.

6h15. Os documentos solicitados foram entregues aqui na chefatura pela esposa do Sr. Schatz. Depois de examiná-los, fiquei convencido do seguinte:

a) não houve emprego de material inferior na construção dos elevadores;

b) em vista da boa reputação da firma, deve ser excluída a hipótese de trabalhos de montagem inferiores como a causa do acidente;

c) as medidas de segurança de que foram dotados os elevadores foram satisfatórias;

d) minha conclusão, portanto, é que a causa da queda do elevador não foi um acidente.

(assinado) Max Hornung, detetive.

P.S. Como os meus telefonemas foram feitos de madrugada, é possível que a polícia receba queixas das pessoas a quem eu possa ter tirado da cama.

O inspetor Schmied jogou o relatório com raiva para um canto da mesa. "Pessoas a quem possa ter tirado da cama"!

O inspetor-chefe tinha passado a manhã sob o fogo cruzado dos telefonemas das autoridades do governo suíço. O que ele pensava que a polícia suíça era? Alguma Gestapo? Como se atrevera a acordar o presidente de uma respeitável empresa construtora e ordenar-lhe a entrega de documentos no meio da noite? Como tivera coragem de impugnar a integridade de uma firma como a Rudolf Schatz? E assim por diante...

Mas o que era espantoso, o que era até incrível, era que o detetive Max Hornung só havia *aparecido* no local do acidente *quatorze horas* depois da comunicação do mesmo! Quando lá chegara, a vítima já fora removida, identificada e autopsiada. Meia dúzia de outros detetives tinham examinado o local do acidente, interrogando testemunhas e redigindo relatórios.

Quando o inspetor-chefe Schmied acabou de ler o relatório do detetive Max Hornung, mandou chamá-lo ao seu gabinete.

O simples aspecto do detetive Max Hornung já bastava para enfurecer o inspetor-chefe. Max Hornung era um homem baixo, gordo e calvo sem um fio de cabelo na cabeça. O rosto parecia o resultado de uma hora de divertimento de algum humorista. A cabeça era muito grande, e as orelhas, muito pequenas. A boca parecia uma ameixa comprimida contra a massa de pudim da cara balofa. Além de tremendamente míope, Max Hornung ficava dez centímetros abaixo da altura exigida pelos regulamentos da Polícia criminal de Zurique. Como se tudo isso não bastasse, ainda era arrogante. Havia unanimidade de sentimentos na polícia em relação a Max Hornung. Todos o odiavam.

A mulher do inspetor-chefe perguntara um dia por que ele não demitia Hornung e ele quase batera nela.

A razão pela qual Max Hornung continuava a fazer parte da polícia de Zurique era que ele, por si só, havia contribuído mais para a receita nacional da Suíça do que todas as fábricas de relógios e chocolate do país juntas. Max Hornung era contabilista, um verdadeiro gênio matemático, dotado de um conhecimento enciclopédico de assuntos fiscais, de um instinto infalível para as trapaças humanas e de uma paciência que faria Jó chorar de inveja. Max tinha sido funcionário de Betrug Abteilung, o departamento encarregado de fiscalizar as fraudes financeiras, as irregularidades na venda de ações e as transações bancárias, e a entrada e saída de dinheiro do território suíço. Foi Max Hornung quem fez cessar o contrabando de dinheiro ilegal para a Suíça, desmascarando engenhosos planos financeiros ilícitos no valor de muitos bilhões de dólares, o que levara para a prisão uma dezena dos mais respeitáveis líderes do mundo dos negócios. Pouco importava como o dinheiro fosse dissimulado, misturado, remisturado, mandado para as Seychelles, para ali ser manejado e transferido por meio de uma série complexa de empresas fictícias. Ao fim de tudo, Max Hornung apurava a verdade. Em suma, tornara-se o terror da comunidade financeira suíça.

Acima de todas as coisas, os suíços consideravam sagrado o sigilo sobre sua vida particular. Com Max Hornung à solta, não podia haver vida particular.

O salário de Max como um cão de guarda financeiro era bem modesto. Tinham tentado suborná-lo com um milhão de francos suíços numa conta numerada com um chalé em Cortina d'Ampezzo, com um iate e, em meia dúzia de oportunidades, belas mulheres, pouco passadas da puberdade. Em todos os casos, o suborno fora rejeitado, sendo as autoridades devidamente notificadas. Max Hornung não dava importância ao dinheiro. Poderia tornar-se milionário se aplicasse a sua sagacidade financeira ao mercado de ações, mas essa ideia nunca lhe ocorrera. Max Hornung só estava interessado numa coisa: surpreender aqueles que se desviavam do caminho reto da probidade financeira. Havia outra ambição no fundo do coração de Max Hornung e essa ambição foi uma bênção para a comunidade financeira. Por motivos que só ele poderia aprofundar, Max Hornung desejava ardentemente ser um detetive policial. Via-se como uma espécie de Sherlock Holmes ou de Maigret, seguindo infatigavelmente um labirinto de indícios até desentocar o criminoso do seu covil. Quando um dos principais financistas da Suíça teve por acaso conhecimento dessa ambição de Max Hornung, reuniu-se imediatamente com alguns amigos de prestígio e, 48 horas depois, Max recebeu a oferta de um lugar de detetive na polícia de Zurique. Aceitou pressurosamente, quase sem acreditar na sua sorte. Toda a comunidade financeira da Suíça deu um suspiro coletivo de alívio e retomou as suas atividades ocultas.

O inspetor-chefe Schmied não fora consultado sobre o caso. Recebera um telefonema do mais influente líder político da Suíça, recebera as instruções e o assunto terminara ali. Ou, melhor, ali é que tudo havia começado. Para o inspetor-chefe, fora o começo de uma agonia que não mostrava o menor sinal de chegar ao fim. Tentara honestamente dissimular seu ressentimento pela imposição de um detetive, por mais competente que fosse. Presumiu que devia haver fortes motivos políticos para um procedimento tão inusitado Mas resolveu cooperar, na esperança de poder manobrar facilmente a situação.

Sua confiança foi abalada no momento em que Max Hornung se apresentou. A aparência do novo detetive era por si só suficientemente ridícula. Mas o que assombrou o inspetor Schmied foi a atitude de superioridade que se desprendia daquele farrapo de gente. Era como se ele dissesse: "Bem, Max Hornung chegou! Descansem e não se preocupem com mais nada".

As ideias de fácil cooperação do inspetor desapareceram. Decidiu então tomar outra atitude e jogar Max Hornung para o canto, transferindo-o de uma seção para outra e designando-o para serviços sem a menor importância. Hornung trabalhou na polícia técnica, na divisão de identificação, na seção de desaparecidos. Mas sempre, onde quer que trabalhasse, Max Hornung era considerado como se fosse um dedo machucado.

Havia na polícia uma regra segundo a qual todo detetive tinha de dar plantão noturno no mínimo uma vez de três em três meses. Invariavelmente, em todos os plantões de Max Hornung, alguma ocorrência importante se verificava e, enquanto os outros detetives do inspetor Schmied se exauriam investigando pistas, Max resolvia o caso. Era de exasperar.

Não sabia absolutamente nada de processo policial, criminologia, medicina legal, balística ou psicologia criminal, coisas em que os outros detetives eram competentemente versados, mas, apesar disso, vivia resolvendo casos que desafiavam os outros. O inspetor-chefe Schmied tinha de chegar à conclusão de que Max Hornung era o homem de mais sorte no mundo.

Na realidade, a sorte nada tinha a ver com o caso. O detetive Max Hornung esclarecia os casos policiais da mesma maneira por que o contabilista Max Hornung desmascarara centenas de planos engenhosos para defraudar os bancos e o governo. Max Hornung tinha um espírito de bitola única e muito estreita, por sinal. Precisava apenas de um fio solto, um pequeno fragmento que não se ajustasse ao resto da trama. Começava então a desenrolá-lo até que o plano que o criminoso considerara brilhante começasse a estourar nas costuras.

O fato de Max Hornung possuir uma memória prodigiosa enlouquecia seus colegas. Max podia se lembrar instantaneamente de qualquer coisa que tivesse visto, lido ou ouvido.

Outra circunstância que militava contra ele, se mais alguma era necessária, se referia à sua conta de despesas, que eram uma fonte de perplexidade e confusão para todo o corpo de detetives. Na primeira vez em que ele apresentara uma conta de despesas, o *Oberleutnent* chamara-o ao seu gabinete e dissera cordialmente:

— Notei alguns erros de cálculo nas suas contas, Max.

Isso equivalia a acusar um campeão de xadrez de ter sacrificado sua rainha por descuido.

— Erros nas minhas contas?

— Sim, Max. Por exemplo, transporte através da cidade, 80 cêntimos. Volta, oitenta cêntimos. O mínimo que gastaria num táxi seria 34 francos de ida e outro tanto de volta.

— Exatamente. Foi por isso que tomei o ônibus.

— O ônibus? — perguntou o *Oberleutnant,* espantado.

Nenhum dos detetives tinha de andar de ônibus quando estava investigando algum caso. Nunca se ouvira falar nisso. A única observação que lhe ocorreu fazer foi a seguinte:

— Muito bem, Hornung. Não incentivamos desperdícios ou extravagâncias na polícia. Mas temos uma margem para despesas bem razoável. Outra coisa. Você trabalhou durante três dias nesse caso. Esqueceu-se de incluir as despesas com refeições.

— Está enganado, *Herr Oberleutnant*. De manhã, tomo apenas café. Preparo o almoço em casa e sempre o levo numa marmita. O jantar dos três dias está relacionado aqui.

E estava. Três jantares por 16 francos. Devia ter comido em alguma cantina do Exército da Salvação.

O *Oberleutnant* disse friamente:

— Detetive Hornung, este departamento existia havia mais de cem anos quando o senhor veio trabalhar aqui e continuará a existir pelo menos mais cem anos depois que sair. Há aqui certas tradições que devem ser observadas. Pense, pelo menos, nos seus colegas e faça uma revisão dessa prestação de contas.

— Muito obrigado. Sinto muito que não tenha sido correto.

— Não tem importância. Afinal de contas, ainda é novo aqui.

Meia hora depois, Max Hornung voltava com a prestação de contas revista. Diminuíra as despesas feitas cerca de 3 por cento.

Naquele dia de novembro, o inspetor-chefe Schmied tinha nas mãos o relatório do detetive Max Hornung, o qual se achava de pé diante dele. Hornung estava com um terno azul-marinho, sapatos marrons e meias brancas. Apesar de suas resoluções e dos seus exercícios respiratórios, o inspetor-chefe Schmied falava aos gritos:

— Você estava de plantão quando foi recebida a comunicação. Cabia-lhe investigar o acidente e, entretanto, você só chegou ao local quatorze horas depois. Durante esse tempo, toda a polícia da Nova Zelândia podia ter vindo até aqui e voltado, depois de investigar o caso.

— Não, inspetor! Está enganado. O tempo de uma viagem da Nova Zelândia até aqui num avião a jato é de...

— Ora, cale essa boca!

Schmied passou a mão pelos cabelos, pensando no que iria dizer àquele homem. Não era possível nem insultá-lo, nem tentar argumentar com ele. Era apenas um pobre imbecil que tinha sorte.

— Não posso tolerar incompetência no meu departamento, Hornung. Quando os outros detetives chegaram aqui e viram a comunicação, foram imediatamente para o local do acidente. Chamaram uma viatura, levaram o corpo para o necrotério, depois de identificá-lo... Em suma, Hornung, fizeram tudo o que um bom detetive tinha de fazer. Enquanto isso, você esteve calmamente sentado, acordando pelo telefone metade dos homens mais importantes da Suíça...

— Pensei que...

— Não é preciso pensar. Passei a manhã toda pedindo desculpas pelo telefone por sua causa.

— Eu tinha de saber...

— Vá embora, Hornung!

— Está bem. Posso ir ao enterro hoje de manhã?

— Pode, sim!

— Obrigado, inspetor! Eu...

— Pode ir!

Só meia hora depois o inspetor-chefe Schmied pôde respirar normalmente.

Capítulo 32

A CAPELA FUNERÁRIA EM Sihlfeld estava lotada. Era um velho edifício de pedra e mármore, com salas de velório e um crematório. Dentro da grande capela, cerca de duas dezenas de diretores e funcionários da Roffe & Filhos ocupavam a primeira fila de cadeiras. Mais para o fundo, estavam pessoas amigas, representantes da comunidade e repórteres. Na última fila, sentava-se o detetive Hornung, pensando em como a morte era uma coisa ilógica. O homem chegava à idade melhor, quando tinha o máximo para viver e para dar, e era então que morria. Não podia haver maior desperdício e ineficiência.

O caixão era de mogno e estava coberto de flores. Mais desperdício, pensou Hornung. O caixão estava fechado e ele compreendia por quê.

Um ministro estava falando, mas Max não estava prestando muita atenção às palavras. Observava as pessoas presentes. Os serviços religiosos acabaram e as pessoas começaram a levantar-se e encaminhar-se para a saída.

Max ficou perto da porta e, quando um homem e uma mulher se aproximaram dele, deu um passo em direção à mulher e disse:

— Srta. Elizabeth Roffe? Poderia dar-me uma palavra?

O detetive Max Hornung estava sentado com Elizabeth Roffe e Rhys Williams num boxe de uma confeitaria em frente à capela. Pela vitrine, viram o caixão ser levado para um coche cinzento. Elizabeth olhou para o outro lado.

— Que deseja? — perguntou Rhys. — A Srta. Roffe já prestou declarações à polícia.

O detetive Max Hornung disse:

— É o Sr. Williams, não é? Há apenas alguns detalhes que desejo verificar.

— Não pode deixar para depois? A Srta. Roffe ainda está abalada com o que aconteceu...

Elizabeth tocou no braço de Rhys.

— Não tem importância desde que eu possa ajudar em alguma coisa. Que deseja saber, detetive Hornung?

Max olhou para Elizabeth e pela primeira vez em sua vida sentiu fugirem-lhe as palavras. As mulheres eram tão estranhas para Max quanto seres de outro planeta. Eram ilógicas, imprevisíveis, sujeitas a reações mais emocionais que racionais. Não era possível contar com elas. Max tinha poucos impulsos sexuais, pois era orientado pelo cérebro, mas podia apreciar a lógica exata do sexo. Era a construção mecânica de partes móveis que se ajustavam num todo coordenado e funcional que lhe interessava. Era essa a poesia do amor para Max. Era dinamismo puro e Max notava que os poetas em geral não viam isso. As emoções eram imprecisas e incertas, num desperdício de energia incapaz de fazer um grão de areia mover-se, enquanto a lógica podia impulsionar o mundo.

O que espantava Max era que ele se sentia à vontade com Elizabeth. Isso o inquietava. Nenhuma mulher até então agira sobre ele daquela maneira. Ela não parecia pensar que ele fosse um homem feio e ridículo, como as outras. Procurou desviar os olhos a fim de se concentrar.

— Tinha o hábito de trabalhar até tarde da noite, Srta. Roffe?

— Quase sempre.

— Até que horas?

— Variava. Às vezes, até as 22 horas. Às vezes, até a meia-noite ou um pouco mais.

— Quer dizer então que era uma espécie de norma? As pessoas que a cercavam poderiam saber disso?

Elizabeth o olhou, um tanto confusa, e murmurou:

— Creio que sim.

— Na noite em que o elevador caiu, trabalhou com o Sr. Williams e Kate Erling até tarde?

— Foi.

— Mas não saíram ao mesmo tempo?

— Eu saí mais cedo. Tinha um compromisso — disse Rhys.

Max olhou-o por um momento e então voltou-se de novo para Elizabeth:

— Quanto tempo depois do Sr. Williams a senhorita saiu do escritório?

— Seguramente uma hora.

— Saiu em companhia de Kate Erling?

— Saí. Pegamos casacos e bolsas e saímos para o corredor. O elevador já estava lá, à nossa espera.

O elevador direto e especial.

— O que aconteceu então?

— Quando entramos no elevador, o telefone do escritório tocou. Kate Erling disse que ia atender. Eu já ia saindo, quando me lembrei de que havia pedido um telefonema para o exterior, cuja ligação não se completara. Disse que ia atender e saí do elevador. Disse a ela que não era preciso me esperar. Ela apertou o botão do térreo e voltei ao escritório. Quando estava abrindo a porta, ouvi o barulho...

Não pôde continuar, com a voz embargada pelas lágrimas. Rhys olhou para Max Hornung com o rosto cheio de indignação.

— Não acha que já basta? O que quer dizer tudo isso?

Max Hornung teve vontade de dizer que tudo isso queria dizer crime de morte. Alguém tinha tentado matar Elizabeth Roffe. Max ficou ali concentrando-se e tentando se lembrar de tudo o que havia sabido naquelas últimas 48 horas sobre a Roffe & Filhos. Era uma empresa que estava profundamente comprometida, forçada a pagar indenizações astronômicas, solapada por uma publicidade negativa. Perdia clientes e devia quantias enormes aos bancos, que estavam ficando impacientes. Era uma companhia às vésperas de uma mudança. O presidente, que detinha o controle acionário, havia morrido num acidente nas montanhas, embora fosse um excelente alpinista. O controle acionário havia passado para a filha dele, Elizabeth, que quase morrera num acidente com um jipe na Sardenha e escapara havia pouco de morrer num elevador, o qual passara pouco antes por uma de suas revisões periódicas. Alguém estava empenhado em matar.

O detetive Max Hornung devia ser no momento um homem feliz. Encontrara um fio solto. Mas tinha conhecido Elizabeth Roffe e ela já não era simplesmente um nome, uma equação num enigma matemático. Era uma pessoa muito especial e Max sentia necessidade de protegê-la.

— Perguntei o que quer dizer isso — disse Rhys.

— Nada — disse vagamente Max. — Rotina da polícia. Apenas. Agora, com licença.

Tinha um trabalho urgente para fazer.

Capítulo 33

O INSPETOR-CHEFE SCHMIED tivera uma manhã cheia. Tinha havido uma manifestação política diante do escritório das Linhas Aéreas Ibéria e três homens haviam sido detidos para averiguações. Houvera um incêndio de origem suspeita numa fábrica de papel em Brunau. Uma moça fora estuprada no parque de Platspitz. Tinha havido um roubo com vitrines quebradas em Guebelin e outro em Grima, perto de Baur-au-Lac. E, como se isso não bastasse, o detetive Max Hornung estava de volta, com uma de suas hipóteses idiotas. O inspetor-chefe recomeçou a abanar-se profusamente.

— Os cabos do elevador foram quebrados — disse Max. — Quando o elevador caiu, todos os dispositivos de segurança pifaram. Parece...

— Vi os laudos dos técnicos, Hornung. Tudo foi resultado de um desgaste normal dos cabos e dos dispositivos.

— Não, inspetor. Estudei minuciosamente as especificações. Tudo deveria durar mais cinco anos sem desgaste.

Schmied sentiu uma contração no rosto.

— O que está querendo dizer?

— Alguém sabotou o elevador.

— Por que iria fazer isso?
— Isso é o que eu gostaria de descobrir.
— Quer voltar à Roffe & Filhos?
— Não, inspetor. Quero ir a Chamonix.

A CIDADE DE CHAMONIX fica 65 quilômetros a sudeste de Genebra, 1.050 metros acima do nível do mar, no departamento francês de Haute-Savoie, entre o maciço do monte Branco e a cadeia de Aiguille Rouge, com uma das vistas mais deslumbrantes do mundo.

O detetive Max Hornung estava completamente indiferente ao cenário quando desembarcou do trem na estação de Chamonix, carregando uma velha maleta barata. Recusou um táxi e dirigiu-se a pé para a delegacia de polícia, situada num pequeno prédio da praça principal, no centro da cidade. Max entrou, sentido-se no mesmo instante à vontade, confiante na grande camaradagem existente entre os policiais do mundo inteiro. Era um deles.

O sargento francês olhou de sua mesa e perguntou:
— *On vous pourrait aider?*
— *Oui* — respondeu Max, todo alegre.

Começou então a falar. Max atacava todas as línguas estrangeiras da mesma forma. Abria caminho através da selva impenetrável dos verbos regulares, pretéritos e particípios, usando sua língua materna como se fosse um facão. Enquanto ele falava, a expressão no rosto do sargento se transformou de confusão em incredulidade. O povo francês levara centenas de anos desenvolvendo línguas, abóbadas palatinas e laringes para formar a gloriosa música da língua francesa. Aquele homem ali diante dele conseguiria transformá-la numa série de ruídos horríveis e incompreensíveis.

Afinal, o sargento não pôde mais. Interrompeu-o e perguntou:
— Afinal, o que está querendo dizer?

Max respondeu:

— Não compreendeu? Estou falando francês.

O sargento curvou-se sobre a mesa e perguntou com sincera curiosidade:

— É francês que está falando agora?

Max pensou que aquele idiota não sabia nem falar a sua própria língua. Tirou a sua carteira e passou-a às mãos do sargento. Este a examinou com todo cuidado, olhando de vez em quando para Max. Era impossível crer que o homem que estava à sua frente fosse um detetive.

Devolveu por fim a carteira a Max e perguntou:

— Em que posso servi-lo?

— Estou investigando um acidente de alpinismo que aconteceu aqui há dois meses. O nome da vítima era Sam Roffe.

— Lembro-me desse caso — disse o sargento.

— Gostaria de falar com alguém que pudesse me dar alguma informação sobre o que aconteceu.

— Deve procurar a organização de socorros aos alpinistas. O nome exato é Société Chamoniarde de Secours en Montagne. Fica na place du Mont Blanc. O número do telefone é 531689. Pode obter também alguma informação na clínica. Fica na rue du Valais, telefone 530182. Espere que eu vou escrever tudo.

— Não é preciso — disse Max. — Société Chamoniarde de Secours en Montagne, place du Mont Blanc, 531689. A clínica é na rue du Valais, 530182.

O sargento ainda parecia espantado muito tempo depois de Max ter saído.

A Société Chamoniarde de Secours estava sob a guarda de um moço moreno e de aspecto atlético, sentado a uma velha mesa de pinho. Viu Max entrar e no mesmo instante pensou que era bem pouco provável que aquele homem esquisito pretendesse escalar alguma montanha.

— O que deseja?

— Sou o detetive Hornung — Max respondeu, mostrando sua carteira.

— Em que posso servi-lo, detetive Hornung?

— Estou investigando a morte de um homem chamado Sam Roffe.

— É verdade. Eu gostava muito do Sr. Roffe. Foi um acidente muito triste.

— Estava presente quando ocorreu?

— Não. Subi com minha turma de socorro logo que recebi os sinais, mas infelizmente não pudemos fazer nada. O corpo do Sr. Roffe tinha caído numa ravina profunda. Nunca mais será encontrado.

— Como foi que tudo aconteceu?

— O grupo era de quatro alpinistas. O Sr. Roffe e o guia eram os últimos. Segundo me parece, estavam atravessando uma morena. O Sr. Roffe escorregou e caiu.

— Não estava usando equipamento de proteção?

— É claro, mas a corda se rompeu.

— É comum acontecer uma coisa assim?

— Só acontece uma vez — disse o homem com um sorriso pela sua gracinha, mas viu a cara do detetive e apressou-se em acrescentar: — Os alpinistas experientes sempre verificam o equipamento cuidadosamente antes de qualquer subida, mas, ainda assim, há acidentes.

Max pensou por um momento.

— Gostaria de falar com o guia de Sam Roffe.

— O guia habitual do Sr. Roffe não pôde subir nesse dia.

— Por quê?

— Se não me engano, estava doente. Outro guia tomou o lugar dele.

— Sabe como se chama?

— Se esperar um pouco, posso dizer-lhe.

O homem desapareceu numa sala contígua e voltou minutos depois, com um papel na mão.

— Aqui está o nome do guia, Hans Bergmann.

— Onde posso encontrá-lo?

— Ele não é daqui. Mora numa aldeia chamada Lesgets. Fica cerca de 60 quilômetros daqui.

Antes de Max sair de Chamonix, passou pela portaria do hotel Kleine Scheidegg e falou com o recepcionista.

— Estava trabalhando quando Sam Roffe esteve hospedado aqui?

— Estava, sim. Foi uma coisa triste aquele acidente.

— O Sr. Roffe estava sozinho?

— Não. Estava com um amigo.

— Um amigo? Tem certeza?

— Tenho. O Sr. Roffe fez as reservas dos quartos para os dois.

— Pode me dizer o nome desse amigo?

— Sem dúvida.

Abriu o livro de registro, virou algumas páginas atrás, correu o dedo e disse:

— Aqui está...

MAX LEVOU QUASE três horas para chegar a Lesgets num Volkswagen, o carro mais barato que encontrou para alugar em Chamonix. Quase passou pelo lugar. Não era sequer uma aldeia. Algumas lojas, uma cabana alpina e um armazém com uma bomba de gasolina.

Max parou o carro e entrou na cabana. Havia meia dúzia de homens conversando diante da lareira acesa, mas a conversa cessou no momento em que ele entrou.

— Desculpem, mas quero falar com o Sr. Hans Bergmann.

— Com quem?

— Com Hans Bergmann, o guia. Ele é daqui desta aldeia.

Um velho com uma cara que era um mapa de suas andanças pelo mundo cuspiu na lareira e disse:

— Devem ter feito alguma brincadeira com o senhor. Nunca ouvi falar em nenhum Hans Bergmann.

Capítulo 34

Era o primeiro dia em que Elizabeth ia ao escritório depois da morte de Kate Erling, uma semana antes. Entrou nervosamente no vestíbulo do térreo, respondendo mecanicamente aos cumprimentos do porteiro e dos guardas. Viu, nos fundos, operários que consertavam as portas destruídas do elevador. Pensou em Kate Erling e imaginou o terror que ela devia ter sentido, quando caiu para a morte da altura de doze andares. Elizabeth sabia que nunca mais seria capaz de entrar naquele elevador.

Quando entrou no escritório, sua correspondência já tinha sido aberta por Henriette, a nova secretária, que havia colocado tudo bem arrumado em cima de sua mesa. Elizabeth passou os olhos rapidamente por tudo, escrevendo notas para as respostas ou encaminhando os casos para os vários departamentos. Embaixo, havia um grande envelope fechado com a nota "Elizabeth Roffe — Pessoal". Abriu-o e tirou uma fotografia. Mostrava uma criança mongoloide, com os olhos esbugalhados. Presa à fotografia, havia a seguinte nota: "Este é meu belo filho John. Foram as suas drogas que o puseram nesse estado. Vou matá-la."

Elizabeth deixou cair a nota e a fotografia e percebeu que suas mãos estavam trêmulas. Henriette entrou na sala com alguns papéis.

— Aqui estão alguns papéis para serem assinados — disse ela, mas viu o rosto de Elizabeth e perguntou: — Alguma coisa?

— Por favor, peça ao Sr. Williams que venha até aqui.

Olhou de novo para a fotografia em cima da mesa.

A Roffe & Filhos não podia ser responsável por uma coisa tão horrível quanto aquela.

— Foi nossa culpa — disse Rhys. — Uma partida de medicamentos com rótulos errados. Conseguimos recolher quase tudo, mas em alguns casos não foi possível...

— Há quanto tempo aconteceu isso?

— Há quase quatro anos.

— Quantas pessoas foram prejudicadas?

— Cerca de cem. Todas foram indenizadas. Nem todos os casos foram tão graves assim. Escute, Elizabeth, temos o máximo cuidado. Todas as precauções de segurança são tomadas, mas, afinal, os funcionários são humanos e podem errar.

Elizabeth continuava a olhar para a fotografia.

— Isto é horrível.

— Não deviam ter deixado esta carta chegar às suas mãos. — Passou a mão pelos bastos cabelos pretos e acrescentou: — A ocasião é horrível, mas devo dizer-lhe que temos problemas mais importantes do que este.

— Não acredito, mas pode falar.

— O Serviço de Fiscalização de Drogas acaba de chegar a uma decisão contra nós no casos dos *sprays* com aerossol. Dentro de dois anos, os produtos com aerossol serão inteiramente proibidos.

— Qual é o resultado para nós?

— Não poderia ser pior. Teremos de fechar meia dúzia de fábricas no mundo e perder um dos nossos melhores produtos.

Elizabeth pensou em Emil Joeppli e no medicamento que ele estava preparando, mas nada disse a Rhys.

— O que mais?

— Já leu os jornais?

— Não.

— A esposa de um ministro belga, Mme. Van den Logh, tomou alguns comprimidos de Benexan.

— É um de nossos medicamentos?

— É, sim. Um anti-histamínico. É contraindicado para as pessoas portadoras de hipertensão. O rótulo contém a advertência. Ela tomou os comprimidos, apesar disso.

— E o que aconteceu?

— Está em coma. Pode não escapar. Os jornais salientam o fato de que se trata de um produto nosso. Há cancelamentos de encomendas por todo o mundo. O Serviço de Fiscalização de Drogas já nos avisou que vai iniciar uma investigação, mas isso durará no mínimo um ano. E, enquanto não acabarem, poderemos continuar a vender o medicamento.

— Quero que ele seja retirado do mercado — disse Elizabeth.

— Não há motivo algum para fazer isso. É um remédio muito bom para...

— Já teve efeitos prejudiciais em outras pessoas?

— Centenas de milhares de pessoas foram beneficiadas — disse Rhys. — Estou lhe dizendo que é um dos nossos melhores remédios.

— Não respondeu à minha pergunta.

— Creio que houve alguns casos isolados, mas...

— Quero que seja retirado do mercado. Imediatamente.

Rhys ficou alguns instantes calado, procurando dominar sua irritação. Por fim, perguntou:

— Quer saber quanto é que isso vai custar à companhia?

— Não.

— Está bem. Até então só soube das boas notícias. As más são que os banqueiros querem nova reunião com você. Agora mesmo. Querem receber o dinheiro deles.

Elizabeth ficou no escritório sozinha, pensando no menino mongoloide e na mulher que estava em coma porque tomara um remédio produzido pela companhia. Ela sabia que tragédias dessa espécie atingiam outras companhias de produtos farmacêuticos e não apenas a Roffe & Filhos. Os jornais publicavam quase diariamente casos semelhantes, mas a reação dela nunca fora tão forte. Sentia-se pessoalmente responsável. Ia ter uma conferência com os chefes dos departamentos para ver se as medidas de segurança não podiam ser reforçadas.

Este é meu belo filho John.
Mme. Van den Logh está em coma e pode morrer.
Os banqueiros querem receber o dinheiro deles.

Sentia-se atordoada, como se tudo começasse a desabar ao mesmo tempo sobre a sua cabeça. Pela primeira vez, Elizabeth duvidou a sério de que fosse capaz de enfrentar aquilo tudo. As cargas eram pesadas demais e estavam se acumulando com muita rapidez. Voltou-se um pouco na cadeira para olhar na parede o retrato do velho Samuel. Parecia tão capaz e tão seguro! No entanto, ela sabia das dúvidas, das incertezas e dos torvos desesperos que o haviam acometido. Mas ele havia superado tudo. Ela conseguiria sobreviver também. Era uma Roffe.

Notou que o retrato estava um pouco virado para o lado. Devia ser consequência da queda do elevador. Levantou-se para endireitá-lo. No momento em que tocou o retrato, o gancho que o prendia à parede se soltou e o quadro caiu. Elizabeth nem olhou para ele. Estava com os olhos fixos na parede. No lugar onde estivera o retrato, um pequeno microfone estava preso à parede.

Eram quatro horas da madrugada e Emil Joeppli ainda estava trabalhando. Costumava nos últimos tempos trabalhar assim até muito tarde. Ainda que Elizabeth Roffe não tivesse estabelecido um prazo para a conclusão dos seus trabalhos, Joeppli sabia como seu projeto era importante para a companhia e queria acabar o mais depressa possível. Tinha ouvido rumores alarmantes sobre a situação da Roffe & Filhos. Queria fazer tudo o que estivesse ao seu alcance para ajudar a companhia, que tinha sido muito boa para ele. Tinha um bom salário e gozava de inteira liberdade. Gostara muito de Sam Roffe e gostava da filha dele também. Elizabeth Roffe nunca saberia disso, mas aquelas horas de trabalho a mais eram um presente especial de Joeppli para ela.

Debruçou-se sobre a mesa, conferindo os resultados de sua última experiência. Eram ainda melhores do que havia esperado. Ficou sentado, em profunda concentração. Não tomava conhecimento do mau cheiro dos animais engaiolados no laboratório, da umidade intensa da sala ou da hora adiantada. A porta se abriu e Sepp Nolan, o vigia noturno, entrou. Nolan detestava aquele serviço. Dava-lhe arrepios andar à noite pelos laboratórios experimentais desertos. O cheiro dos animais presos provocava-lhe engulhos. Nolan gostaria de saber se os animais ali mortos tinham alma e voltavam para assombrar os corredores. Devia requerer um pagamento extra para aturar os fantasmas dos bichos. Todo o mundo no edifício já fora para casa havia muito tempo. Só o cientista louco ainda estava ali, no meio dos seus bichos.

— Vai demorar muito ainda, doutor? — perguntou Nolan. Joeppli levantou a vista, tomando pela primeira vez conhecimento do vigia.

— O quê?

— Se ainda vai ficar aqui, posso ir buscar um sanduíche ou o que quiser. Vou agora mesmo à cantina.

— Só café — murmurou Joeppli, voltando aos seus papéis.

— Vou fechar a porta principal para ir à cantina. Não demoro.

— Joeppli nem o ouviu.

Dez minutos depois, a porta do laboratório foi de novo aberta e alguém disse:

— Está trabalhando até bem tarde, Paul.

Joeppli levantou a vista, espantado. Quando viu quem era, ergueu-se da cadeira. De certo modo, era uma honra que aquele homem tivesse ido vê-lo.

— É preciso, chefe — murmurou.

— O projeto da Juventude Prolongada é muito secreto, não é?

Emil Joeppli hesitou. A Srta. Roffe tinha dito que ninguém devia saber dos seus trabalhos. Mas, sem dúvida, essa determinação não podia estender-se àquela pessoa. Fora aquele homem quem o fizera entrar na companhia. Por isso, sorriu e disse:

— Sim, senhor. Muito secreto.

— Ótimo. Continue assim. Como vai tudo?

— Magnificamente.

O visitante se encaminhou para uma das gaiolas de coelhos e Emil Joeppli o acompanhou.

— Quer que lhe explique alguma coisa?

— Não é preciso — disse o homem, sorrindo. — Estou mais ou menos a par de tudo.

Quando o visitante se voltou para sair, roçou o braço num prato vazio de rações que estava numa prateleira e o prato caiu no chão.

— Desculpe.

— Pode deixar que eu apanho — disse Joeppli.

Quando se abaixou para pegar o prato, sentiu a parte posterior da cabeça explodir numa chuva rubra e a última coisa de que teve consciência foi de que o chão subia ao seu encontro.

O TOQUE INSISTENTE da campainha do telefone acordou Elizabeth.

Sentou-se na cama, tonta de sono, e olhou para o relógio digital na mesinha. Cinco horas da manhã. Pegou o fone. Uma voz muito nervosa disse:

— Srta. Roffe? É o guarda de segurança aqui da fábrica. Houve uma explosão num dos laboratórios, que ficou inteiramente destruído.

— Houve alguma vítima? — perguntou Elizabeth, já completamente acordada.

— Houve, sim, senhora. Um dos cientistas morreu queimado.

Elizabeth não precisou perguntar quem fora.

Capítulo 35

O DETETIVE MAX HORNUNG estava pensando. A sala dos detetives ressoava do barulho das máquinas de escrever, de vozes empenhadas em discussões, de campainhas de telefone, mas Hornung não ouvia nada dessas coisas. Estava pensando no contrato social da Roffe & Filhos, tal como fora estabelecido pelo velho Samuel para manter a companhia sob o controle da família. Era um dispositivo engenhoso, mas também muito perigoso. Fazia Hornung lembrar-se da *tontine,* o plano italiano de seguros concebido pelo banqueiro Lorenzo Tonti, em 1695. Todos os sócios da *tontine* entravam com uma quota de dinheiro igual. Quando um deles morria, os sobreviventes lhe herdavam a cota. Isso proporcionou um forte motivo para a eliminação dos outros sócios. Na Roffe & Filhos estava acontecendo a mesma coisa. Era uma tentação muito grande fazer as pessoas herdarem ações no valor de muitos milhões e, ao mesmo tempo, impedi-las de vender, a menos que houvesse acordo unânime.

Max sabia que Sam Roffe não havia concordado com a venda. Estava morto. Elizabeth Roffe também não havia concordado com a venda. E já escapara duas vezes da morte. Acidentes demais. O detetive Max Hornung não acreditava em acidentes. Foi falar com o inspetor-chefe Schmied.

O inspetor escutou o que Hornung lhe disse sobre o acidente de alpinismo de Sam Roffe e resmungou:

— Está bem. Houve uma confusão com o nome do guia. Dificilmente isso pode constituir um indício de homicídio, pelo menos no meu departamento.

O detetive retrucou pacientemente:

— Na minha opinião, não é apenas isso. A Roffe & Filhos está com graves problemas internos. Talvez alguém tivesse pensado que o afastamento de Sam Roffe poderia resolver esses problemas.

Schmied encarou firmemente o detetive Hornung. Decerto não havia em tudo aquilo senão as hipóteses malucas do detetive. Mas a perspectiva de levar algum tempo com Max Hornung fora de suas vistas era uma coisa que o enchia de alegria. A ausência dele levantaria o moral de todo o departamento. E havia outro ponto importante a levar em conta. Hornung pretendia investigar nada menos que a poderosa família Roffe. Em circunstâncias normais, teria ordenado que Hornung não se aproximasse nem em pensamento dos Roffe. Entretanto, se Hornung os irritasse — e não podia deixar de ser assim! — tinham bastante prestígio para expulsá-lo da polícia. E ninguém poderia acusar o inspetor-chefe Scnmied de nada. Não havia forçado de maneira alguma o pequeno detetive. Em vista de tudo isso, disse a Max Hornung:

— Fica encarregado do caso. Pode levar o tempo que julgar necessário.

— Muito obrigado — disse Max, todo feliz.

QUANDO MAX IA pelo corredor em direção à sua sala, encontrou-se com o *coroner*.

— Posso explorar sua memória um minuto, Hornung?

— Como assim?

— A patrulha acaba de pescar um corpo na água. É uma mulher. Quer olhá-la um instante?

— Está bem.

Não era uma obrigação que agradasse a Max, mas ele achava que aquilo fazia parte dos seus deveres.

O corpo da mulher estava depositado numa das gavetas de metal impessoais do necrotério. Era loura e podia ter no máximo vinte anos. O corpo estava inchado, da longa permanência na água, e nu, apenas com uma fita vermelha amarrada ao pescoço.

Havia sinais de relações sexuais pouco antes da morte. A mulher fora estrangulada e então jogada à água.

— Não morreu afogada, pois não há água nos pulmões. Não temos no arquivo as impressões digitais dela. Já a viu em algum lugar?

O detetive Max Hornung olhou atentamente para o rosto da morta e disse:

— Não.

Saiu então para pegar um ônibus para o aeroporto.

Capítulo 36

Quando o detetive Max Hornung desembarcou no aeroporto de Costa Smeralda na Sardenha, alugou o carro mais barato que pôde achar, um Fiat 500, e tomou o caminho de Olbia. Diferente nisso do resto da Sardenha, Olbia era uma cidade industrial, e os seus arredores, uma grande extensão, desprovida de qualquer beleza, de usinas e fábricas, um depósito de lixo e um gigantesco cemitério de carros velhos, que não eram senão sucata. Ao vê-lo, Max refletiu que todas as cidades do mundo tinham essas lixeiras de automóveis, como se fossem monumentos da civilização.

Chegando ao centro da cidade, parou diante de um prédio em cuja fachada lia-se: "Questura di Sassari — Commissariato de Polizia, Olbia". Desde que entrou, teve a impressão tão conhecida sua de identificação, de participação. Mostrou sua credencial ao sargento de plantão e, minutos depois, era levado ao gabinete do delegado de polícia, Luigi Ferraro. Este se levantou com um sorriso no rosto. O sorriso sumiu quando ele viu a figura do homem que o procurava. Havia na aparência de Max Hornung alguma coisa que não se ajustava ao conceito que o delegado fazia de "detetive".

— Pode me mostrar sua identidade?

De posse da carteira, o delegado examinou-a cuidadosamente, devolvendo-a em seguida. Formulou então a ideia de que a Suíça devia estar lutando com grande escassez de gente para a polícia, pois, do contrário, não admitiria um homem como aquele.

— Que deseja?

Max começou a se explicar em italiano fluente. O problema foi que o delegado Ferraro custou um pouco a descobrir que língua Max estava falando. Quando compreendeu a intenção do homem, levantou a mão, horrorizado, e disse:

— Basta! Fala inglês?

— É claro — respondeu Max.

— Peço-lhe então que conversemos em inglês.

Quando Max acabou de falar, o delegado disse:

— Está enganado, *signore*. Posso lhe assegurar que está perdendo seu tempo. Meus mecânicos já examinaram o jipe e todos foram de opinião de que se tratava de um acidente.

— Mas eu ainda não o examinei — disse imperturbavelmente Max Hornung.

— Muito bem. O jipe está agora à venda numa garagem. Mandarei um dos meus homens levá-lo até lá. Gostaria de ver o local do acidente?

Max piscou os olhos e perguntou:

— Para quê?

O detetive Bruno Campagna foi designado como o acompanhante de Max.

— Já verificamos tudo — disse Campagna. — Foi um acidente.

— Não — replicou Max.

O jipe estava num canto da garagem ainda com a frente amassada e com vestígios da seiva verde da árvore.

— Não tive tempo ainda de consertá-lo — disse o mecânico da garagem.

Max se aproximou do jipe e começou a examiná-lo.

— Como foi que sabotaram os freios? — perguntou ele.

— *Gesù!* O senhor também? — exclamou o mecânico, irritado. — Há vinte anos que sou mecânico, *signore,* e examinei esse jipe pessoalmente. A última vez que alguém tocou nesses freios foi quando o carro saiu da fábrica.

— Mexeram nos freios — disse Max.

— Como? — perguntou o mecânico, exasperado.

— Não sei ainda, mas vou descobrir — declarou Max, confiante.

Lançou um último olhar ao jipe e então deu as costas e saiu da garagem.

O delegado de polícia olhou para o detetive Bruno Campagna e perguntou:

— O que fez com ele?

— Não fiz nada. Levei-o à garagem, onde ele quase fez o mecânico ficar fora de si. Depois, ele me disse que queria dar uma volta sozinho.

— *Incredibile!*

MAX ESTAVA NA COSTA, voltado para as águas esmeraldinas do Tirreno, mas não via coisa alguma. Estava concentrado, procurando juntar todos os fragmentos. Tudo era como um gigantesco jogo de armar. Tudo caía exatamente no seu lugar, quando se sabia onde a peça se ajustava. O jipe era uma parte pequena mas importante do enigma. Os freios tinham sido examinados pelos mecânicos, de cuja honestidade e competência não havia motivos para duvidar. Aceitava, portanto, o fato de que não tinham tocado nos freios do jipe. Mas como Elizabeth tinha dirigido o jipe e alguém queria que ela morresse, tinha também de aceitar o fato de que haviam mexido nos freios. Não havia meio de fazer isso e, entretanto, alguém tinha feito. Max estava diante de uma coisa feita com muita habilidade. E isso tornava tudo mais interessante.

Deu alguns passos na areia da praia, fechou os olhos e procurou concentrar-se de novo. Pensou nos elementos do enigma, mudando-os de lugar, dissecando-os, reagrupando tudo.

Vinte minutos depois, a última peça encaixou. Max abriu os olhos e pensou com admiração no homem que imaginara aquilo. Tinha de conhecê-lo.

Depois disso, o detetive Max Hornung tinha duas coisas a fazer, uma fora de Olbia e a segunda, nas montanhas. Pegou o último avião da tarde para Zurique.

Classe turística.

Capítulo 37

O CHEFE DAS FORÇAS de segurança da Roffe & Filhos disse a Elizabeth:

— Tudo aconteceu com muita rapidez, Srta. Roffe. Nada pudemos fazer. No momento em que o equipamento de combate ao fogo pôde entrar em ação, o laboratório já estava destruído.

Tinham encontrado os restos do corpo carbonizado de Emil Joeppli. Não se podia saber se a sua fórmula fora retirada do laboratório antes da explosão.

— O Edifício de Desenvolvimento estava sob vigilância ininterrupta, não estava?

— Estava, sim. Nós...

— Há quanto tempo chefia nosso departamento de segurança?

— Cinco anos. Eu...

— Está despedido.

O homem ia dizer alguma coisa, mas mudou de ideia e murmurou:

— Está bem.

— Quantos homens estão sob suas ordens?

— Sessenta e cinco homens.

Sessenta e cinco homens! E não tinham podido salvar Emil Joeppli.

— Estão todos despedidos. Têm o prazo de 24 horas para sair daqui.

— Escute Srta. Roffe, acha que está sendo justa?

Elizabeth pensou em Emil Joeppli, nas preciosas fórmulas que tinham sido roubadas e no microfone que estava escondido no seu escritório e que ela arrebentara com o salto do sapato.

— Saia daqui — disse ela.

Passou a manhã toda esforçando-se por afastar do espírito a imagem do corpo carbonizado de Emil Joeppli e do seu laboratório cheio de animais queimados. Procurou não pensar no prejuízo que a companhia teria com a perda daquela fórmula. Era possível que dentro em pouco uma companhia rival a patenteasse. Nada havia que ela pudesse fazer. Vivia numa selva sem lei. Quando os concorrentes pensavam que se estava sem forças, acorriam para o golpe fatal. Mas, no caso, não se tratava de um concorrente e, sim de um amigo, um amigo mortífero.

Elizabeth tomou providências para a contratação imediata de uma nova força de segurança constituída de profissionais. Sentiria-se mais segura cercada de estranhos.

Telefonou para o Hôpital Internationale de Bruxelas para ter notícias de Mme. Van den Logh, a esposa do ministro belga. Disseram-lhe que ela ainda estava em coma e que as possibilidades de recuperação eram incertas.

Elizabeth ainda estava pensando em Emil Joeppli, no menino mongoloide e na senhora belga quando Rhys Williams entrou no escritório.

Olhou para o rosto dela e perguntou:

— As coisas estão tão ruins assim?

Ela fez tristonhamente um sinal afirmativo.

Rhys viu o rosto abatido e esgotado. Era difícil saber até onde poderia ir a capacidade de resistência dela. Aproximou-se, tomou as mãos de Elizabeth nas suas e disse:

— Há alguma coisa que eu possa fazer para ajudar você?

Pode fazer tudo, pensou Elizabeth. Precisava desesperadamente de Rhys. Precisava da energia, da ajuda e do amor dele. Os olhos de ambos se encontraram e ela se viu prestes a cair nos braços dele e dizer-lhe tudo o que havia acontecido, tudo o que estava acontecendo.

— Alguma novidade sobre Mme. Van den Logh? — perguntou Rhys.

O momento havia passado.

— Não — disse Elizabeth.

— Já recebeu algum telefonema a respeito do comentário feito pelo *Wall Street Journal*?

— Que comentário?

— Ainda não o leu?

— Não.

Rhys mandou buscar o número do jornal em sua sala. O comentário enumerava os recentes problemas da Roffe & Filhos e dava a entender que a companhia precisava de uma pessoa experiente e capaz para dirigi-la.

— Que mal nos fará esse comentário? — perguntou Elizabeth quando acabou de ler.

— O mal já está feito. Continuaremos a perder muitos mercados.

O interfone tocou e Elizabeth apertou o botão.

— Pronto.

— O Sr. Julius Badrutt está na linha dois. Diz que é urgente.

— Elizabeth olhou para Rhys. Ela vinha adiando o encontro com os banqueiros.

— Pode passar — disse à secretária e um instante depois: — Bom dia, Sr. Badrutt.

— Bom dia — disse o banqueiro, com uma voz que parecia um pouco áspera do outro lado do fio. — Tem o tempo livre hoje à tarde?

— Acho que sim...

— Está bem. Às 16 horas será conveniente?

Elizabeth hesitou um instante.

— Está bem. Às 16 horas.

Houve um murmúrio seco ao telefone e Elizabeth compreendeu que Badrutt ainda estava falando.

— Sinto muito o que aconteceu com o Sr. Joeppli — disse ele.

O nome de Joeppli não fora mencionado em nenhuma notícia a respeito da explosão.

Desligou e viu que Rhys a estava olhando.

— Os tubarões sentem cheiro de sangue — murmurou ele.

Houve muitos telefonemas à tarde. Entre eles o de Alec.

— Você leu o jornal hoje de manhã, Elizabeth?

— Li, sim. O *Wall Street Journal* está exagerando.

Houve uma pausa e então Alec disse:

— Não é do *Wall Street Journal* que eu estou falando. É do *Financial Times,* que traz um artigo com grande destaque sobre a Roffe & Filhos. O artigo não é favorável e os telefones não param de tocar. Os cancelamentos têm sido enormes. O que vamos fazer?

— Falarei com você mais tarde, Alec.

Ivo telefonou.

— *Carissima,* prepare-se para levar um choque.

— Estou preparada, Ivo. Pode falar.

— Um banqueiro italiano foi detido há poucas horas, sob a acusação de aceitar suborno.

Elizabeth teve um pressentimento do que viria depois.

— Continue.

— Não tivemos culpa. Ele se tornou ambicioso demais e facilitou. Foi preso no aeroporto quando tentava sair clandestinamente com dinheiro da Itália. Apurou-se que o dinheiro era nosso.

Ainda que Elizabeth estivesse preparada para o pior, havia uma nota de incredulidade em sua voz.

— Por que estávamos subornando esse banqueiro?

— Do contrário, não poderíamos fazer negócios na Itália. O costume aqui é esse. Nosso crime não foi subornar o banqueiro, *cara*. Foi deixar que ele fosse apanhado.

Ela se recostou na cadeira, sentindo a cabeça rodar.

— E agora?

— Sugiro uma reunião quanto antes com os advogados da companhia. Mas não se preocupe. Só os pobres vão para a cadeia aqui na Itália.

Charles telefonou de Paris e Walther de Berlim. Disseram ambos quase a mesma coisa. A imprensa atacava a companhia nas duas cidades. Elizabeth tinha de consentir na venda das ações enquanto a companhia tinha ainda alguma reputação.

— Nossos fregueses estão perdendo a confiança — dissera Charles. — E sem confiança não há companhia.

Elizabeth pensou nos telefonemas, nos banqueiros, nos primos, na imprensa. Era muita coisa que acontecia com muita rapidez. Alguém devia estar por trás de tudo isso. Ela tinha de descobrir quem era.

O NOME AINDA estava no caderno de telefones particular de Elizabeth. Maria Martinelli. Era uma moça alta e de pernas compridas que tinha sido colega de Elizabeth no colégio da Suíça. Correspondiam-se de vez em quando. Maria tinha se tornado modelo e mandara dizer a Elizabeth que estava noiva do diretor de um jornal de Milão. Elizabeth não levou mais de quinze minutos para falar com Maria. Depois da troca de cumprimentos, Elizabeth perguntou pelo telefone:

— Você ainda está noiva do jornalista?

— Claro. Vamos nos casar logo que o divórcio dele for homologado.

— Preciso de um favor seu, Maria.

— É só dizer o que é.

Menos de uma hora depois, Maria Martinelli telefonava para ela.

— Já tenho a informação que você quer. O banqueiro que foi apanhado quando tentava levar dinheiro para fora da Itália foi vítima de uma traição. Meu noivo diz que alguém o denunciou à polícia de fronteira.

— Ele conseguiu saber o nome do delator?

— Ivo Palazzi.

O DETETIVE Max Hornung tinha feito uma descoberta interessante. Apurara que a explosão nos laboratórios da Roffe & Filhos fora provocada criminosamente e causada por um explosivo Rylar X, feito exclusivamente para as forças armadas numa das fábricas da Roffe & Filhos. Com um simples telefonema, Max soube onde ficava a fábrica.

Era nos arredores de Paris.

ÀS 16 HORAS em ponto, Julius Badrutt desceu o corpo anguloso numa cadeira e disse sem preâmbulos:

— Por mais que quiséssemos fazer a sua vontade, Srta. Roffe. parece que as responsabilidades que temos para com os nossos acionistas têm precedência.

Badrutt devia dizer mais ou menos a mesma coisa às viúvas e aos órfãos, a quem não podia perdoar no vencimento das hipotecas. Mas dessa vez ela estava preparada para Badrutt.

— Em vista disso, recebi instruções da diretoria para informar-lhe que nosso banco exigirá o pagamento imediato dos títulos de responsabilidade da Roffe & Filhos.

— Mas eu tive a promessa de um prazo de noventa dias — disse Elizabeth.

— Infelizmente, as circunstâncias mudaram para pior. Devo dizer-lhe que os outros bancos com os quais estamos ligados chegaram à mesma conclusão.

Como os bancos se negavam a ajudá-la, não havia possibilidade de manter a companhia fechada ao público.

— Sinto muito dar-lhe essas más notícias, Srta. Roffe, mas achei que devia vir falar pessoalmente com a senhorita.

— Não pode desconhecer que a Roffe & Filhos ainda é uma companhia sólida e forte.

— Sem dúvida. É uma grande companhia.

— Ainda assim, não quer nos dar mais tempo.

Badrutt pensou por um momento e então disse:

— O banco julga que seus problemas podem ser resolvidos, Srta. Roffe. Mas...

— Parece-lhe que não há ninguém em condições de resolver esses problemas, não é?

— Infelizmente, é isso mesmo.

— E se eu passasse a presidência de Roffe & Filhos a outra pessoa? — perguntou Elizabeth.

O banqueiro balançou a cabeça.

— Já discutimos essa possibilidade e, infelizmente, chegamos à conclusão de que nenhum dos membros da atual diretoria tem a capacidade necessária para enfrentar...

— Eu estava pensando em Rhys Williams.

Capítulo 38

O AGENTE THOMAS HILLER, da Patrulha do Tâmisa, via-se numa situação terrível. Estava com sono, com fome, com tesão e, ainda por cima, todo molhado. E não sabia ao certo dessas suas desgraças qual era a pior.

Estava com sono porque sua noiva Flo passara a noite discutindo com ele e não o deixara dormir. Estava com fome porque, quando Flo acabara de discutir, já estava na hora de ir para o trabalho e não havia mais tempo de comer nada. Estava com tesão porque ela se recusara energicamente a deixar que ele a tocasse. E estava todo molhado porque a lancha de dez metros da patrulha do Tâmisa não era feita exatamente para dar conforto a quem andava nela e porque o vento insistente tangia a chuva para a casa do leme, onde ele estava.

Num dia como aquele, havia pouco para ver e menos ainda para fazer. A Patrulha do Tâmisa se estendia por 85 quilômetros do rio, de Dartford Creek a Stains Bridge. Em geral, o agente Hiller gostava do serviço de patrulha, mas não quando se via naquele estado. O diabo levasse todas as mulheres! Pensou em Flo nua na cama, com os grandes seios em movimento, brigando com ele. Olhou para o relógio. Mais meia hora e o serviço de patrulha chegaria ao fim. A lancha já se encaminhava para o cais de Waterloo. O seu problema agora era decidir o que devia fazer primeiro; comer, dormir ou ir para a cama com FIo. Talvez tudo ao mesmo tempo, por que não? Esfregou os olhos para afugentar o sono e olhou para o rio lamacento e engrossado, salpicado pelas borbulhas da chuva.

Aquilo apareceu de repente. Parecia um grande peixe boiando de barriga para cima. O primeiro pensamento do agente Hiller foi: se o puxarmos para bordo, vai ser uma fedentina insuportável. Estava a uns dez metros a nordeste e a lancha se estava afastando dele. Se ele abrisse a boca, o maldito peixe iria retardar o momento em que ele poderia largar o serviço. Seria preciso pegar o peixe com um gancho e puxá-lo para bordo ou rebocá-lo. Fosse o que fosse, ia se atrasar para voltar para Flo. Ora, ele bem que podia calar a boca. Quem podia afirmar que ele tinha visto alguma coisa? E estavam cada vez mais longe.

O agente Hiller ergueu a voz:

— Sargento, há um peixe flutuando vinte graus a boreste. Parece um grande tubarão.

O motor diesel de cem cavalos mudou subitamente de ritmo e a lancha começou a seguir em marcha lenta. O sargento Haskins foi ficar ao lado dele.

— Onde está?

O vulto tinha desaparecido, escondido pela chuva.

— Ali daquele lado.

O sargento Haskins hesitou. Estava também ansioso para ir para casa e a vontade que tinha era de não tomar conhecimento do tal peixe.

— Acha que é tão grande que possa ameaçar a navegação?

O agente Hiller lutou consigo mesmo e perdeu.

— Acho, sim.

Assim, a lancha da patrulha virou e seguiu na direção onde o objeto fora visto. Este apareceu inesperadamente quase sob a proa da lancha e ambos olharam para o corpo de uma jovem loura.

Estava nua, mas tinha uma fita vermelha amarrada ao pescoço.

Capítulo 39

No momento em que o agente Hiller e o sargento Haskins estavam recolhendo nas águas do Tâmisa o corpo da jovem assassinada, a quinze quilômetros de distância, do outro lado de Londres, o detetive Max Hornung entrava no vestíbulo de mármore cinza e branco da Nova Scotland Yard. O simples fato de entrar no imponente edifício dava-lhe uma sensação de orgulho. Fazia parte daquela grande fraternidade. Apreciava muito o fato de que o endereço telegráfico da Scotland Yard fosse Handeuffs (Algemas). Max gostava muito dos ingleses. O seu único problema estava na dificuldade que experimentava em comunicar-se com eles. Os ingleses falavam a sua língua de uma maneira muito estranha.

O guarda atrás da mesa de recepção perguntou:

— Que deseja o senhor?

— Tenho hora marcada com o inspetor Davidson.

— Nome, por favor?

Max disse lenta e distintamente:

— Inspetor Davidson.

O guarda olhou-o com interesse.

— Perdão, mas o seu nome é inspetor Davidson?

— Meu nome não é inspetor Davidson. Meu nome é Max Hornung.

— Desculpe, mas o senhor fala inglês?

Cinco minutos depois, Max estava sentado na sala do inspetor Davidson, que era um homem tipicamente britânico de meia-idade, com rosto vermelho e dentes amarelos e irregulares.

— Disse pelo telefone que estava interessado em obter informações sobre Sir Alec Nichols como possível suspeito num crime de homicídio.

— Ele é suspeito com mais uma meia dúzia de pessoas.

— Já sei o que vou fazer — disse o Inspetor. — Vou encaminhá-lo ao Departamento de Registro Criminais C-Quatro. Se não houver lá nada sobre ele, tentaremos o Serviço Secreto Criminal C-Onze e C-Quartorze.

O nome de Sir Alec Nichols não constava de qualquer dos arquivos consultados. Mas Max já sabia onde iria conseguir a informação que queria.

MAIS CEDO NAQUELA manhã, Max telefonara para vários homens de negócios que trabalhavam na City, o centro financeiro de Londres.

As reações de todos eles foram idênticas. Quando Max declarava o seu nome, ficavam inquietos, pois todos os que tratavam de negócios na City tinham alguma coisa para esconder e a reputação de Max Hornung como um anjo vingador financeiro era internacional. Mas, no momento em que Max dizia que procurava informações sobre outra pessoa, dispunham-se até a cooperar com ele.

Max passou dois dias visitando bancos e companhias financeiras, organizações de crédito e centro de registros estatísticos. Não se interessava em falar com as pessoas nesses lugares; queria falar com seus computadores.

Max era um gênio com os computadores. Sentava-se diante das mesas das máquinas e as tocava como um mestre. Não importava a língua que houvessem ensinado ao computador, pois Max falava todas elas. Falava com computadores digitais e com computadores de linguagem de baixo e de alto nível. Estava no seu elemento com o Fortran e o Fortran IV, com o gigante 370 da IBM, com o 10 e o 11 da PDP e o 68 da Algol.

Entendia tanto do Cobol, programado para os negócios, quanto do Basic usado pela polícia e do APL de alta velocidade, que só se exprimia por meio de cartas e gráficos. Max falava com o LISP, o APT e o PL-1. Mantinha conversações em código binário e interrogava os grupos aritméticos e os de CPV, recebendo as respostas em alta velocidade à razão de 1.100 linhas por minuto. Os computadores gigantescos tinham sugado informações como bombas insaciáveis, armazenando-as, analisando-as, recordando-as e estavam despejando tudo aos ouvidos de Max, sussurrando-lhe os seus segredos nas suas criptas com ar-condicionado.

Nada era sagrado nem seguro. A vida particular na civilização atual era uma ilusão, um mito. Todo cidadão vivia exposto e seus segredos mais ocultos estavam à mostra, à espera de quem os lesse. As pessoas eram registradas se tinham um número de matrícula na Previdência Social, uma apólice de seguro, uma carteira de motorista ou uma conta de banco. Eram relacionadas se tinham pago impostos ou se tinham recebido seguro desemprego ou algum fundo de assistência social. Seus nomes eram armazenados nos computadores quando eram beneficiadas por algum plano de seguro médico, quando compravam uma casa com um empréstimo sob garantia hipotecária, quando tinham um automóvel ou até uma bicicleta ou quando eram depositantes em alguma conta de poupança ou conta corrente de banco. Os computadores sabiam os nomes das pessoas que tinham passado pelos hospitais, que tinham feito serviço militar, que haviam tirado licença de caça ou pesca, que haviam tirado passaporte, que haviam pedido ligação de telefone ou de eletricidade para suas casas, quando tinham sido casadas ou divorciadas, desde que tivessem nascido.

Quando se sabia onde procurar e se tinha paciência, todos os fatos estavam à disposição.

Max Hornung e os computadores tinham um relacionamento admirável. Os computadores não riam do sotaque de Max, do seu aspecto, dos seus gestos ou das suas roupas. Para os computadores, Max era um gigante. Respeitavam-lhe a inteligência, admiravam-no, amavam-no. Revelavam-lhe com prazer os seus segredos, comunicavam-lhe deliciosos rumores sobre as loucuras de que os mortais são capazes. Eram como velhos amigos que conversassem.

— Vamos falar sobre Sir Alec Nichols — disse Max.

E os computadores começaram. Deram a Max um perfil matemático de Sir Alec, traçado em algarismos, códigos binários e cartas. Duas horas depois, Max tinha um retrato complexo do homem, um relatório financeiro.

Cópias de recibos de bancos, cheques cancelados e contas lhe foram apresentadas. O que primeiro chamou a atenção de Max foi uma série de cheques de quantias vultosas, todos ao portador, recebidos por Sir Alec Nichols. Para onde fora o dinheiro? Mas procurou ver se o mesmo fora consignado com o despesas pessoais ou comerciais, talvez como uma dedução de impostos. Nada. Voltou às listas de despesas: um cheque para o White's Club, uma conta de açougue, que não fora paga... um vestido de noite de John Bates... o Guinea... uma conta de dentista, que não fora paga... Annabelle's... um vestido de *challis* de Yves Saint Laurent... uma conta do Elefante Branco, que não fora paga... uma conta de avaliações... John Wydham, salão de beleza, por pagar...

quatro vestidos de Yves Saint Laurent, Rive Gauche... salários dos empregados domésticos...

Max formulou uma pergunta ao computador no Centro de Licenciamentos de Veículos.

Positivo. *Sir Alec possui um carro Bentley e um carro Morris.* Faltava alguma coisa. Não havia conta de mecânicos.

Max fez os computadores efetuarem uma pesquisa em suas memórias. Em sete anos, não tinha havido uma só conta de mecânico.

Esquecemos alguma coisa?, perguntaram os computadores.

Não, não esqueceram, respondeu Max.

Sir Alec não chamava mecânicos. Consertava ele próprio seus carros. Um homem dotado dessa habilidade mecânica não teria a menor dificuldade em preparar um desastre com um elevador ou com um jipe. Max Hornung se debruçou sobre os dados secretos fornecidos pelos seus amigos com a mesma ansiedade com que um egiptólogo decifraria hieróglifos recém-descobertos. Descobriu outros mistérios. Sir Alec estava gastando muito mais do que ganhava.

Outro fio solto.

Os amigos de Max na City tinham ligações com muitos setores. Dentro de dois dias, Max soube que Sir Alec tinha pegado dinheiro emprestado com Tod Michaels, dono de um clube no Soho.

Max procurou os computadores da polícia e fez perguntas. Os computadores escutaram e responderam: *Sim, podemos dar-lhe Tod Michaels. Já foi acusado de vários crimes, mas nunca foi condenado. Suspeito de envolvimento em chantagem, prostituição e agiotagem.*

Max foi ao Soho e fez mais perguntas. Ficou sabendo que Sir Alec não jogava, mas que a mulher dele era viciada em jogo.

Quando Max acabou, não tinha a menor dúvida de que Sir Alec Nichols estava sendo chantageado. Deixava de pagar as contas e precisava sempre de dinheiro com urgência. Tinha ações que valeriam milhões se ele as pudesse vender. Mas Sam Roffe fora um obstáculo no seu caminho, como o era Elizabeth Roffe.

Sir Alec Nichols tinha um motivo para assassinar.

MAX VERIFICOU Rhys Williams. As máquinas fizeram o possível, mas o retrato saiu muito vago.

Os computadores informavam a Max que Rhys Williams era do sexo masculino, nascera no País de Gales, tinha 34 anos e era solteiro. Alto funcionário da Roffe & Filhos. Ganhava oitenta mil dólares por ano, sem contar as gratificações. Uma conta de poupança em Londres com o saldo de 25 mil libras e uma conta de banco, na qual o saldo médio era de oitocentas libras. Tinha um depósito num cofre de banco em Zurique, de conteúdo desconhecido. Tinha todas as contas e cartões de crédito. Muitos dos artigos comprados com os mesmos se destinavam a mulheres. Rhys Williams não tinha antecedentes criminais. Era empregado da Roffe & Filhos havia nove anos.

Não bastava, pensou Max. Não bastava de modo algum. Parecia até que Rhys Williams se estivesse escondendo por trás dos computadores. O homem se mostrara muito protetor quando Max fizera perguntas a Elizabeth depois do funeral de Kate Erling. Estava protegendo a quem?

A Elizabeth Roffe? Ou a si mesmo?

ÀS 18 HORAS, Max embarcou na classe turística num voo da Alitália que se destinava a Roma.

Capítulo 40

Ivo Palazzi tinha passado quase dez anos construindo com habilidade e cuidado uma vida dupla de que nem mesmo as pessoas mais íntimas dele tinham desconfiado.

Max e seus amigos, os computadores, levaram menos de 24 horas para desvendar tudo. Max discutiu o caso com os computadores no edifício Anagrafe, onde estavam registrados dados biográficos e administrativos, visitando também os computadores do SID e dos bancos.

Falem-me de Ivo Palazzi, disse Max.

Com prazer, responderam os computadores.

As conversações começaram.

Uma conta de armazém de Amici... uma conta de salão de beleza de Sergio na Vila Condotti... um terno azul de Angelo... flores de Carducci... dois vestidos de noite de Irene Galitzine... sapatos Gucci... uma bolsa Pucci... contas de luz e telefone...

Max lia os impressos, examinando, analisando, farejando. Uma coisa estava errada. Havia pagamentos de colégio para seis crianças.

Será que erraram?, perguntou Max.

Que tipo de erro?

Os computadores do Anagrafe disseram que Ivo Palazzi é registrado como pai de três filhas. Confirmam seis contas de colégio?
Confirmamos.
Dão o endereço de Ivo Palazzi em Oligiata?
Exato.
Mas ele está pagando um apartamento na Via Montemignaio?
Está.
Há dois Ivos Palazzi?
Não. Um só. Duas famílias. Três filhas com a esposa. Três filhos com Donatella Spolini.

Max ficou sabendo das preferências da amante de Ivo Palazzi, do nome do seu salão de beleza e dos nomes dos três filhos ilegítimos de Ivo. Sabia que Simonetta era loura e Donatella, morena. Sabia dos números dos manequins, dos *soutiens* e dos sapatos de cada uma e quanto custava cada artigo.

Entre as despesas, vários itens interessantes chamaram a atenção de Max. As quantias eram pequenas, mas as mercadorias compradas se destacavam. Havia recibos pela compra de um torno, de uma plaina e de uma serra. Ivo gostava de trabalhos manuais. Mas não perdeu de vista o fato de que, sendo arquiteto, ele devia entender um pouco de elevadores.

Ivo Palazzi solicitou recentemente um grande empréstimo bancário, informaram os computadores.
Conseguiu?
Não. Os bancos exigiram a assinatura da mulher dele e Ivo desistiu do empréstimo.
Obrigado.

Max tomou o ônibus para o Centro di Polizia Scientifica, onde havia um computador gigantesco numa grande sala circular.
Ivo Palazzi tem antecedentes criminais?, perguntou Max.
Positivo. Ivo Palazzi foi condenado por assalto com violência aos 23 anos de idade. A vítima teve de ir para o hospital. Ivo passou dois meses na prisão.

Mais alguma coisa?
Ivo sustenta uma amante na Via Montemignaio.
Obrigado. Já sei disso.
Há várias queixas dos vizinhos à polícia.
Que espécies de queixas?
Perturbação da ordem. Brigas, gritaria. Um dia, a mulher quebrou todos os pratos da casa. Isso tem importância?
Muita. Obrigado.

Isso queria dizer que Ivo Palazzi tinha temperamento exaltado. E Donatella Spolini também. Teria havido alguma coisa entre eles? Estaria ela ameaçando denunciá-lo? Fora por isso que ele solicitara um grande empréstimo ao banco? Até que extremos poderia ir um homem como Ivo Palazzi para proteger seu casamento, sua família, seu estilo de vida?

Havia um detalhe final a que o detetive deu muita atenção. A seção financeira da polícia de segurança italiana fizera um grande pagamento a Ivo Palazzi. Era uma recompensa, uma percentagem do dinheiro encontrado com o banqueiro a quem Ivo havia denunciado. Se Ivo estava precisando tanto de dinheiro, que mais poderia fazer para consegui-lo?

MAX DISSE ADEUS aos computadores e embarcou para Paris, num voo do meio-dia da Air France.

Capítulo 41

O TÁXI MARCA DO Aeroporto Charles de Gaulle até a zona da Notre Dame 70 francos, sem contar a gorjeta. A passagem pelo ônibus 351 para a mesma área custa 7,50 francos, também sem gorjeta. O detetive Max Hornung tomou o ônibus. Hospedou-se num *hôtel meublé* barato e começou a dar telefonemas.

Falou com pessoas que tinham nas mãos os segredos dos cidadãos da França. Os franceses eram normalmente mais desconfiados do que os suíços, mas se mostraram ansiosos em cooperar com Max Hornung. Em primeiro lugar, Max Hornung era um perito no seu setor, grandemente admirado, sendo uma honra cooperar com um homem assim. Em segundo lugar, tinham pavor dele. Não havia segredos para Max. O homenzinho esquisito, com seu sotaque impossível, deixava todo mundo nu.

— Sem dúvida — disseram a Max. — Pode usar à vontade os nossos computadores. Tudo deve ser, porém, confidencial.

— É claro.

MAX PASSOU pelos *inspecteurs des finances*, pelo Crédit Lyonnais e pela Assurance Nationale, para conversar com os computadores de impostos. Visitou os computadores da Gendarmerie em Rosny-sous-Bois e os da Préfecture de Police, na Île de la Cité.

Começaram com o falatório leve e calmo de velhos amigos.

Quem são Charles e Hélène Roffe Martel?, perguntou Max.

Charles e Hélène Roffe Martel, residência rue François Premier, 5, Vésinet, casados a 24 de maio de 1970 na mairie de Neuilly, sem filhos.

Hélène três vezes divorciada, nome de solteira Roffe, conta bancária no Crédit Lyonnais na avenue Montaigne, no nome de Hélène Roffe Martel, saldo médio de mais de vinte mil francos.

Despesas?

Pois não. Uma conta de livros da Librairie Marceau... conta de dentista com tratamento de canais para Charles Martel... contas de hospital para Charles Martel... conta de médico para exame de Charles Martel.

Resultado do diagnóstico?

Pode esperar? Terei de falar com outro computador.

Por favor.

Max esperou.

A máquina com o relatório do médico começou a falar.

Tenho o diagnóstico.

Pode dizer.

Um estado nervoso.

Mais alguma coisa?

Equimoses e contusões graves nas coxas e nas nádegas.

Alguma explicação?

Não foi dada nenhuma.

Faça o favor de continuar.

Uma conta de um par de sapatos de homem de Pinet... um chapéu de Rose Valois... "foie gras" de Fauchon... salão de beleza Carita... jantar no Maxim's para oito pessoas... pratas de Christofle... um robe de homem de Sulka...

Max interrompeu a enumeração. Havia uma coisa a respeito das contas que lhe chamava a atenção. Todas as compras tinham sido assinadas por Mme. Roffe Martel, inclusive as de roupas para homens e as contas de restaurantes. Tudo em nome dela. Interessante.

E então surgiu o primeiro fio solto.

Uma companhia chamada Belle Paix tinha comprado um selo de imposto territorial. Um dos proprietários de Belle Paix se chamava Charles Dessain. O número do Seguro Social de Charles Dessain era o mesmo de Charles Martel. Disfarce.

Fale-me sobre Belle Paix, disse Max.

Belle Paix é de propriedade de René Duchamps e de Charles Dessain, também conhecido como Charles Martel.

Que faz a Belle Paix?

Possui um vinhedo.

De quanto é o capital da companhia?

Quatro milhões de francos.

Onde Max conseguiu sua quota de capital?

"Chez ma tante."

A casa de sua tia?

Desculpe. É uma gíria francesa. Quer dizer no penhor, no Crédito Municipal.

O *vinhedo tem dado lucro?*

Não. A companhia faliu.

Max tinha de saber mais. Continuou a falar com seus amigos, sondando, lisonjeando, exigindo. Foi o computador dos seguros que falou a Max de uma advertência arquivada de possível fraude de seguros. Max sentiu uma emoção deliciosa.

Fale-me sobre isso, pediu ele.

E falaram como duas velhas que trocassem rumores enquanto lavavam a roupa suja na manhã da segunda-feira.

Depois disso, Max foi procurar um joalheiro chamado Pierre Richaud.

Dentro de meia hora, Max sabia exatamente a importância das joias de Hélène Roffe Martel que tinham sido imitadas. Andava tudo em pouco mais de dois milhões de francos, a quantia que Charles Martel investira no vinhedo. Por conseguinte, Charles Dessain Martel tinha precisado tanto de dinheiro que não vacilara em roubar as joias da mulher.

Que outros atos de desespero havia cometido?

Havia outro fato que interessava a Max. Podia ter pouco significado, mas Max o arquivou metodicamente no espírito. Era uma nota de compra de um par de botas de alpinista. Isso fez Max pensar, pois o alpinismo não se ajustava à imagem que fazia de Charles Martel Dessain, um homem tão dominado pela mulher que não podia comprar coisa alguma em seu nome e nem tinha uma conta de banco pessoal, a tal ponto que era forçado a roubar para fazer um investimento.

Não era possível imaginar Charles Martel escalando montanhas. Voltou aos seus computadores.

A conta que me mostrou ontem da loja de esportes. Gostaria de ter os detalhes dela.

Certamente.

A conta apareceu na tela diante dele. Tamanho das botas: 36. Um tamanho de mulher. A alpinista era Hélène Roffe Martel.

Sam Roffe fora morto nas montanhas.

Capítulo 42

A rue Armengaud era um lugar tranquilo de Paris, margeada dos dois lados de residências de um e dois andares, com os seus telhados de calha em rampa. Destacava-se entre os outros prédios da rua o número 26, uma estrutura moderna de vidro, aço e pedra de oito andares, que servia de sede à Interpol, centro internacional de informações sobre atividades criminais.

O detetive Max Hornung estava falando com um computador na grande sala com ar-condicionado do porão, quando um dos funcionários entrou e disse:

— Vão passar um filme assassino lá em cima. Quer vê-lo?

Max levantou a vista e disse:

— Não sei. O que é exatamente um filme assassino?

— Suba e venha ver.

Havia cerca de vinte homens e mulheres sentados na grande sala de projeções do terceiro andar. Havia funcionários da Interpol, inspetores de polícia da Sûreté francesa, detetives à paisana e alguns guardas fardados.

Na frente da sala, diante da tela, René Almedin, secretário-assistente da Interpol, estava falando. Max entrou e sentou-se numa das últimas filas.

— Nestes últimos anos — dizia René Almedin — temos tido notícias de filmes assassinos, isto é, de filmes pornográficos em que ao fim do ato sexual a vítima é assassinada diante da câmara. Não havia provas de que tais filmes realmente existissem, embora houvesse um motivo para essa escassez de provas. Esses filmes não eram ou não são feitos para o público. Devem ser feitos para exibição particular a homens ricos que encontraram o seu prazer dessa maneira deformada e sádica.

René Almedin tirou os óculos e continuou:

— Como já disse, tudo era rumor e especulação. Isso, porém, mudou agora. Dentro de alguns momentos, vão ver alguma metragem de um filme assassino autêntico. Há dois dias, um homem que levava uma pasta foi atropelado numa rua de Passy por um carro cujo motorista fugiu. O homem morreu a caminho do hospital e ainda não foi identificado. A Sûreté encontrou este rolo de filme na sua pasta e mandou revelá-lo no seu laboratório. Vejam.

Fez um sinal e a exibição começou.

Na tela, apareceu uma moça loura que podia ter no máximo 18 anos. Causava um penoso constrangimento, como se estivessem diante de uma coisa irreal, ver aquela criatura tão jovem praticar algumas perversões sexuais com o homem que estava na cama com ela. A câmara se aproximou mais para um primeiro plano da introdução do enorme pênis do homem na mulher. Em seguida, rodou e focalizou a cara do homem. Hornung teve a certeza instantânea de que já tinha visto um dia aquela cara. E havia alguma coisa mais que já vira. Era a fita amarrada ao pescoço da mulher. Despertou a lembrança de uma fita vermelha. Onde? A mulher na tela começou a entusiasmar-se com o ato e, quando ia atingindo o orgasmo, o homem fechou as mãos em torno do pescoço dela e começou a estrangulá-la. A expressão no rosto da mulher se transformou de prazer em horror. Debateu-se desesperadamente para fugir, mas as mãos do homem apertaram com mais força e ela morreu no momento final do orgasmo. A câmara focalizou um primeiro plano do rosto dela. O filme terminara e as luzes se acenderam na sala de projeção. Max já se lembrava.

A moça que fora tirada da água, em Zurique.

Já estavam chegando à sede da Interpol em Paris telegramas de resposta à pergunta feita através da Europa. Tinham sido encontradas mulheres assassinadas da mesma maneira em Zurique, Londres, Roma, Portugal, Hamburgo e Paris.

René Almedin disse a Max que as características das vítimas eram semelhantes.

— São todas jovens e louras. Foram estranguladas durante o ato sexual e estavam nuas, com uma fita vermelha amarrada ao pescoço. Estamos diante de um perigoso assassino, que dispõe de um passaporte e de dinheiro suficiente para fazer essas viagens todas por sua conta ou com a conta de despesas de alguma empresa.

Um detetive apareceu nesse momento.

— Estamos com sorte. Já descobrimos a origem do filme virgem usado. É produzido numa pequena fábrica em Bruxelas que tem um problema com o equilíbrio das cores, o que facilita a identificação do filme. Já estamos preparando uma lista das firmas que lhe compraram os filmes nestes últimos tempos.

— Posso ver essa lista quando a tiverem? — perguntou Max Hornung.

— Sem dúvida — disse Renê Almedin.

Olhou para o pequeno detetive. Na opinião dele, ninguém no mundo podia parecer menos um detetive do que Max Hornung. Entretanto, fora ele quem dera o primeiro indício seguro no caso dos filmes assassinos.

— Temos com você uma dívida de gratidão — disse Almedin.

— Ora essa! Por quê?

Capítulo 43

Alec Nichols não tinha querido comparecer ao banquete, mas achara que Elizabeth não devia ir sozinha. Ambos tinham sido convidados a falar. O banquete era em Glasgow, cidade que Alec detestava. Um carro o esperava na frente do hotel a fim de levá-lo para o aeroporto assim que ele pudesse sair sem ser descortês. Já fizera o seu discurso, mas, naquele momento, estava pensando em outra coisa. Sentia-se muito nervoso e não passava bem do estômago. Algum imbecil tivera a péssima ideia de servir *haggis,* o prato escocês que ele julgava horripilante. Alec mal o provara.

— Está sentindo alguma coisa, Alec? — perguntou Elizabeth, sentada ao lado dele.

— Não é nada — disse ele para tranquilizá-la.

Os discursos estavam quase terminados quando um garçom se inclinou e falou em voz baixa a Sir Alec.

— Telefone interurbano para o senhor. Pode atender no escritório.

Alec seguiu o garçom e passou do salão de jantar para o pequeno escritório atrás da portaria. Pegou o fone.

— Alô?
Ouviu então a voz de Swinton.
— Este é o último aviso!
Em seguida, o telefone foi desligado.

Capítulo 44

A ÚLTIMA CIDADE NA agenda do detetive Max Hornung era Berlim.

Os amigos computadores estavam à sua espera. Max falou com o exclusivo computador Nixdorf, ao qual só se tinha acesso com um cartão perfurado especial. Falou com os grandes computadores de Allianz e Schuffa e com os do Bundeskriminalamt em Wiesbaden, centro de recolhimento de dados sobre todas as atividades criminais na Alemanha.

Que podemos fazer?, perguntaram eles.

Falem-me de Walther Gassner.

E os computadores falaram. Quando acabaram de revelar seus segredos a Max Hornung, a vida de Walther Gassner estava exposta diante do detetive em belos símbolos matemáticos. Max podia ver o homem tão claramente quanto se estivesse olhando para uma fotografia. Sabia quais eram as preferências dele em matéria de roupas, vinhos, comida e hotéis. Tinha sido um jovem e belo professor de esquiagem que vivia à custa das mulheres e se casara com uma herdeira muito mais velha do que ele.

Houve um ponto que pareceu curioso a Max. Tratava-se de um cheque cancelado de 200 marcos feito em favor do Dr. Heissen.

Estava escrito no cheque "por consulta". Que espécie de consulta? O cheque fora recebido no Dresdner Bank, em Dusseldorf. Quinze minutos depois, Mark falava com o gerente do banco. Sim, o gerente conhecia bem o Dr. Heissen, que era um velho cliente do banco.

Que espécie de médico era ele?

Psiquiatra.

Quando Max desligou, ficou sentado com os olhos fechados, pensando. Um fio solto. Por fim, pegou o telefone e ligou para o Dr. Heissen, em Dusseldorf.

Uma recepcionista toda cerimoniosa disse a Max que o médico não podia ser perturbado. Max insistiu e afinal o próprio Dr. Heissen chegou ao telefone e informou rudemente a Max que não costumava dar informações a respeito dos seus clientes e que, de qualquer maneira, não iria discutir tais assuntos pelo telefone. Desligou sem esperar qualquer resposta.

Max voltou aos computadores. *Falem-me de Heissen.*

Três horas depois, tornava a falar com o Dr. Heissen pelo telefone.

— Fique sabendo — disse o médico asperamente — que, se quiser uma informação a respeito de qualquer dos meus clientes, terá de aparecer aqui no meu consultório com um mandado judicial.

— Não me é possível no momento ir a Dusseldorf — disse o detetive.

— O problema é seu. Mais alguma coisa? Sou um homem ocupado.

— Sei disso. Tenho aqui em mão as suas declarações ao imposto de renda nos últimos cinco anos.

— E daí?

— Escute doutor, não quero lhe criar problemas, mas vem ilegalmente sonegando 25 por cento de sua renda. Se assim preferir, poderei encaminhar as suas declarações às autoridades alemãs do imposto de renda e dizer-lhes onde devem procurar a sonegação. Poderei também falar do seu cofre num banco em Munique e de sua conta numerada em Basileia.

Houve um longo silêncio e então o médico perguntou.

— Quem foi que o senhor disse que era?

— Detetive Max Hornung, da Polícia Criminal da Suíça.

Houve outra pausa e o médico perguntou polidamente:

— O que exatamente deseja saber?

Max disse o que queria.

Quando o Dr. Heissen começou a falar, não houve mais jeito de parar. Sim, lembrava-se perfeitamente de Walther Gassner. O homem tinha ido procurá-lo sem marcar hora para consulta e tinha insistido em ser imediatamente atendido. Não quisera dar o nome, dizendo que desejava discutir apenas os problemas de um amigo.

— É claro que isso me pôs no mesmo instante em guarda — disse o Dr. Heissen a Max. — É uma síndrome clássica de pessoas que têm receio de enfrentar os seus próprios problemas.

— Qual era o problema, doutor?

— Disse ele que o amigo era esquizofrênico e seria capaz de matar alguém se não o impedissem. Perguntou se havia alguma espécie de tratamento capaz de atenuar esse estado. Acrescentou que não podia encarar a ideia de ver o amigo internado num hospício.

— O que o senhor lhe disse?

— Expliquei que, em primeiro lugar, eu teria de examinar esse amigo dele. Adiantei que alguns tipos de doenças mentais eram suscetíveis de tratamento por meio de terapêuticas medicamentosas e psiquiátricas, ao passo que outros eram incuráveis. Disse também que, num caso como o que ele em linhas gerais me expunha, o tratamento poderia ser muito demorado.

— O que houve então?

— Nada. Foi só isso. Nunca mais vi o homem e sinceramente gostaria de ter feito alguma coisa por ele. A sua visita ao meu consultório teve todas as características de um grito de socorro. Era como se um assassino tivesse escrito na parede do apartamento de sua vítima: "Prendam-me, senão eu vou matar de novo!"

Havia uma coisa que Max ainda estranhava.

— Disse que ele não quis dar o nome. Entretanto, deixou em suas mãos um cheque assinado.

— Disse-me que tinha se esquecido de pegar dinheiro ao sair de casa. Estava muito aflito com isso e, no fim, teve de me dar um cheque. Foi assim que fiquei sabendo do nome dele. Deseja saber mais alguma coisa?

— Não.

Havia algo que ainda estava desafiando Max. Era um fio solto que fugia do seu alcance. Teria de encontrá-lo... Mas nada mais tinha a fazer com os computadores. O resto era com ele.

QUANDO MAX voltou a Zurique na manhã seguinte, encontrou um teletipo da Interpol em cima de sua mesa. Continha a relação dos fregueses que tinham comprado a partida de filme virgem com defeito e com o qual fora feito o filme assassino.

Havia oito nomes na lista.

Um deles era Roffe & Filhos.

O INSPETOR-CHEFE Schmied estava ouvindo o detetive Max Hornung e pensando que indiscutivelmente, graças a um golpe de sorte, o pequenino detetive tropeçara em outro caso importante.

— É uma de cinco pessoas — dizia Max. — Todas elas tinham um motivo e tiveram a oportunidade. Estavam todas em Zurique numa reunião da diretoria no dia em que o elevador caiu. Qualquer uma delas poderia estar na Sardenha quando houve o acidente com o jipe.

— Espere aí, Hornung — disse o inspetor-chefe Schmied. — Está falando em cinco suspeitos. Mas, na reunião da diretoria, só havia quatro diretores presentes além de Elizabeth Roffe. Quem é o seu quinto suspeito?

— O homem que estava em Chamonix com Sam Roffe quando ele foi assassinado, Rhys Williams.

Capítulo 45

M̲me̲. R̲hys̲ W̲illiams̲.

Elizabeth nem podia acreditar. Tudo parecia ainda um sonho como nos seus tempos de mocinha, quando tinha escrito o nome muitas e muitas vezes nos seus cadernos. Mme. Rhys Williams. Olhava sem acreditar para o anel que levava no dedo.

— Do que está sorrindo? — perguntou Rhys.

Estava sentado à frente dela, numa poltrona a bordo do luxuoso Boeing 707-320. Estavam dez mil metros acima do oceano Atlântico e faziam uma refeição de caviar iraniano com Dom Perignon gelado. Era um completo clichê da *dolce vita* que Elizabeth não pôde deixar de rir.

— Alguma coisa que eu disse? — perguntou Rhys.

Elizabeth balançou a cabeça. Viu como ele era bonito. E era seu marido.

— Sinto-me tão feliz! — murmurou ela.

Ele nunca saberia até que ponto ela era feliz. Como poderia Elizabeth dizer-lhe o que aquele casamento representava para ela? Não poderia compreender por que, para Rhys, aquilo não era um casamento; era um acordo comercial. Mas ela amava Rhys. Tinha a impressão de que sempre o amara. Queria passar o resto da vida com ele e lhe dar muitos filhos. Queria pertencer a ele e fazer que ele pertencesse a ela. Mas era preciso antes resolver um pequeno problema. Tinha de fazer Rhys apaixonar-se por ela.

Elizabeth tinha falado em casamento a Rhys no dia em que se encontrara com Julius Badrott. Depois que o banqueiro saíra, Elizabeth alisara os cabelos e fora à sala de Rhys. Respirara fundo e perguntara:

— Quer se casar comigo, Rhys?

Vira a surpresa se estampar no rosto dele e continuara apressadamente, querendo parecer eficiente e fria:

— Seria um acordo puramente comercial. Os bancos estão dispostos a prorrogar o prazo dos empréstimos se você assumir a presidência da Roffe & Filhos. A única maneira de você conseguir isso é se casando com uma mulher da família e parece que a única disponível sou eu.

Nas suas últimas palavras, a voz se esganiçara imprevisivelmente.

Elizabeth ficou muito vermelha e não pôde levantar a vista para ele.

— É claro — contínuou Elizabeth — que não seria um verdadeiro casamento no sentido usual do termo... Você teria inteira liberdade de fazer o que quisesse...

Ele ficara a olhá-la, sem ajudá-la em nada. Elizabeth queria que ele falasse, que dissesse alguma coisa, qualquer coisa.

— Rhys...

— Desculpe, Elizabeth — disse ele, sorrindo. — Mas não é todos os dias que se recebe um pedido de casamento de uma mulher bonita.

Ele estava querendo ganhar tempo, procurando um jeito de livrar-se daquilo, sem ofender os sentimentos dela. *Desculpe, Elizabeth, mas não é possível...*

— Combinado, Elizabeth — disse ele.

De repente, ela sentiu como se a tivessem aliviado de um tremendo peso. Não compreendera até aquele momento quanto aquilo era importante para ela. Ganhara tempo de sobra para saber quem era o inimigo. Juntos, Rhys e ela poderiam acabar com todas aquelas coisas terríveis que estavam acontecendo. Mas uma coisa era preciso esclarecer desde aquele instante.

— Você será o presidente da companhia, mas o controle acionário permanecerá nas minhas mãos.

Rhys franziu a testa.

— Se eu vou presidir a companhia...

— Vai, sim.

— Mas o controle acionário...

— Continuará em meu nome. Quero ter certeza de que as ações não poderão ser vendidas.

— Compreendo.

Ela sentia a reprovação de Rhys. Gostaria de dizer-lhe que decidira abrir a companhia ao público e deixar os diretores venderem suas ações. Com Rhys na presidência, Elizabeth não teria mais receio de que os estranhos chegassem e se apossassem da companhia. Rhys saberia contê-los. Mas não podia deixar que isso acontecesse enquanto ela não soubesse quem estava tentando destruir a empresa. Gostaria muito de dizer todas essas coisas a Rhys, mas sabia que ainda não era tempo. Limitou-se a dizer:

— Fora esse ponto, você terá o controle total da companhia.

Rhys ficou a olhá-la em silêncio durante um tempo que pareceu a Elizabeth intoleravelmente longo. Por fim, perguntou:

— Quando é que você quer se casar, Elizabeth?

— O mais depressa possível.

À EXCEÇÃO APENAS de Walther e Anna, que estava em casa doente, todos compareceram ao casamento em Zurique, Alec e Vivian, Hélène e Charles, Simonetta e Ivo. Pareciam todos muito felizes com o casamento, a tal ponto que Elizabeth em alguns momentos sentiu-se como uma impostora, pois não estava realmente se casando, e sim fazendo um acordo comercial.

Alec abraçou-a e disse:

— Sabe muito bem que lhe desejo tudo de bom.

— Sei disso, Alec. Muito obrigada.

Ivo parecia em êxtase.

— *Carissima, tanti auguri* e *figli maschi*. Ficar rico é o sonho dos mendigos, mas ter amor é o sonho dos reis.

— Quem foi que disse isso?

— Eu mesmo — disse Ivo. — Só espero que Rhys saiba apreciar a sorte que tem.

— É o que eu não me canso de dizer a ele — disse Elizabeth, rindo.

Hélène levou Elizabeth para um canto.

— Você é cheia de surpresas, *ma chère*. Nem sabia que você e Rhys se interessavam um pelo outro.

— Foi uma coisa que aconteceu de repente.

Hélène cravou nela os olhos frios e calculistas.

— Sim, tenho certeza de que foi de repente.

E afastou-se.

Depois da cerimônia, houve uma recepção em Baur-au-Lac. Na superfície, tudo foi alegre e festivo, mas Elizabeth podia sentir as correntes ocultas. Pairava na sala uma maldição, mas ela não podia dizer de quem partia. Sabia apenas que uma das pessoas presentes a odiava. Era uma convicção profunda, ainda que em volta dela só visse sorrisos e rostos amigos. Charles fez um brinde, mas ela recebera um relatório, segundo o qual o explosivo que destruíra o laboratório fora fabricado nos arredores de Paris.

Ivo tinha um sorriso cordial no rosto, mas o banqueiro capturado quando tentava sair com dinheiro da Itália fora denunciado por Ivo Palazzi. Alec? Walther? Quem poderia ser?

NA MANHÃ SEGUINTE, houve uma reunião da diretoria e Rhys Williams fora eleito por unanimidade presidente e principal agente executivo da Roffe & Filhos. Charles levantou a questão que estava no espírito de todos.

— Agora que está dirigindo a companhia, vai permitir a venda das ações?

Elizabeth pôde sentir a tensão que houve subitamente na sala.

— O controle acionário ainda está nas mãos de Elizabeth — informou Rhys. — Cabe a ela decidir.

Todas as cabeças se voltaram para Elizabeth.

— Não vamos vender — declarou ela.

Quando Elizabeth e Rhys ficaram sozinhos, ele perguntou:

— Gostaria de ir passar a lua de mel no Rio de Janeiro?

Elizabeth olhou-o e sentiu o coração bater mais forte. Mas Rhys acrescentou, com a maior calma do mundo:

— O gerente de lá está ameaçando sair e é preciso resolver esse caso. Estava planejando tomar o avião para o Rio amanhã. Pareceria muito estranho se eu fosse sem minha mulher.

— É claro — disse Elizabeth.

E pensou: tudo isso foi ideia sua. Não se trata de um casamento, mas de um acordo comercial. Você não tem o direito de esperar coisa alguma de Rhys. Entretanto, quem sabe o que pode acontecer numa viagem dessa?

QUANDO DESEMBARCARAM DO avião no aeroporto Internacional do Galeão, fazia calor, mas Elizabeth se lembrou de que no Rio era verão.

Uma Mercedes 600 estava à espera deles e o motorista era um homem magro de pouco mais de vinte anos.

— Onde está Luís? — perguntou-lhe Rhys ao entrar no carro.

— Luís está doente, Sr. Williams. Mas estarei à disposição do senhor e de Madame.

— Diga a Luís que desejo melhoras.

O chofer olhou-os pelo espelho e respondeu:

— Direi, sim.

Meia hora depois, rolavam pela avenida ao longo da praia de Copacabana. Pararam à porta de um hotel moderno e, após um momento, os empregados já estavam cuidando da bagagem deles. Foram levados para uma enorme suíte de quatro quartos, uma bela sala, uma cozinha e um grande terraço de frente para o mar. Havia em profusão flores, champanhe, uísque e bombons. O gerente os havia levado pessoalmente até a suíte.

— Se desejarem alguma coisa, seja o que for, estou às ordens 24 horas por dia — disse ele, antes de retirar-se.

— São sem dúvida muito atenciosos — disse Elizabeth.

Rhys riu e respondeu:

— Têm motivos para ser. Este hotel lhe pertence.

— Oh, eu não sabia disso.

— Está com fome?

— Ainda não...

— Um pouco de champanhe?

— Isso sim... Obrigada.

Tinha a impressão de que não estava falando naturalmente. Não sabia ao certo como devia proceder, nem o que devia esperar de Rhys. Ele se tornara de repente uma pessoa estranha e ela não podia esquecer um só momento que estava sozinha com ele numa suíte de hotel, que estava ficando tarde e que, dentro em pouco, estaria na hora de ir para a cama.

Viu Rhys abrir com facilidade a garrafa de champanhe. Tudo que ele fazia era assim, com aquela facilidade e a segurança de quem sabe o que quer e como vai consegui-lo. O que ele queria?

Rhys levou champanhe para Elizabeth e fez um brinde.

— A um bom começo.

— A um bom começo — repetiu Elizabeth e acrescentou intimamente: *E a um final feliz.*

Beberam. Deviam quebrar as taças para comemorar, pensou ela. Acabou de beber o champanhe.

Estavam em lua de mel no Rio de Janeiro e ela queria Rhys. Não só naquele momento, mas para sempre.

O telefone tocou. Rhys atendeu e disse algumas palavras. Depois que desligou, disse a Elizabeth:

— Já é tarde. Por que não se prepara para a cama?

Para Elizabeth, a palavra "cama" ficou pairando no ar.

— Vou já — disse ela com voz fraca.

Levantou-se e foi para o quarto onde tinham deixado as malas. Havia uma cama enorme no centro do quarto. Uma camareira abrira as malas e preparara a cama. De um lado, havia uma fina camisola de seda dela; do outro, um pijama azul de homem. Hesitou um momento e começou a despir-se. Quando ficou nua, passou ao quarto de vestir com espelhos e tirou cuidadosamente a maquiagem. Amarrou uma toalha na cabeça, entrou no banheiro e tomou um demorado banho de chuveiro, ensaboando bem o corpo e deixando a água quente descer-lhe por entre os seios e pelas coxas, como se compridos dedos quentes a afagassem.

Tentava não pensar em Rhys, mas não podia pensar em nada mais. Pensava nos braços dele em torno do seu corpo e do corpo dele nela. Tinha se casado com ele para ajudar a salvar a companhia ou isso fora apenas um pretexto, pois na verdade o queria? Não sabia mais. Seu desejo se transformara numa ardente necessidade. Era como se a menina de 15 anos que ela fora estivesse durante todo o tempo a esperar por ele sem ter consciência de que a ansiedade se transformara numa fome imperiosa. Saiu do chuveiro, enxugou-se, vestiu a camisola de seda e deitou-se na cama. Ficou ali esperando, pensando no que ia acontecer, apenas com uma vaga ideia de como seria tudo e com o coração batendo com força. Ouviu a porta abrir-se e Rhys apareceu. Estava inteiramente vestido.

— Vou sair, Liz.

— Aonde... aonde é que vai?

— Tenho de resolver um problema de negócios — disse ele e saiu.

Elizabeth passou o resto da noite acordada, virando-se na cama de um lado para o outro, sacudida por emoções contraditórias, ora grata a Rhys por observar o acordo que tinham feito, ora furiosa por ter sido rejeitada por ele.

O dia já estava amanhecendo quando ouviu Rhys voltar. Seus passos se encaminharam para o quarto e ela fechou os olhos, fingindo que dormia. Chegou a ouvir a respiração de Rhys quando ele se aproximou da cama. Ficou ali a olhá-la durante muito tempo. Por fim, voltou-se e foi para outro quarto.

Poucos minutos depois, Elizabeth adormecia.

Nas últimas horas da manhã, fizeram a primeira refeição no terraço. Rhys estava muito agradável e falava com muita animação da cidade e do seu aspecto durante o Carnaval. Mas não disse coisa alguma sobre o lugar onde passara a noite e Elizabeth não perguntou. Um garçom apareceu para saber o que queriam almoçar. Elizabeth notou que foi outro garçom que serviu pouco depois o almoço. Mas não deu muita atenção a isso, como não deu às camareiras que a todo o momento entravam e saíam.

Elizabeth e Rhys estavam na fábrica da Roffe & Filhos nos arredores do Rio, sentados no escritório do gerente, Roberto Tumas, um homem de meia-idade, que transpirava copiosamente.

— Deve compreender as coisas — dizia ele a Rhys. — A companhia Roffe me é mais cara do que a própria vida. É como se fosse minha família. Quando sair daqui, sentirei como se tivesse abandonado meu lar. Meu coração ficará dilacerado. Mais que tudo no mundo, eu gostaria de continuar aqui. Mas tenho uma excelente proposta de outra empresa. Tenho mulher, filhos e uma sogra em quem pensar. Compreende, não é mesmo?

Rhys estava descansando confortavelmente numa poltrona e disse:

— É claro, Roberto. Sei muito bem o que a companhia representa para você e quantos anos você já passou aqui dentro. Mas compreendo também que um homem tem de pensar na família.

— Obrigado, Rhys. Eu sabia que iria compreender.

— E o seu contrato conosco?

Roberto deu de ombros.

— Ora, o meu contrato com a Roffe sempre foi uma simples formalidade. Que valor tem um contrato quando obriga um homem a trabalhar sentindo-se infeliz?

— Foi por isso que tomamos o avião até aqui, Roberto. Queremos que você se sinta feliz.

— Que pena que seja muito tarde... Agora, já prometi ir para a outra companhia.

— Essa outra companhia sabe que você pode ir para a prisão? — perguntou Rhys displicentemente.

— Para a prisão como?

— Bem, temos provas de que você aceitou nestes últimos anos suborno das companhias americanas, nossas concorrentes. Além disso, deixou de cumprir várias leis brasileiras. Estávamos dispostos a protegê-lo de todas as maneiras. Mas, já que vai sair da companhia, não há mais motivo para isso, não acha?

Roberto estava muito pálido.

— Mas tudo que fiz foi em benefício da empresa. Estava apenas cumprindo ordens.

— Tenho certeza de que poderá explicar tudo durante o seu julgamento — disse Rhys, levantando-se. — Bem, não temos mais nada que fazer aqui. Vamos, Elizabeth?

— Espere um pouco! — exclamou Roberto. — Não pode me abandonar assim!

— Creio que está fazendo um pouco de confusão. Quem quer nos abandonar é você.

Tumas enxugou o suor da testa, foi até a janela e olhou para fora, enquanto um profundo silêncio reinava na sala. Afinal, voltou-se para Rhys e disse:

— Se eu ficar na companhia, posso contar com a proteção da Roffe?

— Total e absoluta — disse Rhys.

Quando estavam de novo na Mercedes de volta à cidade, Elizabeth disse a Rhys:

— O que você fez com ele foi chantagem.

— Certamente, mas não podíamos perdê-lo para uma concorrente. Ele sabe de muitos segredos dos nossos negócios e trataria de vendê-los à outra firma.

Elizabeth ficou pensando que ainda tinha muito que aprender com Rhys.

NAQUELA NOITE, foram jantar num restaurante. Rhys se mostrou encantador, divertido e impessoal. Elizabeth tinha a impressão de que ele estava se escondendo por trás de uma cortina de fumaça de palavras e gentilezas para não revelar os seus verdadeiros sentimentos.

Quando acabaram de jantar, já passava da meia-noite. Elizabeth tinha esperança de que fossem voltar para o hotel, mas Rhys disse:

— Vou lhe mostrar um pouco da vida noturna no Rio.

Fizeram a ronda das boates e todo mundo parecia conhecer Rhys. Em todos os lugares, era o centro das atenções e encantava a todos. Eram convidados para as mesas de outros casais e muitas pessoas iam sentar-se à mesa deles. Não ficaram um único minuto a sós. Sem dúvida, Rhys estava fazendo aquilo de propósito para estabelecer uma barreira entre eles. Em outros tempos, tinham sido amigos. Tinham passado a ser... o quê? Do que Rhys tinha medo e por quê?

Num lugar, onde tinham ido para a mesa cheia de amigos de Rhys, Elizabeth chegou à conclusão de que já bastava. Interveio na conversa entre Rhys e uma linda moça.

— Desculpe, mas ainda não dancei uma só vez com meu marido. Com licença.

Rhys olhou-a com surpresa e se levantou, dizendo aos outros:

— Creio mesmo que estou esquecendo minha mulher.

Tomou o braço de Elizabeth e levou-a para o a pista de dança. Ela estava um pouco rígida e ele murmurou:

— Você está zangada.

Tinha razão, mas Elizabeth estava zangada consigo mesma. Impusera as regras do jogo e estava aborrecida porque Rhys não tratava de desrespeitá-las. Mas não era só isso. O pior de tudo era não ter certeza a respeito dos verdadeiros sentimentos de Rhys. Estava cumprindo o acordo apenas porque tinha senso de humor ou porque ela não lhe interessava? Elizabeth tinha de saber.

— Desculpe toda essa gente, Elizabeth — disse ele. — Todos os homens podem nos ajudar nos negócios da companhia, e é por isso que eu a estou sujeitando à presença deles.

Isso mostrava que ele compreendia os sentimentos dela. Era muito agradável ter o braço dele passado por ela e o corpo bem junto ao seu. Tudo em Rhys era exatamente como ela queria. Um se ajustava ao outro. Ela sabia disso. Mas saberia ele quanto ela precisava dele?

O amor-próprio não lhe permitiria dizer nada. Mas ele não podia deixar de sentir alguma coisa. Encostou-se mais a ele. O tempo havia parado e não havia nada mais no mundo senão os dois, a música e a magia daquele momento. Ela poderia continuar dançando para sempre nos braços de Rhys. Descontraiu-se, abandonou-se inteiramente a ele e, dentro em pouco, sentiu a sua dureza masculina contra as coxas. Abriu os olhos e viu nos olhos dele algo que nunca vira antes, uma urgência e uma necessidade que eram reflexos do que ela sentia.

Afinal, ele disse, com voz rouca:

— Vamos voltar para o hotel.

Ela nem pôde falar.

Quando ele a ajudava a colocar o agasalho, os dedos dele lhe queimavam a pele. Sentaram-se no carro separados um do outro, com receio de qualquer contato.

Elizabeth sentia-se em fogo. Pareceu-lhe levar uma eternidade para chegar à suíte. Julgava que não podia esperar um só momento mais. Logo que a porta se fechou, juntaram-se num abraço impetuoso, que tirou o fôlego de ambos.

Estava nos braços dele e havia nele uma ferocidade de que ela nunca havia sabido. Ele a tomou nos braços e levou-a carregada para o quarto. Não conseguiam despir-se com a rapidez que desejavam.

Elizabeth pensou que eram como duas crianças ansiosas e ficou sem saber por que Rhys tardara tanto. Mas pouco importava agora. O que importava era a nudez e o maravilhoso contato de um corpo com o outro.

Acariciaram-se longamente e, quando não podiam mais, ele se moveu lentamente por sobre o corpo dela e entrou nela devagar, penetrando-a profundamente, em gentis movimentos circulares até que ela começou a mover-se ao ritmo dele, ao ritmo de ambos, ao ritmo do universo, e tudo se moveu cada vez mais depressa, girando descontroladamente até que houve uma explosão maravilhosa e a terra voltou a ser tranquila e pacífica.

Ficaram ali abraçados e Elizabeth pensou com alegria: *Mme. Rhys Williams.*

Capítulo 46

— Perdão, Sra. Williams — disse a voz de Henriette pelo interfone.

— Está aqui o detetive Hornung, que deseja vê-la. Diz que é urgente.

Elizabeth olhou para Rhys, intrigada. Tinham chegado a Zurique, do Rio, na noite anterior e estavam no escritório havia poucos minutos apenas. Rhys encolheu os ombros.

— Diga-lhe que mande o homem entrar. Vamos saber que tanta urgência é essa.

Pouco depois, estavam os três sentados no escritório de Elizabeth.

— Que deseja? — perguntou Elizabeth.

Max Hornung não era homem de rodeios.

— Alguém está tentando matá-la — disse ele.

Ao ouvir essas palavras, Elizabeth ficou muito pálida. Diante disso, Max Hornung pensou que devia ter tido mais tato, apresentando os fatos de outra maneira.

— O que está dizendo, afinal de contas? — perguntou Rhys Williams.

Max continuou a dirigir-se a Elizabeth.

— Já houve duas tentativas de assassinato contra a sua pessoa. Haverá provavelmente outras.

— Acho... que deve estar enganado — murmurou Elizabeth.

— Não estou, não. O desastre com o elevador visava à sua pessoa.

Ela o encarou em silêncio, com os olhos negros cheios de espanto e outras emoções mais profundas que Max não podia definir.

— E o desastre com o jipe também.

Elizabeth conseguiu falar.

— Está enganado. Foi um acidente. Não havia nada no jipe. A polícia da Sardenha examinou-o.

— Não.

— Eu vi — disse Elizabeth.

— Não, senhora. A senhora viu os mecânicos examinarem um jipe. Não era o seu.

Ambos o olhavam, estupefatos.

Max continuou:

— Seu jipe nunca esteve naquela garagem. Fui encontrá-lo num ferro-velho em Olbia. A porca que fechava o cilindro principal foi afrouxada e o líquido do freio se esgotou. Por não conseguir parar. O para-lama esquerdo ainda estava amassado e havia marcas verdes da seiva da árvore em que foi bater com o jipe. Verifiquei tudo e vi que conferia.

O pesadelo estava de volta. Elizabeth sentiu-se dominada por ele e as comportas dos seus temores ocultos se reabriram subitamente, revivendo o terror daquela descida pela estrada da montanha.

— Não compreendo — disse Rhys. — Como foi possível isso?

Max voltou-se para Rhys.

— Todos os jipes se parecem. Foi com isso que eles contaram. Quando ela bateu na árvore em vez de rolar pelo precipício como esperavam, tiveram de improvisar. Não podiam deixar ninguém examinar o jipe, pois tudo tinha de parecer um acidente. Tinham esperado que ela fosse parar no fundo do mar. Talvez a tivessem liquidado ali mesmo, se não chegasse uma turma de socorro que a levou para um hospital. Conseguiram então outro jipe, simularam uma batida e fizeram a mudança antes que a polícia chegasse.

— Quem são essas pessoas a quem se refere? — perguntou Rhys.

— Quem fez tudo isso teve auxílio. É por isso que falo no plural.

— Quem... quem poderia querer me matar — perguntou Elizabeth.

— A mesma pessoa que matou seu pai.

Ela teve uma súbita impressão de irrealidade, como se nada daquilo estivesse acontecendo. Era tudo um pesadelo que em breve se dissiparia.

— Seu pai foi assassinado — continuou Max. — Fez a escalada com um falso guia que o matou. Seu pai não foi a Chamonix sozinho. Havia alguém com ele.

— Quem era? — perguntou Elizabeth com um fio de voz.

Max olhou para Rhys e disse:

— Seu marido.

Essas palavras ressoaram sinistramente aos ouvidos de Elizabeth. Pareciam vir de muito longe, crescendo e diminuindo. Elizabeth teve a impressão de que estava perdendo o juízo.

— Liz, eu não estava com Sam quando ele foi morto — disse Rhys.

— Esteve em Chamonix com ele — insistiu Max.

— É verdade. Mas parti de Chamonix antes que Sam iniciasse a escalada.

— Por que não me disse isso, Rhys? — perguntou Elizabeth.

Rhys pareceu hesitar um momento. Em seguida, tomou uma decisão e começou a falar:

— Era um assunto que eu não podia discutir com ninguém. No ano passado alguém tinha começado a sabotar a Roffe & Filhos. Tudo era feito com muita habilidade, mas comecei a distinguir um padrão fixo naquela aparente série de incidentes. Fui falar com Sam e então combinamos contratar uma agência estranha à companhia para investigar os fatos.

Elizabeth sabia o que ele ia dizer e foi dominada ao mesmo tempo por uma onda de alívio e por um sentimento de culpa. Rhys sabia do relatório. Devia ter confiado nele, contar-lhe tudo, em lugar de guardar os seus receios dentro de si mesma.

Rhys continuou a falar com Max Hornung.

— Sam Roffe recebeu um relatório que confirmou minhas suspeitas. Ele me convidou a ir até Chamonix para discutir o caso com ele. Fui. Resolvemos guardar sigilo sobre tudo até sabermos quem era o responsável pelo que estava acontecendo. É evidente que o sigilo não foi absoluto. Sam foi morto porque alguém sabia que estávamos nos aproximando da verdade. O relatório desapareceu.

— Tive o relatório comigo — disse Elizabeth, a quem Rhys olhou com surpresa. — Estava entre os objetos de Sam encontrados pela polícia em Chamonix. O relatório indicava que o culpado era alguém da diretoria da Roffe & Filhos. Mas todos eles têm ações da companhia. Por que iriam querer destruí-la?

Max explicou:

— Não estão tentando destruí-la, Sra. Williams. O que procuram é criar problemas suficientes para que os banqueiros fiquem nervosos e comecem a exigir o pagamento dos seus empréstimos.

Queriam com isso forçar seu pai a abrir a companhia ao público e vender as ações. O culpado de tudo isso ainda não conseguiu o que queria. Por isso, sua vida continua em perigo.

— Então é preciso dar a ela proteção da polícia — disse Rhys.

Max piscou os olhos e disse:

— Não se preocupe com isso, Sr. Williams. Ela ainda não saiu de nossas vistas desde o dia em que se casou com o senhor.

Capítulo 47

BERLIM, SEGUNDA-FEIRA, 1º DE DEZEMBRO,
10 HORAS.

A DOR ERA INTOLERÁVEL e havia semanas que ele sofria.
O médico deixara-lhe alguns comprimidos, mas Walther Gassner tinha medo de tomá-los. Tinha de ficar constantemente alerta para que Anna não tentasse de novo matá-lo ou fugir.
— Deve ir para um hospital — tinha dito o médico. — Perdeu muito sangue...
Isso era o que Walther definitivamente não queria. Se fosse para um hospital, seus ferimentos seriam comunicados à polícia. Havia se tratado com um médico da companhia, na certeza de que ele não faria qualquer comunicação à polícia, a qual Walther não poderia tolerar que se metesse na sua vida. Ao menos naquele momento. O doutor tinha dado em silêncio alguns pontos no ferimento, com os olhos cheios de curiosidade. Perguntara depois:
— Quer que mande uma enfermeira, Sr. Gassner?
— Não, minha mulher cuidará de mim.

Isso havia acontecido já fazia um mês. Walther telefonara para a sua secretária e lhe dissera que, tendo sofrido um acidente, ia passar algum tempo em casa.

Pensou no terrível momento em que Anna tentara matá-lo com a tesoura. Ele tinha se virado no momento exato e a lâmina lhe atingira o ombro em vez de acertar-lhe o coração. Quase desmaiara com a dor e com o choque, mas ainda conservara a consciência o tempo de arrastar Anna para o quarto e trancá-la. E durante todo o tempo ela não parara de gritar: "O que você fez com as crianças? O que você fez com as crianças?"

Desde então, Walther a mantivera trancada. Preparava a comida dela. Levava uma bandeja ao quarto de Anna, abria a porta e entrava. Ela ficava sempre encolhida num canto, com medo dele e só fazia perguntar num sussurro: "O que você fez com as crianças?"

Às vezes, ele abria a porta e a encontrava com os ouvidos colados à parede, procurando escutar as vozes do filho e da filha. A casa estava vazia e só havia os dois lá dentro. Walther sabia que lhe restava muito pouco tempo. Seus pensamentos foram, de repente, interrompidos por um leve ruído. Escutou. Tornou a ouvir. Alguém estava andando pelo corredor do andar de cima. Entretanto, a casa devia estar vazia. Ele mesmo fechara todas as portas.

No andar de cima, a Sra. Mendler estava arrumando a casa. Trabalhava como faxineira e era a segunda vez que ia àquela casa. Não gostava de lá. Quando trabalhara ali na quarta-feira anterior, oito dias antes, o Sr. Gassner a havia acompanhado, como se tivesse receio de que ela roubasse alguma coisa. Quando ela se dispunha a subir para trabalhar no outro andar, ele falara bruscamente com ela, pagara o dia e a mandara embora. Havia alguma coisa no jeito do homem que metia medo.

Naquele dia, ainda não o vira, graças a Deus. A Sra. Mendler havia entrado na casa com a chave que tinha pegado na semana anterior e tinha ido logo para o andar de cima. A casa estava em completo silêncio e ela julgou que o homem tivesse saído. Já havia arrumado um dos quartos, onde não encontrara nada senão algumas moedas espalhadas e uma caixinha dourada de pílulas. Desceu então o corredor para o quarto vizinho e tentou abrir a porta. Estava trancada. Estranho. Talvez o homem guardasse alguma coisa de muito valor lá dentro. Fez força com a maçaneta e então ouviu a voz de mulher dentro do quarto perguntar:

— Quem é?

A Sra. Mendler recuou, assustada.

— Quem é? Quem está ai?

— Sou eu, a faxineira. Não quer que arrume o seu quarto?

— Não pode entrar. Estou trancada. Socorro! Por favor, chame a polícia! Diga que meu marido matou meus filhos! Agora, vai me matar! Depressa! Saia daqui antes que ele...

Nesse momento, agarraram violentamente a Sra. Mendler pelo braço e ela se viu frente a frente com o Sr. Gassner, que estava mortalmente pálido.

— O que está espionando aqui? — perguntou ele, apertando-lhe dolorosamente o braço.

— Não estou espionando nada. Sou a faxineira e hoje é meu dia. A agência me disse...

— Eu disse à agência que não queria mais ninguém. Eu...

Procurou lembrar-se. Havia telefonado mesmo para a agência? Pensara em fazer isso, mas sentira tantas dores que talvez tivesse esquecido... A Sra. Mendler olhava para ele, aterrada.

— Não me disseram nada...

Ele ficou parado para escutar algum barulho por trás da porta fechada. Mas o silêncio era completo.

Voltou-se para a faxineira.

— Vá embora daqui. E não volte.

A Sra. Mendler saiu mais que depressa da casa. O homem não lhe pagara o dia. Mas ela pegara a caixinha dourada de pílulas e as moedas que encontrara espalhadas pelo quarto. Tinha pena da pobre mulher trancada no quarto. Gostaria de ajudá-la mas não queria se envolver no caso. Tinha ficha na polícia.

Em Zurique, o detetive Max Hornung lia o seguinte teletipo recebido da sede da Interpol em Paris:

"Número da fatura do filme virgem usado no filme assassino vendido à Roffe & Filhos não pôde ser obtido pois funcionário não trabalha mais na companhia. Estamos investigando e comunicaremos todas as informações obtidas."

Em Paris, a polícia retirava das águas do Sena o corpo nu de uma mulher de quase vinte anos, loura. Tinha uma fita vermelha amarrada ao pescoço.

Em Zurique, Elizabeth Williams fora colocada sob proteção permanente da polícia.

Capítulo 48

A LUZ BRANCA SE ACENDEU, mostrando que havia uma ligação para a linha direta de Rhys Williams. Nem meia dúzia de pessoas sabiam desse número. Pegou o telefone.

— Alô?

— Bom dia, querido.

Não era possível confundir aquela voz gutural e diferente.

— Você não devia telefonar para mim.

A mulher riu.

— Você nunca se preocupou com essas coisas. Não me diga que Elizabeth já o dominou.

— O que você quer? — perguntou Rhys.

— Quero vê-lo hoje à tarde.

— Impossível!

— Olhe que eu me zango, Rhys. Quer que eu vá até Zurique?

— Não, não posso vê-la aqui... Está bem. Irei até aí.

— Assim, sim. No lugar de costume, *chéri*.

E Hélène Roffe Martel desligou.

Rhys colocou o receptor no gancho e ficou pensando. Da parte dele, tinha sido tudo um breve caso puramente sexual com uma mulher interessante, mas que estava encerrado havia algum tempo. Mas Hélène não era uma mulher que se podia abandonar com facilidade. Ela estava cansada de Charles e queria Rhys. Dizia que os dois formavam "um par perfeito" e Hélène Roffe Martel podia ser muito determinada e extremamente perigosa. Rhys chegou à conclusão de que a viagem a Paris era necessária. Tinha de fazê-la compreender de uma vez por todas que não podia haver mais nada entre eles dois.

Momentos depois, entrou na sala de Elizabeth e os olhos dela faiscaram. Abraçou-o e disse:

— Estava pensando em você. Vamos para casa e tratemos de ter uma folga pelo resto do dia.

Ele sorriu.

— Você está ficando maníaca em matéria de sexo.

Ela se aconchegou a ele.

— Sei disso. E não é bom?

— Infelizmente, tenho de tomar o avião para Paris hoje à tarde, Liz.

Ela procurou dissimular a decepção e perguntou:

— Posso ir com você?

— Não adianta, Liz. Há um pequeno problema que tenho de resolver pessoalmente. Estarei de volta à noite. Jantaremos um pouco mais tarde.

Quando Rhys entrou no pequeno hotel da Margem Esquerda que conhecia tão bem, já encontrou Hélène à espera dele. Era muito organizada e eficiente, extraordinariamente bela, inteligente e grande no amor físico. Faltava, no entanto alguma coisa. Hélène era uma mulher sem compaixão. Havia nela intensa crueldade, um verdadeiro instinto assassino. Rhys já vira outros massacrados por ela e não tinha a intenção de ser uma de suas vítimas. Sentou-se diante dela.

— Você está com muito bom aspecto, meu querido. É evidente que se está dando bem com o casamento. Elizabeth tem sido satisfatória para você na cama?

Ele sorriu para atenuar a rudeza do que ia dizer.

— Não acha que isso só interessa a mim e a ela?

Ela se curvou para a frente e segurou uma das mãos dele.

— E a mim também, *chéri*.

Começou a acariciar-lhe a mão e ele pensou nela na cama. Parecia um tigre, selvagem, esperto e insaciável. Rhys afastou a mão.

Os olhos de Hélène ficaram frios.

— Escute, Rhys. Que está sentindo na sua posição de presidente da Roffe & Filhos?

Ele quase havia esquecido quanto ela era ambiciosa. Lembrou-se de uma longa conversa que tiveram uma vez. Ela alimentava a obsessão de dominar a companhia. *Você e eu, Rhys. Se Sam estivesse fora do caminho, nós dois poderíamos dirigir a companhia.*

Até nos momentos mais arrebatados de amor ela murmurava: *A companhia é minha, meu bem. Tenho nas veias o sangue de Samuel Roffe. A companhia é minha. Eu a quero.*

O poder era o afrodisíaco de Hélène. O perigo também.

— O que você quer comigo, Hélène?

— Acho que já está na hora de nós dois fazermos alguns planos.

— Não sei do que você está falando.

— Eu o conheço muito bem, Rhys. Você é ainda mais ambicioso do que eu. Por que acompanhou Sam como uma sombra quando teve ótimas propostas para dirigir outras companhias? Sabia muito bem que um dia iria dirigir a Roffe & Filhos.

— Fiquei porque gostava de Sam.

— É claro, *chéri* — disse ela, rindo. — E hoje está casado com a filhinha encantadora dele.

Tirou um cigarro da bolsa e acendeu-o com um isqueiro de platina.

— Charles me disse que Elizabeth manteve o controle acionário da companhia e ainda se recusa a vender.
— É verdade, Hélène.
— Naturalmente, já pensou que, se ela sofrer um acidente, você herdará tudo?
Rhys olhou demoradamente para ela.

Capítulo 49

Ivo Palazzi estava em sua casa, em Olgiata, e olhava pela janela quando viu uma coisa simplesmente horripilante. Donatella e os três garotos vinham chegando pela entrada de carros. Simonetta estava no andar de cima, tirando um cochilo.

Ivo saiu às pressas ao encontro de sua segunda família. Estava com tanta raiva que só tinha era vontade de matar. Tinha sido tão bom, tão amigo, tão carinhoso para com aquela mulher e o agradecimento era a tentativa deliberada de destruir-lhe a carreira, o casamento e a vida. Viu Donatella saltar da Lancia Flavia que ele tão generosamente tinha lhe dado. Para dizer a verdade, ela nunca lhe aparecera tão bela quanto naquele instante. Os garotos saltaram também e correram para abraçá-lo e beijá-lo. Ivo sentiu que os amava demais. Desejava apenas que Simonetta não acordasse naquele momento.

— Vim falar com sua mulher — disse cerimoniosamente Donatella. — Vamos entrar, garotos.

— Não! — ordenou Ivo.

— Como você vai me impedir? Se eu não falar com ela hoje, falarei amanhã.

Ivo estava imprensado contra a parede e não via saída. Sabia, porém, que não podia deixar que ninguém destruísse aquilo que lhe custara tanto conseguir. Ivo se considerava um homem de bem e detestava o que tinha de fazer. Mas era preciso, não só por ele, mas por Simonetta, Donatella e todos os seus filhos.

— Eu lhe darei o dinheiro — disse a Donatella. — Daqui a cinco dias.

— Está bem. Cinco dias — disse Donatella, com os olhos fixos nele.

EM LONDRES, Sir Alec Nichols estava tomando parte num debate na Câmara dos Comuns. Fora escolhido para fazer um importante discurso político a respeito das repetidas greves que estavam desarticulando a economia britânica. Tinha, porém, dificuldade em concentrar-se. Pensava na série de telefonemas que recebera naquelas últimas semanas. Conseguiam encontrá-lo onde quer que ele estivesse, no seu clube, no barbeiro, nos restaurantes, em reuniões comerciais. Alec sempre desligava sem dizer nada. Sabia que o que estavam querendo era apenas o começo. Depois que o controlassem, achariam um jeito de apoderar-se das suas ações e possuiriam então uma parcela da gigantesca indústria farmacêutica que fabricava drogas de todas as espécies. Não podia deixar que isso acontecesse. Tinham começado telefonando para ele quatro ou cinco vezes por dia até que os seus nervos ficaram em frangalhos.

O que preocupava Alec naquele dia era não ter recebido ainda qualquer telefonema deles. Havia esperado o telefonema de manhã na hora do café e, mais tarde, quando almoçava no White's. Mas ninguém lhe telefonara e ele não podia livrar-se da ideia de que aquele silêncio era mais sinistro do que todas as ameaças. Tentou, entretanto, se esquecer de tudo ao ocupar a tribuna da Câmara.

"Ninguém é mais amigo dos trabalhadores do que eu. Nossa força de trabalho é que dá grandeza ao país. Os trabalhadores alimentam nossas usinas e movem nossas fábricas. São a verdadeira elite do país, a espinha dorsal que torna a Inglaterra alta e forte entre as nações." Fez uma pausa e continuou: "Há, todavia, épocas na vida de toda nação em que é preciso fazer sacrifícios..."

Falava maquinalmente, pensando todo o tempo se com a sua atitude havia afugentado os chantagistas. Afinal de contas, não passavam de trapaceiros vulgares. E ele era Sir Alec Nichols, baronete e membro do Parlamento. Nada poderiam fazer contra ele. Com toda a certeza, tinham desistido de vez. Daí por diante, iriam deixá-lo em paz.

Terminou o discurso sob aplausos entusiásticos do plenário.

Já ia saindo quando um funcionário se aproximou dele.

— Tenho um recado para dar-lhe, Sir Alec.

— O que é?

— Deve ir para casa o mais depressa possível. Houve um acidente.

Estavam levando Vivian para uma ambulância quando Alec chegou a casa. Um médico estava ao lado dela. Alec parou o carro contra o meio-fio e saiu correndo, mas parou de repente. Olhou para o rosto inconsciente de Vivian e perguntou ao médico:

— O que houve?

— Não sei, Sir Alec. Recebi um telefonema anônimo que falava num acidente. Quando cheguei, encontrei Lady Nichols caída no quarto com as rótulas perfuradas por dois pregos cravados no chão.

Alec fechou os olhos, lutando contra o acesso de náusea que o invadia. Sentia a bile subir-lhe à garganta.

— Faremos tudo o que estiver ao nosso alcance. Mas convém que prepare o espírito para uma coisa: talvez ela nunca mais possa andar.

Alec sentia dificuldade de respirar. Encaminhou-se para a ambulância.

— Ela está sob o efeito de um sedativo bem forte — disse o médico. — Não poderá reconhecê-lo.

Alec subiu à ambulância e se sentou num banco ao lado da mulher, sem ver as portas se fecharem e sem ouvir o silvo da sirene logo que o veículo começou a mover-se. Segurou as mãos frias de Vivian.

— Alec — murmurou ela, abrindo os olhos.

Os olhos de Alec ficaram cheios de lágrimas.

— Oh, minha querida...

— Dois homens mascarados... me agarraram... quebraram minhas pernas... Nunca mais poderei dançar... Vou ficar aleijada... Você me quer assim mesmo, Alec?

Ele encostou a cabeça no ombro dela e chorou. Eram lágrimas de desespero e de agonia e de mais alguma coisa que ele hesitava em reconhecer. Havia uma espécie de angustiado conforto no seu sofrimento. Se Vivian ficasse aleijada, ele poderia cuidar dela com todo carinho e ela não o deixaria por mais ninguém...

Alec sabia, porém, que seus problemas não estavam terminados. Os inimigos ainda não deviam estar satisfeitos. Aquilo era apenas um aviso. A única maneira de livrar-se deles era dar-lhes o que queriam.

O mais depressa possível.

Capítulo 50

ZURIQUE, QUINTA-FEIRA, 4 DE DEZEMBRO.

Era exatamente meio-dia quando a ligação chegou à mesa telefônica da sede da Polícia Criminal em Zurique. O telefonema foi encaminhado ao inspetor-chefe Schmied e, quando este acabou de falar, mandou chamar o detetive Max Hornung.

— Está tudo acabado — disse ele a Max. — O caso Roffe está resolvido. Já encontraram o assassino. Pode ir para o aeroporto. Tem o tempo justo de pegar seu avião.

— E para onde eu vou? — perguntou Max.

— Para Berlim.

O inspetor-chefe Schmied Telefonou para Elizabeth Williams.

— Tenho boas notícias para lhe dar. Não tem mais necessidade de proteção policial. O assassino foi capturado.

Elizabeth agarrava nervosamente o fone. Ia afinal saber o nome do seu implacável inimigo.

— Quem é ele, inspetor?

— Walther Gassner.

Estavam correndo pela *autobahn,* na direção de Wannsee. Max ia no banco de trás em companhia do major Wageman. Dois detetives iam no banco da frente. Tinham ido esperar Max no aeroporto de Tempelhof e o major Wageman havia explicado a situação. A casa estava cercada, mas tinham de agir com muito cuidado, pois a esposa de Gassner estava detida como refém.

— Como descobriram a culpa de Walther Gassner? — perguntou Max.

— Graças ao senhor. Foi por isso que pensamos que gostaria de estar presente à captura.

— Graças a mim?

— Falou-me no psiquiatra a quem ele foi consultar. Baseado nisso, mandei a descrição de Gassner a outros psiquiatras e apurei que ele consultara uma meia dúzia deles. Usava um nome diferente a cada vez e então desaparecia. Sabia como estava doente. A mulher dele nos telefonara pedindo socorro alguns meses antes. Mandamos um dos nossos homens até lá, mas ela o despistou com evasivas. Hoje de manhã, recebemos um telefonema de uma faxineira, a Sra. Mendler. Ela nos disse que tinha ido trabalhar na casa de Gassner na segunda-feira e que falara com a mulher dele através da porta fechada de um quarto. A Sra. Gassner disse a ela que o marido matara os dois filhos do casal e pretendia matá-la.

Max piscou os olhos:

— Isso aconteceu na segunda-feira? E a tal mulher só foi telefonar para a polícia hoje?

— A Sra. Mendler tem uma longa ficha criminal e teve receio de nos procurar. Ontem à noite, discutiu o caso com o homem dela e os dois resolveram falar.

Tinham chegado a Wannsee. Pararam o carro a alguma distância da casa de Gassner, atrás de um carro sem qualquer marca. Um homem saiu do carro e se dirigiu para o major Wageman e para Max.

— Ele ainda está na casa, major. Os meus homens estão cercando tudo.

— Sabe se a mulher ainda está viva?

— Não posso saber. Todas as cortinas estão fechadas.

— Muito bem. Vamos avançar com rapidez e em silêncio. Dentro de cinco minutos.

O homem saiu às pressas. O major Wageman tirou do carro um pequeno aparelho receptor-transmissor. Começou então a dar ordens. Max não o estava escutando. Pensava em alguma coisa que o major Wageman lhe dissera havia poucos minutos e que não fazia sentido.

Mas não havia tempo de falar sobre isso. Os homens estavam começando a avançar para a casa, escondendo-se por trás de árvores e arbustos.

— Vamos, Hornung? — disse o major Wageman.

Max teve a impressão de que havia um verdadeiro exército se infiltrando pelo jardim. Alguns deles tinham fuzis telescópicos e couraças blindadas. Outros carregavam metralhadoras portáteis e bombas de gás. A operação foi executada com precisão matemática. A um sinal do major Wageman, bombas de gás lacrimogêneo foram lançadas pelas janelas dos dois andares da casa. No mesmo instante, as portas da frente e dos fundos foram arrombadas por homens que usavam máscaras contra gases. Foram seguidos por um enxame de detetives de pistola em punho.

Quando o major Wageman e Max entraram na casa pela porta da frente, encontraram o *hall* ainda cheio da acre fumaça, que, entretanto, começava a dissipar-se pelas janelas abertas. Dois detetives apareceram com Walther Gassner algemado. Estava de pijama e robe. Tinha a barba crescida, o rosto abatido e os olhos vermelhos.

Max olhou para ele. Era a primeira vez que o via pessoalmente. Pareceu-lhe de certo modo irreal. O outro Walther Gassner é que era real, o homem do computador, cuja vida fora retratada em algarismos. Qual deles era a sombra e qual a realidade?

— Está preso, Sr. Gassner — disse o major Wageman. — Onde está sua esposa?

Walther Gassner respondeu com voz rouca:

— Não está aqui... Desapareceu...

Ouviu-se no andar de cima o barulho de uma porta que alguém forçava. Um detetive gritou então do alto:

— Encontrei-a. Estava trancada dentro do quarto.

O detetive apareceu, em seguida, na escada, trazendo Anna Gassner, que tremia. Estava desgrenhada e soluçava.

— Graças a Deus vieram! — exclamou ela. — Graças a Deus!

O detetive levou-a delicadamente para o grupo reunido no *hall*. Quando Anna viu o marido, começou a gritar.

— Tudo está bem agora, Sra. Gassner — disse o major Wageman. — Ele não pode lhe fazer mais nada.

— Meus filhos! — exclamou ela. — Ele matou meus filhos.

Max estava observando o rosto de Walther Gassner, que olhava a mulher com uma expressão de completo desalento. Parecia esgotado e exausto.

— Anna... Anna... — murmurou.

O major Wageman disse:

— Tem o direito de ficar calado ou de solicitar um advogado. Para seu próprio bem, espero que coopere conosco.

Walther não o estava escutando.

— Por que você tinha de chamá-los, Anna? Por quê? Não éramos felizes juntos?

— As crianças estão mortas! — gritou Anna Gassner.

O major Wageman olhou para Walther Gassner e perguntou:

— Isso é verdade?

Walther fez um sinal afirmativo e os seus olhos pareciam velhos e vencidos.

— Sim... Estão mortas.

— Pode nos dizer onde estão os corpos?

Walther Gassner estava chorando. As lágrimas desciam-lhe pelo rosto e ele não podia falar.

— Onde estão as crianças? — tornou a perguntar o major Wageman.

Foi Max quem respondeu:

— As crianças estão enterradas no cemitério de St. Paul.

Todos se voltaram para olhá-lo e Max explicou:

— Morreram ao nascer há cinco anos.

— Assassino! — gritou Anna Gassner para o marido.

E todos viram a loucura brilhando nos olhos dela.

Capítulo 51

ZURIQUE, QUINTA-FEIRA, 4 DE DEZEMBRO, 20 HORAS.

A NOITE FRIA DE INVERNO havia caído, apagando o breve crepúsculo. Começara a nevar e um manto de fina poeira branca se estendia sobre a cidade. No edifício da administração da Roffe & Filhos, as luzes dos escritórios desertos brilhavam na escuridão como luas amarelas.

Elizabeth estava trabalhando sozinha em sua sala, esperando a volta de Rhys, que fora participar de uma reunião em Genebra. Estava desejando que ele chegasse logo. Todo mundo já deixara havia muito o edifício. Elizabeth sentia-se nervosa e incapaz de concentrar-se. Não conseguia deixar de pensar em Walther e Anna. Lembrava-se de Walther tal como o conhecera, jovem e belo, loucamente apaixonado por Anna. Apaixonado ou fingindo que estava. Era muito difícil acreditar que Walther fosse responsável por todos aqueles terríveis atos. Pensava em Anna com grande ternura. Tentara várias vezes, sem resultado, falar com ela pelo telefone. Logo que pudesse, iria até Berlim para confortá-la como fosse possível.

A campainha do telefone assustou-a. Atendeu. Alec estava do outro lado da linha e Elizabeth teve prazer em ouvir-lhe a voz.

— Já soube de Walther? — perguntou Alec.

— Já. É horrível. Nem posso acreditar.

— Não acredite mesmo, Elizabeth.

Ela pensou que não tivesse ouvido bem.

— Como?

— Não acredite. Walther não é culpado.

— Mas a polícia disse...

— A polícia errou. Walther foi a primeira pessoa a quem Sam e eu verificamos. Foi liberado por nós. Não era o homem que estávamos procurando.

Elizabeth sentiu-se mergulhada em completa confusão. *Não era o homem que estávamos procurando...*

— Não compreendo de que está falando, Alec.

— É difícil dizer essas coisas pelo telefone, mas ainda não tive uma oportunidade de falar com você sozinha.

— Falar comigo de quê?

— Desde o ano passado, alguém vem sabotando a companhia. Houve uma explosão numa de nossas fábricas na América do Sul, houve roubos de patentes e drogas perigosas foram trocadas de embalagem. Não tenho tempo agora de lhe relatar tudo o que houve. Mas fui procurar Sam e lhe sugeri que contratasse uma agência de fora para apurar quem era o culpado. Combinamos não falar sobre isso com mais ninguém.

Foi como se a terra tivesse se aberto aos pés de Elizabeth. Era Alec que falava pelo telefone, mas a voz que ela ouvia era de Rhys lhe dizendo a mesma coisa, afirmando que tinha discutido o caso com Sam e que tinham resolvido contratar uma agência estranha à companhia.

Alec prosseguiu:

— Quando o relatório da agência foi concluído. Sam levou-o para Chamonix e nós o discutimos pelo telefone.

Rhys tinha dito que Sam o chamara a Chamonix para discutir o relatório e que tinham resolvido manter o segredo entre os dois até saberem quem era o culpado.

Elizabeth estava tendo dificuldade em respirar. Procurou normalizar a voz e perguntou:

— Quem mais sabia desse relatório, Alec, além de Sam e você?

— Mais ninguém. Isso era da maior importância. O relatório indicava que o culpado era alguém que ocupava uma posição bem alta na administração da companhia.

Rhys não tinha dito que estivera em Chamonix enquanto o detetive não apontara esse fato...

Perguntou então, arrancando a custo as palavras da garganta:

— Acha que Sam disse alguma coisa a Rhys?

— Não. Por quê?

Havia somente uma maneira de Rhys saber o que estava no relatório: o tinha roubado. Havia somente um motivo para ele ter ido a Chamonix. Fora matar Sam.

Elizabeth não ouviu o resto das palavras de Alec. O zumbido em seus ouvidos abafava todas as palavras. Deixou cair o fone no gancho, com a cabeça a rodar, lutando contra o horror que lhe invadia a alma. Sentia na cabeça um tumulto de imagens caóticas. Por ocasião do acidente com o jipe, mandara dizer a Rhys que ia para a Sardenha. Na noite da queda do elevador, Rhys não tinha ido à reunião da diretoria, mas aparecera depois, quando ela e Kate estavam trabalhando sozinhas. Logo depois, deixara o edifício. *Ou não tinha deixado?* Elizabeth tremia da cabeça aos pés. Tudo aquilo era um grande equívoco. Não podia ser Rhys! Todo o seu ser se insurgia contra isso. Não! Era o grito angustiado do seu coração.

Levantou-se e, com as pernas trôpegas, passou pela porta que ligava a sua sala com a de Rhys. A sala estava às escuras. Acendeu as luzes e ficou parada incertamente, sem saber o que esperava encontrar. Não ia procurar provas da culpa de Rhys, mas sim de sua inocência. Era intolerável pensar que o homem que ela amava, o homem que a tivera cheia de amor nos braços fosse um assassino insensível.

Havia uma agenda de compromissos em cima da mesa de Rhys. Elizabeth folheou-a, à procura do fim de semana em setembro, quando ocorrera o acidente com o jipe. Naquela data estava marcada a viagem a Nairóbi. Teria de verificar o passaporte dele para confirmar se fora mesmo até lá. Começou a procurar o passaporte, sentindo-se culpada e certa de que haveria uma explicação inocente.

Uma das gavetas estava trancada. Elizabeth hesitou. Sabia que não tinha o direito de abri-la. Seria um abuso de confiança, a violação de uma fronteira proibida de que não poderia mais redimir-se. Rhys saberia que ela tinha feito aquilo e ela teria de explicar-lhe tudo. Mas, apesar disso, tinha de saber.

Na gaveta, que abriu com uma espátula, havia uma pilha de papéis, notas e memorandos. Levantou tudo. Encontrou um envelope endereçado a Rhys com uma letra de mulher. Tinha o carimbo de Paris e datava de poucos dias. Elizabeth hesitou um momento e abriu a carta. Era de Hélène e começava assim:

"*Chéri*, não consegui falar com você pelo telefone. É urgente que nos encontremos de novo para assentarmos os nossos planos..."

Elizabeth não acabou de ler a carta. Estava olhando para o relatório roubado, no fundo da gaveta.

SR. SAM ROFFE
CONFIDENCIAL
SEM CÓPIAS

Elizabeth sentiu a sala girar em torno dela e teve de apoiar-se na mesa para não cair. Ficou ali muito tempo, com os olhos fechados, esperando que a vertigem passasse. O assassino já tinha um rosto. Era o rosto de seu marido.

O silêncio foi quebrado pelo toque insistente de um telefone distante. Elizabeth custou muito a identificar de onde vinha o som. Por fim, voltou em passos lentos para a sua sala e pegou o telefone.

Era o porteiro no térreo.

— Só queria saber se ainda estava aí, Sra. Williams. Seu marido já vai subir.

Vai preparar outro acidente!

A vida dela era o único obstáculo que separava Rhys do controle total da Roffe & Filhos. Não podia enfrentá-lo, não podia fingir que nada havia acontecido. No momento em que ele a visse, saberia de tudo.

Tinha de fugir. Atordoada pelo medo, Elizabeth pegou a bolsa e o casaco e saiu correndo do escritório. De repente, parou. Tinha se esquecido do passaporte. Tinha de fugir de Rhys, de ir para algum lugar onde ele não pudesse encontrá-la. Abriu apressadamente a gaveta, pegou o passaporte e saiu pelo corredor, com o coração batendo como se fosse estourar. O elevador privativo estava subindo...

Oito... nove... dez...

Elizabeth começou a descer as escadas às carreiras, para salvar sua vida.

Capítulo 52

Havia uma barca entre Civitavecchia e a Sardenha, que transportava passageiros e automóveis. Elizabeth levou para bordo um carro alugado, perdido entre uma dúzia de outros carros. Os aeroportos podem ter registros de passageiros, mas a grande barca era anônima. Elizabeth era apenas uma das muitas pessoas que faziam a travessia para a Sardenha em busca de um pouco de lazer. Tinha certeza de que não fora seguida, mas isso não a impedia de sentir um medo absurdo. Rhys tinha ido muito longe e não podia mais recuar diante de coisa alguma. Só ela podia desmascará-lo e, ainda mais por isso, ele teria de livrar-se dela.

Quando fugira do edifício, não fazia ideia do lugar para onde iria. Sabia apenas que tinha de sair de Zurique e esconder-se, mas tinha certeza de que não estaria em segurança enquanto Rhys não fosse apanhado. A Sardenha foi o primeiro lugar em que pensou. Alugou um carro e, no meio da estrada, da Itália, tentou telefonar para Alec. Não o encontrou. Deixou recado para que ele telefonasse para ela na Sardenha. Não conseguiu também falar com o detetive Max Hornung e deixou o mesmo recado para ele. Iria para a vila da Sardenha, mas dessa vez não estaria sozinha, pois teria a polícia para protegê-la.

Quando a barca chegou a Olbia, Elizabeth viu que não seria necessário ir procurar a polícia. Esta a esperava no cais, na pessoa de Bruno Campagna, o detetive que ela conhecera em companhia do delegado Ferraro. Fora Campagna quem a levara para ver o jipe na garagem depois do acidente. O detetive correu para o carro de Elizabeth.

— Já estava nos deixando preocupados, Sra. Williams — disse ele.

Elizabeth olhou-o surpresa, e Campagna explicou:

— Recebemos um telefonema da polícia suíça, pedindo que a vigiássemos. Temos homens a postos em todos os cais de barcas e aeroportos.

Elizabeth sentiu-se cheia de gratidão. Max Hornung recebera o seu recado.

— Quer que eu dirija o carro? — perguntou o detetive Campagna, vendo como Elizabeth estava abatida.

— Quero sim. Muito obrigada.

Sentou-se no banco de trás e o detetive tomou posição ao volante.

— Para onde prefere ir e esperar? Para a delegacia ou para sua vila?

— Para a vila, se alguém puder ficar lá comigo. Não quero ficar sozinha lá em cima.

— Não se preocupe. Temos ordens de guardá-la bem. Passarei a noite na vila e, além disso, teremos um carro equipado com rádio estacionado na estrada. Ninguém poderá aproximar-se da senhora.

O detetive falava com tanta confiança que Elizabeth ficou tranquila. Campagna dirigiu o carro com rapidez e segurança, deixando as pequenas ruas de Olbia para tomar a estrada de montanha que levava para a Costa Smeralda. Todos os lugares por que passavam faziam Elizabeth lembrar-se de Rhys.

Perguntou então:

— Há alguma notícia de meu marido?

— Ainda não — disse Campagna, depois de lançar-lhe um olhar de compaixão. — Ainda está solto, mas não poderá ir longe. Esperam capturá-lo até amanhã de manhã.

Elizabeth sabia que devia sentir alívio ao ouvir isso, mas uma dor excruciante lhe atingiu o coração. Era de Rhys que estavam falando. Era o seu Rhys que estava sendo caçado como um animal. Ele a arrojara àquele terrível pesadelo e naquele momento estava também vivendo dentro de um pesadelo, lutando para salvar a vida como ela lutara. E como havia confiado nele! Como acreditara na bondade, na retidão e no amor de Rhys! Estremeceu e o detetive Campagna lhe perguntou:

— Está sentindo frio?

— Não, estou bem.

Sentia-se até febril. Um vento quente parecia passar silvando pelo carro, fazendo-a ficar nervosa. Pensou a princípio que era imaginação sua, mas o detetive Campagna disse:

— O *sirocco* vai soprar com força esta noite. Vai ser uma noite muito agitada.

Elizabeth compreendia o que ele queria dizer. O *sirocco* podia alucinar homens e animais. Era um vento que vinha do Saara, quente, seco e carregado de partículas de areia, com um macabro silvo agudo que tinha um efeito terrivelmente desastroso sobre o sistema nervoso. O índice de criminalidade subia sempre que o *sirocco* soprava e os juízes costumavam ser complacentes com os acusados.

Uma hora depois a vila surgiu da escuridão à frente deles. O detetive Campagna entrou pela estrada de carros, parou diante da porta da casa e desligou o motor. Depois, deu a volta em torno do carro e abriu a porta do lado de Elizabeth.

— Seria bom que ficasse bem junto de mim, Sra. Williams. Ninguém sabe o que pode acontecer.

— Está bem.

Encaminharam-se para a porta da frente da vila às escuras.

— Tenho certeza de que ele não está aqui, mas não vou facilitar. Quer me dar a chave?

Elizabeth entregou-lhe a chave. O detetive a fez chegar um pouco para o lado e abriu a porta de pistola em punho. Entrou e ligou o interruptor. O *hall* ficou todo iluminado.

— Gostaria de que me mostrasse a casa — disse o detetive Campagna. — Temos de olhar tudo.

Começaram a percorrer a casa e o detetive ia acendendo a luz em todas as peças. Procurava nos armários e nos cantos, verificando se as janelas estavam bem fechadas. Quando voltaram à grande sala do térreo, Campagna disse:

— Agora, se me dá licença, vou telefonar para a delegacia.

— Está bem — disse Elizabeth, levando-o para o escritório.

Campagna pegou o telefone e discou. Um momento depois, disse:

— Fala o detetive Campagna. Estamos na vila. Vou passar a noite aqui. Mandem um carro da patrulha para ficar estacionado na entrada da vila... Sim, ela está muito bem. Apenas um pouco cansada. Mais tarde, telefonarei de novo.

Elizabeth deixara-se cair numa poltrona. Estava muito nervosa e sabia que no dia seguinte iria ser pior, muito pior. Ela estaria em segurança, mas Rhys poderia estar morto ou jogado numa prisão. Fosse como fosse, apesar de tudo que ele havia feito, essa ideia era intolerável.

O detetive Campagna olhava-a com um ar de preocupação no rosto.

— Sabe que eu gostaria de uma xícara de café agora? E a senhora?

— Vou fazer — disse Elizabeth, querendo levantar-se.

— Nada disso. Fique onde está. Minha mulher diz que ninguém faz café como eu.

Elizabeth sorriu e tornou a recostar-se na poltrona. Não percebera até então como estava emocionalmente esgotada. Pela primeira vez, reconhecia que, mesmo durante a conversa pelo telefone com Alec, julgara que devia haver algum engano e que Rhys não podia deixar de ser inocente. Ainda quando estava fugindo, alguma coisa dentro do seu coração lhe dizia que não era possível que ele tivesse feito aquelas coisas terríveis, que tivesse matado Sam, que a tivesse amado e, apesar de tudo, quisesse matá-la. Era preciso que ele fosse um monstro para fazer tudo isso. E, graças a isso, uma pequena luz de esperança tremia dentro dela. Quase morrera quando o detetive dissera que ele não poderia ir muito longe e estaria preso até o dia seguinte.

Era muito doloroso pensar em tudo isso, mas ela não podia pensar em mais nada. Desde quando Rhys planejara apoderar-se da companhia? Com certeza, desde o momento em que conhecera numa escola da Suíça uma impressionável mocinha solitária de 15 anos. Decidira nesse momento que iria lograr Sam por intermédio da filha dele. Tudo fora muito fácil para ele. O jantar no Maxim's, as longas conversas amistosas através dos anos e o encanto, o irresistível encanto de Rhys. Fora muito paciente. Esperara até que ela se tornasse uma mulher, e o mais revoltante de tudo era que Rhys não se dera o trabalho de fazer-lhe a corte. Ela lhe facilitara tudo e como ele devia ter rido! Pensou em Hélène. Estaria ela metida também em toda essa trama suja? Onde estaria Rhys? Seria morto pela polícia quando fosse encontrado? Começou a chorar incontrolavelmente.

— Sra. Williams...

O detetive Campagna estava ao lado dela com uma xícara de café.

— Tome o café e se sentirá melhor.

— Desculpe — disse Elizabeth. — Não costumo proceder assim...

— Ora essa! Acho até que está reagindo *molto bene*.

Elizabeth tomou um gole de café. Ele havia acrescentado alguma coisa. Olhou para o detetive e ele sorriu.

— Achei que um gole de uísque no café não lhe faria mal algum.

Sentou-se perto dela em silêncio. O homem era uma boa companhia. Nunca poderia ter ficado ali sozinha. Tinha de saber antes o que acontecera a Rhys, se ele estava preso ou fora morto. Acabou de tomar o café.

O detetive Campagna olhou para o relógio e disse:

— O carro da patrulha deve chegar a qualquer momento. Dois homens ficarão vigiando tudo a noite inteira. Eu vou ficar aqui embaixo. Não me leve a mal, mas acho melhor a senhora subir e dormir um pouco.

— Eu não conseguiria dormir — murmurou Elizabeth.

Mas no mesmo instante em que disse isso um imenso cansaço a dominou. A longa viagem e a tensão sob a qual estava vivendo começavam a ter efeito sobre ela.

— Em todo caso, vou me deitar um pouco.

Tinha dificuldade em articular as palavras.

Elizabeth estava deitada na cama, lutando contra o sono. Não lhe parecia direito dormir enquanto Rhys estava sendo caçado. Imaginou-o abatido a tiros em alguma rua escura e sentiu um arrepio pelo corpo. Procurou manter os olhos abertos, mas as pálpebras lhe pesavam terrivelmente. Quando fechou os olhos, sentiu-se escorregar sem esforço no brando colchão do nada.

UM POUCO DEPOIS, os gritos a acordaram.

Capítulo 53

Elizabeth sentou-se na cama com o coração a bater descompassadamente e sem saber o que a acordara. Tornou a ouvir então. Era um grito lúgubre e prolongado, como de alguém que estivesse morrendo. Parecia vir de perto da sua janela. Elizabeth correu para a janela e abriu-a. A noite, iluminada por uma fria lua de inverno, parecia uma paisagem de Daumier. As árvores escuras eram sacudidas por um vento impetuoso. Ao longe, muito abaixo, o mar se encapelava.

Ouviu de novo o grito. Compreendeu então o que era. As rochas cantantes. O *sirocco* era bem forte e soprava pelos rochedos, produzindo aquele som, que era quase um grito de socorro humano. Identificou-o sem demora com a voz de Rhys chamando por ela, pedindo ajuda. Desvairada, cobriu as orelhas com as mãos, mas não deixou de ouvir.

Foi até a porta do quarto e ficou espantada de ver como estava fraca. A exaustão lhe toldava as ideias. Saiu para o corredor e começou a descer as escadas. Era como se estivesse sob a ação de alguma droga. Tentou chamar o detetive Campagna, mas da garganta só lhe saiu um seco fio de voz. Desceu agarrando-se ao corrimão para não cair.

Conseguiu levantar a voz e chamar o detetive Campagna. Não houve resposta. Foi de sala em sala, agarrando-se aos móveis.

O Detetive Campagna não estava na casa.

Ela estava sozinha.

Ficou parada no *hall* em completa confusão, tentando raciocinar. O detetive havia saído um instante para falar com os homens da patrulha. Sem dúvida. Foi até a porta da frente, abriu-a e olhou para fora.

Não viu ninguém. Só a noite escura e o vento gemente. Com um sentimento crescente de medo, encaminhou-se para o escritório. Ia telefonar para a delegacia de polícia e saber o que acontecera.

Pegou o telefone e percebeu que o mesmo estava inteiramente mudo.

Foi nesse momento que todas as luzes da casa se apagaram.

Capítulo 54

Em Londres, no Hospital de Westminsler, Vivian Nichols recobrava a consciência ao ser levada da sala de operação pelo longo corredor sombrio. A operação havia durado oito horas. Apesar de tudo que haviam feito os competentes cirurgiões, nunca mais poderia andar. Quando acordou, sentia terríveis dores e murmurava sem cessar o nome de Alec. Precisava dele ao seu lado para dizer-lhe que não deixaria de amá-la.

O pessoal do hospital não conseguiu encontrar Sir Alec.

Em Zurique, na sala de comunicações da Polícia Criminal, era recebida uma mensagem da Interpol procedente da Austrália. O homem que comprara o filme para a Roffe & Filhos fora descoberto em Sydney. Tinha morrido de um ataque cardíaco três dias antes. As suas cinzas iam ser mandadas para a Inglaterra. A Interpol não conseguira mais nenhuma informação sobre a compra do filme e aguardava instruções.

Em Berlim, Walther Gassner estava sentado na sala de espera de um sanatório particular, nos arredores da cidade. Estava ali havia quase dez horas. De vez em quando, uma enfermeira parava e conversava com ele, oferecendo-lhe alguma coisa para comer. Walther nem ouvia a enfermeira. Estava esperando a sua Anna.

Seria uma espera muito longa.

EM OLGIATA, Simonetta Palazzi estava escutando uma mulher que lhe dizia pelo telefone:

— Meu nome é Donatella Spolini. Nunca a vi, Sra. Palazzi, mas nós duas temos muita coisa em comum. Quer ir almoçar comigo amanhã no Bolognese, na Piazza del Popolo? Às 13 horas, está bem?

Simonetta tinha hora marcada no salão de beleza nessa ocasião, mas adorava mistérios.

— Como poderei reconhecê-la?

— Meus três filhos estarão comigo.

EM SUA VILA em Le Vésinet, Hélène estava lendo uma carta que encontrara no consolo da lareira. Era de Charles, que tinha fugido e a deixara. Dizia ela: "Nunca mais me verá. Não tente me procurar." Hélène Roffe Martel rasgou a carta em pedacinhos. Iria vê-lo de novo. Iria encontrá-lo.

EM ROMA, Max Hornung estava no Aeroporto Leonardo da Vinci. Tentava havia duas horas falar pelo telefone com a Sardenha, mas as comunicações estavam todas interrompidas e ele foi conversar de novo com o gerente de operações do aeroporto.

— Tem de me conseguir um avião que me leve até a Sardenha — dizia ele. — Acredite no que lhe estou dizendo. É uma questão de vida ou morte.

— Acredito piamente, *signore,* mas nada posso fazer. A Sardenha está bloqueada. Os aeroportos estão fechados. Até as barcas deixaram de trafegar. Só depois que o *sirocco* parar, é possível se aproximar da ilha ou sair de lá.

— E quanto tempo o *sirocco* vai durar?
O gerente olhou para o mapa meteorológico na parede.
— Parece que ainda vai durar no mínimo doze horas.
Elizabeth Williams não viveria até lá.

Capítulo 55

A ESCURIDÃO ERA HOSTIL, cheia de inimigos invisíveis — à espreita para atacá-la. E Elizabeth compreendia que estava inteiramente à mercê desses inimigos. O detetive Campagna levara-a para a vila a fim de que fosse assassinada. Devia estar a serviço de Rhys. Lembrava-se de Max Hornung ter dito, quando explicava a troca dos jipes, que o assassino tivera ajuda de alguém que conhecia bem a ilha. Como o tal Campagna tinha sido convincente! Rhys sabia que ela procuraria esconder-se na vila. O detetive lhe perguntara se ela queria ir para a delegacia ou para a vila, mas não tivera a menor intenção de levá-la para a polícia. E não fora para a polícia que ele telefonara. Fora para Rhys, a fim de dizer-lhe que já estavam na vila.

Elizabeth sabia que tinha de fugir, mas não tinha mais forças para isso. Estava numa luta para manter os olhos abertos e mover braços e pernas, de repente pesados demais. Compreendeu então que o café que o homem lhe dera estava dopado. Dirigiu-se para a cozinha escura. Abriu um armário e remexeu as prateleiras até encontrar o que queria. Pegou um vidro de vinagre e derramou um pouco num copo com água. Bebeu com esforço e imediatamente depois começava a vomitar na pia. Dentro de poucos minutos, sentiu-se um pouco melhor, mas ainda estava fraca. O cérebro não podia funcionar ainda. Era como se todos os circuitos dentro dela já se tivessem fechado, numa preparação para a escuridão da morte.

"Não", pensou ela febrilmente. "Você não vai entregar-se assim. Você tem de lutar. Eles têm de matá-la." Levantou a voz e disse:

— Pode vir me matar, Rhys!

Mas a sua voz foi apenas um murmúrio. Voltou para o *hall* por instinto, guiada apenas pelo seu conhecimento da casa. Parou em frente ao retrato de Samuel Roffe, enquanto lá fora o vento soluçava e gemia, açoitando a casa, provocando-a, advertindo-a. Continuou ali no escuro, sozinha, diante de uma alternativa de horrores: sair e enfrentar o desconhecido ou esperar que fossem matá-la ali, onde ela tentaria lutar. Mas como?

Havia em sua cabeça um pensamento que procurava formar-se, mas isso era difícil, porque ela ainda estava um pouco dopada. Não podia concentrar-se. Era alguma coisa a respeito de um acidente.

Lembrou-se então do que era. Rhys tinha de fazer que a morte dela parecesse um acidente.

Você tem de detê-lo, Elizabeth. Fora o velho Samuel que falara? Ou tudo se passara dentro de sua cabeça?

Não podia fazer nada. Era muito tarde. Os olhos estavam se fechando de novo, enquanto o rosto se colava à frieza do retrato. Dormir seria muito bom. Mas antes tinha de fazer uma coisa. Tentou lembrar-se do que era, mas a coisa sempre lhe fugia.

Não deixe que sua morte pareça um acidente. Faça todo o mundo ver que foi um assassinato. Assim a companhia nunca será dele.

Elizabeth já sabia o que tinha de fazer. Foi para o escritório. Pegou o pesado abajur da mesa e jogou-o de encontro a um espelho. Ouviu o barulho dos vidros quebrados. Em seguida, pegou uma cadeira e bateu-a contra a parede até que ela se arrebentasse.

Foi até a estante e começou a abrir os livros e arrancar as páginas, que espalhava pelo chão. Arrancou da parede o fio do telefone inútil. Rhys que explicasse aquela confusão toda. Não ia facilitar a vida para ele. Não ia facilitar nada. Se queria fazer alguma coisa, teria de ser à força. Uma súbita rajada de vento passou pela sala, fazendo voar os papéis, e depois morreu. Elizabeth levou algum tempo para compreender o que havia acontecido.

Não estava sozinha dentro da casa.

NO AEROPORTO Leonardo da Vinci, Max Hornung estava perto do local onde se manejavam as cargas. Viu um helicóptero pousar e, no momento em que o homem ia abrir a porta, Max estava ao lado dele.

— Pode levar-me para a Sardenha?

— O que está havendo por lá? Acabo de levar um camarada para a ilha. A tempestade por lá está violenta.

— Quer me levar?

— Só se me pagar três vezes o que o outro pagou.

Max não hesitou. Subiu para o helicóptero. Logo que levantaram voo, perguntou ao piloto:

— Quem foi o passageiro que levou para a Sardenha?

— Chamava-se Williams.

A ESCURIDÃO ERA aliada de Elizabeth, ocultando-a. Era tarde demais para fugir. Tinha de achar um lugar para esconder-se dentro da casa. Subiu as escadas para aumentar a distância que a separava de Rhys. No alto das escadas, vacilou mas acabou tomando a direção do quarto de Sam. Alguma coisa pulou sobre ela do meio da escuridão e ela começou a gritar, mas era apenas a sombra de uma árvore sacudida pelo vento do outro lado da janela. Seu coração batia tão forte que ela estava certa de que Rhys lá embaixo poderia ouvi-lo.

Tinha de retardá-lo. Mas como? Sentia a cabeça pesada e tudo era confuso. Que teria feito numa situação como aquela o velho Samuel? Tirou a chave da porta no fim do corredor e trancou a porta por fora. Depois, trancou as outras portas e pensou que estava trancando os portões do gueto em Cracóvia. Elizabeth não sabia por que estava fazendo isso, mas se lembrou de que havia matado o guarda Aram e não podia ser apanhada. Viu a luz de uma lanterna elétrica embaixo. Começava a subir as escadas e isso lhe deu um baque no coração. Rhys ia atacá-la. Elizabeth começou a subir a escada da torre, mas no meio do caminho os joelhos começaram a dobrar-se. Escorregou para o chão e subiu o resto dos degraus de quatro. Chegou ao alto e levantou o corpo. Abriu a porta da sala da torre e entrou. *A porta. Feche a porta,* disse Samuel.

Elizabeth fechou a porta, mas sabia que isso não ia impedir Rhys de entrar. Mas terá de arrombá-la, pensou ela. É mais violência que ele terá de explicar. A morte dela teria de parecer mesmo um assassinato. Empurrou móveis para escorar a porta. Agia com muita lentidão, como se a escuridão fosse um violento mar que lhe embargasse os movimentos.

Empurrou uma mesa de encontro à porta, depois uma poltrona. Trabalhava automaticamente, lutando contra o tempo e procurando construir sua frágil fortaleza contra a morte.

Ouviu um baque surdo embaixo, logo seguido de outro e de mais outro. Era Rhys arrombando as portas dos quartos, à procura dela. Seriam sinais de um ataque, uma pista que a polícia teria de seguir. Ela o havia enganado, do mesmo modo que ele a enganara.

Havia uma coisa que ela não compreendia. Se Rhys estava empenhado em fazer com que a morte dela parecesse um acidente, por que estava arrombando as portas?

Abriu as portas envidraçadas da sala da torre e deixou que o vento assobiasse em torno dela. Além do balcão, havia uma descida a pique para o mar. Daquela sala não havia possibilidade de fuga. Era ali que Rhys teria de ir atacá-la. Elizabeth procurou em torno de si uma arma, mas não viu nada que pudesse servir.

Esperou no escuro pelo seu assassino.

O que Rhys estava esperando? Por que não punha logo a porta abaixo e não acabava com aquilo? Por quê?

Alguma coisa estava fora do programa. Ainda que Rhys levasse o corpo dela dali para dar-lhe fim de outra maneira, não poderia explicar a violência encontrada na casa, o espelho quebrado, as portas arrombadas. Tentou colocar-se no lugar de Rhys e pensar no plano que ele poderia formular para explicar todas essas coisas sem que a polícia o considerasse suspeito da morte dela. Só havia um meio.

E no momento em que a ideia ocorreu a Elizabeth, ela sentiu o cheiro acre da fumaça.

Capítulo 56

MAX PODIA VER DO HELICÓPTERO a costa da Sardenha, coberta por uma nuvem de poeira vermelha. O piloto gritou acima do barulho do aparelho:
— A situação piorou muito. Não sei se vou poder pousar.
— Tem de pousar! — gritou Max. — Vá até Porto Cervo.
O piloto olhou para Max.
— Fica no alto de uma montanha terrível.
— Sei disso. Vai conseguir?
— As chances são de setenta por cento.
— A favor ou contra?
— Contra.

A FUMAÇA SE infiltrava por baixo da porta e pelas tábuas do assoalho. Um novo som se juntara aos gemidos do vento. Era o barulho das chamas e Elizabeth sabia que era muito tarde para que ela escapasse com vida. Estava presa ali dentro. Sem dúvida, pouco importava a destruição de espelhos ou de portas, pois dentro de alguns minutos nada mais restaria nem dela, nem da casa. Tudo seria consumido pelo fogo, como o laboratório e Emil Joeppli tinham sido destruídos, e Rhys teria um álibi em outro lugar que o eximiria totalmente de culpa. Ele a vencera. Vencera a todos eles.

A fumaça começava a entrar na sala aos borbotões, fazendo Elizabeth tossir. As chamas já atingiam a porta e ela sentia o calor.

Foi a raiva que deu a Elizabeth ânimo para mover-se.

Através da densa fumaça, correu às cegas para as portas envidraçadas do balcão. Abriu-as e saiu. No instante em que as portas foram abertas, as chamas entraram na sala, lambendo as paredes. Elizabeth ficou no balcão respirando a plenos pulmões o ar fresco da noite, enquanto o vento lhe agitava as roupas. Olhou para baixo. O balcão se projetava da parede do prédio, como uma ilha minúscula suspensa sobre o abismo. Não havia a menor esperança de fuga.

Talvez... Elizabeth olhou para o telhado de ardósia em rampa, acima de sua cabeça. Se houvesse algum meio de alcançar o telhado e passar para o outro lado da casa que não estava em chamas, poderia haver uma chance de salvação. Estendeu os braços para cima tanto quanto pôde, mas as abas do telhado ficaram fora do seu alcance. As chamas se aproximavam, envolvendo a sala.

Havia, porém, uma possibilidade mínima e Elizabeth resolveu tentá-la. Correu para dentro da sala cheia de fumaça e fogo, sentindo-se quase sufocada. Pegou a cadeira da mesa de seu pai e arrastou-a para o balcão.

Procurando não perder o equilíbrio, colocou a cadeira em posição e subiu. Podia agora alcançar o telhado com os dedos, mas não encontrava um só ponto a que pudesse agarrar-se. Tateou cegamente e em vão, na ânsia de encontrar um ponto de apoio.

Dentro da sala, as chamas atingiam as cortinas e dançavam por todos os cantos, atacando os livros, o tapete e os móveis, aproximando-se do balcão. De repente, Elizabeth encontrou um ponto de apoio numa ardósia que se projetava entre as outras. Os braços estavam pesados e ela não tinha certeza de que se poderia manter. Quando começou a levantar o corpo, a cadeira escorregou debaixo dos seus pés. Com tudo o que lhe restava de forças, continuou a subir e a segurar-se. Estava escalando os muros do gueto, lutando para salvar a vida. Esforçou-se, esforçou-se e afinal se viu em cima do telhado inclinado, quase sem fôlego. Subiu lentamente pelo telhado, com o corpo comprimido contra as ardósias, sabendo muito bem que, se escorregasse, iria cair no negro abismo lá embaixo. Chegou ao alto do telhado e parou para respirar um pouco e orientar-se, o balcão de que ela acabara de fugir estava em chamas. Não era possível voltar.

Olhando para o outro lado da casa, Elizabeth viu o balcão de um dos quartos de hóspedes. Ainda não havia fogo por lá. Mas era difícil saber se ela poderia alcançá-lo. A rampa do telhado era bem pronunciada, as ardósias estavam soltas e o vento soprava fortemente daquele lado. Se ela falseasse o pé, não haveria nada que a impedisse de cair. Ficou ali algum tempo parada, com medo de tentar.

De repente, como por milagre, um vulto apareceu no balcão do quarto dos hóspedes. Era Alec, que olhou para cima e disse calmamente:

— Vai conseguir descer, menina. Com a maior facilidade.

Elizabeth criou alma nova.

— Venha devagar — disse Alec. — Dê um passo de cada vez. Nada de pressa.

Ela então começou a mover-se cuidadosamente para onde ele estava, palmo a palmo, sem largar uma ardósia enquanto não tivesse agarrado firmemente outra. Teve a impressão de levar nisso um tempo enorme. Durante todo o tempo, ouvia a voz de Alec a animá-la, fazendo-a prosseguir. Estava quase chegando, a escorregar para o balcão. De repente, uma ardósia se desprendeu e ela começou a cair.

— Segure-se! — gritou Alec.

Elizabeth encontrou outro ponto de apoio e segurou-se febrilmente. Estava já na borda do telhado e nada havia abaixo dela senão o vácuo. Teria de deixar-se cair no balcão, onde Alec a esperava. Se errasse o impulso...

Alec olhava para ela, com o rosto cheio de calma e confiança.

— Não olhe para baixo — disse ele. — Feche os olhos e solte-se. Eu a segurarei.

Ela tentou. Respirou fundo duas vezes e soltou-se. Sentiu-se cair no espaço até que percebeu os braços de Alec que a seguravam. Deu um suspiro de alívio.

— Muito bem — disse Alec.

Ela sentiu então um cano de pistola encostado à cabeça.

Capítulo 57

O PILOTO DO HELICÓPTERO sobrevoava a terra o mais baixo que julgava possível sem correr perigo, passando rente à copa das árvores, a fim de evitar os ventos implacáveis. Até nessa baixa altitude, havia turbulência no ar. Ao longe, o piloto avistou o cume da montanha de Porto Cervo.

— Lá está! — gritou Max. — Já posso ver a vila.

Viu alguma coisa mais que lhe deu um aperto no coração.

— A casa está pegando fogo!

NO BALCÃO, Elizabeth ouviu o barulho do helicóptero que se aproximava e olhou para o alto. Alec não deu qualquer atenção ao aparelho. Olhava para Elizabeth com os olhos aflitos.

— Foi por amor a Vivian que tive de fazer tudo isso. Compreende, não é mesmo? Não vão achar você na casa incendiada.

Elizabeth não o ouvia. Pensava apenas. *Não foi Rhys. Não foi Rhys.* Tinha sido Alec sempre. Alec matara Sam e tentara matá-la. Tinha roubado o relatório e resolvera envolver Rhys no caso. Obrigara-a a fugir com medo de Rhys, sabendo que ela iria para a Sardenha.

O helicóptero tinha desaparecido por trás de algumas árvores.

— Feche os olhos, Elizabeth — disse Alec.

— Não!

De repente, ouviu-se a voz de Rhys.

— Largue essa pistola, Alec!

Ambos olharam e viram no gramado embaixo, à luz trêmula das lanternas, Rhys, o delegado de polícia Luigi Ferraro e meia dúzia de detetives, armados de fuzis.

— Está tudo acabado, Alec — gritou Rhys. — Deixe-a.

Um dos detetives, que empunhava um fuzil telescópico, disse:

— Não posso atirar enquanto ela não sair da frente.

Afaste-se, gritou mentalmente Rhys. Afaste-se!

Max Hornung surgiu de trás das árvores e começou a correr na direção de Rhys. Parou ao ver a cena no balcão.

— Recebi seu recado, mas cheguei tarde — disse Rhys.

Olharam para os dois vultos no balcão, que se destacavam contra a claridade das chamas do outro lado da casa. O vento atiçava o fogo, acendendo no meio da noite aquele imenso braseiro.

Elizabeth olhou para Alec e percebeu que o homem estava inteiramente desvairado e não a via mais. Afastou-se dele em direção à porta do balcão.

No gramado, um dos detetives levantou o fuzil. Deu apenas um tiro. Alec cambaleou com o impacto e desapareceu no interior da casa.

Um momento antes, havia dois vultos no balcão, mas naquele momento só havia um.

— Rhys! — gritou Elizabeth.

Mas ele já estava correndo para ela. Tudo aconteceu então num caleidoscópio rápido e confuso de movimentos. Rhys carregou-a e levou-a para lugar seguro embaixo, enquanto ela se agarrava estreitamente a ele.

Estava deitada na grama. com os olhos fechados, e Rhys tinha-a nos braços e murmurava:

— Minha querida! Como te amo!

Ela lhe escutava a voz cariciosa e não podia falar. Olhava para ele e via nos seus olhos todo o amor e toda a angústia e havia muito que lhe queria dizer. Mas estava cheia de culpa pelas horríveis suspeitas que tivera. Passaria o resto da vida com uma dedicação capaz de compensar esse erro.

Estava, porém, muito cansada para pensar nisso, muito cansada para pensar em qualquer coisa. Era como se tudo aquilo por que passara tivesse acontecido a outra pessoa, em outro lugar, em outra época.

O importante era que ela e Rhys estavam juntos. Os braços dele a cingiam apaixonadamente. Que isso durasse para sempre e seria bastante.

Capítulo 58

Era como se ele estivesse entrando num recanto ardente do inferno. A densa fumaça enchia o quarto de formas quiméricas que logo se desfaziam. O fogo deu um salto na direção de Alec, chamuscando-lhe os cabelos, e ele ouviu na crepitação a voz de Vivian a chamá-lo, doce como um canto de sereia.

Viu-a então, subitamente iluminada, estendida na cama com o lindo corpo nu, tendo ao pescoço a mesma fita vermelha que usara na primeira vez em que fora dele. Chamou-o de novo com uma voz cheia de desejo. Dessa vez, era a ele que ela queria e não aos outros. "Você foi o único homem a quem amei", murmurou ela.

Alec acreditava. Tinha de puni-la pelas coisas que ela havia feito, mas fora hábil e fizera outras pagarem pelos pecados dela. Todas as terríveis coisas que tinha feito eram por amor a ela. Aproximou-se e Vivian tornou a dizer: "Você foi o único homem a quem amei." E Alec sabia que era verdade.

Ela abriu os braços para ele e Alec deixou-se cair ao lado dela. Abraçou-a e se fundiu a ela. Estava dentro dela e se transformara nela. Conseguiu satisfazê-la e isso lhe causou um prazer que logo se transformou num sofrimento intolerável. Sentia o calor do corpo dela a consumi-lo e, de repente, a fita vermelha do pescoço de Vivian se transformou numa língua de fogo que o atingiu. Nesse instante, uma trave do teto em chamas caiu sobre ele.

Alec morreu como as mulheres tinham morrido. Em êxtase.

Este livro foi composto na tipografia
Minion Pro, em corpo 11/15, e impresso em
papel off-white no Sistema Digital Instant Duplex
da Divisão Gráfica da Distribuidora Record.